杨绛全集

9

·译文卷·

人民文学出版社

杨绛
2001年,九十岁生日于寓所

1950年,于清华大学新林院宿舍。时正翻译《小癞子》

1979年，重游巴黎

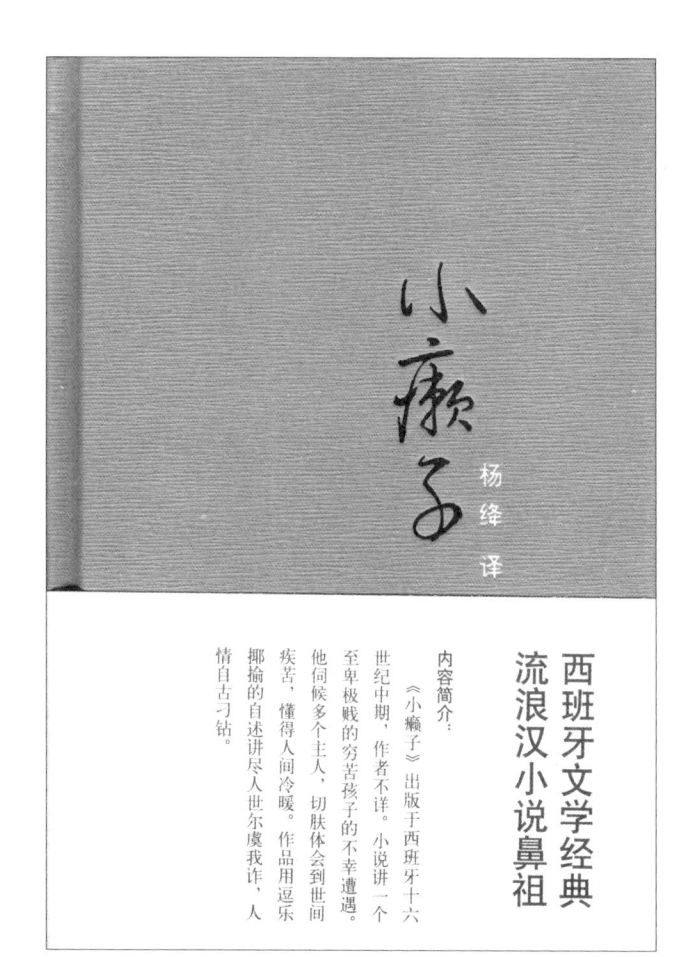

小癞子

杨绛 译

西班牙文学经典
流浪汉小说鼻祖

内容简介：

《小癞子》出版于西班牙十六世纪中期，作者不详。小说讲一个至卑极贱的穷苦孩子的不幸遭遇。他伺候多个主人，切肤体会到世间疾苦，懂得人间冷暖。作品用逗乐揶揄的自述讲尽人世尔虞我诈，人情自古刁钻。

《小癞子》（精装本），人民文学出版社2013年11月版

小癞子

〔西班牙〕 佚名

上海译文出版社

《小癞子》版本之一

《小癞子》版本之一

《小癞子》的几种版本

目　　录

吉尔·布拉斯(八～十二卷)

第　八　卷

第 一 章　吉尔·布拉斯交了个好朋友,找到个位置,补偿了加连诺伯爵对他的负心。堂瓦雷留·德·路那的故事。 ………… 004

第 二 章　吉尔·布拉斯见赖玛公爵,当了他手下一名秘书;这位大臣叫他做事,很为嘉许。 ……… 009

第 三 章　吉尔·布拉斯听说他那职位也有苦处。他听了这消息的焦愁和迫不得已的行为。 ……………………………………… 013

第 四 章　吉尔·布拉斯得赖玛公爵宠信,公爵告诉他一件机密。 ………………………………… 016

第 五 章　吉尔·布拉斯乐极,贵极,穷极。 ……… 018

第 六 章　吉尔·布拉斯向赖玛公爵诉穷,这位大臣对付的方法。 …………………………… 021

第 七 章　一千五百杜加的用途;他第一次代人求情,得到报酬。 …………………………… 025

第 八 章　堂罗杰·德·拉达的故事。 ……………… 027

第 九 章　吉尔·布拉斯不多时发了财,装出大气派。 ………………………………………… 034

第 十 章　吉尔·布拉斯在朝里变得十分下流无耻;勒莫斯伯爵委他办差,跟他合伙捣鬼。 …………………………………………… 041

第十一章　西班牙王太子私访加德丽娜;赠送礼物。 ……………………………………… 047

第十二章　加德丽娜原来是谁;吉尔·布拉斯又为难,又着急;他图自己心安,作何防备。 ……… 050

第十三章　吉尔·布拉斯依然做他的阔佬。他听到家里消息,有何感触。他和法布利斯吵翻。 …… 053

第 九 卷

第 一 章　西比翁要为吉尔·布拉斯寻一门亲事,说的女家是开金饰店的有名富户。这事如何撮合。 ……………………………… 060

第 二 章　吉尔·布拉斯偶然想起堂阿尔方斯·德·李华;要挣自己的面子,就替他出了些力。 …………………………………… 063

第 三 章　吉尔·布拉斯筹备结婚;天外横风,吹断好事。 ……………………………………… 066

第 四 章　吉尔·布拉斯在塞哥维亚塔里受的待遇;他知道了下狱的缘由。 ……………… 067

第 五 章　他这晚临睡的感想和惊醒他的声音。……… 071

第 六 章　堂加斯东·德·高果罗斯和堂娜海丽娜·

　　　　　　　德·加利斯悌欧的故事。……………………… 073

第 七 章　西比翁到塞哥维亚塔里探望吉尔·布拉
　　　　　　斯,告诉他许多消息。……………………… 087

第 八 章　西比翁一上马德里;他这一趟的用意和
　　　　　　成就。吉尔·布拉斯得病,病后的情形。……… 090

第 九 章　西比翁再上马德里,设法嘱买,把吉尔·
　　　　　　布拉斯救出来。他们出了塞哥维亚塔,同
　　　　　　到一个地方去,一路上谈的话。……………… 094

第 十 章　他们到马德里以后干的事。吉尔·布拉
　　　　　　斯在街上碰见个人,有何下文。……………… 096

第　十　卷

第 一 章　吉尔·布拉斯动身到阿斯杜利亚,路过
　　　　　　瓦拉多利,见了旧主人桑格拉都大夫。
　　　　　　他无意中碰到慈惠院院长马尼艾尔·奥
　　　　　　东内斯先生。…………………………………… 102

第 二 章　吉尔·布拉斯又上路,安抵奥维多。他家
　　　　　　里各人的情形。他父亲去世以及后事。……… 109

第 三 章　吉尔·布拉斯取道瓦朗斯,到了李利亚
　　　　　　斯。那田庄的一幅写景;庄上有什么人,
　　　　　　怎样欢迎他。…………………………………… 115

第 四 章　吉尔·布拉斯到瓦朗斯去,见了两位李
　　　　　　华大爷,谈了一番话;赛拉芬热诚欢迎他。…… 119

第 五 章　吉尔·布拉斯上戏院观看新悲剧,那
　　　　　　戏很叫座。瓦朗斯看客的识见。……………… 123

第 六 章　吉尔·布拉斯在瓦朗斯街上闲步,碰见
　　　　　个脸熟的修士,原来是谁。……………… 126
第 七 章　吉尔·布拉斯回到李利亚斯庄上,西比
　　　　　翁告诉他一个好消息;他把家里改了个
　　　　　样儿。……………………………………… 132
第 八 章　吉尔·布拉斯爱上了美人安东妮亚。……… 135
第 九 章　吉尔·布拉斯和安东妮亚的婚礼,那排
　　　　　场和贺客,以及礼成之后的热闹欢乐。… 140
第 十 章　吉尔·布拉斯和美人安东妮亚婚后的
　　　　　事。西比翁自述身世开场。……………… 144
第十一章　西比翁续述身世。………………………… 163
第十二章　西比翁述完身世。………………………… 171

第 十 一 卷

第 一 章　吉尔·布拉斯乐极灾生。朝局有变动,
　　　　　山悌良那再度入朝。……………………… 186
第 二 章　吉尔·布拉斯到马德里,在朝上露脸,
　　　　　主上记得他,荐给首相,后事如何。……… 189
第 三 章　吉尔·布拉斯决计离朝,又因事中止;
　　　　　若瑟夫·那华罗帮他个大忙。…………… 193
第 四 章　吉尔·布拉斯在奥利法瑞斯伯爵手下
　　　　　得宠。……………………………………… 195
第 五 章　吉尔·布拉斯和那华罗密谈;奥利法瑞
　　　　　斯伯爵委他办的第一桩事。……………… 197
第 六 章　吉尔·布拉斯得了三百比斯多的用

	途，他托西比翁的事；那篇告国人书很见效。	201
第 七 章	吉尔·布拉斯偶然在一处重逢老友法布利斯；法布利斯的景况，两人谈的话。	204
第 八 章	吉尔·布拉斯日益得主人宠爱。西比翁返回马德里，把一路上的事回报山悌良那。	207
第 九 章	爵爷嫁他的独养女儿，嫁个什么人；这重姻缘的凄凉结局。	209
第 十 章	吉尔·布拉斯偶又碰到诗人尼聂斯，得知他写了个悲剧，不日在皇家剧院上演。这戏并不叫座，可是作者意外交了好运。	212
第十一章	西比翁靠山悌良那的面子得了个差使，动身上美洲。	215
第十二章	堂阿尔方斯·德·李华到马德里有何事故；吉尔·布拉斯先忧后喜。	217
第十三章	吉尔·布拉斯在王宫碰到堂加斯东·德·高果罗斯和堂安德瑞·德·陶狄西拉斯，三人同到个地方去。堂加斯东和堂娜海丽娜·德·加利斯悌欧的事有了结局。山悌良那替陶狄西拉斯出力。	220
第十四章	山悌良那到诗人尼聂斯下处；碰见的人物，听到的议论。	226

第 十 二 卷

第 一 章　首相派吉尔·布拉斯到托雷都；这趟出差所为何来，有何成绩。 …… 230

第 二 章　山悌良那向首相交差，又奉命把璐凯思弄到马德里。这女戏子到京都首次登台。 …… 237

第 三 章　璐凯思轰动朝廷；王上看她演戏，爱上了她，下文如何。 …… 239

第 四 章　首相派山悌良那的新差使。 …… 243

第 五 章　爵爷立案承认热那亚女人的儿子，为他取名堂亨利·斐利普·德·古斯曼。山悌良那替这年轻公子当家，请了各种先生教他。 …… 245

第 六 章　西比翁从美洲回来，吉尔·布拉斯派他伺候堂亨利。这位公子的学业，他封了爵位，爵爷又为他娶了老婆。吉尔·布拉斯不由自主地升为贵人。 …… 247

第 七 章　吉尔·布拉斯偶然又碰见法布利斯。两人最后一次谈心，尼聂斯劝山悌良那一句要紧话。 …… 250

第 八 章　吉尔·布拉斯得知法布利斯所言不虚。王上巡幸萨拉戈萨。 …… 252

第 九 章　葡萄牙革命，爵爷失宠。 …… 254

第 十 章　爵爷起初烦恼不安；后来就心平气和。他的隐居生涯。 …… 256

第十一章　爵爷忽然不乐，若有所思。这事起因可

	怪,结局很惨。	258
第十二章	爵爷身故后娄式斯庄上的事,山悌良那的行止。	261
第十三章	吉尔·布拉斯回到庄上,看见干女儿赛拉芬已经成年,甚为欣喜。他看中了一位小姐。	263
第十四章	李利亚斯庄上两重喜事,吉尔·布拉斯·德·山悌良那的经历就此述完。	266

小　癞　子

译本序		273
前　言		289
第 一 章	癞子自述身世,他父母是何许人。	291
第 二 章	癞子做教士的用人,经历了种种事。	303
第 三 章	癞子伺候一位侍从,在他那里的遭遇。	314
第 四 章	癞子跟了一位墨西德会的修士,有何遭遇。	331
第 五 章	癞子伺候一个兜售免罪符的人,跟随他的种种经历。	332
第 六 章	癞子投靠一位驻堂神父,有何经历。	337
第 七 章	癞子跟了一个公差,所遭遇的事。	338

吉尔·布拉斯

（八～十二卷）

第 八 巻

第 一 章

吉尔·布拉斯交了个好朋友,找到个位置,补偿了加连诺伯爵对他的负心。堂瓦雷留·德·路那的故事。

我很奇怪,怎么这些时候总没听到尼聂斯的消息,想他准是下了乡。我刚能起床,就上他寓所去,果然三星期前他跟梅狄那·西董尼亚公爵到安达路西亚去了。

一天早上,我一觉醒来,忽然想到梅尔希华·德·拉·洪达。我记得在格拉纳达的时候曾经答应他说,如果我能回马德里,一定去拜访他外甥。我想当天就还了这个愿吧。我打听得堂巴尔塔扎·德·苏尼加的住址,就到那里去找约瑟夫·那华罗先生;一会儿他出来相见。我向他招呼,还通报了自己的姓名,可是他虽然有礼貌,却很冷淡。我觉得他待人这般冷冰冰,不像梅尔希华描摹的那位管家。我决计不再来找他了,正要告辞,他忽然笑脸相向,高高兴兴地说道:"啊,吉尔·布拉斯·德·山悌良那先生,我方才失礼,请别见怪。我有心和你要好,偏偏记性不行,坏了事了。四个多月以前,格拉纳达那边来信提起你,我把你大名都忘了,没想到你就是信上讲的那位先生。"

他欣喜欲狂,抱住我的脖子道:"我真要拥抱你啊!我把梅尔希华舅舅当自己的爹那样敬爱。他叮嘱我要是有缘和你相见,该把你当他儿子看待;如果有可以效劳的地方,不但我该尽力,还要揸我朋友的面子呢。他夸赞你才德兼备,所以尽管他没有托付我,我也乐于帮忙。我看了舅舅那封信,他的心就是我的心了,请你别再见外。我愿意做你的朋友,请你也跟我做个朋友。"

约瑟夫这样殷勤,我也满心感激,向他答谢。我们俩都是又热情又恳挚的人,当场结为密友。我直截爽快把景况告诉他。他听了立刻说道:"我留心替你找个事情。目前你务必每天到这里来吃饭。这儿的饭比饭店的包饭好。"我刚病好,手头很窘,嘴倒吃刁了,听了正合我意,当然不会推辞。我一口应允;我在他家补养得非常好,半月之后,吃得一张脸和贝那丹会的修士一样了①。我觉得梅尔希华这位外甥发财得不得了。怎么会不发财呢?他有三路财源,酒窖、伙食房、厨房,都归他一人管。并且,尽管他是我的朋友,我敢说,他和总管通同一气。

我身体已经完全复元。一天,我照例到苏尼加家去吃饭,看见我朋友约瑟夫跑来,满脸喜色地说道:"吉尔·布拉斯先生,我替你找着一个好事情。你可知道,西班牙国王陛下的首相赖玛公爵全副精神处理国家大事,所以把家务交给两个人,免得分心。他用堂狄艾格·德·蒙德赛管他家的收入,堂罗德利克·德·加尔德隆管支出。这两人是他的心腹,各有全权办事,彼此不相牵制。堂狄艾格手下有两个收钱的账房。我今天早上听说

---

① 贝那丹(Bernardin)会里的修士以饭食丰盛著名,所以十七、十八世纪法国成语称一顿好饭为"贝那丹修士的饭食"(Le repas de Bernardins)。

他回掉了一个,就去求他把你补上。蒙德赛先生是知道我的,不是我吹牛,他也喜欢我。他听我担保你品行好、本事也好,就毫不为难地把你补上了。咱们吃过饭上他家去。"

我们到时就去。堂狄艾格·德·蒙德赛接待我很客气,派我顶了那个账房的缺;职司是巡看田庄、派工修缮、经收田租,总归一句,我经管田产,每月向堂狄艾格报账。他听过那管家说我许多好话,可是查起账来还是非常仔细。我正要他如此。我尽管在旧主人家吃过大亏,还决心要正直到底。

有一天我们听说赖玛的庄上起火,烧掉了大半。我立刻赶到那里调查损失。我查明起火的情形,据实写了一篇详细的报告,蒙德赛就送给赖玛公爵看。这位大臣知道了这个坏消息心里很懊恼,可是他很赏识这篇报告,忍不住问是谁做的。堂狄艾格不但说了我的名字,还把我十分夸赞了一番,因此六个月之后又出事故的时候,首相就记起我这人来。这事我下面再讲。要不是这件事,恐怕我一辈子也不会在朝廷上做事。

原来那时候公主大街上住着一位老太太,叫伊内西尔·德·康达莉拉①。她究竟什么出身,大家也不知底细。有人说她爸爸是乐器匠,有人说他是授圣雅各勋章的爵士。这些都不去管它,反正她是个了不起的人物。她得天独厚,一辈子能迷惑男人,活到七十五岁,魅力依然。先王临朝时的贵人把她奉若神明,当今朝里的贵人

---

① 这段情节看来离奇,却有事实根据。勒萨日影射妮侬·德·朗克罗(Ninon de Lenclos)和她儿子德·维叶爵士(Chevalier de Villiers)那桩轰动一时的惨事,可看伏尔泰(Voltaire)《记妮侬·德·朗克罗》(*Sur Ninon de Lenclos*),莫朗(Moland)编《伏尔泰全集》第二十三册第 209 页。妮侬·德·朗克罗(1620—1705)在当时享有盛名,不仅是勒萨日笔下所描画的那种人物,并且有思想,有识见,许多法国文人都跟她来往。

还是向她拜倒。光阴对姿色是不留情的,但是对她无法可施,她尽管容光消减,依然妩媚动人。她气度高华,聪明可爱,而且有一种天生的风韵,所以到老还能叫人颠倒。

赖玛公爵有一个书记叫堂瓦雷留·德·路那,年方二十五岁,对伊内西尔一见倾心。他向她求情,对她如醉如狂;情痴又加年少,竟一盆火似的赶着她。老太太别有用心,不肯如他的愿,却也不知道怎样去抑制他。有一天,她以为想到一个办法了。她把那个少年叫到屋里,指着桌子上的钟对他说道:"你瞧瞧现在几点钟。我是七十五年前这个时辰出世的。说真话,到我这年龄,还配风流吗?我的孩子,你细细想一想,你这番情感对你对我都不合适,还是克制了吧。"这席话很有道理,可是这位大爷早已不平心讲理,他痴情颠倒,一切不顾了,说道:"狠心的伊内西尔,你何苦弄这种无聊的花样呢?你以为这一来我眼睛里看你就两样了吗?别存这妄想,自己哄自己。不管我看见的是你本来面目还是我着了障眼法,反正我一辈子也不能不爱你。"她答道:"好吧,你既然这样固执,纠缠不休,我再不要你上门了。我禁止你来,从此不许你再来见我。"

你也许以为堂瓦雷留听了这话没法,就会规规矩矩的告辞。可是他反而越发不知趣了。爱情摆布人就像酒摆布醉汉一样。这位绅士先是哀求苦诉,后来忽然发了狠,软来不行,就要硬做。老太太一点不怕,把他推开,一壁生气道:"你这人好大胆,住手!让我斩断你的痴情。听着:你是我的儿子!"

堂瓦雷留一听这话吓呆了,不敢再乱来。可是他以为伊内西尔说这话是要免得他再求欢,就说:"你不让我称心,故意编出这么个谎话来。"她抢着说道:"不,不,我告诉你个秘密。我本来想瞒你一辈子的,可是你逼得我非说不可了。二十六年前,你爸爸堂彼德·德·路那是塞哥维亚的都统,我跟他相爱,生育你。他承认你是他的儿子,扶养你成人。他没有旁的孩子,你又品性很好,所以就把财产传给你了。我呢,也没有丢下你不管。你初见世面,我就引你到我家来,要熏陶得你温文尔雅,这样才可以充风流人物;年轻哥儿们惟有跟女人交际才学得到这种风度。不但如此,我还尽力借我的面子,把你安插在首相手下。总而言之,我对你关切也是妈妈对儿子应尽的本分。我这话说明白了,你自己打主意吧。假如你能清心断念,把我当妈妈看待,我并不禁止你来看我,还照向来那样疼你。要是你不能克己,乱伦背理,那么你快快走吧,别叫我看着厌恶。"

伊内西尔讲了这段话。堂瓦雷留默默无言,好像激发了向善的心,就要遏止自己的情欲了。谁知并不如此。他别打主意,要当他妈妈的面演另一场戏呢。他打不开幸福的障碍,就此心灰意懒,拔出剑来,一下戳进了自己的胸膛。他像俄狄浦斯[①]那样惩罚了自己,不过有一点不同:那忒拜人是犯了罪悔恨,所以挖掉自己的眼睛;这西班牙人却因为犯罪未成,伤心得把自己戳死了。

可怜堂瓦雷留戳了那一剑没当场就死。他还清醒过来,求天饶恕他自杀的罪。他一死,赖玛公爵手下空了一个书记的位

---

① 希腊神话,俄狄浦斯(Oedipe)是忒拜(Thèbes)国王子,一生下就遭遗弃,因为神道启示说,这孩子长大要杀父亲。他经人捡得,在外国长大。后来他到忒拜游历,旅途中碰见一个老头儿,不知道就是父亲,吵起架来,把那老头儿杀了。不久他做了忒拜国王,娶了前王后,不知道就是生身母亲。到真相大白,他悔恨无及,把自己的眼睛都挖掉。好多作家,像索福克勒斯(Sophocle)、高乃依(Corneille)等都把这个传说作悲剧的题材。

子。这位大臣没忘记我那篇火灾的报告,也没忘记人家赞我的话,所以挑我填补了这个空缺。

第 二 章

吉尔·布拉斯见赖玛公爵,当了他手下一名秘书;
这位大臣叫他做事,很为嘉许。

报告我喜讯的是蒙德赛,他说:"吉尔·布拉斯朋友,我虽然舍你不下,可是对你情谊很深,你能顶堂瓦雷留的缺,不由我不高兴。我有两句话,只要你照做,准会得意。第一,你对公爵得非常巴结,叫他相信你赤胆忠心。第二,你得小心奉承堂罗德利克·德·加尔德隆,因为主人在他手里像一团蜡,搓得圆、捏得扁。假如你运气好,结交上这位心腹秘书,我敢一口担保,你马上就会有远大的前程。"

我谢了堂狄艾格的良言,然后问道:"先生,请问堂罗德利克是个什么样的人。我听人家讲来,口碑很坏。可是人家对朝里权贵的考语虽然有时候得当,往往靠不住。所以我请你告诉我,你以为堂加尔德隆怎么样。"这总管狡笑道:"这话叫我很难说。要是对别人呢,我就毫不犹豫,说他是个很有体面的绅士,为人没点儿可以挑剔的地方。可是我对你得说老实话。我相信你这孩子口风很紧,况且我既然劝你好好儿对付他,就应当把肺腑之言讲给你听,不然我帮你就没有到家。"

他接着说:"你知道,首相从前只是堂方斯华·德·山多瓦尔,那时候罗德利克不过是他的家僮,后来一步步爬到一等秘书的职位。他是个最骄傲不过的人。人家对他客气,他除非是非还礼不可,往往睬都不睬。总而言之,他自以为是赖玛公爵的同僚;据说他实在也和赖玛公爵平分首相的大权,可以任意分派大小官职。外面因此很有闲话,可是他满不在乎,只要有抽头儿回扣,对人言置之不理。你听了这话,就明白该怎样对付这个骄横的家伙了。"我答道:"哎,我明白!我会对付他。我要是不得他欢心,那就糟了。知道了人家的软处,存心要拍他马屁,只有大笨蛋才拍不上呢。"蒙德赛道:"那么我现在就带你去见赖玛公爵。"

我们当时就去见首相,他正在一间大厅上会客。求见的人比上朝的还多。有的是授圣雅各勋章和加拉特拉华勋章的爵士,来求做都统和总督的;有的是各教区的主教,据说不服水土,想换换空气,所以来求升大主教;有的是圣多明我会和圣芳济会的神父,所求不奢,只想弄个主教做做。我还留心到有些残废军官,和前文讲起的沈琦勒陆军大尉一样,也磨烂了心在等退伍的恩俸。公爵虽然并不有求必应,至少和颜悦色地接受陈请书。我看他对求见的人说话很客气。

我们耐心等首相把一切求见的人都打发掉,于是堂狄艾格说:"大人,这是吉尔·布拉斯·德·山悌良那,就是您挑来补堂瓦雷留那个缺的。"公爵对我看看,赏脸说:凭我往日为他当的差,该补这个位子。他就叫我到书房里去密谈,其实是要考问考问我。他先问我出身,又问我的经历。他吩咐我据实道来。这真叫我为难!要向西班牙首相撒谎,看来是不成的。可是许多事我又说来丢脸,不愿意一概招供。怎样渡过这个难关呢?

我决计把那些老实说来要骇人听闻的地方稍微加点文饰。我尽管加工点染,却瞒不过他。他听我讲完,微笑道:"山悌良那先生,我看来你从前未免有点儿流氓行径。"我涨红了脸答道:"大人,您大人吩咐我老实说,我只好遵命。"他答道:"我不怪你。真的,孩子啊,还便宜了你,想不到你看了那些坏样,居然没有不可救药。许多上等人要是受到命运这般磨炼,只怕要变成大坏蛋呢!"

首相又道:"山悌良那朋友,旧事别去想它了。你只要记着,你现在是王上用的人,从此要一心为他效忠。你跟我来,我告诉你干些什么。"公爵说着领我进一间小书房,和他的书房相通,里面架子上堆着厚厚二十来册对折页的大簿子。他道:"你以后就在这里办事,这些簿子是一部人名录,西班牙王国管辖下一切邦郡的贵族都记在上面。一本本册子上是各人的小传,按姓名第一个字母的次序排列,本人和他祖先替国家出过什么力,跟谁决斗过,小传里都写明。此外如财产多少、品行怎样——总而言之,一切长处短处全记在上面。每逢他们向朝廷有所请求,我只要一翻簿子,就知道该不该照准。我要把这类事情调查得千真万确,所以雇人四面打听,叫他们写了报告送进来。可是报告都很噜苏,满篇乡谈土语,得重新编写,润色字句,因为王上偶尔要我把这部人名录念给他听的。写这种报告,文笔应当简洁,我现在就派你来。"

他一面说,就拿出一个塞满了纸张的大文书夹子,抽出一篇报告,交在我手里,自回书房,让我从容试笔。我把报告看了一遍,不但满纸村谈,语气也过于激烈。这篇报告还是索尔松城一位修士写的。这位修士学着正人君子的口吻,把好好一家加泰罗尼亚贵族攻击得体无完肤,天知道他说的是不是真话!我就像读了一篇恶意诽谤的文章,当时心里踌躇,不愿意干这种事,恐怕变成那修士的帮凶。不过我虽然初入朝廷,却顾不了许多,让那位好修士去受他的果报吧。假如这是罪过,我把全部罪过都归在修士账上,就提起笔,用优雅的西班牙辞藻去糟蹋这一家两三代人,说不定都是好人。

我写了四五页,公爵急要看我写的怎样,跑进来说:"山悌良那,把你写的给我瞧瞧,我急着要看呢。"他拿我的稿子去看,细读开头一段。我没想到他会那么惬意。他说:"我虽然听了人家的话早以为你本领好,可是老实说,没想到你本领这样好。你不但叙事简洁精切,正合我意,而且你笔致还很活泼。我挑你写这报告,真没挑错,我有了你就不惋惜你的前任了。"首相还要夸奖,可是这个当儿他的外甥勒莫斯伯爵①跑来,打断了话头。首相拥抱了他几回,从他接待的态度上,我看出他很疼这个外甥。他们俩关上门窃窃私语,谈一桩家事,当时公爵对这件事比国家大事还要关切,下文我会交代。

他们俩还在密谈,我听得打十二点钟。我知道秘书和职员等人这时候下班,可以随意出去吃饭。我就搁下我的大著作出门。蒙德赛已经把我的薪水付清,和我分手;我不上他那儿,却到附近最有名的一家馆子里去。我再上普通饭馆就有失身份了。我念念不忘公爵对我说的话:"记着你现在是王上用的人。"这话在我胸中播下野心的种子,这种子时时刻刻在滋长。

---

① 勒莫斯伯爵(Comte de Lemos, 1576—1622),西班牙政客,塞万提斯的《堂吉诃德》就是献给他的。

第 三 章

吉尔·布拉斯听说他那职位也有苦处。他听了这消息的焦愁和迫不得已的行为。

我跑进饭馆,特意叫掌柜知道我是首相的秘书。我不知道按这身份该点些什么菜,我怕点的菜显得寒俭,就说随他上什么菜吧。他做的菜很丰盛,而且伺候周到,我就比吃了好菜还称心。付账的时候,我把一个比斯多扔在桌上,店家至少该找回四分之一,我都便宜了跑堂的。于是我挺着胸脯跑出馆子,活是个得意洋洋的少年人。

离饭馆二十来步是一家大旅馆,常有外国贵宾寄寓。我租下一套房间,有五六间,陈设很好。我那气派,仿佛每年有两三千杜加的进账似的。我还预付了第一个月的租金。于是我回去办公,整下午忙着早上未完的事。我隔壁的办公室里还有两个秘书,他们只管誊清公爵亲手交去的稿子。我当晚下班才跟他们认识,我想结交他们,就请到我那个饭馆里,叫了最好的时鲜菜和西班牙最出名的美酒。

我们入席谈谈说说,虽然没多少风趣,兴致却很高。说公道话,我一眼就看清这两位客人的职位绝不是靠自己本事得来的。他们对书法的直体斜体等等确有研究,可是大学里的科目他们连皮毛也不知道。

他们别有所长,对切身小利精明得很。我从说话里知道,他们虽然荣任相府职司,并不欣喜欲狂,而且还有牢骚。一个说:"我们五个月来一直是赔本当差,一个子儿薪水没到手。最糟是我们的薪水没有规定,无从知道自己是什么地位。"那一个说:"我呀,情愿领二十皮鞭当薪水,只要还我自由,让我到别处去做事。我抄写过秘密文件,所以不敢擅离职守,也不敢请求解职。否则塞哥维亚的塔呀,阿利冈的堡垒①呀,我很可能去观光一下呢。"

我问道:"那你们怎么过活呢?想必是自己有钱的。"他们说,钱是很有限,不过还算运气,住在个寡妇家里,她为人很好,许他们赊账,一年各要一百比斯多的饭钱。这些话我一字不漏地全听进去,立刻低了气焰。我想,我当然不会蒙人家另眼相看,对自己的职位不该太得意,这事并不像预计的那么有实惠,手里几个钱,省吃省用还怕来不及呢。我这么一盘算,那股子撒漫使钱的劲儿都消了。我才懊悔请了这两位秘书来,但愿饭快快吃完。算账的时候我和掌柜吵起嘴来。

两位同事到半夜和我分手,因为我没请他们再多喝。他们回寡妇家,我就回到我那个华丽的寓所,当时懊恨租了这套房间,决计到月底就搬走。我尽管睡在温软的床上,却愁得合不上眼。我想怎样可以不白替国王当差,直盘算到天亮。这时候我忽然想起蒙德赛的劝诫。我就起床决计去向堂罗德利克·德·加尔德隆请安。照我当时的心境,去见那么骄矜的人恰好合适,因为我正有求于他。我就到这位秘书家去。

---

① 西班牙两个要塞,国家大监狱所在,重要政治犯都禁锢在那里。

他跟赖玛公爵居处相连,华丽也相等。但凭布置陈设,主人家和用人家没甚分别。我请门上通报,说堂瓦雷留的后任求见;我还免不了在前厅等了一个多钟头。我等待的时候对自己说:"新任的秘书先生啊,请你忍耐着点儿。你要人家来趋奉你,先得赔足小心趋奉人。"

客厅门总算开了。我进去赶到堂罗德利克跟前。他刚写完一封情书给那美丽的仙籁娜,正把那封信交给贝德利尔。我对加尔德隆大人恭敬极了,比对格拉纳达大主教、对加连诺伯爵,甚至对首相都还要恭敬。我一躬到地,求他栽培,满嘴卑鄙乞怜的话,想起来真觉得羞惭。换了个不是他那样骄横的人,看我奴颜婢膝,心里会厌恶。对他呢,这来正投其所好。他还算客气,回答我说:如有机会,一定给我好处。

我听了千恩万谢,还发誓说,愿意一辈子伺候他。我怕他讨厌,连忙告辞,一面请他恕我耽搁了他的要务。我无耻趋奉了一番,赶紧出来,满腔的羞愧;我回到办公室,把派给我的事做完。公爵上午就跑来,他对我写的结尾跟开头一样满意。他说:"好得很!你把这篇小传誊在西班牙人名簿上吧,字要写得好。然后你在文书夹子里再拿一篇报告出来,照这样修改。"我跟首相大人谈了好一会儿,很喜欢他那种温和随便的气度。他和加尔德隆真是大不相同,两副脸截然相反。

这天我在一个价钱公道的小饭铺吃饭,决计隐姓埋名地天天到这里来吃,等我的殷勤趋奉见了成效再说。我的钱至多维持三个月。当傻瓜的时期越短越好,我打算只在这三个月里赔钱当差,要是到那时还支不到薪水,就撇下朝廷和那套空场面了。我是这样计算的。我竭力把加尔德隆奉承了两个月,可是怎么讨好,他也满不在乎,弄得我灰心了。我对他变了态度。我不再去向他请安,只在公爵跟我谈话的时候乘机巴结。

第 四 章

吉尔·布拉斯得赖玛公爵宠信,
公爵告诉他一件机密。

说起来,首相大人不过每天在我眼前现一现,可是他不知不觉地给我迎合上了。一天下午,他对我说道:"吉尔·布拉斯,你听我说,我爱你这性格,想栽培你。你这孩子又热心,又忠心,而且非常聪明缜密。我想信任你这样个人没有错儿。"我听了连忙下跪,他伸手拉我起来,我恭恭敬敬吻他那只手,说道:"承蒙您大人这样错爱,我真喜出望外。多少人看了您给我恩典要暗底下跟我做冤家呢。可是我只怕一个人恨我,就是堂罗德利克·德·加尔德隆。"

公爵答道:"那你不用担心。我知道加尔德隆,他从小就跟我。我敢说,他的心思和我完全一样,所以我喜欢的他都喜欢,我嫌恶的他也都嫌恶。你非但不怕招他恨,还应该拿稳他是你的朋友才对。"我听了知道罗德利克是个调皮东西,早把首相大人蒙蔽住了,对付这个人应当非常把细。

公爵接着说道:"我拿你当个心腹,先把我盘算的一件事告诉你。你得明白了情节才能把我交下来的差事办得妥当。好多年来,我知道我的权威已经大家倾服;我有什么决策,人家不问情由,只管照办;我可以随心所欲地分派一切差使官爵,委任都统总督,颁给教会的俸禄。我胆敢说,我是西班牙一国之主。我富贵已极。可是快有风波来了;我要保全富贵,所以希望外甥勒莫斯伯爵接我的手做首相。"

首相讲到这里,看见我听了非常诧异,就说:"山梯良那,我明白你为什么惊奇。你奇怪我怎么不挑自己的儿子于才德公爵继任,却挑个外甥。可是我告诉你,我儿子才具不开展,不配我这个位子,而且我是他的对头。他知道讨好王上的窍门儿,王上宠爱着他呢,这叫我怎么受得了。一国之君的恩宠就好比心爱的女人的身体,是个吃醋的根源,你便是跟至亲好友也不甘心平分春色的。

"这是我心里的隐事。我对王上说过于才德公爵坏话,没有见效,所以又另用手段。我希望勒莫斯伯爵能拍上王太子。他现是东宫侍从官,随时可以见到太子。他很机灵,再加我有个计策,保他成功,万无一失。我使这条计策可以叫我外甥和我儿子作对。我离间了他们表兄弟俩,叫他们都来求我撑腰;他们都依仗我,就都受我节制了。这是我的打算,正用得着你两边跑跑腿。我想叫你替我跟勒莫斯伯爵暗通消息。"

我听了这场心腹话,好比现银子到手一般,不再担心。我想:"我居然有这一天,躲在屋檐承溜底下等着下金雨了[1]。西

---

[1] 这句话的意思,也许可以把德国诗人海涅(Heine)《哈尔茨山游记》(*Die Harzreise*)里面的话衬托出来。海涅慨叹自己命运不好,说:"我相信即使下的一阵雨都是银圆(Thaler),也只会把我脑袋砸个窟窿。"(瓦尔蔡尔〔O. Walzel〕编《海涅全集》第四册第 20 页)头上有承溜(Gouttière)挡住,就不怕金雨砸破脑袋了。

班牙大权在握的人用我做心腹,我还怕不立刻发财吗!"我心上美满得很,虽然眼看我那可怜的钱袋渐渐露底,也不在乎。

第 五 章

吉尔·布拉斯乐极,贵极,穷极。

朝廷上大家马上就看出首相喜欢我。他向来自己拿了公事皮包去开内阁会议,现在总交给我拿,这就仿佛当着大庭广众表示他喜欢我。大家看了这件新鲜事儿,就当我是他的宠信,我因此招了许多人的妒忌,也受了好些米汤。我办公室隔壁的两位秘书也抢着恭维我要指日高升了,又请我到那寡妇家去吃晚饭,算是还席,其实是结交我,指望将来帮他们的忙。人人都请我吃饭。连那个傲兀的堂罗德利克都对我一变故态。他从前对我总是"你"呀"你"呀地叫,从不称一声"先生",现在叫我山梯良那先生了。他当了东家的面尤其殷勤得吃不消。可是老实说,他的对手不是个傻子。我心里越恨他,面子上应酬得愈加客气,想来老官僚的敷衍功夫也不过如此。

公爵大人通常是一天朝见王上三次,我也跟去。早上万岁爷睁开眼,他就晋见。他跪向床头,奏这一天万岁爷该做的事,还口授这天该说的话。于是他告辞出来,他等万岁爷一用完饭,又去晋见,这回不谈国家大事,只讲闲话助兴。他雇了人四面打听马德里的新闻,所以消息最灵通,就讲些替万岁爷解闷儿。末了在晚上他第三次晋见,把一天的公事随意奏禀一番,又照例请明天的旨意。他跟王上讲话,我在待见室伺候,有些趋炎附势的贵人就来攀谈,我只应酬几句,他们就觉得荣幸。我到此地位,怎么能不以要人自居呢?朝廷上好些人没到这地位就自以为了不得了。

有一天,我越发脸上增光了。王上听见公爵夸奖我的文章,就想看些样品。公爵大人叫我带了西班牙人名簿,引我朝见,吩咐我把修改的第一篇读给王上听。天颜咫尺,我起初很惶恐不安,可是有公爵在旁,立刻又胆壮了些。万岁爷听我读了文章,天颜甚喜,开恩夸赞,还叫首相留心提拔我。这来只会添我的骄气;又过几天,我和勒莫斯伯爵谈了一席话,越发野心勃勃了。

我奉他舅父的命令,到王太子宫里去找勒莫斯伯爵。我呈上公爵介绍信,上面说:他们的计划我全知道,我是他挑来替他们俩传递消息的,对我可以畅言无忌。伯爵看完信,领我到一间房里,关上门,说道:"你既然是赖玛公爵的亲信,一定靠得住,我也该毫不犹豫地把你当个亲信。你知道,我们很顺手。东宫侍从官个个对太子巴结讨好,他却只对我另眼看待。今天早上他和我密谈,说话里好像很牢骚。他性情豪爽,王上偏偏吝啬得很,不让他称心花钱,他连王太子的场面都撑不起。我当然替他叫屈,乘机答应明天在他起床见客的时候先送他一千比斯多,马上还要送他大笔的款子。他听了很快活,只要我不食言,准能博他欢心。你把这一切情形告诉我舅舅,他怎么说,你今儿晚上再来回报。"

我等他说完,连忙辞了他去见赖玛公爵。公爵听了我的回报,就叫人问加尔德隆要一千比斯多,吩咐我当晚送给伯爵。我一路上想:"咳!那条万无一失、保管成功的妙计原来如此。他倒是不错。看来他尽管大注的钱送人,也绝不会破产。这些响当当的比斯多是谁家钱箱里的,我一猜就着;反正拿爸爸的钱供儿子花,还不天公地道吗?"我向勒莫斯伯爵告辞的时候,他低声说:"再见吧,亲爱的心腹朋友。王太子有点儿好色,咱们一有机会得谈谈这桩事情,我预料就要你帮忙的。"我一路回去,只在想这几句话。这话并不费解,我听了满心欣喜。我想:"真想不到,我就要替国家的储君拉纤了!"我不曾想想这是好事还是坏事,这位风流人物是个大贵人,弄得我不辨善恶是非了。王太子寻快乐要我帮闲,这是好大的面子!也许人家要说了:"啊,吉尔·布拉斯先生,别太得意了!你只是帮闲的帮闲!"这话我也承认,不过底子里,做王太子的帮闲和做他帮闲的帮闲一般体面,只是实惠不同罢了。

我当了这些体统差使,首相对我的恩宠又与日俱增,前途正未可限量。只可惜雄心填不饱我的肚子!我从那豪华的公寓搬出来两个多月了,租了一间最简陋的小屋子。虽然不大舒服,可是我一清早就出门,只晚上回来睡睡觉,也就忍耐着了。我整天工夫都在我那个戏台上,就是公爵府里。我在那儿串演个贵人。可是一回到我那个破房间,贵人失踪,只剩个可怜的吉尔·布拉斯,身边一个钱也没有,而且糟得很,连生财之道也没有。我又很骄傲,不肯让人家知道我穷,何况也告贷无门。我只有堂那华罗可以通财,不过自从我入朝办事,就把他丢过一边,现在不敢去找他了。我只好把衣裳一件件出卖,卖得只剩随身少不了的几件。我不再上饭馆,因为没钱付账。那么我怎么过活呢?听我讲吧。办公室里每天管一顿中饭,有一个面包卷儿和一点儿酒,此外首相府不供给我们什么了。我一天就吃这点东西,晚上十之八九饿着肚子睡觉。

一个在朝廷上出足风头的人原来这般光景,实在是可怜无可羡了。我穷得忍耐不住,打定主意要找个机会向赖玛公爵陈诉。恰好过几天王上和太子到艾斯古利阿尔去,我在那儿向他开了口。

第 六 章

吉尔·布拉斯向赖玛公爵诉穷,
这位大臣对付的方法。

王上在艾斯古利阿尔驻跸,跟去的人都不必自己开销,所以我的苦处又不觉得了。我睡在公爵卧室旁边一个衣帽间里。一天早上,这位大臣照例天一透亮就起来,他叫我拿些纸和文具,跟他到御花园里。我们坐在树下,他吩咐我把帽子放在膝盖上,做出按着写字的样儿,他自己手里拿一张纸,仿佛在念。远远看来,我们好像正忙着紧要公务,其实首相喜欢闲扯,我们只在聊天儿。

我兴致很高,讲了一个多钟头的趣话,逗他喜欢。忽然两只喜鹊飞到荫盖我们的树上来喳喳地叫,引得我们留意了。公爵说道:"这两只鸟儿好像在吵架,我很想知道他们吵些什么。"我说道:"大人,您动了这个好奇心,我就想起个印度寓言来了,我

记不清是在比尔贝①还是在别的寓言集里看到的。"首相问我那寓言讲的什么,我就讲了下面的故事:

"从前波斯有个好皇帝,他缺乏雄才大略,不善治国,就都交给宰相去管。这位宰相叫阿搭尔缪克,才干过人。他负担得起偌大一个国家的重任,治得境泰民安。他竟有本领叫大家对皇朝不但敬服,而且爱戴。他又是皇帝的忠臣,又是百姓的慈父。阿搭尔缪克手下的秘书里有个克什米尔籍的少年名叫柴安吉,他最蒙宠爱,宰相喜欢跟他谈话,带他出去打猎,把心里隐事都告诉他。有一天他们同到树林里打猎,宰相看见两只乌鸦在树上呱呱地叫,就对那个秘书道:'我很想知道这两只鸟儿说的什么话。'那克什米尔人答道:'大人,这事您可以如愿的。'阿搭尔缪克问道:'啊?怎么呢?'柴安吉道:'一个精通幻术的法师教过我鸟语。您若要知道它们说些什么,我可以听了一字字报告您。'

"宰相说:'好!'那克什米尔人走向乌鸦,做出专心静听的样子,于是回报主人道:'大人,您相信吗?它们正在谈论咱们俩呢。'波斯的宰相道:'有这事吗!说咱们什么呢?'那秘书道:'一只乌鸦说:"这就是宰相阿搭尔缪克。他庇护着波斯全国,一点儿不懈怠,就像一只大老鹰张开翅膀覆盖自己的窝。他国事勤劳,要散散心,所以带了他那个忠心的柴安吉到这树林里来打猎。这秘书真是哪来的运气!伺候这样一个主人,大大小小

---

① 比尔贝(Pilpay),欧洲各国常误认为是古印度《寓言集》五卷(*Panchatantra*,另有中译名《五卷书》)的作者。本书很早就译成阿拉伯文,从此转译为希伯来、希腊等等文字。法国在十三世纪就出版了拉丁文的译本。但勒萨日讲的故事,该寓言集里并没有。

的事都蒙他看顾。"那一只乌鸦打断他道:"且慢着!别夸张这克什米尔人的运气。阿搭尔缪克对他的确不摆主人架子,推心置腹,并且我相信也要安插他一个要职。不过到那时候,柴安吉早饿死了。这可怜家伙住在客寓的一间小屋里,无以为生。总而言之,他日子很窘,朝上却没人瞧出来。宰相并没想到问问他的景况,怀了一番好意就算完事,尽他去穷死也不管。'"

我不讲下去了,让赖玛公爵自去领会。他微笑着问我说,阿搭尔缪克听了这篇讽喻有何感想,没生气怪这个秘书狂妄吗?我给他一问,有点儿心慌,回答道:"大人,他没有。寓言上说他并不生气,反而给秘书许多恩典。"公爵板着脸说道:"那还算运气。有的宰相可不喜欢受人家教训。"他打断了谈话,站起来说:"我想王上快醒了,我该到他床前去伺候。"他说完大踏步进宫去了,没再跟我讲一句话,好像听了那个印度寓言很不乐意。

我跟到万岁爷寝室门口,然后把那些纸放回原处。我跑到那两个誊写员的办公室里,他们这次也跟驾来的。他们看见我,说道:"山悌良那先生,怎么了?你神色仓皇得很,出了什么岔儿吗?"

我只愁那篇讽喻坏了事,也就不勉强遮饰。我把方才的话说出来,他们看我惶恐非凡,也很关切。一个说:"这事的确不妙,这位大人有时候要闹别扭的。"那一个说:"这话千真万确,但愿你别像红衣主教斯宾诺萨的一个秘书那样吃苦头。这个秘书在主教大人手下做了十五个月的事,没领到薪水,再也熬不住了,有一天大胆向主教大人诉苦,讨几个钱过活。主教说:'很对,你该支薪水。'他把一张一千杜加的支票放在他手里,说道:'拿去,你到国库去领这笔钱吧。不过记着,我这儿不再麻烦你了。'那位秘书要是能够领到那一千杜加,又可以另外找事,停职也情愿。可是他刚走出红衣主教的府邸,就给一个公差拿住,送往塞哥维亚塔里监禁了好些时候。"

我听了这个故事愈加害怕。我自以为完了,无可譬解,只好怨自己性急,倒好像还耐心不够似的。我对自己说:"唉!为什么冒冒失失讲那个倒霉的寓言,惹首相生气呢?也许他正要周济我;也许我竟会忽然发财,谁都料不到。我一时莽撞,把多少功名利禄都断送了!我应该想想,有种大人先生不喜欢人家向他们开口,要人家把一点儿应得的酬劳也当作他们的赏赐。我其实还是半饿半饱挨日子,不向公爵吐露为妙。我竟应该忍耐着直到饿死,才可以怪他不对。"

我那时也许还暗存几分指望,可是饭后一见主人的面,心全死了。他一变平时的态度,正言厉色,一句话也不跟我讲。我那半天真是急得要命。我晚上也心惊胆战,懊恨一场好梦落了空,又害怕国家监狱里要添我这一名囚犯,一晚上只是唉声叹气。

第二天是生死关头。早上公爵召我。我跑到他房里去,比等待判罪的犯人还要战战栗栗。他扬着一张纸片儿说道:"山悌良那,这张支票你拿去……"我听见"支票"两字就发抖,心想:"天哪!又是一个斯宾诺萨红衣主教!押送我到塞哥维亚去的囚车就要上路了。"我一阵害怕,不等首相说完,忙向他脚边跪倒,眼泪双流道:"大人,我诚惶诚恐,求您大人恕我冒昧,我实在迫不得已,才向您诉苦的。"

首相看我惊慌失措,忍不住笑了。他道:"吉尔·布拉斯,你放了心。你对我诉苦,就仿佛责备我不及早看顾你。可是,朋友,我不生气。我倒怪自己没问问你的景况。我要补救这点疏忽,先给你这张一千五百杜加的支票。你可以到国库去兑现。我还答应你,以后每年给你这么些钱,而且要是有手笔慷慨的富翁请你帮忙,你可以替他们向我求情。"

我听了不胜欣喜,就去吻首相的脚。他叫我起来,待我依然很和气。我也想振作兴致,可是没法儿突然转忧为喜。我呆呆瞪瞪像个临刑忽蒙赦免的死囚。我主人以为我怕得罪他,所以惶恐,其实我还是怕长期监禁。他说他故意把我冷淡,要瞧我难过不难过,因此就看出我确有忠忱,所以愈加喜欢我了。

第 七 章

一千五百杜加的用途;他第一次
代人求情,得到报酬。

王上仿佛是免得我心焦,过一天就回马德里。我飞也似的赶到国库,当场把支票换了现款。叫花子忽然发财,难免头重脚轻。我运气转了,马上人也变了,从此只知道爬向高位子,摆出阔排场。我把那间寒窘的小房间让给不懂鸟语的秘书。上回住的那套漂亮房间幸好还空着,我又搬回去。我叫了一个有名的裁缝来,花花公子的衣服差不多都是他做的。他量了身材,带我到一家衣料铺里剪了五奥纳的料子,据他说这才够做一件衣服。做一件西班牙式的衣服要五个奥纳!天啊!……可是别在这上面计较了,走红的裁缝总比普通裁缝费料子。我又买了几件亟待替换的内衣、几双丝袜子和一顶帽子,帽檐儿上有西班牙式的绣花。

我少不得要个跟班才够体面,就请房东文森·佛瑞罗替我找一个。他店里那些外国旅客多半到了马德里雇西班牙用人,因此找事的用人都聚在那里。先来一个小伙子,脸上那副和善虔诚的神情活像安布华斯·拉莫拉,我看了就不要他。我对佛瑞罗说:"我不喜欢道貌岸然的用人,我上过当。"

我刚打发了这人,第二个来了。这一个样子很机灵,一副钝皮老脸,又带几分无赖劲儿,正合我意。我问了几句话,他回答得伶牙俐齿,看来竟天生是个诡计多端的家伙。我觉得这个人正合用,就雇定了。我用了他没后悔,因为马上知道这个人真是个宝贝。蒙公爵允许,我肯帮谁的忙都可以向他求情,我决不放过这句话,所以正要一只猎狗替我寻找些野味,换句话说,正要个手段巧妙的混蛋,替我打听谁有事求首相,把他引上门来。这正是我这用人西比翁的特长。他刚从东宫的奶妈堂娜安娜·德·葛华拉家出来;这位太太是那种自恃朝里有人、招权纳贿的娘儿,他在她家里曾经大展奇才。

我对西比翁说,我能够叫王上开恩;他立刻出马,当晚就来说道:"大爷,我找到一注很不错的买卖。有个格拉纳达的年轻绅士刚到马德里来,他名叫堂罗杰·德·拉达。他最近跟人家决斗出了事,不得不求赖玛公爵庇护,准备出一大笔谢仪。我跟他谈过了。有人对他夸张堂罗德利克·德·加尔德隆的权势,他本来想去找这位爷,可是我告诉他,这位秘书的情面是称着分两当金子卖的,而您呢,只要一点酬劳就成了。我又说,要是您景况好,照您那个又慷慨又廉洁的脾气,还愿意白帮忙呢。这样我就把他拉过来了。总而言之,我已经跟他说定,这位绅士明天早上在您起身的时候来见。"我说道:"怎么的?西比翁先生,你做事情真快!我看你干那些鬼鬼祟祟的勾当是个老手了。真想不到你还这样穷。"他答道:"这是没什么稀奇的。我爱花钱,左手来、右手去,从来不攒着。"

堂罗杰果然来见。我接待的时候客气里带些骄矜。我说:"先生,我要答应帮你,先得知道累你上朝的那桩决斗是怎么回事,因为也许是不便跟首相说的。请你讲一讲,不要遮掩。你放心,如果那是正人君子帮得了忙的,我一定尽力。"那年轻的格拉纳达人答道:"很好,我就把我的事老实告诉你。"下面就是他讲的。

第 八 章

堂罗杰·德·拉达的故事。

"格拉纳达有位绅士名叫堂安那斯塔修·德·拉达。他跟夫人堂娜艾斯德法妮住在安德盖拉城里,快乐度日。这位太太贞洁温和,相貌又非常美丽。她对丈夫一片柔情,丈夫也发疯似的爱她。这位丈夫性好吃醋,虽然太太的节操无可置疑,他还是不放心。他只怕暗地里有冤家不让他安顿,要装他的幌子。他什么朋友都信不过,只除了堂俞贝多·德·奥达雷斯;其实这个人倒应当提防,他凭自己是艾斯德法妮的表兄,在他家任意出入。

"堂俞贝多果然看中了表妹。他不顾亲戚之分,也不顾堂安那斯塔修朋友之谊,竟胆敢向她诉说衷情。这位太太是识大体的,她没有翻脸,省得把事情闹大,只和和气气责备了那亲戚一顿,说他不该存心诱惑,塌她丈夫的台,还一本正经叫他别再妄想。

"她这般温和,反撩得那位爷更狂了。他以为对这样性格儿的女人应当逼得紧,才会如愿。他就举止轻佻起来,有一天竟大胆求欢。那太太正言厉色地拒绝,并且恫吓他说,他这样无礼,她要叫堂安那斯塔修给他惩戒。那位风流人物吃不起吓,就一口应允从此不谈情说爱。艾斯德法妮以为他说话会守信,也不追究往事了。

"堂俞贝多生性非常阴险。他一股热情碰了这个大钉子,不免动了个报仇的恶念。他知道堂安娜斯塔修是个软耳根子的醋罐子,因此就想出一条恶毒透顶的计策,不是混蛋想不出来的。一天黄昏,他和这位胸无主见的丈夫散步,装出满面愁容,说道:'好朋友,我有桩心事,再不告诉你,就要闷死了。我本来想瞒你,可是你的体面第一要紧,你的心境安宁还在其次。咱们俩对于伤风败俗的勾当再不肯放松,所以你家的事,我也不好让你蒙在鼓里。你听了会又气又惊,你心里先有个数吧。我这话是要伤你心的。'

"堂安那斯塔修已经心慌意乱,插嘴道:'我懂了,你表妹对我不贞。'奥达雷斯气愤愤地说道:'我不认她表妹,跟她断绝了!她哪里配有你这个丈夫!'堂安那斯塔修嚷道:'别逗得我心焦了,说吧!艾斯德法妮干了什么事呀?'堂俞贝多答道:'她干了对不起你的事。你有个情敌跟她私通。可是我说不出他的名字,因为黑夜里看不清奸夫是谁。我只知道你受欺,这是千真万确的。我对这件事理该关切,所以说的话决不虚诳。我非得确切知道艾斯德法妮失节,才可以派她不是。'

"他瞧出这席话没有白说,就道:'我不必多讲了,我看得出你痛恨人家负心,打算名正言顺地报这个仇。我赞成!别管谁死在你手下,且让本地人瞧瞧,你为了体面什么都不爱惜。'

"这奸贼这样一挑拨,离间了轻信的丈夫和无辜的太太。他又说丈夫要是不报仇就如何丢脸,说得淋漓尽致,激得这位丈夫疯了。堂安那斯塔修好像凶神附身,不由自主。他回家去,横了心要把他那个倒霉的妻子一刀戳死。他到家太太刚要上床。他先忍着,等用人都睡定。他不怕上干天怒,也顾不得玷辱家声,甚至对太太肚里怀了六个月的孩子也没有一点骨肉之情,他走向那个遭殃的女人,厉声喝道:'贱东西!我要你的命!我现在宽限你一会儿,快求天饶恕你对我犯的罪吧。你已经丧尽名节,可是我还不愿你死后灵魂受苦。'

"他说着拔出短刀。艾斯德法妮看他这般举动,听他这番话,吓得双膝跪地,合着手慌忙失措地说道:'大爷,你怎么了?我犯了什么过错害你这样生气?你干吗要你老婆的命呀?你要是怀疑她失节,那就误会了。'

"那醋罐子丈夫凶狠狠地道:'绝没有错儿!你对我不起,我知道得千真万确,告诉我的人是靠得住的。堂俞贝多……'她急忙打断他道:'啊,大爷,你应当提防堂俞贝多,别以为他够朋友。假如他说我什么坏话,别相信他。'堂安那斯塔修答道:'住嘴!你这不要脸的东西!你叫我提防奥达雷斯,以为这样可以去我的疑心,不知道越发添了我的疑心。你这个亲戚知道你的丑事,所以你想叫我提防他。你要我不相信他做证,可是这种花言巧语都是白说的,反而挑得我越发要惩罚你。'艾斯德法妮伤心哭道:'亲爱的丈夫,请你别凭着一股火气,不分青红皂白。你要是气头上干出事来,一旦明白是冤枉了人,要后悔无及的。看上帝分上,不要发火!至少也把这段嫌疑弄清楚再说,这样对一个问心无愧的女人还公道些。'

"换了别人,听见这番话,尤其看到说话的人这样凄惨,一定要心软了。可是这狠心人反而重新命令妻子快向上帝忏悔,竟举起刀来要动手。她叫道:'住手!你这个凶横无理的人!假如你已经不爱我,把我的温柔体贴也忘记干净,我的眼泪动不了你的狠心,那么,珍重你自己的亲骨血吧!别向这个没出世的无辜孩子下毒手。你宰了他,天地也不容你。你杀我,我可以恕你的罪;可是记着,你杀这孩子可罪孽深重,要有报应的。'

"堂安那斯塔修虽然咬紧牙关把艾斯德法妮的话当耳边风,可是听到末了几句,想想害怕起来,心就软了。他惟恐心一软怒气就要泄掉,所以乘余愤未消,赶忙下手,一刀戳在她太太右胸口。她立刻倒在地下。他以为死了,马上出门,从此安德盖拉城里不见了他的踪迹。

"这位苦命太太戳得昏过去,躺在地下好半天,就像死人一样。她醒过来哼哼叫痛,一个伺候她的老婆子听见声音赶来。这个好老太婆看见女主人的惨相,急得大叫大喊,把别的用人和紧邻都吵醒。大家立刻都拥到她房里。有人去请了几个外科医生。他们瞧了伤口,以为并不凶险。医生断得很对,不多时就把艾斯德法妮治好。三个月之后,她平安无事地生了个儿子。吉尔·布拉斯先生,她那次凄凄惨惨生下来的就是我。

"虽然谣言不大放松女人的名节,居然倒没人说我妈妈的坏话。本地人都认为丈夫吃醋发了疯,闹出这个血案。人家确实知道我爸爸性子躁烈,一来就生气。奥达雷斯知道他表妹怀疑他造谣挑拨了堂安那斯塔修,就不再去看她,反正他的仇至少已经报了一半,也可以称心了。我不细讲我的教育,免得你先生厌烦,只说我妈妈特别要叫我学击剑。我在格拉纳达和赛维尔最有名的击剑学校里学了好一程子。她眼巴巴地只等我长大,可以把堂俞贝多冤枉她的事向我诉说,让我跟他比剑。她熬到我十八岁,就把心事说出来。她讲的时候眼泪满面,十分悲戚。一个有胆气有心肝的儿子看妈妈这般景象,哪里受得了!我立刻去找奥达雷斯,约他到僻静地方,两人决斗了好一会儿,我刺中他三剑,把他刺翻在地。

"堂俞贝多自觉受了重伤,两眼将闭,看着我说:他坏过我妈妈的声名,现在死在我手里,正是报应不爽。他招认他是恨我妈妈严词正气,所以一心报仇害她。他临死求上天饶赦,也求堂安那斯塔修、艾斯德法妮和我恕罪。我想不便回家报告妈妈,风声自会传到她耳朵里。我爬山越岭,到马拉加城,上了一只正要出港游弋的武装民船。船长看我不像个没胆量的人,欣然许我加入船上的义勇队。

"我不久就有个大显身手的机会。我们在阿尔布朗岛邻近碰到一只梅利拉来的海盗船。那船在卡达吉那纬度圈上抢了一只满载货物的西班牙船,带着开回非洲海岸。我们向非洲人迎头痛击,把两条船都夺过来。船上还有掳到北非洲去做奴隶的八十个基督徒。那时候开向格拉纳达恰遇顺风,我们不多时就到了朋达·德·海里那。

"我们问那些俘虏是哪里人,我问到一个人相貌很好,大概有五十来岁。他叹气说,他是安德盖拉人。我听了不知怎么心里一动。我看他见我激动,也有感触似的。我说:'我是你同乡。请问贵姓。'他答道:'唉!你问我这话,又勾起我的伤心。我离开安德盖拉已经十八年了。大概安德盖拉人想起我只会厌恨。也许你常听人家讲起我的,我名叫堂安那斯塔修·德·拉达。'我叫道:'天啊!会有这事吗?怎么!你是堂安那斯塔修吗?你是我的爸爸吗?'他大吃一惊,打量着我,失声道:'年轻人,你说什么?我逞一时气愤向我老婆下了毒手,她肚里还有个可怜的孩子,难道就是你吗?'我说:'是啊,爸爸。出凶事的那个夜里,你不是把清白无罪的艾斯德法妮撇在血泊里吗?三个月以后她就生下了我。'

"堂安那斯塔修不等我说完,就抱住我的脖子,紧紧拥抱了我一刻钟,两人同声叹气,眼泪交流。我们这样重逢,自然天性流露,尽情亲热了一番。于是我爸爸仰面谢天救了艾斯德法妮的性命。可是他过了一会儿,又怕还未可欣幸,忙问我大家怎么知道他妻子是无罪的。我答道:'爸爸,除你之外,谁也没怀疑她什么。你太太的品行一向无瑕可击。我应当把真情告诉你。你可知道,你上了堂俞贝多的当。'我就把这位亲戚怎样奸诈、我怎样报仇和他临死忏悔的话都告诉他。

"我爸爸重得自由固然快活,听了我讲的消息尤其快活。他喜不自胜,亲亲热热地拥抱我。他翻来覆去只说他多么喜欢我。他说:'哎!孩子,咱们赶快回安德盖拉去吧!我心焦得很,我老婆受了我作践,我要去跪在她脚边讨饶呢。我听说

冤屈了她,懊悔得心都裂了。'

"我急要我那两位亲人早早见面,不肯把这件乐事延宕。我爸爸不愿再受海上的风险,所以我辞了船长,把战利品里分得的一份钱在阿德拉买了两头骡子。一路无事,他就讲他的经历,我听来津津有味,好比伊塔刻王子听他父王的历险故事①。我们走了几天,到贴近安德盖拉的山下歇下来。我们想悄悄溜回家去,所以逗留到半夜才进城。

"我妈妈以为跟丈夫永不见面了,一旦相会,试想她多么诧异。而且我爸爸回家的情形说来也算是个奇迹,更使她惊奇。爸爸痛悔前非,求我妈妈不计较他的蛮横。我妈妈看他那样真切,心便软了。她不把丈夫当凶手,只以为是天假手于他。规矩女人把"丈夫"两字看得这般至高无上!艾斯德法妮一直为我担忧,见我回家很快活。不过她喜里带忧。奥达雷斯有个姊姊,正在上诉,叫人四处追捕杀害她兄弟的凶手。所以我妈妈觉得留我在家不妥当,放不下心。先生,我因此当晚就走,上朝来求王上赦罪。你既然肯尽力帮忙、代我向首相求情,我就赦免有望了。"

堂安那斯塔修那位勇敢的儿子讲完了,我就摆出架子道:

---

① 这是指忒勒马科斯(Télémaque),伊塔刻(Ithaque)王尤利西斯(Ulysse,即俄底修斯)的儿子。尤利西斯出国参加特洛亚战争,战事结束,飘零在外十年,忒勒马科斯云游各地去找他。荷马史诗第二部《奥德赛》就是叙述尤利西斯的经历。《奥德赛》第十六卷里写父子重逢,惊喜交集,只说忒勒马科斯问父亲坐什么船来的和尤利西斯的回答。法国十七世纪费内隆(Fénelon)的有名著作《忒勒马科斯》(Télémaque)第十八里写忒勒马科斯不认识父亲,相逢又错过了,一问一答,话更简单。在《奥德赛》第二十四卷里,尤利西斯回家,跟珀涅罗珀(Pénélope)夫妇团圆,讲体己话,把离别后的事略谈了一下,但这时候忒勒马科斯显然不在旁边。

"成了,堂罗杰先生,我觉得你可以得赦的。我回头详细告诉首相大人,我敢保证他会庇护你。"那格拉纳达人听了没口地称谢。要不是他还答应我事成之后有谢仪,那空言道谢从我这一只耳朵里进去、早从那只耳朵里跑了。可是他一拨动这根弦子,我立刻上了劲。我当天把这事告诉公爵,蒙他许我领这位绅士晋见。公爵见了他说道:"堂罗杰,我知道你为了什么一桩决斗案子到朝里来,山悌良那把情形告诉过我了。你放心,你做的事都情有可原。那些为了雪耻跟人决斗的绅士,万岁爷特别开恩赦罪。照规矩你得坐坐监牢,不过绝不会关禁多久。山悌良那是你的好朋友,此外的事他自会料理,赶紧放你出来。"

堂罗杰对首相深深致敬,他有了这句担保,就放心回家乡去坐牢。我立刻替他弄到了赦免状。不上十天,我就让这个新忒勒马科斯和他的尤利西斯和珀涅罗珀团聚了。假如他朝里没有靠山,手里没有钱,只怕坐了一年的监狱还不会放呢!我帮了这个忙只到手一百比斯多。这算不得一注大财,可是我还没到加尔德隆的地位,小注儿买卖也在乎。

第 九 章

吉尔·布拉斯不多时发了财,装出大气派。

这事引起我的胃口来了,西比翁拿了我十个比斯多的佣钱,也添了兴致去找新买卖。他这方面的本领我已经称赞过,他真当得起伟大的西比翁这个称号①。他拉来的第二个主顾是个印书商,出版武侠小说的。那些书全是胡说八道,他却靠此发了财。这人盗印同行出版的一部作品,全版的书给公家没收了去。我得了三百杜加,设法把没收的书发还,又免他一大笔罚款。首相本来不必过问,可是他大人看我面上,很愿意仗他的威力出面调停。又一个主顾是个商人,为了这样一件事:有一只葡萄牙商船给北非洲的海盗抢去,后来由加狄斯的武装民船抢回。这船上三分之二的货物是那个里斯本商人的。他没法追还这批货,所以到西班牙朝上来找个有面子的靠山替他把货讨回来。他运气好找到了我。我拿了四百比斯多的谢仪,替他出力追回了全部货物。

我讲到这里,仿佛听得一位读者嚷道:"努力呀!山悌良那先生!攒点儿!积点儿!你走运了,多弄两个钱吧!"啊,那还用说!如果我眼睛没看错,我用人又带着个新上钩的主顾来了!果然,来人正是西比翁,听他怎么说吧。他说:"大爷,让我引见这位卖药的大夫。他要求在西班牙王国各城市里专利卖药十年,别人不得竞争。换句话说,他到什么地方做买卖,同行就不得在那里营业。谁能替他弄到这份专利证书,他愿意出二百比斯多的谢仪。"我摆出当朝大佬的神气,对这个走江湖医生说道:"成!朋友,我可以办到。"果然不出几天,我就弄到一份特许他哄骗西班牙全国人民的专利证,打发了他。

俗语说:"越吃越馋。"我发现这句话一点儿不假。我的钱

---

① 指古罗马的名将及政治家,号称"非洲人"的西比翁(Scipion L'Africain)(公元前236—前183)。

越多,心越贪,而且前四次向首相求情很容易,我毫不犹豫又要第五次向他求情了。这回是求一个都统的职位。格拉纳达沿海的维拉城出了个都统的缺,有个授加拉特拉华勋章的爵士送我一千比斯多,托我谋这个位子。首相看我那么贪财,不禁笑了,说道:"天啊,吉尔·布拉斯朋友!你好上紧啊!发疯似的为人家出力。你听着:小事情呢,我不跟你计较。不过逢到都统的缺或是别的大宗买卖,对不起,一半钱归你,还有一半该向我交账。"又道:"我开销真大,要好多进账才撑得起我这个排场呢,你哪里想得到。外面人看我清廉,老实说,我不至于那么没成算,肯把家产来赔补亏空。你照我这意思做去吧。"

我听了主人这番话,竟是受了鼓励,不再怕他厌烦,就一次次干个不休,越比从前要钱得狠了。我恨不能贴出招子说:谁要向朝廷求情,只消上我门来。我和西比翁分头干事。我专看银子分上替人帮忙。那位授加拉特拉华勋章的爵士出一千比斯多做了维拉的都统;不多时我照这价钱又把个都统的缺卖给一个授圣雅各勋章的爵士。我不但出卖都统的实缺,也出卖勋爵的头衔。凭我弄来一纸勋位授予状,就把个好好的平民变成个混账的绅士。我也向教士施恩。俸禄不大的教士、神长和另外几种教会里的职位归我分派。至于主教和大主教,那是堂罗德利克·德·加尔德隆授任的。行政长官、将军、总督也由他任命。就此可以想见当时的大官小吏一概不行,因为我们把大小官职做这般好买卖,委任的人物未必能干,品行也未必端方。我们明知马德里人把我们冷嘲热骂,可是我们像守财奴一般,看见了金子就笑骂由人。

伊索格拉底说得不错：有了钱就不免奢侈愚妄①。我手里有了三千杜加，而且可以再弄十倍的钱，觉得应当撑起个场面，才不愧做了首相的心腹。我租下整宅房子，陈设得很体面。有个公证人当初要摆阔，置办了一辆马车，现在没饭吃，只好出让，我就买了过来。我又雇了一个车夫和三个跟班。旧用人按理应当升级，西比翁就荣膺了亲随、书记和总管三个职司。首相允许我家用人和他家用人穿一式的号衣，这尤其使我志得意满。我心里本来还剩几分明白，这一来都没有了。坡修斯·拉特罗②的门徒喝了些茴香汤，喝得脸色和老师一样苍白，就自以为学问也和老师一般渊博；我也这样狂妄，几乎自以为是赖玛公爵的本家了。我想外面大概当我是他一家人，或许竟以为我是他的私生子，这使我说不出的高兴。

我又看见首相家食客盈门，就也要请人吃饭。我因此叫西比翁去找个有本事的厨司。他找了一个来，古罗马贪口腹出名的诺门达奴斯③大概也不过用那样的厨司。我的地窖里屯满了醇醪美酒，我又买了各种食品，就摆酒请起客来。每天总有几个相府里的要员来吃晚饭，一个个神气活现，仿佛都是部长。我款待得非常丰盛，客人总吃得醉醺醺地回家。西比翁呢，跟我是主

---

① 伊索格拉底（Isocrate，公元前 436—前 338），古希腊雄辩家。这是他劝诫狄莫尼克斯（Demonicus）的话，勒萨日只引了个大意。原文说："财富并不提高人的品性，而常滋长罪恶，使人懒惰，引人一味享受。"（见"勒勃古典丛书"本《伊索格拉底集》第一册第 6—7 页）
② 坡修斯·拉特罗（Marcus Portius Latro，公元前 55—前 4 或前 3），古罗马雄辩学教师。
③ 诺门达奴斯（Nomentanus），这个人在贺拉斯《讽刺诗》第二卷第八首 23—26 行里出现，是个讲究饮食的富人。

是仆,也在下房开一桌酒席,花我的钱招待他的朋友。不过我喜欢这个小伙子,而且我觉得他既然帮我赚钱,也有权帮我花钱。再加我年纪还轻,看他撒漫使钱,只以为添我的场面,没见到害处。我不把这些放在心上还有个道理:官爵和教会的各种职位是滚滚财源。我眼看着一天比一天富足。我相信这一回把好运气留在我家里了。

我志得意满,只恨法布利斯没看见我的阔排场。我料他准已经从安达路西亚回来。我要出其不意,就送他一个无头请帖,上面说:和他要好的一个西西里贵人约他吃晚饭。我注明了吃饭的日期、时间和地点,就是约在我家里。尼聂斯跑来,一看请吃饭的外国贵人就是我,非常诧异。我说道:"是啊,朋友,我就是这宅房子的主人呀!我有一辆马车,我办得好筵席,我还有钱箱。"他高兴地嚷道:"你怎么会发了财了?我把你荐给加连诺伯爵真没错啊!我跟你说的,他是个慷慨的大爷,你靠他不久就会有好日子。我劝过你对那个管家不要太精明,想来你一定听了我的良言了,我恭喜你。做大人家的总管,非这样乖不会吃得这么肥。"

我让法布利斯去自鸣得意,以为我全亏他荐给了加连诺伯爵。然后我要杀杀他的兴致,就细细讲给他听这位大爷如何报答我的功劳。我们这位诗人一听,立刻做起翻案文章来。我就说道:"我不怪那西西里人没良心。这话咱们俩私下说说,我正该自己侥幸,不该怨恨他。假如伯爵没有亏负我,我一定跟着上西西里,到如今还在他家当用人,不知几时撑得起家业来呢。总而言之,我就不会做赖玛公爵的亲信了。"

尼聂斯听了末一句话,惊奇得半响不能出声。他怔了一会儿才道:"我没听错吗?怎么的,您是首相的亲信啊?"我道:"首相相信我和堂罗德利克·德·加尔德隆两个人。看一切情形,我很有前程。"他道:"山悌良那先生,我真佩服您,您干什么事都行。您真是个通才。借用咱们赌场上的话,您是个'路路通',到处有用。而且,大人,我看了您大人的成功,高兴得很。"我打断他道:"哎,得了!尼聂斯先生,别大人不大人!免了这些称呼,咱们俩在一起总不要拘形迹。"他答道:"对,你虽然阔了,我还该照旧看待。不过我老实把我的毛病告诉你听,你走了红运,耀得我眼睛都花了。亏得我眼睛花一程子就好,这时候看看你,依然是我的朋友吉尔·布拉斯。"

这时有四五个相府要员到我家来,打断了谈话。我介绍尼聂斯,说道:"诸位先生,今晚请到堂法布利斯跟咱们同吃晚饭。他的诗简直充得过奴玛王①的诗,他的散文是独创一格的。"可惜这几位先生瞧不起吟诗作文,气得诗人脸都白了。他们正眼也不瞧他。他要不遭冷落,白说了些很俏皮的话,人家也没听懂。法布利斯非常生气,就使出个作诗的奔放不羁之法,悄悄地溜了。那几位要员并没有知觉,他们坐下吃晚饭,问都没问起他。

第二天早上,我刚穿好衣裳要出门,这位阿斯杜利亚的诗人进我房来,说道:"朋友,昨儿晚上也许我当面得罪了你那几位要员,请你原谅。不过说老实话,我跟他们臭味太不相投,实在受不了。那些讨厌东西!一副死板板自以为了不得的神气!你这样聪明透顶的人,怎么会跟那种沉闷的客人合得来,我真不懂。我今天要带几个有生气的客人来看你。"我答道:"很欢迎。

---

① 勒萨日自注:"古罗马战神的祭司每年赛会时唱的颂歌,意义很晦涩,是奴玛王(Numa)所作。"

我相信你有知人之明。"他道:"是啊,我保证他们都是大天才,而且非常有趣。我立刻上一家酒店去,他们一会儿都在那里聚会。我去留住他们,免得给别人请去。因为他们真有趣,谁都抢着请他们,不是吃中饭,就是吃晚饭。"

他说完走了。到晚饭的时候,他只带来六个作家,一一介绍,对每个都标榜一番。听他说来,这些大才子比希腊罗马的大作家还了不起,他们的作品都应当印成金字。我客客气气接待,做尽殷勤的样子,因为作家这类人都有点儿虚骄之气。我虽然没吩咐西比翁办盛筵,他知道今天款待的是什么样人,早已多添了菜。

我们高高兴兴入席。这些诗家就谈论起自己来,自吹自唱。一个傲然列举某某阔佬某某贵妇人赏识他的作品。另一个说文士院新选的两位院士不合适,还谦逊说,他自己应当入选。其他各人也是一样的大言不惭。正吃着晚饭,他们又是吟诗呀念文章呀烦得我要死。他们轮流背自己的作品:一个哼一首十四行诗,一个朗诵一幕悲剧,另一个念一篇喜剧的批评。轮到第四个人,他要读一首译诗,是阿那克里翁①的原作,译成很糟的西班牙韵文。一位同行打断他说,有个字翻译得不恰当。译者不服气,争执起来。在座的这些大才子也都插嘴,分成两派。他们辩论得动起火来,就破口谩骂;这还不够,几位疯子竟站起来挥拳了。法布利斯、西比翁、我的车夫、我的跟班和我自己费了好大力气才把他们拉开。他们也不向我赔礼,一哄而散,仿佛我家就是个酒店

---

① 阿那克里翁(Anacréon,约公元前6世纪—前5世纪),古希腊抒情诗人,专歌咏恋爱与酒。

似的。

我先听了尼聂斯的话,原以为这一顿饭可以尽欢的。他看见这样的事,待了好一会儿。我道:"好啊!朋友!你还对我夸你请来的客人吗?你真是找来了一群卑鄙小人!我宁可请那些职员,别再跟我提什么作家。"他答道:"我也不再介绍旁的作家了,方才那几个还是作家里最通情达理的呢!"

第 十 章

吉尔·布拉斯在朝里变得十分下流无耻;
勒莫斯伯爵委他办差,跟他合伙捣鬼。

大家一知道我得赖玛公爵宠信,都来趋奉。每天早上,来客挤满了待见室,我起床时就接见。上门来的有两种人:一种是出钱请我向首相说情的,另一种是不出钱苦求我说情的。我对第一种人总悉心静听,出力帮忙。我对第二种人,或者推托几句,当场打发掉,或者一味敷衍拖宕,弄得他们不耐烦再等。我入朝以前,原来心慈肠热;不过人到了朝里就没有那种通病了,我的心肠竟硬得赛过石子。所以我对朋友也不怜惜,也没感情,把这些一股脑儿都铲除了。我对付约瑟夫·那华罗的办法就是个证据。我讲讲那桩事情吧。

那华罗对我恩深义重。总而言之,我当初全亏了他才能发迹。有一天他跑来看我。他见了我照例先亲热一番,然后托我向赖玛公爵讨个情,安插一位朋友。他说那位绅士人不讨厌,也很能干,可是谋不到事,度日艰难。约瑟夫还说:"我知道你是好心眼儿,也够朋友,准肯帮助这位穷绅士。他窘得很,你正该扶一把。让你有这机缘行个善事,想来你一定还要谢我呢。"这就是干脆说我得白效劳了。虽然他这话不入耳,我却装出惟命是听的样子,说道:"承你从前种种照拂,我感激得很,现在可以报答一下,那是妙极了。只要你对谁关切,我准替他出力,旁的都不用提。请放心,你替那位朋友谋的事一定到手。这事你不用管,交给我得了。"

约瑟夫听我一口应承,对我很满意,就告辞走了。可是他荐的人并未弄到那个位子。我卖给另外一个人,到手一千杜加,存在钱箱里。我觉得这笔钱比那个总管的空言道谢美得多。下回见面的时候,我做出懊丧的神气,说道:"啊,亲爱的那华罗,你上次来托我,已经迟了一步。加尔德隆抢先一着,把那位子给了别人了。我十分懊恼,没个好消息报你。"

约瑟夫信以为真,我们分手的时候,越发要好。不过我料他马上知道了个中底细,因为他从此不上我家来了。我这样待一位恩深义重的真心朋友,非但不惭愧,反而洋洋得意。因为他对我的恩惠成了我的背累,况且按我当时在朝里的地位,也不该再跟人家的总管来往。

我好久没提勒莫斯伯爵,现在要讲到这位大爷了。我见了他几回。我送过一千比斯多给他,已见上文。后来我该交给他那位公爵舅舅一千比斯多,公爵大人吩咐我也送给他。那天蒙勒莫斯伯爵赏脸,跟我谈得很久。他说他居然如愿以偿,太子对他十分喜欢,当他惟一的亲信。于是他托我办一桩体面差使,就是上次对我提起的。他说:"山悌良那朋友,这事得着手了。拿出全副本领来,替我找个年轻美貌、可以陪伴风流太子取乐儿的姑娘。你是个聪明人,不用我多说。你四面八方找去吧,几时找到了合适的来通知我。"我答应他一定好好儿干,决不懈怠,好在众人齐着力,事情是不难办的。

我不是寻访美人的老手,不过相信西比翁准又来得。我一到家就叫他来密谈,说道:"朋友,我有机密要事告诉你。你可知道我虽然一切顺利,总觉得还有点儿美中不足。"他不等我说完,就抢着说道:"不足的什么,我一猜就着。您少个可人意儿的女仙子陪您解闷取乐儿。说老实话,像您年正青春,身边竟没个女人,真是件怪事。那些一本正经的老头儿还少不了她们呢。"我微笑答道:"我佩服你眼光锐利。对!我的朋友,我是少个女人,要你替我弄一个来。不过我预先告诉你,我选人很严。我要你替我找个美人儿,可是她得品行规矩。"西比翁微笑答道:"您要的却是件稀罕物儿。不过,靠天之福,咱们这个城里什么样女人都有,我想不久就可以找到一个您合意的。"

果然三天之后,他对我说道:"我找着一个宝贝了。是个年轻姑娘,叫加德丽娜;好人家出身,美丽得叫人心醉。她跟姨母住在一所小房子里,靠点儿薄产过正经日子。我认识她家女用人。刚才听她说,她们虽然不准闲人上门,假如是位阔绰的风流公子,绝不会闭门不纳,不过得等天黑了悄悄地去,免得外面说长道短。我就对那个女用人把您描摹了一番,说您这位绅士正是应该开门迎接的,托她向两位女主人提一下。她答应了,明天早上在约定的地点给我回音。"我说:"好得很,不过我怕刚才和你会面的女用人也许说的是假话。"他答道:"不,不,我这人不容易上当。我已经打听过街坊,听来这位加德丽娜小姐正配做您的意中人。换句话说,她就是个达那厄①,您可以像朱庇特那样化作一阵金钱雨落到她家里去。"

我对这类艳遇虽然早有戒心,这次却放心。第二天那个女用人来告诉西比翁说,我尽可以当晚就去拜访她的女主人,因此我到十一点以后,就悄悄地溜了去。女用人在黑地里开了门,搀我到一间很讲究的客厅里。只见夫人和小姐打扮得漂漂亮亮,坐在缎墩上。她们一看见我,立刻起身迎接,态度斯文,看来像两位有身份的女人。那姨母叫曼西亚夫人,虽然风韵犹存,我没多留意。说老实话,我眼睛里只看得见这个外甥女儿,觉得她仿佛是天上神仙。要严格品评起来呢,她还算不得十全十美。可是她有风头,一股子妖娆之气,男人眼睛里就看不见她的短处。

我见了她神魂飞越,忘掉只是为拉纤而来,倒自己出面向她说尽了痴情颠倒的话。我觉得这年轻姑娘可爱极了,把她的一分聪明看成三分,她对答的话简直风魔了我,我有点儿把持不住了。这时候,她姨母在旁浇冷水,发话道:"山悌良那先生,我跟你打开天窗说亮话。我听人家夸你大爷,所以许你上门,没有拿架子。不过别以为这样你就可以得步进步。我这外甥女儿在深闺长大,从没让男人过目,说来你还是头一个呢。你要是以为她配做你的太太,赏她这个面子,我很高兴。你瞧瞧她合不合这个条件,这是最低的条件。"

---

① 希腊神话:达那厄(Danaé)是古希腊阿耳戈斯(Argos)国王的女儿。神道启示说,这女儿将来生的儿子要杀死外祖父。所以国王不准女儿嫁人,把她禁锢在一座没人可进去的塔里。宙斯(Zeus)化作一阵金钱雨打入塔里,达那厄就有孕生了个儿子。

这般单刀直入,把个正要向我射箭的爱神吓跑了。换句平淡的话说,这样露骨的提亲点清了我的头,我马上又是替勒莫斯伯爵拉纤的忠仆了。我改了调儿,回答曼西亚夫人道:"太太,我喜欢你直爽,也愿意学你的样。我尽管在朝里也是一尊人物,却配不过这位绝世无双的加德丽娜。我现有大阔佬来匹配她,想把她配给西班牙的东宫殿下呢。"那姨母冷冷地答道:"你不要我的外甥女儿就完了。我觉得你不肯娶她已经够无礼,不必再来嘲笑。"我忙说:"太太,我并没嘲笑,我认真得很。我奉命找个值得东宫微服光顾的姑娘,在你家找着了,用粉笔在门上做了标记①。"

曼西亚夫人听了大出意外,我看她很喜欢。不过她以为应当假作正经,说道:"就算你的话当真,我告诉你,我可不是那种人,看外甥女儿做了王太子的外室就会臭得意。我是个品行正经的人,想到这种事就厌恶……"我打断她道:"你品行正经再好没有!你就跟市民家的傻婆娘一般见识了。这种事情,讲什么道德,你不是开玩笑吗?一讲道德就杀尽风景了。你眼睛应当向好处看:设想一国的储君向加德丽娜拜倒,把她奉若神明,送不知多少礼物;还想想,也许她会生下个流芳百世的英雄儿子,连做妈妈的都要不朽呢!"

这位姨母虽然满心要应允,却假装打不定主意。加德丽娜早愿意笼络西班牙的东宫,却也做得满不在乎。因此我只得加紧进攻,后来曼西亚夫人看我锐气挫尽,准备要退兵了,这才回心转意,向我投降。我们订了个和约,有以下两款:第一,西班牙

---

① 帝王出巡,驻跸的房子,供奉官先用粉笔标识出来。

东宫听了我赞美加德丽娜如果动心,准备几时晚上来光顾,那么由我负责,连日期一并通知夫人和小姐;第二,东宫只能以普通风流公子的身份到她们家来,除了我和那个主要的媒人,不带其他侍从。

条约订毕,姨甥俩对我种种讨好,一点不拿架子。我乘机大胆搂搂抱抱,也没碰钉子。我临走她们自己上来拥抱,百般亲热。女人和她们用得着的拉纤一混就有交情,实在是件奇事。人家看我出门的时候这样受宠,准以为我真的有艳福呢。

勒莫斯伯爵听见我找到了他要的人,非常高兴。我把加德丽娜极口称赞,他就要亲自去看。第二天晚上他跟我去看了加德丽娜,承认我这事办得很好。他对夫人小姐说,他想王太子对我选中的人一定称心,她们有这样一个情人也准会满意;又说这位少年太子性情慷慨,而且温柔慈祥;末了又说,几天之内就领王太子来,按照她们要求的办法,悄悄默默地不带随从。于是这位大爷告辞,我也一同出来。我们是坐了他的马车来的,车还停在街口。两人上了车,他先送我到家,托我明天把这件刚着手的事告诉他舅舅,还代他要一千比斯多,可以把事办好。

第二天我原原本本报告了赖玛公爵,只瞒掉一件事。我没提西比翁,只算加德丽娜是我自己觅来的,因为一个人在贵人前面,凡事都自己居功。

我讨来几句不够味儿的夸奖。首相嘲笑道:"吉尔·布拉斯先生,我高兴极了,你有那许多本事不算,还会找到肯行方便的美人儿!几时我要找个把女人,可以烦你了。"我也用同样口气答道:"大人,蒙您青眼,可是我这话您不见怪吧,替您帮闲的事我不便兜揽。堂罗德利克先生干了那么多年了,我不该抢他的。"公爵听了微微一笑,就拨转话头,问我他外甥玩这个把戏要钱不要。我说:"对不起,他向您要一千比斯多。"首相答道:"好吧,你送去就得了。你叫他不要省俭,太子要花钱,总从旁赞助。"

第 十 一 章

西班牙王太子私访加德丽娜;赠送礼物。

我当时就送了五百双比斯多给勒莫斯伯爵。这位大爷对我说道:"你来得再巧没有。我已经跟太子谈过,他上了钩了,急煎煎地要去看加德丽娜。今天晚上他要悄悄地溜出王宫,上她家去,这事已经决定,一切都布置好了。你去通知那两个女人,就把带来的钱去送给她们,好让她们明白,光顾的不是个寻常情人,而且帝子王孙向女人用情,总先施恩惠。"又道:"你回头跟我一起陪他去,记着今天晚上到他寝宫去伺候。还有,我觉得坐你的车去妥当,叫你的车半夜停在王宫附近等着。"

我立刻赶到那两个女人家里。据说加德丽娜歇着呢,我没有见,我只见了曼西亚夫人,对她说:"太太,请原谅我大白天上你门来,可是我没别的法儿。王太子今儿晚上要来拜访你们,我得通知你一声。"我又把一口袋比斯多交在她手里,说道:"这是他献给爱神庙里的一点供养,求各位神灵保佑。你瞧,我替你介绍的事儿不错吧?"她答道:"我感激不尽。不过,山悌良那先生,我请问你,王太子喜欢音乐吗?"我说:"他喜欢得要命。他最爱听个好嗓子,再配上个轻拢慢拨的琵琶。"她喜得叫道:"好极了!我听了你这话真高兴!因为我外甥女儿的嗓子就赛得夜莺,她又弹得一手绝妙的琵琶,跳舞也好极了。"我也喜得叫道:"谢天,我的姨妈!她真是多才多艺!女孩子家要走红,不消这许多本领,单有一头已经成了。"

我这样先事安排,直等到王太子回寝宫的时候。于是我吩咐了车夫,就去找勒莫斯伯爵。他告诉我:太子要早早打发掉外人,就假托身子不舒服,又想装得像病人,所以上床睡了,可是一个钟头以后就会起床,从一扇暗门后面的秘密楼梯到院子里去。

他把他们商量好的事告诉了我,叫我在他们必经之处等着。我苦等了好久,以为我们那位情人走了别条路,或者懒得去看加德丽娜了,竟好像帝子王孙对这类事还未如愿就会兴尽的。我以为他们把我忘了,忽见两个人跑来。我一看正是我等的人,就领到我停车的地方。他们都上了车,我坐在车夫旁边点指,离女人家五十步就叫车停下。我搀扶王太子和他同伴下车,步行到我们要拜访的人家。我们走到那里,门就开了;我们一进去,门又关上。

一进门,里面黑沉沉,和我初次来的时候一般,只是此番壁上特为挂了盏小灯。灯光昏暗,只有一点儿亮,什么东西也照不见。我们这位主角看了这个情景觉得越发有趣。客厅上灯烛辉煌,对院子里的黑暗沉沉恰好是有余补不足。夫人和小姐在那里迎接,王太子一见大为颠倒。姨甥俩都穿着式样风流的便服,自有一种巧出心裁的俏丽,见了不由人不动心。如果只有曼西亚夫人一个儿,我们的王太子已经很中意,可是年轻的加德丽娜千娇百媚,当然把她比下去了。

勒莫斯伯爵说道:"哎,殿下,我们哪儿去替您找两个更漂亮的人呢！"太子答道："两位都美得迷人。我这颗心别想把持得住了，即使没给外甥女儿抓住，也逃不过姨妈的手心。"

他先对做姨妈的这般恭维，然后对加德丽娜说了许多爱慕的话，她也对答得非常伶俐。这时候容得拉纤的人插嘴说话，只要说来助兴。所以我对太子说：这位姑娘唱歌弹琵琶都是第一手。王太子听说她如此多才，喜欢得很，逼着她显些本领。她欣然从命，拿起一只调好声音的琵琶，弹了几曲多情的调子，唱得也非常动听。太子又爱又喜，发狂似的跪在她旁边。不过这场情景不必再多写了。单说这位西班牙王国的储君掉在迷魂阵里，转瞬之间已过了几个钟头，天都快亮了，我们得拉他出来。两位帮闲连忙送他回宫，送进卧室。于是他们各自回家，都欣欣得意；他们引太子妍识了一个邪路女人，竟好像替他匹配了一位公主一般。

第二天早上，我把这事告诉赖玛公爵，因为他要知道一切经过。我刚讲完，勒莫斯伯爵走来说道："王太子一心恋着加德丽娜，非常喜欢她，想常去看她，跟她结个不解之缘。他今天要送那个女人价值两千比斯多的首饰，可是身上一个子儿也没有。他对我说：'亲爱的勒莫斯，你得立刻替我筹这笔款子。我明知这是给你麻烦，把你榨干了，我心上真感激不尽。假如有一天我能够不仅空言道谢，我决不亏负你对我的种种报效。'我回答说：'殿下，我有朋友，借得动钱。您要的数目我就去弄来。'我说完立刻就告辞出来。"

公爵对他外甥道："要遂他的心愿并不难。山悌良那就可以把这笔钱交给你。或者呢，你要是愿意，首饰可以叫他去买，因为他是内行，对于红宝石尤其识货。可不是嘛，吉尔·布拉斯？"他狡猾地看着我。我答道："大人，您好挖苦人啊！我知道您是要拿我替伯爵大爷开心呢。"果然,那外甥免不了问这句话里的文章。舅舅笑着说:"没什么,不过是山悌良那要拿钻石去换人家的红宝石,结果又丢了脸,又赔了本。"

假如首相不再讲下去,就太便宜我了。他不怕絮烦,把加米尔和堂拉斐尔在公寓里作弄我的骗局都讲出来,把我最难堪的地方讲得特别详细。公爵大人把我取笑得够了,就吩咐我跟勒莫斯伯爵一同出去。伯爵带我到一家首饰店里,我们选了些首饰,拿给王太子看过,就托我去送给加德丽娜。然后我再回家取了公爵的两千比斯多,去付首饰店的账。

礼物是一对漂亮的耳环和坠子,送给外甥女儿的。我奉命当晚送去,夫人小姐看了殷勤接待,自不必说。她们俩得到这些表记,看出东宫又多情又手笔阔绰,喜得就像两个村婆子似的,话匣子开个无休无歇,又谢我为她们找了这么个好相识。她们乐得忘了情,漏出些话来,我听了怀疑自己为我们大王的太子弄了个女骗子了。我不知道是不是当真干了这么一桩好事,所以出来的时候决计叫西比翁来问个明白。

第 十 二 章

加德丽娜原来是谁;吉尔·布拉斯又为难,
又着急;他图自己心安,作何防备。

我回家听得一片吵嚷,问是什么事。家里人说,西比翁请六个朋友吃晚饭呢。他们扬着嗓子唱歌,连声哈哈大笑。这餐饭当然不是希腊七位贤哲的宴会。

宴会的主人听得我回家,对他的朋友道:"诸位,东家回来了。这没关系,你们别拘束,照旧吃喝,我跟他说两句话就来。"他就来见我。我说:"好闹啊!你那儿招待些什么人呀?诗人吗?"他回答道:"对不起,不是诗人。把您的酒请那种人喝,太可惜了,我另有妙用呢。我请的客人里有个很有钱的年轻人,想走您门路买个职位。我为他请了这顿晚饭。他多喝一巡酒,我就把你的报酬抬高十个比斯多。我准备叫他直喝到天亮。"我说道:"这样说来,你还陪他们吃喝去吧,千万不要爱惜我窖里的酒。"

我觉得这会子不便跟他讲加德丽娜,第二天我起身的时候对他这样说:"西比翁朋友,你知道咱们俩是怎么样儿相处的。你算是我的用人,其实我把你当伙伴儿看待。所以你要是把我当个主人那样来哄骗就不对了。咱们彼此都不要藏头露尾。有一桩你听了要奇怪的事,我想告诉你;你呢,也说给我听听,你觉得替我介绍的女人怎么样儿?咱们俩私下说说吧,我怀疑她们是两个邪货,越要装老实,越显得调皮。要是我没冤枉她们,那就对不起王太子了。老实告诉你吧,我叫你找女人就是为了他。我领他去看过加德丽娜,他爱上那个女人了。"西比翁答道:"大爷,您待我这样好,不容我不拿真心出来。昨夜我和这两位公主娘娘的女用人有个约会,她把两个女主人的身世讲给我听了,我觉得怪有趣味。我简括告诉您,您听了一定很乐。"

他接着说:"加德丽娜是阿拉贡一个小乡绅的女儿,十五岁上就没了爹娘。她穷得很,也美得很。一个老爵士娶了她,名为丈夫,其实是当她的爸爸。他带她到托雷都,半年之后就死了。她承袭了遗产,那不过是随身衣着和三百比斯多的现款,于是她就跟曼西亚夫人合了伙。这位夫人已经有点儿走下坡路,可是还算得个红人呢。这一对好朋友住在一起,所作所为渐渐地惹得警察注目了。两个女人没趣,一赌气,还不知有什么别的缘故,突然离了托雷都到马德里来。她们在马德里住了将近两年,和街坊的女人从不来往。可是我讲最妙的事给你听:她们租两宅小房子,中间只隔着一堵墙,有一座地下楼梯走得通。曼西亚夫人带着个年轻女用人住一宅房子,爵士的寡妇住那一宅,用一个老年的女监护,只算是她的奶奶。所以咱们这位阿拉贡女人一会儿是姨妈带大的外甥女儿,一会儿又是奶奶照顾的孙女儿。她充外甥女儿的时候叫加德丽娜;装孙女儿的时候叫做仙籁娜。"

我一听得仙籁娜这个名字,脸都白了,忙打断西比翁道:"你说的什么?你吓得我发抖了。哎呀,我生怕这个天杀的阿拉贡女人就是加尔德隆的外室!"他答道:"哎!对呀!正是她!我以为您听了这个新闻会乐得不可开交呢。"我道:"你说着玩儿吧?这个新闻哪里会叫我快活,只会招我发愁。你没想到这会惹出事来吗?"西比翁道:"天晓得,我没想到。会出什么乱子呢?堂罗德利克未必会知道。您要是怕他知道,只消趁早告诉首相。您老老实实告诉他,他就知道您是无心。如果加尔德隆要中伤您,首相就明知他无非是挟仇陷害了。"

我听了西比翁这番话就不害怕了。我照他的主意,把发现的这件不如意事告诉赖玛公爵。我说的时候还装出满面愁容,叫他相信我十分懊丧,无意中抢了罗德利克的外室去给太子。可是首相非但不为他那位亲信叫苦,反而嘲笑一番。他叫我只管照常行事得了,加尔德隆能和西班牙太子同爱上一个女人,平分春色,究竟还是他的体面。我把这事也告诉了勒莫斯伯爵。他说,如果那个一等秘书发现了这段私情向首相进谗言,他一定袒护我。

我以为凭这手段,可以一帆风顺,不愁搁浅,所以就不怕什么了。我还是陪太子去光顾加德丽娜,也就是那美丽的仙籁娜。她自有手段稳住堂罗德利克不叫他上门,偷出几夜工夫来接待他那位高贵的情敌。

第 十 三 章

吉尔·布拉斯依然做他的阔佬。他听到家里消息,
有何感触。他和法布利斯吵翻。

上文说过,每天早晨我的前厅上常是一大堆人,有事等着求见。不过我不愿意他们口头陈述,我按照朝里规矩,或者竟可以说,要摆架子,一概吩咐:"拿陈请书来。"我说溜了口,有一天我房东来要一年的房租,我竟也照样回答他这句话。肉铺和面包铺按月准开上账来,倒不消我再问他们要陈请书。西比翁一举一动都学我;翻版和原本可说是相差无几。有人托他向我求情,他也同样行事。

我还有一桩可笑之处,这点我也不用讳言。我虚骄透顶,说起头等贵人的时候,仿佛和他们如兄若弟。譬如说,我要提起阿尔伯公爵、奥宋公爵或是梅狄那·西董尼亚公爵,就不客气直称阿尔伯、奥宋或是梅狄那·西董尼亚,总而言之,我变得骄傲浮夸,竟不像我爹妈的儿子了。唉,可怜的女监护!可怜的侍从!我并没打听打听你们在阿斯杜利亚过的什么日子,压根儿没放在心上,念头从没想到你们俩!我们到了朝里,好比喝过来德河水①,把穷亲戚穷朋友都忘记干净了。

所以我从不想起老家。忽然一天早晨,一个小伙子跑来,说要和我密谈。我把他叫进办公室,看他是个平头百姓,所以也没请他坐,只问找我有什么事。他说道:"吉尔·布拉斯先生,怎么的?你不认得我了?"我把他细细端详,认不出来,只好说陌生得很。他道:"我是你的同乡,也是奥维多人;我爹就是你那位大司铎舅舅的邻居,开油盐铺的贝尔特朗·穆斯加达。我倒一看就认得你,咱们俩常常捉迷藏玩儿的。"

我说:"小时候的玩意儿记不起了。一向事情忙,心上记不得这些旧事。"他说道:"我找我爹生意上有来往的店家算一笔账,所以到马德里来。我听人家讲起你,据说你在朝里很有地位,已经富得像个犹太人了。可喜可喜。我回到家乡,要把这个喜信告诉你家里,让他们快活。"

我迫于礼貌,只得问他离乡的时候我爹妈舅舅景况怎样。可是我勉强塞责,非常冷淡,这个油盐铺的小伙子也觉得我太没

---

① 希腊神话:来德河(Léthé)是阴间的一条河,死人阴魂一定要喝些来德河水,才会把生前的事忘记干净。

骨肉之情了。他这意思全露在脸上。他看我对至亲这样漠不关心,好像很骇然。他是个粗汉,就老实不客气地说:"我以为你对亲人还要稍微热和关切点儿呢。你问起他们的时候多冷淡呀!好像早已把他们忘在脑勺子后头了。你可知道你爹妈的景况吗?我告诉你,你爹你妈一直在帮人。那位好人大司铎吉尔·贝瑞斯又老又病,已经去死不远。一个人总该有点儿人性!你现在有力量帮你家里,我凭朋友分上,劝你一年送他们两百比斯多。这个数目你不在乎,他们靠了你这点救济也可以过些舒服快乐的日子。"

他叙述我家的情形,我听了无动于衷,只怪他冒昧,我并没向他请教,他倒就来劝告我。要是他措辞委婉,也许我会听他;他那样直率,反而撩得我火了。他分明看出我生了气不开口,还只顾劝我,算是一片好心,其实多半是恶意。我听得不耐烦,炸起来了,说道:"哎,你太没分寸了。我跟你说,穆斯加达先生,别多管闲事。找你爹生意上来往的店家算账去吧。我责任所在,轮得到你来下命令吗?这事我该怎么办,我比你明白些呢。"说完,我把这个卖油盐杂货的推出办公室,让他回奥维多卖他的胡椒丁香去。

可是他的一席话却打动了我,我自愧不孝,不禁心软下来。我回忆小时候受的提携教育,想到父母的恩勤,也有几分感激,不过感激一阵,也就完了。我立刻又忘恩负义,随就撇开不想了。好些做父亲的有这种孩子呢。

我全凭贪心和野心摆布,脾气整个儿变了。我兴致全无,闷闷不乐,心事重重,总而言之,成了一头毫无灵性的畜生。法布利斯瞧我利欲熏心,对他很冷淡,就难得上门来。可是有一天他忍不住对我说道:"说真话,吉尔·布拉斯,你换了个人了。你入朝以前,一向心地舒泰,现在我看你老在烦忧。你出了一套套花样弄钱,钱越攒得多,你越要多攒。而且,我对你说吧,你对我不像从前那样一片真心、不拘形迹了;像那样才有交友之乐。你可不然,遮遮掩掩地不拿真心向我。你对我多礼,我就觉得不舒服。总而言之,吉尔·布拉斯跟我以前认识的吉尔·布拉斯不同了。"

我冷冷地说:"你真是说笑话了。我不觉得有什么改变。"他答道:"不能凭你的眼光来看呀,你眼睛花了。我这话不是哄你,你变了相可是千真万确的。朋友,你老实说吧,咱们还像从前那样相处吗?从前我早上来打门,你总亲自来开,往往还睡眼迷离,我就不拘形迹直闯到你屋里来。现在呢,大不相同了!你有那些跟班的,他们叫我在前厅等着,先要通报姓名,才许进见。见了面,你又怎样接待我呢?你冷冰冰地对我客气,还摆出一副大爷架子。看来你渐渐讨厌我上门了。你想,一个当你老朋友的人会喜欢你这样接待吗?不喜欢的呀,山梯良那,我完全不惯的。再见吧,咱们俩好离好散,大家丢开手——你呢,少个人来指摘你的行为;我呢,丢开个忘本的暴发户。"

我听了他的责备虽然有几分感动,却生气得厉害。我一句话没留他,由他走了。照我那时候的心境,觉得跟一个诗人做朋友算得什么呢,绝交也不值得伤心。我没有他,另有别人做朋友。我结识了几个朝里的小官,因为气味相投,不多时就亲密得很。这些新交多半不知是什么出身,凭运气做到了目前的职位。他们都已经很富裕。这起小人都和我一样忘本,受了王上深恩,只觉得是应该的。我们自以为是非常高贵的人物。啊,命运之神呀,你就是偏心这种人!斯多噶学派的艾比克泰德①说你是个大家闺秀,却专跟底下人鬼混,真是一点儿不错。

---

① 斯多噶学派的艾比克泰德(Le Stoïcien Épictète):斯多噶学派是古希腊哲学里的一派,以忍耐痛苦、抛弃享受、坚毅自持为宗旨;艾比克泰德(公元前1世纪)出身奴隶,是这学派里最能感化人的大师。艾比克泰德语录里并没有勒萨日引的这句话。

第九卷

第 一 章

> 西比翁要为吉尔·布拉斯寻一门亲事,说的女家是开金饰店的有名富户。这事如何撮合。

一天晚上,来吃饭的客人都散了,我身边只剩西比翁一人,就问他一天来干了些什么。他说:"干了件呱呱叫的事。我在替您弄一份大家业。我认识个金饰店的掌柜,想替您说合他的独生女儿。"

我满脸鄙夷不屑,说道:"金饰店掌柜的女儿!你糊涂了吗?怎么替我说个平头百姓家的姑娘呀?我觉得一个人有点儿本事,而且在朝廷上有点儿地位,眼界还应该高些呢!"西比翁答道:"哎!先生,别这等看法。要知道妻以夫贵,我举得出上千个贵人都不像您这样挑剔呢。您可知道,我说的这位阔小姐至少有十万杜加的嫁妆,不是好一尊金人儿吗?"我听说有这么一大笔钱,心上活动多了,就对我那书记说:"好吧,我为的是那份嫁妆。你准备几时让我到手啊?"他答道:"且慢着,先生。等一等!我先得把这意思告诉那个父亲,说得他肯了,再讲别的。"我哈哈大笑道:"好哇!原来才不过是这么一回事儿呀?好一头踏踏实实的亲事!"他答道:"也不像您想的那样没影儿,我只消跟那个金饰店的掌柜谈上一个钟头,保管他愿意。不过咱们先把条件讲讲明白好不好？我要是替您弄到十万杜加，您给多少回扣？"我说："两万。"他道："谢天啊！我想您只肯谢我一万，您比我手笔大了一倍。好，我明天马上去交涉，保管成功，除非我是笨蛋呢。"

过了两天他果然来对我说："我已经跟那金饰店掌柜加布利尔·德·萨勒罗讲过了。我把您的权势和本领说得天花乱坠，所以他一听我要替您说合他女儿，就很乐意。他只要您证明自己确实是首相的红人，就肯把女儿嫁你，再陪上十万杜加。"我就对西比翁道："他要是只有那个条件，我马上就可以结婚。至于那女儿，你瞧见没有？模样儿美不美？"他道："不如她的嫁妆美。咱们私下说说，这位有钱小姐相貌并不怎么漂亮。好在您也满不在乎。"我答道："哎，朋友，我是不在乎的，我们在朝里的人结婚不过是娶一门亲罢了，若要找美人儿，有的是朋友的太太；自己万一娶到了漂亮太太也一点不在意，所以受她们亏负也是活该。"

西比翁又道："还有一件事，加布利尔先生今晚请您吃饭。我们说定暂且不提亲事。他还要请好些做生意的朋友，您不过是个平常的客人；明天他也只算个平常的客人上您家来吃晚饭。可见这人先要把您研究一番再说呢。您在他面前得小心才好。"我很有把握地打断他道："好，随他研究得了，万无一失的。"

这事就逐步做去。我跟西比翁到金饰店掌柜家，他待我很熟，仿佛已经见过好几面似的。这人是个老实的生意人，殷勤得叫人受不了。他介绍我见了他太太玉珍妮亚和女儿小加布利拉。我因为有言在先，并没提起亲事，不过对她们极恭维，说了一大套很好听的敷衍话，全是朝上贵人的谈吐。

我虽然听了我书记先入之言,却觉得加布利拉并不讨厌。也许因为她加意打扮,也许因为我是从陪嫁的钱眼儿里看她。加布利尔先生家里真讲究!我相信他家的银子赛得过秘鲁的银矿呢。到处是各式各样的银器,间间屋子都是个宝库,尤其我们吃饭的那间。真叫做女婿的看得眼红!那丈人要把这顿饭请得特别体面,所以邀来五六个生意人,都是呆板乏味的人物。他们只谈生意经,不像朋友宴会,倒像讲行情做买卖。

第二晚我款待那金饰店的掌柜。我虽然不能拿银器来炫耀,却另有迷他的办法。我请的陪客是朝廷上最出风头的人物,并且我知道他们是雄心勃勃、没有餍足的。这些人无非谈些富贵的场面以及念念不忘的高官厚禄。这一套果然灵验。加布利尔掌柜尽管有钱,给他们的豪贵压倒了,相形之下,自觉惭愧。我装得很恬然,我说只求家道小康,譬如一年有二万杜加的收入就知足了。那几位渴求功名利禄的朋友都说我不对,既承首相那般宠爱,岂可毫无大志。那位丈人句句话都听在肚里,我看出他临走很称心。

第二天早上,西比翁去看他,问他是否喜欢我。那位市民道:"很喜欢,这孩子实在中我的意。不过,西比翁先生,看咱俩老交情分上,请你说老实话。你知道,咱们人人都有毛病。你把山悌良那先生的毛病说给我听听。他爱赌吗?爱女人吗?有什么坏习气?请别瞒我。"那媒人道:"加布利尔先生,你问这话,我可生气了。我一心为的是你,主人倒在其次。他要是有什么坏习气,将来要害你女儿惹气,我还会说这个媒吗?天知道不会的呀!我一片心全是为你打算。不过我私下跟你说说,毫无毛病就是他惟一的毛病,年轻人这样太正经。"那金饰店的掌柜道:"再好没有了！我倒是喜欢他那样。我告诉你,朋友,你去对他说,我女儿准嫁给他,就算首相不宠爱他,我也要他做女婿。"

我书记把这话告诉我,我马上赶到萨勒罗家,谢他见爱。他已经把意思告诉太太和女儿。我看她们接待我的态度,知道她们心上也愿意。我先一天通知了赖玛公爵,就带丈人去晋见。他大人接见的时候非常客气,又表示很快活,因为他选中的女婿恰是自己十分宠幸、一手提拔的人。他随又夸赞我种种长处,说得我不知多么好,那老实的加布利尔替女儿找到我这位大官人,简直以为是西班牙顶儿尖儿的好对头了。他喜得满眼是泪,临别紧紧抱住我道:"我的儿子,我等不及地要看你和加布利拉结婚,不出八天,你就是她的丈夫了。"

第 二 章

吉尔·布拉斯偶然想起堂阿尔方斯·德·李华；
要挣自己的面子,就替他出了些力。

我的婚事且按下慢表。这部自传有个层次,我得讲讲我替旧主人堂阿尔方斯出的力。我已经把这位大爷忘得一干二净,因为以下情形,才想起他来。

当时瓦朗斯城出了个都统的缺,我得到消息,就记起堂阿尔方斯·德·李华。我想这个职位给他做再合适也没有,决计去替他求取。我虽然是为交情，也许大半还是为了卖弄。我想假如弄到手，脸上多么风光。所以我就跟赖玛公爵说了。我说我做过堂西泽·德·李华父子的总管，受恩深重，所以冒昧求他把瓦朗斯都统的缺或者给老子或者给儿子。那大臣说道："很好，吉尔·布拉斯，你知恩报恩，心胸慷慨，我看着也喜欢。况且我很器重他们家。李华世代是王上的忠臣，这个位子他们得之无愧，你去给他们吧，就算我送你的一份结婚礼。"

我如愿以偿，不胜欣喜，连忙赶去见加尔德隆，请他下个委任状给堂阿尔方斯。堂罗德利克家里成群结簇的人，都肃静无声，等候他传见。我从人堆里挤过去，到书房门口，就有人开门请我进去。里面人很多，有各等的爵士以及其他有身份的人。加尔德隆挨次接见。他对人的态度各各不同，煞是好看。他对这人不过略为点点头，对那人就深深鞠躬，直送出书房。他待人接物的礼数可说是极有分寸。我看出有几位绅士受了怠慢很气愤，心里自怨迫于处境，只好向他摇尾乞怜；还有一种人却不然，看了他那副自命不凡、不可一世的神气，肚里暗笑。我虽然留心到这许多，却并不引为鉴戒。我在家里，待人接物也跟他一模一样，不管人家对我那倨傲的态度是赞成还是埋怨，只要他们买我的账就完了。

堂罗德利克一眼看见我，立刻撇下了接见的人来拥抱我，那副亲热的样儿简直叫我吃惊。他说："啊，老哥！什么风把你吹到这儿来的呀？有什么事要我效劳吗？"我说明来意，他满口应承，担保过一天这时候准把我要的东西发下来。他这样客气也罢了，还把我直送出接待室，他只有送大贵人才走得那么远，临别又拥抱了我一番。

我出来心上想:"这样多礼是什么道理?是凶是吉?加尔德隆想要陷害我吗?还是要跟我结交呢?还是觉得自己渐渐失宠,笼络了我可以求我在东家面前说好话呢?"我捉摸不准。第二天我又到他家,他还是那样待我,又亲热,又多礼,真叫我当不起。他对我的礼数其实都是从接见别人的礼节上克扣下来的。他对有些人粗暴无礼,对有些人阴冰冷气,弄得差不多人人抱怨。不过那天有件事替大家出足了气,我应当讲讲,让那些当书记、当秘书的看了知所鉴戒。

有个人衣服很朴素,看不出什么身份。他来找加尔德隆,说他上过赖玛公爵一个呈文,不知下落如何。堂罗德利克正眼也不瞧他,很不耐烦地问了声:"你叫什么名字?朋友。"这绅士从容答道:"我小时候叫方西罗,后来叫堂方西斯果·德·苏尼加,现在叫贝德罗萨伯爵。"加尔德隆听了大吃一惊,一瞧对方是头等贵人,就想自打圆场,对伯爵道:"大人,请您原谅,我不识尊颜,也许……"方西罗满脸鄙夷,打断他道:"你不用撇清。你傲慢得可鄙,撇清得也可鄙。你要知道,大臣的秘书对各色人等都应该有礼貌。你尽管骄得自以为是主人的替身,可是别忘了,你不过是他的用人。"

那不可一世的堂罗德利克这来臊了一鼻子灰。可是他并没有学乖。我却把这事引为前车之鉴,决计以后接见什么人一定要辨明来头,是好欺负的才可以对他摆足架子。堂阿尔方斯的委任状已经写好,我就带回去,专差送给那位年轻公子,还附了一封赖玛公爵的信,他大人信上说,王上任命他做了瓦朗斯的都统。我并没告诉他这事我尽了什么力,连信都没写,想等他上朝宣誓的时候当面讲,给他个意外之喜。

第 三 章

吉尔·布拉斯筹备结婚；天外横风，吹断好事。

再讲我那个漂亮的加布利拉吧。不出八天，我就是她夫婿了。我们男女家都忙着筹备婚事。萨勒罗替新娘子做了鲜衣华服，我为她雇了一个贴身女用人、一个男用人、一个老侍从，都是西比翁找来的。他只等我嫁妆到手，眼巴巴盼着那好日子，比我还心切。

那天的前夜，我在丈人家晚饭，同席都是新娘本家和外家的亲戚。我串那假意殷勤的女婿真是面面俱到。我对金饰店掌柜夫妇非常孝顺，见了加布利拉又装得一往情深，对全家人都极力敷衍；他们那种陈腐的谈吐、伧俗的议论，我都耐心恭听。我这般涵养赢得亲戚们个个喜欢，都觉得这门亲结得真好。

饭后，客人都到大客厅上去听音乐：有唱的，有弄乐器的，虽然不是马德里的头等角色，却也演奏得不错。我们听了好些欢乐的音调，兴致勃勃，合伙儿跳起舞来。我们跳得如何只有天知道。我只在夏芙侯爵夫人家跟那个教小僮儿的跳舞师学过两三回，懂得一点入门初步，他们已经把我当作忒普西科瑞①的高徒。我们作乐得兴尽，该回家了。我四面鞠躬拥抱，好不忙碌。

---

① 忒普西科瑞（Terpsichore）是希腊神话里歌舞的女神。

萨勒罗拥抱我说:"再见啊,我的女婿,我明儿一早送嫁妆到你家来,都是黄澄澄的金元。"我答道:"亲爱的丈人,你明天来欢迎得很!"我的马车在门口等着,我辞别了他们家人,就上车回寓。

我离开加布利尔先生家还不到二百步,只见一队人,约莫有十五到二十个,挂剑带枪,有的步行,有的骑马,围住我那马车不放前进,嘴里都嚷着:"奉圣旨!"他们恶狠狠地把我拉下来,推上一辆双轮马车。他们的头儿也上了车,吩咐车夫开往塞哥维亚去。我料定旁边这人是个有体面的公差。我想问问他为什么逮捕我,可是他开口就是公差老爷的调儿,凶悍得很,说不用向我交代。我说也许他认错人了,他答道:"绝没有错儿,我有把握。你是山悌良那大人,我奉命押送的正是你。"我听了没什么说的,就不开口了。我们一路上悄默无声,马车沿着曼萨那瑞斯河直走到天亮,在高莫那换了马,傍晚到塞哥维亚。他们就把我关在这个要塞的塔里。

第 四 章

吉尔·布拉斯在塞哥维亚塔里受的待遇;
他知道了下狱的缘由。

他们先把我关在一间牢房里,撒我在干草堆上,像个该判死刑的囚犯。我还没完全领略到我的苦况,所以这一夜并不伤心绝望,只在寻思下狱的缘由。我拿定是加尔德隆害的。我捣的鬼他大概全知道了,只是我不懂他怎么竟会调唆得赖玛公爵对我下这等毒手。我一会儿想,也许他大人不知我被捕;一会儿想,也许就是他为了什么政治干系把我下牢的,大臣对亲信有时候用这种手段。

我千思万想,心乱如麻,一会儿太阳照进装栅栏的小窗,我才看清楚这里多么凄惨。我悲痛极了,想到从前得意,泪流不止。我正在哭个痛快,一个禁子送进来一块面包、一瓯白水,给我一天吃喝的。他尽管是个禁子,看见我泪痕满面,也动了悯怜之心,就说:"囚犯先生,不要悲伤,倒了霉不该这样伤心。你年纪轻轻,日子还长着呢。目前且乖乖地吃王上家的面包吧。"

他说了这几句宽慰的话就走了。我并不回答,只唉声叹气。我整天怨命,一点不想吃这份口粮。我当时觉得这份粮与其说是皇上的恩典,倒不如说是他生气的表示,因为倒霉人吃了,受的苦不会减轻,只会延长。

天渐渐黑下来,一会儿我听得钥匙响。牢房门开处,一个人举着支蜡烛到我跟前道:"吉尔·布拉斯先生,我是你的老朋友。我就是跟你在格拉纳达同事的堂安德瑞·德·陶狄西拉斯,那时候你在大主教手下很得宠,我是大主教的家人。你也许还记得,承你求了情,他替我在墨西哥弄到个职位。不过我没有上船到美洲,就在阿利冈城逗留下来。我娶了阿利冈堡卫戍长官的女儿,种种经历回头再讲,现在我做了塞哥维亚塔的典狱官。也是你运气好,奉命来收拾你的人恰恰是个朋友,正极力想法子要你少受些牢狱之灾。我接到明令:不许你跟任何人讲话,叫你睡在干草上,一天只给些面包白水吃。不过我心肠很软,见你遭了难,不由得可怜你;何况你帮过我的忙,我感恩心切,顾不得上头的命令了。我非但不会做人家的爪牙来虐待你,还要尽力看顾你呢。起来跟我走吧。"

我该向这位典狱官道谢几句,可是我心烦意乱,一句话也说不出。我跟他穿过个院子,上一座很窄的楼梯,到塔顶一间小屋里。我进去很诧异,只见桌上一对铜蜡台里点着亮煌煌的蜡烛,还齐齐整整摆着两份刀叉。陶狄西拉斯说:"一会儿就开上晚饭,咱们俩在这儿对吃。我想让你住在这个小窝儿里比那间牢房舒服。你可以临窗眺望:艾瑞玛河两岸都是花;从新旧加斯狄尔分界的那座山脚下直到果加,一片沃野,风光明媚。你起初当然无心欣赏景致,等你的悲痛渐渐儿变为惆怅,那时候你一眼望去,会心旷神怡。此外呢,一个爱清洁的人少不了的被单衬衣等等,这里一应俱全。并且床铺温软,饮食丰足,你要看多少书,都可以供给。总而言之,一个囚犯能享的福,应有尽有。"

我听他要这样殷勤相待,宽慰了些,精神也振作起来,就对我的典狱官千恩万谢。我说,亏他厚道,使我死里重生,但愿将来有报恩的日子。他答道:"嗨!怎么会没有呢?你以为从此一辈子不得自由了吗?要那么想就错了。我敢担保,你坐几个月牢就会释放。"我忙道:"堂安德瑞先生,你说什么?你好像知道我遭祸的缘由。"他答道:"老实告诉你吧,我的确知道。押送你的公差把这个机密告诉我了,我可以说给你听听。据他说,王上得到密报,说勒莫斯伯爵和你晚上把王太子带到个来历不明的女人家去。王上要惩罚你们,把伯爵贬谪出去,把你送到塞哥维亚塔里,叫你吃尽牢狱之苦,你来了已经尝到些滋味。"我问道:"王上怎么会得到密报的呢?我就是要知道这一层。"他答道:"那公差没说起,大概他自己也不知道。"

我们讲到这里,用人七手八脚开上晚饭来。他们摆上面包、两个杯子、两瓶酒、三个大盘子:一盘是锅烧兔子,里面搁了许多葱头、油和番红花;一盘炖什锦肉;一盘是茄子糖酱垫底,上面坐一只小火鸡。陶狄西拉斯不愿意用人在旁边听我们说话,一看晚饭齐全,就把他们都打发开。他关上门,我们俩对面坐下。他说道:"吃吧,赶快!你饿了两天,今儿应该有胃口了。"说着把各种肉往我盘里堆。他想我很饿,要放量饱吃一顿,这样想其实很入情入理,不过我却叫他失望了。我在这个境地,心里郁结,尽管肚子空虚,东西却梗在喉头,咽不下去。那典狱官要我把剪不断的愁思暂时放开,所以只顾劝我喝酒,又夸赞酒好,可是都没用,就算他斟下玉液琼浆,我喝来也不辨滋味。他看出来了,另想了个办法替我解闷儿。他用诙谐的口吻,把自己那段婚姻讲给我听。这来更没用。我心不在焉,他讲到完,我也不知讲了些什么。他看透当夜要我解闷是办不到的。饭后他起身道:"山悌良那先生,我让你安置吧;或者老实说,让你去思量你那糟心事儿,不来打搅你了。不过我再说一遍,这不是长局。王上生性很仁厚。他以为你在受罪呢,等他火气过了,想到你情境可怜,也许就以为惩罚得你够了。"典狱官说完下楼,叫用人来撤家伙。他们连蜡台都撤去,剩墙上一盏昏灯,我就躺下睡了。

第 五 章

他这晚临睡的感想和惊醒他的声音。

我把陶狄西拉斯的话反复寻思,至少有两个钟头之久。我想:"原来因为我做了储君的帮闲,所以关到这里来!替这样年轻王子当这种差使,真是冒失!我犯罪就因为他年纪太轻;他要是再长几年,王上也许置之一笑,不会大发雷霆了。不过谁会不顾王太子和赖玛公爵怀恨、去向万岁爷告密呢?这位大臣准要替外甥勒莫斯伯爵报仇的。王上究竟怎么知道的呢?我想不明白了。"

我想来想去,总不明白。不过我想到自己的财产尽人家偷抢一空,尤其难受,满心懊丧,排遣不开。我叹道:"我的钱箱呀!哪里去了?我宝贝的财产呀,现在怎么了?落在谁手里了?唉!我的钱来得快,去得更快!"我想自己寓所一定搅得七零八乱,越想越伤心。这样千思万想,弄得精疲神乏,倒也有好处,前夜睡不着,这时却瞌睡上来。再加床铺舒服,身体困倦,又熏了些酒香肉味,都可以送人入睡。我睡得很熟,照那光景,真可以一觉睡到大天光。可是忽然有个监狱里想不到的声音把我惊醒。我听得弹吉他声,和着男人的歌声。我倾耳细听,又听不见了,以为是做梦呢。可是过一会儿,又听得方才的琴声歌声,唱的词儿是:

> 唉！终年欢乐，
> 一阵轻风似的飘过！
> 可是须臾苦恼
> 却像一百年的折磨。

这首诗好像为我而发的，不禁触动愁肠。我想："这话千真万确，我有切身体会。我只觉快活日子流水般过去，进狱以来倒好像有一百年了。"我又只顾凄凄惨惨的寻思，仿佛爱尝愁滋味，又伤心起来。我叹恨到天明，看见朝阳照进屋里，心境才平静了些。我起来开窗换空气；记起典狱先生曾经把景物刻意描摹，我就也瞅瞅风光。他那话有何根据，竟看不出来。我以为艾瑞玛河至少跟塔古河同样宽广，一看只是条小河。所谓"两岸都是花"原来是些荆棘；所谓"一片沃野，风光明媚"原来大半是没开垦的荒原。大概我的悲痛还没变成惆怅，到时我自会另眼相看的。

我就穿衣服，刚穿一半，陶狄西拉斯来了，背后跟着个老妈子，来送些衬衣脸布之类的东西给我。他说道："吉尔·布拉斯先生，这些洗换的东西你不必省用，我总让你有富裕。"又道："哎，昨夜怎么样？有没有睡会子休息一下呢？"我答道："有人弹着吉他唱歌，把我吵醒。不然的话，我这会子还睡着呢。"他道："吵醒你的那位大爷是个国事犯，就住在你隔壁，是授加拉特拉华武士勋章的爵士，相貌很漂亮，他叫堂加斯东·德·高果罗斯。你们可以会面，一同吃饭。两人谈谈，也可以彼此劝慰。你们俩一定合得来。"我对堂安德瑞说，承他许我跟那位大爷同病相怜，我很感激。典狱官照应周到，看出我急要认识那个患难中的伴儿，当天就让我如愿，叫我跟堂加斯东同吃饭。他人物秀美，使我暗暗吃惊。我一双眼睛看惯朝廷上的英俊少年，可是一见他还不免眼花缭乱，他那人就可想而知了。你设想一位翩翩公子,就像传奇里的主角,公主们一见会害相思病。造物禀赋常常美中不足,高果罗斯却又得天独厚,他很聪明,又很勇敢,是位十全十美的绅士。

我喜欢那位绅士,承他也不嫌弃。他怕吵我,晚上总不唱歌了,我请他不要拘束,他也不听。我们两个落难的人一见如故,相识不久就很亲热,交情与日俱深。我们可以随意谈话,这最好没有,两个人谈谈说说,彼此都觉得痛苦好受些。

一天下午,我上他屋里去,他正要弹吉他。他屋里没别的座位,只有一张板凳,我就坐着,听得舒服点儿。他坐在床尾弹了个很动人的调子,又和着琴声唱了支歌儿;唱的是硬心肠的女郎害得痴情汉子肠断。我等他唱完,笑道:"爵士大爷,你跟女人来往,一辈子不至于用到这种歌词。生成你这么个人才,女人不会对你硬心肠。"他答道:"你过奖了。我刚才唱的歌儿是我抒情之作,因为有一颗心像钻石一样坚贞,有一位小姐待我非常冷酷。我要把那歌词去化刚为柔,叫那位小姐垂怜。我应该把这件事讲出来,你听了就会明白我为什么遭祸。"

第 六 章

堂加斯东·德·高果罗斯和堂娜海丽娜·德·加利斯悌欧的故事。

"差不多四年前,我从马德里到果利亚去看我姨妈堂娜艾蕾欧娜·德·拉克萨利拉。她是旧加斯狄尔最有钱的寡妇,承继人只我一个。我一到她家,就给爱情弄得神魂颠倒。她安置我的卧房,窗口正对隔街一个女人的百叶窗帘。帘眼儿很疏,街道又窄,看过去很清楚。我不免张望一番,发现我那位邻居非常美丽,一眼就看中了。我马上对她大送秋波,用意显然。她也瞧明白了,不过像那样的小姐碰到这类事不会自鸣得意,至于酬答我那顾盼之情更是没有的事。

"我就打听这位使人一见销魂的祸水姓甚名谁。原来她叫堂娜海丽娜,是堂乔治·德·加利斯悌欧的独养女儿。离果利亚几哩外最大的一个封邑就是她家的,收入很可观。许多人想求亲,可是她爸爸一概回绝,因为他打算把女儿嫁给自己的外甥堂奥古斯丁·德·奥立格拉。目前虽然没有成婚,这位表兄天天可以来拜访表妹。我并不心死,反而越加情痴了。也许痴情还在其次,倒是好胜心切,要挤掉个得宠的情敌,所以不肯罢休。我还向海丽娜眉目传情,又对她的女用人斐丽霞送眼风,流露出恳请之态,好像向她求救似的,甚至做手势打暗号。可是这番功夫全冤枉了,她们是主是仆,都满不理会,一对儿狠心肠,没法亲近。

"我眉挑目语既然不蒙搭理,只好另找人通话。我派人出去探听斐丽霞在城里有什么朋友,他们探得有个老太太叫戴欧多拉跟她最要好,两人常见面。我得了消息,不胜欣喜,亲自去见戴欧多拉,送些礼物,请求帮忙。她愿意为我出力,答应设法让我和她朋友在她家密谈一次。她这句话第二天就做到了。

"我对斐丽霞说:'承你垂怜,我就不烦恼了。多亏你朋友劝得你肯和我会面。'她答道:'大爷,我对戴欧多拉唯命是听,她说得我一心都为你了。假如我能够成全你,你马上会如愿以偿。但是我空有一番好意,只怕没多大用处。我应该老实说,你这事是千难万难。你看中的那位小姐已经此心有主,而且她的为人呀,真是骄傲透顶,心里的事一点不露在脸上;就算你志诚专一、小意殷勤,打动了她的心,她好强负气,决不肯让你瞧出来。'我添了愁闷,说道:'唉,亲爱的斐丽霞,干吗把一重重难关指点出来呀?你这样是要我的命。宁可你哄我,别叫我灰心。'我说完紧紧捧住她的手,把一只价值三百比斯多的钻戒套在她指头上,一面又说些悱恻动人的话,勾得她眼泪都出来了。

"她听了我的话很感动,看我那样待她也很称心,所以不免宽慰我几句。她把那些难关打开了几重,说道:'大爷,你也不用听了我方才的话就灰心。你的情敌的确不是小姐的眼中刺,他可以上门拜访表妹,随意跟她会面,可是这倒于你有利。他们俩天天见面惯了就有点儿厌腻。我觉得他们分手既不依恋不舍,会面也不欣喜欲狂,竟像结过婚的那样了。总归一句话,我们小姐对堂奥古斯丁的情意,我瞧也淡得很。况且他人才跟你不能比,像堂娜海丽娜那样精细的小姐,不会分不出好歹。所以你不要丧气,照旧献你的殷勤。你讨好她的一举一动,我只要有个机会,总叫她领情。她尽管不露声色,我会看破她的掩饰,猜透她的心思。'

"斐丽霞和我谈了这一番,彼此很相得,就分手了。我加劲向堂乔治的小姐送眉眼;晚上又在她窗下奏乐,我做了方才唱的那支歌儿,叫个好嗓子唱给她听。奏乐完毕,那女用人要探探她小姐,问她听了喜欢不喜欢。堂娜海丽娜道:'我喜欢那嗓子。'女用人问道:'唱的那歌儿不是很多情吗?'小姐答道:'我倒是一点没留心;我只在听他唱;唱的什么词儿,谁为我奏的乐,我都不理会。'女用人道:'这样看来,可怜的堂加斯东·德·高果罗斯只是痴心妄想了,他成天望着咱们的窗帘子,好傻呀!'那小姐冷冷地说:'未必是他,也许方才是别位公子哥儿来奏乐诉说痴情,你弄错了。'斐丽霞道:'别怪我多嘴,那不是别人,正是堂加斯东。只要想,他今天早上在街上还赶来招呼我,求我对你说:你尽管对他冷酷无情,他还是对你拜倒;只要你许他献点儿殷勤,奏点儿音乐,聊表爱慕之情,他就得意极了。这些话足见我没弄错。'

"堂乔治的小姐陡地变了脸,正色看着她女用人道:'这种非礼相干的话,你大可不必来传。请你以后别再传这种话。要是那年轻人胆大无知,再敢来找上你,我吩咐你对他说:请他另找个喜欢他讨好的人去;还请他另找个正当的消遣,别成天守在窗口望我的房间。'

"我第二次见斐丽霞的时候,她把上面的话一五一十告诉了我。她认为该追索言外之意,硬说我这事很顺手。我却听不出这话里有什么奥妙,不相信可以曲解成为佳音,她的笺释我也就将信将疑。她笑我犹豫,问她朋友要了些纸和墨水,对我说道:'大爷,你赶快写封信给堂娜海丽娜,用痴情人伤心绝望的笔调,把你的苦恼描摹得恳恳切切,尤其要抱怨她不许你看窗口。你答应遵她的命,不过得告诉她,这样你就活不成了。你们这起大爷很会写信,你把这话好好写出来,此外的事全在我身上。你对我料事不大相信,可是我希望事情不出我所料呢。'

"这是写信给意中人的好机会,没一个多情郎君肯错过的。我写了一封缠绵悱恻的信,先给斐丽霞过目,再折叠起来。她看了笑嘻嘻地说,女人固然有迷惑男人的手段,男人可也有哄骗女人的法门,彼此旗鼓相当。那女用人拿了我的信说:假如不见功效,绝不是她不尽心。她又叮嘱我务必把窗户关上几天,于是她就回到堂乔治家去。

"她一见堂娜海丽娜,说道:'小姐,我碰见堂加斯东了,他赶上来想跟我应酬。他像个待决的囚犯,声音都抖索索的,问我替他传话了没有。我急要照你吩咐的话做,就毫不客气地打断了他,对他发作起来。我把他大骂一顿,骂得他呆瞪瞪的,我就撇下他走了。'堂娜海丽娜道:'你替我打发了那个讨厌家伙,我很高兴,不过你也不必出口伤人。姑娘家总应该和和气气。'那女用人答道:'小姐,你对一个痴情颠倒的人说话和气是打发不开的,就是使性子发脾气都未必有用呢。譬如堂加斯东吧,他就没死心。我不是刚告诉你,把他大骂了一顿吗,我原来奉你命上你的亲戚家去,就赶去了。那位太太偏叫我耽搁得太久。怎么说太久呢,因为我回来又碰见那位先生了。这可没想到。我一看见他就着急了,我的舌头向来很会随机应对,可是急头上竟一句话也说不上来。这个当儿,你猜他怎么?他乘我没说话,其实竟是乘我仓皇,就把一张纸塞在我手里,我拿了还没知道是怎么回事,他立刻一溜烟跑了。'

"她说完从怀里掏出我的信来,一面说着闲话,随手把信交给她小姐。小姐仿佛是拿来看着玩儿,可是却认真看了一遍,于是又摆出满脸端庄。她一本正经说:'斐丽霞,你收人家这封信,真是个糊涂东西!真是个傻子!你可想想堂加斯东会怎样猜测吗?我自己也还能不动疑心吗?照你这行为,我可以怀疑你把我出卖,他可以怀疑我对他有情。唉!也许他这会子以为我把他写的信翻来覆去读得有味儿呢;瞧你把我的面子扫尽了。'那女用人答道:'唷,那是不会的,小姐,他断不会有这个心思,有也不会长久。我下回看见他就说:我把他的信给你瞧了,你冷若冰霜地瞥了一眼,反正是看都没看,就夷然不屑地撕掉了。'堂娜海丽娜道:'你可以理直气壮地说我没看,若要问我信上的话,我连一句两句都说不上来。'堂乔治的小姐不但嘴里这么说,还把我的信撕掉,并且不许她的女用人再谈起我。

"我答应不再守在窗前做痴情汉子,因为人家不喜欢。我就把窗子关了好多天,指望这样奉命惟谨,可以愈得爱怜。我不能眉目送情,就想为我那狠心的佳人再奏几回音乐。一晚上,我带了乐队到她阳台底下。他们刚在弹吉他,就有一位绅士拿着把剑跑来干涉。他挥剑乱斫,那些乐师立刻都吓跑了。这个无法无天的家伙火气真大,惹得我也冒火。我迎上去想给他吃点苦头,就和他狠狠地交手起来。堂娜海丽娜和她的女用人听得击剑之声,隔着百叶帘子一望,看见两人在动武。她们大嚷大喊,把堂乔治和男用人都叫起来。他们忙下床赶来劝解,还有许多街坊也来了。可是他们迟了一步,街上只剩一个绅士,淹在血泊里奄奄待毙。他们认得这位倒霉的绅士是我。人家把我抬到姨母家,请了城里最高明的几个外科医生来救治。

"人人都可怜我,尤其堂娜海丽娜,她这会子真情流露,也不想掩饰了。你想得到吗?她从前争强尚气,见我殷勤献媚,要做得漠然无动;这番却变为一片柔肠,只顾对我怜惜了。她那晚上跟她的女用人直哭到天明。她们断定害她们伤心落泪的准是她表兄堂奥古斯丁·德·奥立格拉,着实咒骂了他一番。的确是他煞风景干涉了奏乐。他和他表妹一样深沉,他看出我的用心,却一点不露在脸上。他以为小姐也对我有意,所以下这样辣手,让人家知道他不是个肯吃亏的人。过了不久,有件喜事把那件惨事盖过了。我虽然身受重伤,那几位外科医生手段高明,竟把我治好。我还没出病房,我姨妈堂娜艾蕾欧娜就去找堂乔治,求他把堂娜海丽娜嫁给我。堂乔治那时候以为一辈子不会再见堂奥古斯丁了,对这头亲事就越加愿意,一口应允。那老头儿因为奥立格拉从前跟表妹随意可以见面,早能够赢得她欢心,生怕他女儿不愿意嫁我。她却好像非常愿意听从爸爸的话,足见无论在西班牙或是在别国,女人总是喜新厌旧的。

"我私下见到斐丽霞的时候,得知她小姐因为我决斗吃亏,心疼到如何田地。我因此拿稳自己是这位海伦的帕里斯了。我自幸受了伤,爱情才会有这样的好结局。蒙堂乔治大爷允许女儿由女用人陪着出来相见。我对这次的会面真是称心!我问小姐,她爸爸把她许给我,她心上有没有委屈;我求她、逼她说,她只好承认,她不仅仅是谨遵严命。我听了她这个婉转动人的口供,一心只想讨她喜欢,为她想出种种寻欢作乐的宴会,一面等待着结婚的好日子。结婚那天的仪仗里要有个排场阔绰的马队,果利亚和附近的贵胄都要在里面显耀一番。

"我姨母有一所讲究的别墅,在靠近曼瓦的郊外。我在那儿摆酒大请客。堂乔治和他女儿以及他家亲友都到了。我安排了一个音乐会,有唱的,有奏乐器的;又叫了一班走码头的戏子来演个趣剧。正在热闹的当儿,底下人通报:客厅里来了个人,说有要事找我。我出去一瞧,并不认识,样子像个用人,他交给我一封信,我拆开看,上面说:

  你是个有武士勋章的爵士,应当爱惜体面。如果你是个爱体面的,明晨务必到曼瓦郊外一行。有位绅士在那里等你。他侮辱过你,现在愿意给你个雪耻的机会;他要是力能从心,准叫你娶不成堂娜海丽娜。

堂奥古斯丁·德·奥立格拉

"西班牙人固然把爱情看得重,可是把报仇看得更重。我读着那封信,心就按捺不住。我一见堂奥古斯丁的名字,立刻七窍生烟,几乎把主人应尽之谊都忘了,想马上溜出去找我的仇人。可是我怕搅散了宴会,只得按住性子,对那个送信的人说:'朋友,上复你主人说,我一心只想和他见个死活,明天日出以前准在约定的地点等他。'

"我这样打发了来人,重又入席陪客,脸上不露一点声色,谁也不知我肚里的心思。我装得和别人一样,只顾趁热闹取乐儿,直到半夜。客人散席,各自乘了来时的车骑回城。我就住在别墅里,推说明早要在野外呼吸新鲜空气,其实是要早点赴约。我不睡觉,急煎煎地等天亮。天一亮,我挑一匹好马骑了独自出门,好像是到野外去散心的样子。我向曼瓦行去,看见旷野里一人飞马而来。我也拍马向前,想半路迎上他。不一会儿,我们就碰头了。来的人正是我的冤家。他态度倨傲,说道:'爵士,我这番又来跟你交手,并非得已,不过这是你自己找的。你那晚奏乐出了事就该安分识趣,对堂乔治的小姐死了心;或者肚里该有个数,知道如果还一味博她欢心,准有苦头吃。'我答道:'你太得意了,你上回得胜,也许是黑夜里占了便宜,未必本领高强。你不想想,比武的胜负是拿不稳的。'他满面骄矜,说道:'我可拿得稳。我要叫你瞧瞧,不论白天黑夜,谁胆敢跟我交手,总要受我惩罚。'

"我听了这派夸傲的话,一言不答,立刻下马。堂奥古斯丁也下了马。我们把马拴在树上,两人都鼓足勇气交起手来。我老实承认,虽然学过两年击剑,不如我对手高强。他的剑术已经登峰造极。我的性命真是岌岌可危。可是天下常有这等事,强的反会被弱的打败。我对手本领虽高,给我一剑刺中了心,顿时直僵僵地倒地死了。

"我马上回别墅,把方才的事告诉我的亲随。这人赤胆忠心,我素来知道。我又说:'亲爱的哈米尔,乘这事还没闹得宫里都知道,你赶快骑上一匹好马去通知我姨妈。你替我问她要些金子钻石,然后到普拉桑西亚来会我。我在进了城第一家客店里等着你。'

"哈米尔这事办得很爽利,我到了普拉桑西亚三个钟头,他就赶来了。他告诉我说:堂娜艾蕾欧娜虽然着急,却更觉得快活,因为我这番决斗把上回的羞耻雪尽了。她把所有的金子钻石都给我,让我且舒舒服服在外国游历一番,她一面把这事设法调解。

"枝节琐事都不讲,只说我经过新加斯狄尔,进瓦朗斯境在德尼亚上船。我到了意大利,准备上朝出点风头。

"我抛下我的海丽娜远行,心里的相思和烦恼只好强自排遣;这位小姐在果利亚也惜别伤离,背人洒泪。她家里人因为我杀了奥立格拉,叫法院来追捕。她并不赞成,反希望赶快调解了事,我可以早早回去。我们分离已经六个月,假如让她死守,我相信她天长地久也不会变节,可是禁不得魔障太厉害了。有个堂布拉斯·德·贡巴多斯,他是加利斯西部的乡绅,到果利亚来承受一大笔遗产。他亲戚堂米盖尔·德·加普拉拉和他争夺,没有夺到手。他觉得果利亚比家乡好,就住下来。贡巴多斯相貌漂亮,举止温文有礼,并且最会小意儿讨人喜欢。他不多时和城里有地位的人都认识了;人家的私事也无所不知。

"没几时,他得知堂乔治有个女儿,美丽得真是祸水,男人一爱上她就要遭殃。他动了好奇心,很想认认这么个可怕的小姐。他因此向那位父亲讨好,哄得老头儿非常喜欢,早把他当女婿一样看承,许他上门,并且自己在场的时候还许他跟堂娜海丽娜见面。这个加利斯人立刻就爱上她了,这也是势所必然。他把心事告诉堂乔治,堂乔治说他很赞成,只是他不愿勉强,得由女儿自己做主。于是堂布拉斯千方百计向这位小姐献媚。她满不理会,一片心只在我身上。斐丽霞却给那位绅士买了过去,使出通身解数来替他拉拢。那爸爸又在一边谆谆劝导。但是闹了整一年,他们两人只缠得堂娜海丽娜很烦恼,却无法叫她变心。

"贡巴多斯一看堂乔治和斐丽霞徒劳无功,就对他们献了个计策,好哄得这个痴情胶固的女子回心转意。他说道:'我想出来这么个办法。咱们只说果利亚某商人新近接到一个意大利商人的信,信上先讲些生意经,接着说:

巴尔姆朝上到了一位西班牙贵人,名叫堂加斯东·德·高果罗斯。他自己说是果利亚富孀堂娜艾蕾欧娜·德·拉克萨利拉的外甥,也是她惟一的承继人。他想娶一位权贵的小姐,可是人家得知道了他底细才肯答应。我受人之托,向你打听一下,请你告诉我:你是否认识这位堂加斯东,他姨妈有些什么财产。人家要凭你回音定夺那桩亲事。在巴尔姆,这……(下略)

"老头儿把这骗局只看作弄小聪明的勾当,认为情场中行得这种诡计。那女用人更比老头子无顾忌,非常赞成这个办法。他们知道海丽娜是心高气傲的姑娘,只要没看破玄虚,马上就会打定主意,所以他们越觉得这计策妙不可言。堂乔治准备把我变心的话亲自去告诉女儿,还要叫她见见那个冒充接到巴尔姆来信的商人,这样一来,假事就越装越像真的了。他们依计而行。那爸爸装出一副怒冲冲、气愤愤的样儿,对堂娜海丽娜道:'女儿,咱们亲戚天天求我一辈子别和堂奥古斯丁的凶手联婚,这句话我不再说了。我今天要告诉你个更大的缘由,叫你跟堂加斯东一刀两断。你对他一片痴心,好不羞死人啊!他是个三心二意、言不由衷的人。我这里有他负心的铁证。人家刚从意大利寄了这封信给一个果利亚的商人,你自己瞧去吧。'海丽娜颤巍巍地接过那封假信,看了一遍,一句句细细咀嚼,得知我已经变心,悲不自胜。她痴情流露,不由得掉了几滴眼泪。但是她马上又争强好胜起来,擦掉眼泪,斩钉截铁地说道:'爸爸,您刚才看我没出息,可是您也瞧瞧,我争回这口气来了。我主意已经打定,我瞧不起堂加斯东,觉得他是小人败类。这话不用多说了。好,我现在一无牵挂,情愿嫁给堂布拉斯。别让那个负心的骗子比我先结婚!'堂乔治听了大喜,拥抱了他女儿,称赞她果断,他私幸诡计有效,忙着去偿我情敌的心愿。

"堂娜海丽娜就此另有所属了。她突然嫁了贡巴多斯,尽管心里对我还是眷恋,也不理会;尽管那消息只哄得过轻信的情人,她却一点没起疑心。那心高气傲的小姐只图争气。她以为我瞧不起她的相貌,愤恨得连爱情也不顾了。可是她结婚不久,也颇自悔孟浪。她忽然想到商人的信也许是捏造的,猜疑一动,就很不安心。不过多情的堂布拉斯不让太太有那闲工夫去寻烦恼,只想逗她高兴,他有本事连一接二想出各种花样来娱乐,哄得她很快活。

"她嫁了这个风流郎君好像十分称心,两人过得很和好。这个当儿,我姨妈跟堂奥古斯丁家里人磋商,把我闹的那件事调解了。她立刻写信到意大利来通知我。我那时候在加拉布利亚后部的瑞求那地方。我被爱情支使,长了翅膀似的由西西里回西班牙到果利亚。堂娜艾蕾欧娜没说起堂乔治的女儿结婚,我到了家才告诉我。她看我听了伤心,就说:'我的外甥,你失掉了一个没常心的女人实在犯不着伤心。听我的话:那位小姐不值得你留恋,别再去爱恋她、怀念她。'

"我姨妈不知道堂娜海丽娜受骗,难怪这样说;她劝我的话也很入情入理。我决计听她,即使情不自禁,至少也装得若无其事。可是我心痒难熬,想知道那婚事是怎么撮合的。我要打听究竟,决定去找斐丽霞的朋友,就是上文所说的戴欧多拉老太太。我到她家,恰巧碰见斐丽霞。她想不到会碰见我,不免仓皇失措,又知道我定要向她质问,就想溜之大吉。我拦住她道:'你干吗躲我?那负心的海丽娜抛弃了我,还不够称心吗?是不是她不许你听我抱怨呀?还是你光为了要向那忘恩负义的人去讨好儿,所以躲着我不理呀?'

"那女用人答道:'大爷,我老实说,你在这儿叫我很窘。我见了你,不由得百般悔恨。我小姐是上了人家的当,我该死,也一条藤儿骗她。我做了这种事,在你面前怎么能不惭愧呢?'我诧怪道:'天啊!你要说什么话呀?说明白点儿吧。'那女用人就把贡巴多斯如何设计娶到堂娜海丽娜,一五一十讲了一遍。

她看我心如刀割,就竭力来安慰我。她自告奋勇,愿在小姐面前为我出力,答应向她说破真情,还要把我的苦恼形容给她听,总而言之,她看我命苦,竭力要给我点儿安慰。我居然给她说得有点心活,愁怀就宽舒了些。

"她要劝得堂娜海丽娜肯和我相见,不知碰了多少钉子,不必细说。这事总算给她做到。堂布拉斯有时候到乡间庄上去打猎,往往要逗留一两天。她们决定等他再下乡的时候,偷偷儿把我引到家里去;不多几时,就按计而行。那丈夫下乡去了,她们叫人来通知了我,晚上把我引到太太房里。

"我开口想埋怨她,可是她立刻堵住了我的嘴。这位太太对我说:'过去的事不用再提。咱们这会子不是来相对伤心的。你要是以为我会遂你的私情,那就错了。我对你明明白白地讲,堂加斯东,我所以依允了人家的恳求,肯和你偷偷儿会这一面,无非要亲自跟你说,从今以后,你应该决心把我忘掉。也许我嫁了你更称心,可是天既然另有安排,我也就听天由命了。'

"我回答道:'哎,太太,什么话啊!我眼睁睁看你给人家娶去,眼睁睁看着我惟一的意中人让堂布拉斯有福气去安闲消受,这还不够苦恼,还非得要忘掉你吗?你简直是要挖掉我的心,把我仅有的慰藉都夺去了。嗐,狠心的人啊,一个男人爱上了你,你以为他那颗心还收得回去吗?劝你再有点自知之明,别枉费唇舌叫我忘掉你。'她忙道:'好吧,那你也休想我会来报答你的热情。我干脆只有一句话:堂布拉斯的太太绝不做堂加斯东的情人,你照我这话打主意去吧。'又道:'快走吧!这番约会虽然我问心无愧,总觉得不应该,赶快散了吧,再下去就是我的罪过了。'

"我一听这话,什么想头都没有了,就向那太太下跪,哀哀切切地恳求,甚至还拿眼泪来感动她。她也许略动了些怜悯之心,但是一点没流露出来;况且她名分攸关,顾不到这些。我说尽温言软语,求呀哭呀都毫不济事,我的柔情变了愤恨。我拔剑想当着那铁石心肠的海丽娜把自己戳死。她一看我这般行径,忙上来拦住我,说道:'住手,高果罗斯,你这样子是顾全我的名誉吗?你这样一死,人家就要说坏我,并且把我丈夫当作凶手了。'

"这句话我当时该听了三思,可是我气破了心,满不理会。她们主仆俩拉住我不让自杀,我却只想挣脱她们。要不是堂布拉斯赶上来帮着她们,只怕我早就如愿以偿了。原来他得到密报,知道我们有约会,所以并没有下乡,却躲在壁衣后面偷听我们谈话。这时候他忙来捉住我的胳膊,说道:'堂加斯东,你且把神思清一清,别这样没志气,只顾逞一时之愤。'我打断贡巴多斯道:'怎么你倒来劝我呢?你亲手拿刀子来戳我胸膛才是道理。我虽然私情未遂,究竟是侮辱了你。你夜里在太太房里捉到我,还不够吗?你还要怎样才想报仇呀?快戳死我,结果了我这个人,我一口气没断,总要向堂娜海丽娜拜倒的。'堂布拉斯答道:'你想抬出我的体面来叫我杀你,这是没用的。你胆大胡闹,已经讨足没趣。这会子方见得我老婆的贞洁,我非常感激她,虽然是她召你来的,我也原谅她了。高果罗斯,你听我的话,别垂头丧气,像个没出息的痴情人;事情无可奈何,你就得硬着头皮承当。'

"这加利斯人很有识度,他这派话把我的火气渐渐平下去,把我的丈夫气激发了。我辞了他们,决计离开海丽娜和她住的地方,跑得远远的。我过了两天,就回到马德里。我只以前途为念,就上朝走走,结交了些朋友。我不幸跟维拉瑞尔侯爵交情很深。他是葡萄牙的权贵,人家怀疑他策划葡萄牙独立,想摆脱西班牙的统治。他现在监禁在阿利冈堡垒里。赖玛公爵知道我跟他要好,也把我逮捕了,送到这里。这位大臣以为我竟会通同去干那种勾当,这对一位贵族、一位西班牙的贵族,真是奇耻大辱。"

堂加斯东讲到这里就不响了。我安慰他道:"爵士大爷,你这桩糟心事不会玷污你的体面,往后你一定还是有便宜的。等赖玛公爵知道你无罪,准会给你个重要的职位;这样一来,他就替一个受人诬告叛国的上等人昭雪名誉。"

第 七 章

西比翁到塞哥维亚塔里探望吉尔·布拉斯,
告诉他许多消息。

陶狄西拉斯这会儿跑来打断了我们谈话,他说:"吉尔·布拉斯先生,有个小伙子到监狱门口来探望,我刚跟他谈过话。他要打听你是不是关在这里,我不肯说,他就含着一包眼泪道:'典狱老爷,山悌良那先生是不是在这里,我诚惶诚恐,求您务必告诉我。我是他的用人头儿,您要是许我见见他,真是功德无量。塞哥维亚人都说您是一位厚道的君子,希望您开恩让我会会我的好主人吧。他只是时运不济,并没犯什么大罪。'"堂安德瑞接着道:"总而言之,我觉得这孩子一心要见你,所以准了他今儿晚上进来。"

我对陶狄西拉斯说:"这小伙子大概有要事通报,你要是领他进来,真对我大行方便了。"我知道这人准是忠心的西比翁;我急煎煎地等着,果然是他。天晚了人家领他进来,他见了我真是欣喜欲狂,只有我的快活可以跟他的快活相比。我见了他高兴得忘情,张臂去抱他,他就不客气地把我抱在怀里。两人这番重逢,说不尽的称心,抱在一起,不分是主是仆了。

我们拥抱完,我就问他出门的时候我寓所的情形。他答道:"您现在没什么寓所了。我干脆把那里的情形讲个明白,免得您一桩桩问。您的东西,一半给警卫抄去,一半给家里用人抢去。他们看准东家一辈子不得翻身,凡是可拿的东西,都拿去折自己工钱了。还是您运气,我居然有本事从您钱箱里抢出两大口袋双比斯多,没落在他们手里,总算是保住了。我托萨勒罗替您收着,等您出狱还您。我想您在这儿吃王上家的闲俸不会多久,因为您被捕的事赖玛公爵并没与闻。"

我问西比翁怎么知道我这次遭殃他大人没有与闻。他答道:"啊,没错儿的,我打听得很清楚。我有个朋友是于才德公爵的亲信,他把您被捕的缘由都对我讲了。据他说,加尔德隆有个用人做耳目,发现仙籁娜夫人晚上改换了姓名接待西班牙王太子,这件私情事儿是由勒莫斯伯爵帮闲、山悌良那先生拉纤的。他决计要叫这两人和他的外室吃点苦头,因此偷偷去找于才德公爵,和盘托出。这位公爵得了个好把柄可以断送他的冤家,大为高兴,当然不肯错过机会。他禀告了王上,还说王太子冒多少风险,说得有声有色。万岁爷得知此事,大发雷霆,立刻把仙籁娜关进悔省院,贬谪了勒莫斯伯爵,判了吉尔·布拉斯终身监禁。"

西比翁又道:"这都是我朋友的话。可见您这番祸事是于才德公爵或者竟可说是加尔德隆一手造成的。"

我听了这话,觉得也许过些时候我还能重整旗鼓。赖玛公爵气不过外甥受贬,一定尽力弄他回朝。我如意算盘,料他大人也决不会把我撇在脑后。希望真是奇妙。我顿时觉得家当抢光也无所谓,高兴得仿佛有了喜事似的。我并不想自己要有终身牢狱之灾,却以为这是运气的波折,由此可以飞黄腾达。我有我的想法。首相有许多羽翼:像堂范尔南·德·博佳,吉隆·德·弗罗朗斯修士;而路易·德·阿利亚加修士能常在王上左右,无非靠首相的力量。有这些权势赫赫的朋友旁敲侧击,首相大人可以把冤家都打下台去。再不然,国家也许就要换个新局面。万岁爷体弱多病,等他归天,王太子的头一件事准是把勒莫斯伯爵召回来,伯爵立刻就会救我出狱,引见新王,新王就会赏我许多恩典,算是受了罪的补报。我这样一心想着未来的快乐,差不多把眼前的苦痛都忘记了。我忽然心情大变固然因为有了希望,可是我书记所说的存在金饰店掌柜家那两袋双比斯多大概也是个原因。

我深感西比翁赤心为我、诚实不欺,要给他些报酬。我要把他所保住了没抢掉的钱分一半给他。他不肯受,说道:"我要您换个样儿报答我。"他不受钱,又说这话,我都觉得奇怪,就问他要怎么报答。他道:"让我一辈子跟着您,和您同甘共苦。我对别的主人从没有像对您这样的情分。"我说道:"朋友,我也敢说没有辜负你。你起初来找事的时候我就喜欢你,咱们俩准有天秤星或双子星照命,据说这两座星宿是主朋友的。你肯跟我做伴儿,我很愿意。我先去求典狱老爷把你也关在塔里。"他说:"好极了,我就是这意思,正要请您去求这个情。我宁可牺牲了自由来跟您做伴儿。我只要偶然到马德里去替您探探消息,看看朝廷上出了什么新鲜事儿,是否于您有利。这样一来,我就一身兼做了您的亲信、您的信差、您的侦探了。"

这真是个大便宜,我当然不肯错过。典狱官很照应,不愿意夺了我这么好的慰藉,所以毫不为难。我就把这样一个有用的人留在身边了。

第 八 章

西比翁一上马德里;他这一趟的用意和成就。
吉尔·布拉斯得病,病后的情形。

常言道,用人是我们最大的仇人①;他们要是有情有义,就该说是我们最好的朋友。西比翁对我那样一片赤忠,我只能把他当作另一个自己了②。所以吉尔·布拉斯和他的书记不分尊

---

① 西班牙有句谚语:"用人是拿酬报的冤家。"
② "另一个自己"(un autre moi-même),西塞罗《朋友论》(De Amicitia)第二十一节说:"朋友是另一个自己(alter idem)。"(见"勒勃古典丛书"本第188页)后来成为欧洲各国的习惯语。

卑,也不拘形迹。他们一屋子住,一床上睡,一桌子吃饭。

西比翁谈话非常有趣,真可以称为快活人。而且他很有心思,我认为他出的主意颇有道理。有一天我说:"朋友,我想给赖玛公爵去封信总没害处。你看怎么样?"他答道:"哎!可是贵人一时一个样儿,我猜不准他得了你的信什么态度。你信只管写,总不会吃亏。不过首相虽然喜欢你,别指望他因此就会记着你。这种靠山不听见人家不提起你,马上就把你忘了。"

我道:"你这话很对,不过别以为我的靠山那么靠不住。我知道他厚道。我相信他一定可怜我受罪,念念在心。大概他等着王上的火气消了,好救我出牢。"他道:"好吧!但愿你没看错他大人。你就恳恳切切写封信去求他吧。我替你送去,一定当面呈交。"我立刻要些纸和墨水,写了一篇绝妙好辞,西比翁觉得很凄恻动人,陶狄西拉斯以为我那文章压倒了格拉纳达大主教的训诫。

我想赖玛公爵读了信上虚造的一篇苦况,准会动怜悯之心。我打发了信差,自以为千拿万稳。他一到马德里,就上这位大臣的府邸。他碰着个跟我要好的亲随,由他设法引见。西比翁呈上捎去的书信,说道:"大人,有个为您赤心效忠的人,现在塞哥维亚塔不见天日的牢房里,躺在干草上。承牢里禁子发慈悲,方便他写了这封信。他诚惶诚恐求您过目。"那位大臣拆开,一目十行地看了一遍。这信上描写的情景,铁石人见了也会心软,可是他好像丝毫无动;他提高嗓子,满面怒容,当着旁边几个听得见他说话的人,对送信人道:"朋友,你去对山悌良那说,他干了无耻的事,活该受那样的罪,还敢写信给我,真是胆大妄为。那混蛋不应该再指望我帮忙,我随他由皇上惩办。"

西比翁尽管涎皮赖脸,听了却不知所对。他怔了怔,还想代我求情,说道:"大人,那可怜的囚犯听了您大人的回答,准要伤心死了。"公爵一言不答,瞪了他一眼,就转身和旁人说话。那位大臣要撇清他替王太子拉纤的嫌疑,就这样对付我。在权贵手下干机密、冒凶险的走狗,都该准备这样下场。

　　我的书记回到塞哥维亚,告诉我这趟差事一无结果,我听了又沉在苦海底里,就像第一天进监狱时那样。而且我比那时候还要苦恼,因为不能再依仗赖玛公爵了。我志气消沉,随人家怎么激励,总戴着个愁帽儿,恹恹的竟生了重病。

　　典狱官怕我性命难保,以为最好请大夫来瞧,就请来两个,神气都活像催魂使者。他领来说道:"吉尔·布拉斯先生,这两位神医来瞧你的病,就会把你治好。"我对一切医生横着成见,我要是还有一点儿贪生,准对他们大不客气。可是我那时候生趣毫无,陶狄西拉斯要把我交托给他们,我只有感激。

　　一个大夫说:"大爷,你第一要相信我们。"我回答道:"我完全相信。有你们帮忙,不消几天,一定百病消除。"他道:"是啊,再靠天保佑,你一定百病消除。我们至少把应尽的人事都做到。"这两位先生果然尽心竭力,紧紧地催命,眼看着我就要到黄泉路上去了。堂安德瑞看我不中用了,早请了个圣芳济会的修士来给我办临终的法事。这位修士干完事出去,我自觉大限临头,就招手叫西比翁到床前来。我又吃泻药,又放血,人已经虚透,一丝没两气地对他说道:"亲爱的朋友,我存在加布利尔家的钱,一口袋留给你,另外一口袋烦你送到阿斯杜利亚给我爹妈。他们要是还活着,一定很穷。不过,唉!只怕他们为我不孝已经气死了。穆斯加达回去准说我没心肝,也许就此断送了他们。假如靠天保佑,虽然我辜负了养育之恩,他们倒还好着,你就把那袋双比斯多送去,说我没有孝顺他们,求他们饶恕。他们要是死了呢,我托你用那笔钱做些功德,保佑他们和我灵魂儿早早升天。"我说完伸手和他握别。那可怜的孩子舍不下我,伤心得一句话都说不出,眼泪滴了我一手。可见承受遗产的人也不一定面上哭、心里笑的。①

我准备着死却没有死。医生撇下我随我去挣扎,就此救转了性命。据他们诊断,我那发烧准会送命,可是我的烧竟退清了,好像是故意戳破他们的谎话。我侥幸得很,居然渐渐复元。我害了这一场病,变得心如止水。这会子我不用人家安慰了。我当初以为大限临头,把功名利禄都看破,病后也还是这种见识。我一经彻悟,倒自幸遭了这番祸事,觉得这是上苍格外垂慈,谢天不置。我打定老主意,即使赖玛公爵召我回朝,我也再不去了。我倒是想,有一天出得牢狱,就去买座草舍,隐居学道。

我的亲信赞成这个打算,他说若要早早偿此心愿,他得再上马德里去求求情,弄我出狱。又道:"我想到个办法。我认识一个人可以帮你忙。那是王太子奶妈得宠的女用人,一个很伶俐的姑娘。我想托她求求她女主人。我要钻头觅缝地救你出来,这里尽管待你好,终究是座牢狱。"我答道:"你说得对。去吧,朋友,别耽搁了,磋商这件事去吧。天啊,我恨不得咱们这会子已经过着清闲日子了!"

---

① 公元前一世纪罗马诗人普布留斯·西如斯(Publius Syrus)说:"承受遗产的人在哭泣的假面具下暗暗嬉笑。"(见"勒勃古典丛书"本《拉丁小诗家合集》第48页)后流传成为一句名言。

第 九 章

西比翁再上马德里,设法嘱买,把吉尔·布拉斯救出来。
他们出了塞哥维亚塔,同到
一个地方去,一路上谈的话。

西比翁又到了马德里去。我等着他回来,一面认真读书。陶狄西拉斯送来的书我读不胜读,都是问一个袭武官俸邑的老爵士借来的。那位爵士不会看书,却要假充风雅,藏书很富。我最爱读些修身养性的好著作,因为我厌恶官场,想避世隐居,而书里常常看到合我脾胃的名言佳句。

替我办差的人去了三星期,杳无音信。好容易他回来了,欢天喜地地说道:"这回呀,山俤良那先生,我给你带喜信来了!那位奶妈太太在替你出力。我求了她的女用人,又付给那女用人一百比斯多的押金,承她情说动奶妈去求王太子救你。我不是常跟你说吗,王太子对奶妈唯命是听,他已经答应求父王放你出狱。我赶紧来报个消息,得立刻回去把未了之事办妥。"他说完就辞了我,又赶回朝去。

他第三回出门没多大耽搁,八天后就回来,告诉我说,王太子大费周折,已经求得圣旨放我出狱了。那典狱官当天就坐实了这个消息。他来拥抱我,说道:"亲爱的吉尔·布拉斯,感谢上天,你自由了!可以出这座监狱的门了!不过有两件事你得照办,也许很叫你难堪,我不得已只好跟你说。万岁爷不准你再上朝,限你一个月里离开新旧加斯狄尔。你不能上朝,我真懊丧。"我答道:"我倒非常高兴。上天知道我的心思。我只求王上一个恩典,他却赏了我两个。"

我确实知道已经得赦,就叫人雇下两头骡子。第二天,我辞别了高果罗斯,又反复谢了陶狄西拉斯种种照拂,于是我和我的亲信骑上骡子,欣欣喜喜地取道上马德里。我们去向加布利尔先生要还那两袋钱,每袋有五百双比斯多。路上我的伙伴儿说:"咱们的钱要是买不起富丽堂皇的大田庄,至少总可以买一所不大不小的。"我答道:"我就算只有一间小棚子,也乐天知命了。虽然我还没到中年,对世事已经厌倦,只求个逍遥自在。而且我告诉你,我想象到乡居的乐趣,不胜向往,预先就在享受了。我仿佛已经看见田野一片苍翠,听见夜莺啼啭、流泉呜咽,我有时打猎,有时钓鱼,作为消遣。朋友,你想想住在乡间的种种乐趣,也会像我一样心醉的。至于咱们的饮食,越素淡越好。咱们有块面包吃,就可以知足,肚子饿的时候吃来自然香甜。好味道不在东西讲究,全是咱们吃出来的。这句话颠扑不破,所以我生平吃得最有滋味的几顿饭,菜肴都不精致,也并不丰盛。清淡可算是养生的无上美味。"

我的书记打断我道:"你别见怪,吉尔·布拉斯先生,你打算拿那种清淡的饮食来款待我,我可不大赞成。干吗吃得像那些克欲的哲学家呀?咱们即使吃好些,未必就吃坏了身子。听我的话,咱们既然靠天照应,有钱舒舒服服过清闲日子,别把咱们家弄成个穷饿的人家。咱们买下房地,就该屯些好酒,上等人吃惯的东西都该存些。咱们离群索居,并不是要戒绝人生的享受,却是要从容享受。赫西奥德说:'东西在家里藏着,没有害处,欠缺了却足以为害。'又说:'家里应有尽有,总比要一件没一件好。'①"

我也打断他道:"唵! 西比翁先生,你还读过希腊诗! 哎,赫西奥德的诗你打哪儿学来的呀?"他答道:"在一位饱学之士家里。我有一程子在萨拉曼卡伺候一位学究,他是位笺注大家。他眨眨眼就替你写出一大本书,里面都是希伯来文、希腊文、拉丁文的征引;他从收藏的书里抄出来,译成西班牙文。我替他誊写,所以像我方才背的那种好句子,我记熟了不知多少。"我说道:"如此说来,你真是满腹珠玑呢。不过咱们言归正传,你说咱们将来修身养性的地方在西班牙哪一处最相宜?"我的亲信答道:"我主张到阿拉贡去。那边有几处好地方,咱们可以过得悠闲快活。"我道:"好,依你,咱们决定到阿拉贡去住,我赞成。但愿咱们找到个住处,可以享受我想象的种种乐趣!"

第 十 章

他们到马德里以后干的事。吉尔·布拉斯在
街上碰见个人,有何下文。

我们到马德里,下了个小客店,西比翁几番出门都住在那

---

① 赫西奥德(Hésiode,约公元前 8 世纪),古希腊诗人,他《工作与时日》那首诗第363—365 行说:"家里藏着的东西不会有害处;宁可把东西藏在家里,在外面就难保损失。"(见"勒勃古典丛书"本第 31 页)跟这里西比翁所引稍有出入。

儿。我们先到萨勒罗家去取寄存的双比斯多。他礼貌周到,说看见我出狱非常高兴,接着道:"我向你声明,我瞧你倒霉,大有感慨,再也不愿意跟朝上贵人攀亲了。他们的富贵真是过眼云烟。我已经把小女加布利拉嫁给一个富商了。"我答道:"你这事办得很好,一来稳当,二来呢,一个平头百姓的丈人对贵人女婿总不会称心的。"

于是我掉转话头,说到正经。我说:"加布利尔先生,请你把那两千比斯多还我们……"那金饰店的掌柜忙打断我道:"你的钱现成在这里。"他领我们到他的账房里,拿出两只口袋,上面有签条写着:"吉尔·布拉斯·德·山悌良那先生的双比斯多。"他说道:"这是你寄存的钱,交给我是怎么个样儿,还是那么个样儿。"

我谢了萨勒罗照应,深幸他女儿已经另嫁别人。我们拿了钱回客店,点一下数目不错,只少五十个双比斯多,是弄我出狱的使费。我们就一纳头地准备到阿拉贡去。我们要买一辆二轮车和两头骡子,这事归我书记去办;我管添置内外衣着。我正在街上来来往往买东西,碰到石坦安巴赫男爵,就是抚养堂阿尔方斯的德国侍卫队军官。

我跟这位德国军官行礼,他也认出我来了,赶上来拥抱我。我说:"我快活极了,一来瞧你先生很清健,二来乘便可以问问亲爱的堂西泽·德·李华、堂阿尔方斯·德·李华两位大爷的消息。"他答道:"我有的是确实消息,他们俩正在马德里,就住在我家。他们到这城里来向王上谢恩,来了快三个月了。王上因为他们家世代功臣,所以赏堂阿尔方斯个恩典。他并没去请求,也没有托人,就补上了瓦朗斯城的都统。这是了不起的恩宠,可见咱们万岁爷不会亏负好人。"

我虽然比石坦安巴赫熟悉内中情形,却只做不知。我热锅上蚂蚁似的急要去拜见旧主人。他让我如愿,马上带我到家。我很想试试堂阿尔方斯的心,看他怎样接待就知道他对我还有没有情分。他在客厅里跟石坦安巴赫男爵夫人下棋,一看见我,忙站起来。喜不自胜地赶上来抱住我的头,那一脸欢欣,看得出是真情流露。他说道:"山悌良那,你居然回来了!我真快活呀!咱们的分离错不在我。你大概记得,我求你别离开李华的庄子,你满不听话。我并不是怪你,你那番苦心我还很感激。不过你走了也该通通消息,免得我白费心机。我连襟堂范尔南来信说你在格拉纳达,我叫人到那边去找你没找着。"

他埋怨了我这两句,接下道:"告诉我,你在马德里干些什么。你大概在这儿做事吧?我越比从前关心你了,这是真话。"我答道:"大爷,四个月以前,我在朝里有个很重要的职位。我有幸做了赖玛公爵的秘书,并且还是他的亲信。"堂阿尔方斯奇怪得不得了,说道:"有这事吗!怎么?你是首相的亲信吗?"我答道:"我得了他的欢心,现在又失宠了,这事待我讲给你听。"于是我原原本本讲了一遍,末了说,我打定主意,把得意的时候剩的几个钱买座草庐茅舍,清闲度日。

堂西泽的儿子仔细听我讲完,说道:"亲爱的吉尔·布拉斯,你知道我一向喜欢你。我现在越发喜欢你。我既然靠天之福有力量照应你,应该给你点儿实惠,见得你我的交情。你从此可以不受命运播弄了。我要给你一份命运夺不掉的产业,叫命运奈何你不得。我们家有个小小的田庄,在李利亚斯附近,离瓦朗斯有四哩路,你知道那个庄子;你既然打算住乡下,我就把那个庄子送给你。这份礼我们送得起,我敢担保我父亲准赞成,赛拉芬也一定乐意。"

我忙向堂阿尔方斯下跪,他立刻扶我起来。我感激他给我的好处,尤其感激他对我的好心,我吻了他的手说:"大爷,您的行为真叫我钦佩。我觉得这份礼特别好,因为您还不知道我为您出过点力。我宁愿那是出于您慷慨施与,比报恩酬谢还好。"这位都统听了有点诧怪,忙问我出的什么力。我详详细细告诉了他,他越加奇怪。他和石坦安巴赫男爵一样,都梦想不到瓦朗斯都统的位子是靠我的力量来的。他知道了,就说:"吉尔·布拉斯,我的官既然是靠你来的,送你一个李利亚斯的小庄子还不够,我每年再送你两千杜加。"

我这时忙打断堂阿尔方斯道:"快别这么说,不要勾起我的贪心来。家当只会败坏我的品行,我已经深有体会。您送我李利亚斯的田庄,我领您的情。我自己还有点儿钱,可以过得很舒服。我这样就知足了,非但不贪多,还愿意把多余的钱都扔了呢。一个人避世隐居,为的是安闲,钱多了是个累。"

我们正谈着这些话,堂西泽来了。他见了我,欣喜得和他儿子不相上下。他听说我为他们家出了力,就一定要我受那笔年金。我还是不肯受。长话短说,他们父子俩马上领我到一个公证人家里,立下个赠予文契;两人欣然签上名字,比在有利可得的契约上签名还要高兴。这张契据办妥,他们交在我手里说:李利亚斯的庄子从此不属他们了,随我什么时候去做主人都行。于是他们回石坦安巴赫家,我就飞也似的赶回客店。我告诉我的书记,我们在瓦朗斯境内得了一所庄子,又讲怎么样得来的。

他十分欣羡,问道:"那座小庄子值多少钱?"我说:"年利五百杜加。我保管那是个清静好地方。我替两位李华大爷当总管的时候去过几回,所以都熟悉。那房子不大,在果达拉维亚河边上,一村有五六个人家,风景很秀美。"

西比翁道:"我尤其喜欢那边野味多,还有贝尼加罗地方出产的酒,还有葡萄美酒。好,主人啊,咱们赶快避世隐居去吧。"我道:"我也急急要到那边去呢,不过先得上阿斯杜利亚去走一遭。我爹妈在那边光景并不好,我想接他们到李利亚斯,让他们享几年晚福。也许天给我这个安乐窝就是要让我孝养他们;我要是不尽子职,天要罚我的。"西比翁极力赞成这个打算,还催我赶快去干。他说:"别耽搁了。我已经买下一辆二轮车,咱们快去买了骡子,就可以上路往奥维多去。"我答道:"好啊,朋友,尽早动身吧。我觉得和生身父母同享安乐是我应尽之责。咱们不久就可以在咱们那个村子里安顿下来。我一到那里,要在门额用金字写下这两行拉丁诗:

> 我已经进港;永别了,希望和命运!
> 你们作弄得我够了,现在可去作弄别人![1]"

---

[1] 这首诗是翻译一个希腊无名氏的作品,原诗是《希腊警句选》(*Anthologia Graeca*)第九卷第49首(见"勒勃古典丛书"本第三册第27页)。

第 十 卷

第 一 章

吉尔·布拉斯动身到阿斯杜利亚,路过瓦拉多利,见了旧主人桑格拉都大夫。他无意中碰到慈惠院院长马尼艾尔·奥东内斯先生。

我和西比翁要从马德里动身到阿斯杜利亚去的当儿,教皇保罗五世任命赖玛公爵做了红衣大主教。这位教皇因为要在那普尔斯境内设立宗教法庭,就替这位大臣披上紫红道袍,可以叫他怂恿斐利普国王赞许这个好打算。熟悉这位新任红衣大主教的人都和我一般见识,认为教会得了个有用之才。

西比翁宁愿我在朝上做大官,不要我离群索居、埋没一辈子,就劝我去参见那位新任命的红衣大主教。他说:"也许大主教大人看见王上已经赦你无罪,觉得不必再装出对你有气的样儿,说不定还会给你个事儿。"我道:"西比翁先生,我答应立刻离开新旧加斯狄尔,才蒙释放,你大概忘了吧?而且你以为我对李利亚斯的田庄已经厌倦了吗?我跟你说过,现在再说一遍:即使赖玛公爵又宠我,竟把堂罗德利克·德·加尔德隆的位子给我,我也不要。我主意已经打定,我要到奥维多接我爹妈到瓦朗斯附近的乡下去。你呢,朋友,你要是跟了我懊悔,只消说一声,我马上分一半钱给你,你拿了到马德里尽力谋你的前程去。"

我的书记听了这话有点儿感动,说道:"怎么的呀!你竟怀疑我不大愿意跟你去隐居吗?这就寒了我一片赤胆忠心了。哎!西比翁这个忠心的用人因为要和你共患难,在塞哥维亚塔里陪你一辈子都甘心,现在跟你快乐逍遥倒会不愿意吗?不会的呀,先生,绝不会。我并不想违拗你的意思,老实说,那是我使的乖。我劝你去见赖玛公爵,因为很想试试你的心,看你还有没有一星半点儿的官瘾。好,你既然对荣华富贵一无留恋,咱们想到那种淳朴悠闲的清福又那么心醉,咱们就赶快离开京城去享受吧。"

我们俩果然不多时就动身,乘一辆车,两匹壮健的骡子拉车,一个小伙子赶车。我觉得该添个用人,所以雇了这个赶车的。我们第一天在阿尔加拉·德·黑那瑞斯城过夜,第二天在塞哥维亚过夜。我没有耽搁了路程去拜访那位厚道的典狱官陶狄西拉斯,却一直赶往杜柔河上的贝涅斐尔城,过一天就到瓦拉多利。我望见这座城,不禁长叹一声。我同伴问我什么缘故。我说:"朋友,我在这地方做过好一程医生,想到就惶恐。这会子是我良心内愧。怎么说呢?仿佛我断送的那些病人都从坟墓里钻出来,要把我撕成一块块似的。"我书记道:"真是想入非非了!山悌良那先生,你这人实在太好。你不过是吃那行、干那行,有什么懊悔的呢?你瞧瞧那些头号老资格医生,也像你这样良心内愧吗?嗨!才不呢!他们照常行事,病人死了是那个病好不了;好了呢,是医生的功劳。"

我答道:"是啊,我一心一意师法的桑格拉都大夫就是这种人。他相信放血和喝水,说是百病良方,尽管天天眼看着二十个人死在手里,绝不怪自己治疗不对,还以为病人送命都是喝水不多、放血不够。"西比翁哈哈大笑道:"天呀!你说的这人真是一绝了。"我说:"你要是好奇,想见他面听听他议论,明天就可以如愿,只要桑格拉都还活着,还住在瓦拉多利。不过我想不大会,因为我和他分手的时候他已经上了年纪,到现在又过好多年了。"

我们一下客店,就去打听这个医生。据说他还活着,不过老态龙钟,不能出诊,行动也不大方便,所以已经让位给三四个靠新医道出名的医生。这些新进跟桑格拉都也相差无几。我们决定第二天在瓦拉多利耽搁一下,又可以让骡子歇歇脚,又可去看看桑格拉都先生。我们早上靠十点到他家;他正拿着本书坐在安乐椅里,看见客来,忙起身迎接。七十岁的人有他那样,要算步履轻健的了。他问我们找他有什么事。我说:"医士先生,请你仔细认认,你想不起来了吗?我还有幸当过你学生呢。你可记得从前在你家做事、替你出诊的那个吉尔·布拉斯?"他道:"什么!是你吗,山梯良那?"他拥抱了我,样子很亲热,说道:"我不认得你了,我见了你很快活。你跟我分手以后干了些什么?准是在行医吧?"我答道:"我颇有此心,不过碍着几件事儿,没能够如愿。"

桑格拉都道:"可惜了,你学了我的秘诀,只要天保佑你别着了化学的魔道,准可以成个有本事的医生。"他接着慨然演说道:"嘻!我的孩子!这几年的医学跟从前不大相同了!实在怪不得我吃惊,怪不得我气愤。他们丢尽了医学的荣誉和价值。从古以来,医道以人命为重;现在的医生胆大武断,而且是所谓'不知而作'[①],把人命

[①] 桑格拉都大夫说话爱用拉丁文,这节里加引号的字句,原文都是拉丁文或拉丁化的法文。

当儿戏。那些新派医生草菅人命,事实昭彰,不久石头都要叫屈,所谓'顽石出声呼'了。你在这城里,可以看到有些医生,或者自称的医生随声附和锑剂百效的学说,所谓'锑到病除',有的是帕拉切尔苏斯①学派的,有的专相信锑朱砂;还有的为人治病只是碰运气,以为只要会配制药剂就算得精通医学。怎么说呢?他们的办法都是莫名其妙的。譬如从前难得脚上放血,现在专用这个法子;从前的泻药温和无害,现在却改用了呕吐剂和锑朱砂。真是闹得乌烟瘴气,各行其是,越出了我们祖师辈定下的法则和道理。"

我听了这样可笑的议论真想笑,却极力忍住,还痛骂锑朱砂,把发明的人也乱咒一顿,其实那药是什么东西,我一点不知道。西比翁看出我在取笑,也要插一嘴,就对桑格拉都道:"医士先生,我有个叔公是老派的医生,所以难怪我也和你一般见识,不赞成那些化学药剂。我那叔公已经去世,愿上帝对他的亡灵垂慈。他对希波克拉底真是五体投地,看到那些庸医瞧不起这位医学之王,常和他们争吵。亲骨肉总有相似之处,我也真想一手杀尽那些翻新花样的无知小子,就是说,你理直气壮痛骂的那些人。那起混蛋在世上为害真不小啊!"

那医生道:"你想不到害处多大呢。我出了一本书反对医生胡乱杀人,可是毫无用处,草菅人命的事反而一天一天多了。那些行手术的人,发疯似的想做医生,自以为尽做得,反正只要用些锑朱砂和呕吐剂,再随意来个脚上放血就成。他们甚至于把锑朱砂调在草头汤药和滋补的药水里,以为这样一来,名医处

---

① 帕拉切尔苏斯(Paracelse,1493—1541),瑞士医学家,主张用化学药剂。

方也不过如此了。连修道院里都沾染到这种习气。有些修士又做药剂师,又做外科医生。这种冒牌医生研究了化学,配制些害人的药,为他们的修士催命。瓦拉多利现在有六十多所修道院,男女各半。你们算算他们的锑朱砂、呕吐剂、脚上放血法可以害死多少人!"我道:"桑格拉都先生,难怪你对那起毒药害人的家伙这样愤恨。我跟你同声一叹,同为人命担忧。他们治病的方法和你的完全不同,分明要害死人的。恐怕有一天化学要断送医学,好比伪币能颠覆国家一样。但愿天照应,这倒霉日子别就到眼前来!"

讲到这里,一个年老的女用人给医生送上一盘东西:一块又松又软的面包,一只杯子,两个瓶子,一瓶是水,一瓶是酒。他一边吃,一边喝。其实他喝的只是冲了水的酒,一份酒对三份水,可是这来给我捉住错儿,不免要埋怨他几句。我道:"啊呀!啊呀!医士先生,给我当场捉住!你向来反对喝酒,你一生的四分之三只喝白水;我听了你的话,十年来滴酒不入口,你怎么现在喝起酒来了?你打什么时候起这样言行不符的呀?你不能把年纪来推诿;你文章里有一处下了个界说:'衰老就是使人干枯消损的天然痨病',因此你慨叹有些人愚昧无知,会把酒当作老年人的牛奶。你还有什么话替自己辩白呀?"

那老医生答道:"你这样攻击我真是冤枉。我要是喝不掺水的酒,你可以说我立法自坏;可是你瞧,我酒里对上许多水呢。"我道:"亲爱的老师啊,这又和你说的不合了。可记得,赛狄罗大司铎喝的酒掺了许多水,你也说他不对。你还是老实承认,你发觉自己错了,你著作里说喝酒伤身,其实并不然,只要喝来有节制。"

我说得这位医生有点不好意思。他的著作上明说酒是喝不得的,这话他无从抵赖;可是他又惭愧,又要争面子,不肯承认我责备得有理。他不知怎么回答,窘得说不上话。我免得他难堪,忙撇下这话不谈了。过一会儿我就告辞,临走还劝他对那些新兴的医生一辈子不要让步。我说:"桑格拉都先生,鼓起劲儿来!反对锑朱砂,不要懈怠;攻击脚上放血法,不要放松。你对正宗医学这样赤心爱护,假如还是敌不过那伙庸医,成规旧法还是给他们推翻,你至少已经尽力,可以问心无愧。"

我和我的书记回客店,一路上谈论着那医生的古怪可笑,忽然碰见个五六十岁的人,眼睛望着地,手里拿一大串念珠。我仔细一认,立刻认得是虔诚的慈惠院院长马尼艾尔·奥东内斯先生,我在这部书第一卷里曾经表扬过的。我做出毕恭毕敬的样儿,招呼他道:"道高德劭、规行矩步的马尼艾尔·奥东内斯先生,世界上照顾穷人最合适的人啊,我听候您使唤。"他听了盯住我打量一番,说看着有点脸熟,却记不起哪儿见过。我答道:"我想您记不得了,您不会留意到我。我有个朋友叫法布利斯·尼聂斯,从前在您家做用人,我那时候到您府上去过。"那院长很乖觉地一笑道:"啊!我现在记起来了,我分明记得你们两个伶俐孩子一起干的好些顽皮勾当。唉,那可怜的法布利斯现在怎么了?我一想到他,总挂念他的景况。"

我对马尼艾尔先生道:"我冒昧在街上招呼您,正因为有他的消息奉告。法布利斯现在马德里,专写些杂拌儿。"他道:"什么叫杂拌儿?我可不大明白。"我笑道:"我意思说,他或用诗体,或用文体,又编剧本,又作小说。一句话,这小子有点儿天才,阔人家把他当作上客的。"那慈惠院院长问道:"可是他的面包师对他满意吗?"我答道:"不如阔人家对他满意。咱们私底下说说吧,我想他不怎么有钱。"奥东内斯道:"啊!那是不用说的。随他怎样去伺候阔人,逢迎谄媚,卑躬屈节,他到手的好处比靠作品赚的还少。我对你预断一句,他总有一天要进慈惠院。"

我答道:"这一点儿不稀奇。诗文把好些人送进慈惠院去了。我的朋友法布利斯要是一直跟着您先生好多着呢,到今天准发大财了。"马尼艾尔道:"他至少可以很富裕。我喜欢他,正要一步步提拔他,让他在慈惠院里脚跟站稳;他却异想天开,去充才子了。那疯子!他编了个剧本,给这城里的戏班子上演,那个戏很叫座,从此那位作者就着了魔。他俨然自以为洛佩·德·维加再世,宁可丢掉我替他筹划的实利,去追逐观众捧出来的虚名,就向我辞职了。我可怜他,想劝他回心转意。我劝他别丢了嘴里的骨头去抢水里的骨头影子①。可是劝也没用,那疯子要写文章发了狂,身不由己,我留他不住。"那院长又道:"他真是得福不知;只要看看他的后任,就是个很好的证据。那孩子不如法布利斯伶俐,却比他懂道理。他一心好好做事,讨我喜欢。我看他应该提拔,所以提拔了他。他现在慈惠院里占着两个职位,单靠那小的一个职位就尽够养活一大家人了。"

---

① 伊索寓言:狗衔了块骨头,在河边看见自己在水里的影子,就放下嘴里的骨头去抢水里的骨头影子。

第 二 章

吉尔·布拉斯又上路,安抵奥维多。他家里
　　各人的情形。他父亲去世以及后事。

　　我们从瓦拉多利走了四天到奥维多。俗语说:强盗老远就闻到旅客身边金银的气味,我们却一路平安无事。其实他们倒有一注好买卖可做,只消地窑里来两个人,不费一点儿力就可以把我们的双比斯多抢去。我没在朝里练出胆量来,那赶车的贝特朗看来也未必肯为东家的钱袋舍命,只西比翁一人还会蛮拼几下。
　　我们赶进城,天已经黑了。我们下了个客店,跟我那位大司铎舅舅吉尔·贝瑞斯家很近。我想先打听一下家里各人的情形,再去相见。我知道这家店主夫妇对街坊上的事很熟悉,最好问他们。店主人仔细把我一端详就认得了,嚷道:"圣安东尼·德·巴德①在上!这是侍从先生布拉斯·德·山悌良那的儿子呀!"店主妇道:"真的!可不是他么!我一看就认得,简直一点儿没变,还是那个一肚子鬼主意的伶俐小子吉尔·布拉斯,那时候他拿着个瓶子来替舅舅买晚饭喝的酒,如

---

① 传说圣安东尼·德·巴德(Saint Antoine de Padoue,1195—1231)能保佑人失物重得。

在目前呢。"

我道:"大娘,你记性真好。请你告诉我一点儿家里的消息,我爹妈光景大概不好吧?"店主妇道:"给你一猜两着,他们苦极了,你怎么也想不到的。贝瑞斯老头儿已经半身不遂,看来是日子不长的了。你爹新近就住在大司铎家,他得了肺炎,干脆说吧,他这会子正在挣命;你妈身体也不好,还得伺候两个病人。这是他们的景况。"

这席话打动了我的孝思。我把贝特朗和车马撇在旅店里;我的书记不肯相离,就跟我同到我舅舅家。我一到妈妈跟前,她心上立刻有种感应,虽然还没看清我面目,就知道是谁了。她拥抱了我,凄然道:"我的儿啊,来替你爹送终吧。你来得还是时候,还能看到这个凄惨景象,心上留个影子。"她说完领我进一间房,可怜的布拉斯·德·山悌良那奄奄一息,躺在里面一张床上。一看这张床,就知道做侍从的多么穷苦了。他已经罩在沉沉死气里,可是还略有知觉。我妈对他说道:"老伴儿啊,你儿子吉尔·布拉斯来了;他给你受了气,现在求你饶恕,还请你祝福。"我爹听了这话,睁开将要永闭的双目,盯着我看。他虽然病得昏昏沉沉,还看出我伤心舍不下他,也就很感触。他想说话,可是没力气了。我拉着他一只手,哭得他满手是泪,一句话也说不出。他就在这个当儿咽了气,仿佛专等我到了家,这口气才断得下。

我妈妈早就准备他要死了,所以还能节哀。我爹一辈子对我漠不关心,可是我也许比妈妈还要悲痛。儿子死了父亲已经伤心,我没有略尽子职,尤其懊恨。我想自己那么狠心,简直是个狼心狗肺的畜生,竟可说是个杀父的逆子。于是我又去瞧我的舅舅,他躺在另一张床上,看来很可怜。我一见又添了愧恨。我受他种种恩惠,这时都涌上心来。我埋怨自己道:"你这个丧尽天良的孩子,罚你瞧瞧自己家里人这样苦恼。他们靠大司铎的收入,好些东西买不起;要是你进监牢以前分一些多余的钱给他们,让他们能买来享受,也许你爹就不至于死了。"

可怜的吉尔·贝瑞斯已经返老还童,一点记性一点头脑都没有了。我抱住他跟他亲热,都是枉然,他好像全不知觉。我妈还只管告诉他:我是他外甥吉尔·布拉斯,他只傻瞪瞪地看着我,一句话不说。就算我对恩深义重的舅舅没有骨肉之情和感激之心,单看他那副可怜样儿也要恻然的。

这时候西比翁一言不发地陪我伤心;他眼看朋友这样,也同声叹息。我想妈妈和我分别了这么久,准要跟我谈谈,旁边有了个陌生男人也许不方便。所以我把他拉过一边,说道:"朋友,你去吧,到客店去歇歇,撇我在妈这儿好了,我们要长谈呢;谈的无非是家务事,你在这儿待着,也许这位老太太要多嫌你的。"西比翁怕碍着我们,就出去了。我和妈妈果然谈了个整夜。我们各把我离开奥维多以后的经历细讲了一遍。她把在别人家当女监护的苦恼,一五一十地讲个不休;我虽然没什么要瞒我书记,有些话却不愿意给他听见。不是我得罪妈妈,这位老太太实在有点啰唆,她要是讲得扼要,可以省掉四分之三的话呢。

她好容易讲完,我就讲我的事。我把所经所历轻描淡写地带过,但是提到油盐铺掌柜贝尔特朗·穆斯加达的儿子到马德里见我的事,就讲得很仔细。我道:"老实说,我很怠慢那小子。他要出口气,准对你们说得我很不堪。"她答道:"果然呀,他说你得了首相欢心,一团骄气,不屑认识他了;他对你讲我们怎么穷、怎么苦,你听了漠不关心似的。做爹妈的总袒护自己孩子,我们就不信你会那么坏。你这回到奥维多来,就可见你的确是好孩子,不是我偏袒;再看你这样悲伤,我再没有一点怪你的心了。"

我答道:"你太偏护我,小穆斯加达的话有点儿根由。他来看我的时候,我只想做官发财,利欲熏心,没工夫想到爹娘。他跑来一副村气,恶狠狠地对我说:你们穷苦得很,听说我比犹太人都有钱,特来劝我送些钱给你们;还破口骂我不把家里人放在心上。照我那时候的心境,对这种人自然不客气了。他那样直率,惹得我很生气,按捺不住,就推着他肩膀把他推出书房。我承认那番吵架是我不对,我应该想想:那油盐铺的小子无礼不是你们的错,而且他尽管说得不客气,究竟是良言。

"那是我撵走了穆斯加达以后才想到的。我虽然一腔火气,骨肉之情还没有泯灭。我想起对父母的责任一点没尽,不禁面红耳赤,良心内愧。可是我不能拿这个来替自己挣面子,因为我只想发财升官,一会儿就把那点惭愧的心压下去了。后来王上降旨把我关进塞哥维亚塔,我在牢里生了一场重病,亏得那场病救转了你这个儿子。说真话,我生过这场病,坐过这番牢,天良重现,对朝廷再没丝毫留恋。我厌恨那烦扰的日子,以后只求清静了。我这番到阿斯杜利亚,无非要接你去同享清福。我有个庄子在瓦朗斯境内,你要是愿意,就跟我同去,咱们在那儿可以过得很舒服。当然我也想接爹去的,天既然另有安排,但愿还能接了妈去;从前没孝顺她,但愿以后能尽心奉养,替自己赎罪。"

我妈妈道:"你这番意思很好,我很感激。要是没有为难之处,我一定干干脆脆跟了你去。可是你舅舅这般情形,我丢他不下;况且我在这里根生土长,离不开了。这事应该盘算周到,我还得慢慢地想一下再说。现在咱们且打算办你爹的丧事吧。"我道:"这事交给我带来的小伙子办去。他是我书记,人很伶俐,也很忠心,咱们可以放心托他。"

我刚说完,西比翁又来了;这时候已经天亮。他问我们这会子家里有了事,有什么用他之处。我说他来得正好,恰有要事嘱咐他。我对他讲了,他说:"成,出殡的全副排场我肚里已经有个谱儿了。这事都在我身上。"我妈道:"留心不要铺张,我丈夫的丧事越简陋越好,他是个最穷苦的侍从,城里人人知道的。"西比翁答道:"老太太,他再穷也得照我那排场,一个小钱都不能省。这桩事,我只为东家着想。他做过赖玛公爵的亲信,老太爷的丧事应该办得体面。"

我赞成我书记的主张,还吩咐他不要省钱。我还有点儿爱面子的心,这时候又活起来了。我爹没传下什么产业,我肯为他破费,自以为人家准会佩服我手笔阔绰。我妈呢,虽然说得很卑逊,但是丈夫丧事办得风光,总没什么不乐意的。我们就完全委托了西比翁,他马上把应办的事都办起来,准备安排个大出殡。

他办得太风光了。那出殡的仪仗非常豪华,惹得城里城外的人都恨我。奥维多地方无论贵贱,看了我那排场都不入眼,街谈巷议很扫我面子。一个说:"这暴发的走狗,奉养父亲,一个钱没有,替他办丧事倒有钱了。"一个说:"父亲活着孝顺点儿,比死了这样排场好多着呢!"总而言之,大家舌剑唇枪,一句不饶我,我成了众矢之的。他们这还不甘心,等西比翁、贝特朗和我出教堂的时候,又来侮辱我们,骂呀,嘘呀,一路掷石子,把贝特朗赶回客店。我舅舅的大门口挤了一大堆人,我妈妈只好出场声明她很喜欢我这样办,才算解了围。还有些人赶到客店里要把我存的车拆掉。亏得店主夫妇想法平了他们的火,没让他们干出来。

他们对我种种侮辱,也都是那油盐铺的小子到处骂我激出来的。我因此恨透了本乡人,决计马上离开奥维多;不然的话,我也许要耽搁好一程子。我把这意思干脆向我妈说了,她看人家那样待我,非常生气;我忙着要走,她一点不作难。她不过要知道我怎样为她安排。我说:"妈妈,既然我舅舅少不了你,我也不再勉强你同走。不过他看来挨不了多久了,你答应我,等他一死就到我庄子上来。你肯来就是表明爱我,我盼望着呢。"

我妈道:"这话我不能答应,因为办不到。我要在阿斯杜利亚了我余生,并且我要自己当家做主的。"我答道:"你在我庄上,不还是你当家做主吗?"她答道:"我可不知道了。你只要爱上个年轻姑娘,就会娶她;她是媳妇,我是婆婆,我们不能一处过日子。"我说道:"你愁得太远了。我一点儿不想结婚呢。等我想结婚的时候,我担保,准叫我老婆不问三七二十一全听你的话。"我妈答道:"你这个担保冒失得很,保人自己就保不住。只怕你捧着个老婆,就忘了骨肉天性;我要是跟你老婆有什么争吵,尽管她理屈,保不定你还是偏护她的。"

我的书记插嘴道:"老太太,您这话真对,我也是这样想,孝顺儿媳妇是少有的。您既然一定要住在阿斯杜利亚,我东家又一定要到瓦朗斯去,有个办法可以两便,他只要叫我每年给你送一百比斯多。这样一来,娘和儿子相隔二百哩,都可以过得很称心。"我们两造都赞成这办法。我就先付了一年的钱。我怕众人把对待圣艾田①的手段来待我,所以第二天一大早离开了奥维多。我在家乡受到的欢迎就是如此。平头百姓在外面发了财,想回故乡去充大人物,看了我就是个好榜样。他们越要卖阔,越招同乡的恨。

第 三 章

吉尔·布拉斯取道瓦朗斯,到了李利亚斯。那田
　庄的一幅写景;庄上有什么人,怎样欢迎他。

我们从雷翁、巴伦西亚一站站走,走了十天到赛果伯。我的庄子离那儿只三哩路,我们过一天上午就到了。我们渐走渐近,我书记把两旁田野里一座座庄子都仔细端详,我瞧着很有趣。他每见一所大庄园,准要指着对我说:"我真希望那是咱们的隐居。"

我说:"朋友,我不知道咱们那庄子在你心目中是什么个样儿。我预先告诉你,你如果以为是高堂大厦,是座阔佬的庄园,你就大错了。你要是不愿意把空中楼阁自哄自骗,只要想象萨班乡下、悌勃河边、梅赛那斯送给贺拉斯的那所小房子②。堂阿

---

① 圣艾田(Saint Etienne),基督教殉教者,被犹太人乱石掷死。
② 贺拉斯《讽刺诗集》第二卷第6首描写自己乡间的一个小庄子,风景幽美,远隔嚣尘,庄子里的设备虽不奢华,却很舒适。在欧洲文学里就立下个典型,尤其十七八世纪的作家常常描写这种田园或别墅。

尔方斯送我的礼跟那个不相上下。"西比翁道:"糟了,那我只好准备它是所草舍了。"我道:"草舍也还不是。不过你该记得,我向你形容那庄子,总说得它很简陋;我的描画是否确切,这会子你可以自己瞧。你顺着果达拉维亚河望过去,沿河挨着个约莫有九个到十个人家的小村子,一所房子有四个小阁的就是我的庄子。"

我的书记赞叹道:"啊呀!好精致的房子呀!有了那几座楼阁,自然就气象华贵,再加位置也适宜,建筑也讲究。人家专说上有天堂、下有赛维尔,这四周的风景比赛维尔那边还明媚可爱呢。就是让咱们自己挑,也挑不到再合我脾胃的了!说真话,我很喜欢那地方,既有清流灌溉,而且树林深密,日中可以在树荫里游散。好个清幽的所在!啊呀!亲爱的主人,看上来咱们准要在那儿常住下去了。"我说道:"你喜欢咱们那窝儿,我很高兴。那里的乐趣,你还没十分领略呢。"

我们谈谈说说,已经到了庄上。西比翁一说是田庄主人吉尔·布拉斯·德·山悌良那大爷到了,立刻大门敞开。门上人听见这个名字肃然起敬,让车开进大院子。我下了车,沉甸甸地倚在西比翁身上,摆足了架子走进屋里。立刻就来了七八个家人,说是来参见新主人,又说堂西泽和堂阿尔方斯挑他们来伺候我的:一个是厨子,一个是他助手,一个是厨下打杂儿的,一个看门的,几个跟班,都奉命不得拿我一文小钱,家用开销全在那两位大爷身上。厨子叫作尤阿兴司务,是这群用人的头儿,话都是他说的。他献殷勤说,已经把各种好酒储藏了许多;又说,他在瓦朗斯大主教大人府上当过六年厨子,若要讲究吃,他自信总会烹调点儿提胃口的好菜。他又说:"我准备做一席菜让您尝尝我的勺口儿。这会子还不开饭呢,大爷,您溜溜去,瞧瞧您这房子您大人是否住得。"

我当然要去瞧瞧房子,西比翁比我更有兴,拉着我一间间看。我们把整所房子从头层到底层看了一遍,处处留心,连一个角落都没漏掉,至少我们自以为全走遍了。每到一处,都不由我不感谢堂西泽父子的恩德。我特别喜欢两个房间,里面的陈设非常精致,却一点不奢华。一间里挂着个荷兰出产的壁衣,床椅都是丝绒的,虽然都是摩尔人侵占瓦朗斯时代的东西,却一点不破旧。另一间的陈设,精雅不相上下:壁衣床椅都是上代热那亚锦缎做成,一律黄色,镶着蓝的丝流苏。这些陈设在账单上写着没甚稀罕,这里看见,才觉得非常珍贵。

我书记和我把形形色色细看一遍,就到饭厅上。桌子已经摆好,放着两份刀叉。我们坐下,送上来的炖什锦肉一到嘴就觉得味道真好,我们不禁替瓦朗斯大主教可惜,少了个会做这样菜的厨子。其实我们胃口也好,所以越吃得香。我的新用人拿大杯满满地斟上曼夏省的好酒,我们每吃一口菜,他们就送上酒来。西比翁乐得不得了,但是不敢当着用人流露出来,只拿眼睛向我示意;我也用眼色表示和他一样称心。接着来了一盘烧烤:一对肥嫩的鹌鹑,中间夹一只烤得香喷喷的小野兔子。我们忙放下炖肉,把烧烤吃了个饱。我们吃得像两个害馋痨的,酒量也跟食量相称;于是起身到花园里去找个凉快的好地方,舒舒服服睡午觉。

我的书记方才看了一处处地方都很满意;这回见了那花园尤其喜欢,以为不输艾斯古利阿尔王宫①的花园,真叫他观看不

---

① 艾斯古利阿尔(Escorial),西班牙的王宫,斐利普二世所造。

厌。堂西泽有时到李利亚斯来,他原来喜欢种花栽树,装点园林。园里有整齐的石子路,两边种着橘树;白色大理石的池子中心有一只紫铜狮子,嘴里喷着水;而且花也开得好,果子种类又多,都叫西比翁欣喜欲狂。他尤其爱那一条下坡的长路,夹道密树成荫,直通到庄丁的住处。我们一面赞赏这个避暑胜地,就歇下来坐在一棵小榆树脚下。两个酒醉饭饱的汉子一会儿就睡熟了。

我们睡了两个钟头,忽然被好几下枪声惊醒。那声音近得很,我们都吓一跳,忙起来到庄丁家去打听。只见那里聚了八个到十个庄稼人,都是本村住户。他们刚知道我到了,所以拿出年久生锈的枪来放几声庆祝一下。他们多半认识我,我当总管的时候到这庄上来办事,相见不止一次。他们这时一看见我,齐声高叫道:"我们的新主人万岁!欢迎您到李利亚斯来!"于是装上火药,再为我合放了一阵枪。我做出最和气不过的样儿向他们答礼,不过我觉得不该跟他们不拘形迹,所以和气之中却拿定身份。我答应庇护他们,还散给他们二十个比斯多,我相信这来很得他们的心。我让他们再放了一阵空枪,就跟我的书记回到树林里。新到手的产业真叫人喜欢,我们看了那些树木,只觉得观之不足,一直在林子里盘桓到天黑。

厨子跟他助手和打杂儿的这会子正忙着做菜,这顿晚饭比午饭还要讲究。我们一进饭厅,简直呆住了。只见桌上当中是一盘四只烤山鸡,一边是锅烧兔子,一边是带汤煮的阉鸡;吃完这些,又送上小吃;猪耳朵呀,腌鸡呀,然后是奶油巧克力。我们喝了好些吕赛那出产的酒和其他许多好酒,觉得再喝要过量了,就打算睡觉去。我的几个跟班拿了蜡烛,领我到一间最精致的屋里,忙着伺候我脱衣服。我等他们送上便服睡帽,就打发他们出去,摆着主人架子道:"诸位去吧,今晚上不用你们了。"

我把他们都打发走,留下西比翁要跟他谈谈。我们先得意这回真是享福了。我书记快活得那股劲儿难以形容。我说:"嗨!朋友,两位李华大爷叫他们这样款待咱们,你觉得怎么样?"他答道:"说真话,我觉得不能再好了,但愿能够长久。"我道:"我却不作此想。我不应该让我的恩人为我这样破费,那就是看他们慷慨、一味沾光了。况且别人出钱雇的用人,我也用不惯,仿佛不是在自己家里似的。再说,我到这儿来没准备过得这样阔绰。好傻呀!咱们要用那么一大群用人吗?没有的事,咱们已经有贝特朗,只要再有一个厨子、一个打杂儿、一个跟班,就尽够了。"虽然我书记巴不得永远受瓦朗斯都统的供养,却也不反对我这点清介。他依着我的意思,也赞成改革一下。商量停当,他就回房睡觉。

第 四 章

吉尔·布拉斯到瓦朗斯去,见了两位李华大爷,
　　谈了一番话;赛拉芬热诚欢迎他。

我脱了衣服上床,却一点不困,就一味前思后想。我想到两位李华大爷为我忠心,待我很厚,近来又给我这许多赏赐,真使我感恩入骨。我急要道谢,决计第二天就去看他们。我已经想

象到跟赛拉芬会面的快乐,但是并非完全快乐;我去见她就要碰到萝朗莎·赛馥拉大娘,她大概还没忘掉打了我那一下耳光,不会喜欢见我。我想到这层,有点儿发愁。我这样万念纷纭,觉得困了,居然蒙眬睡去,直到第二天日高三丈才醒。

我赶忙起来,一心想着要去走这一遭,急急穿上衣服。我衣服刚穿好,我的书记来了。我说:"西比翁,我准备到瓦朗斯去呢,想来你不会反对。我有这份小小的产业,全亏那两位爷,我急要向他们请安去;这是我应尽之谊,觉得一时片刻的迟延都是忘恩负义。朋友,你不用陪我,你留在这儿,过了八天我就回来。"他答道:"你去吧,先生。好好儿趋奉堂阿尔方斯和他爸爸。我觉得他们很赏识你对他们的心,也很感激你为他们出的力。这样的阔人真少有,随你怎样尊敬他们也是应该的。"我吩咐叫贝特朗准备上路。我一面喝巧克力,等他套车。临走我叮嘱家里用人,西比翁和我不分彼此,他的话就是我的话,不得违拗。于是我就上车。

不上四个钟头,我就到瓦朗斯了。我一直进了都统的马房下车,把车撇在那儿,叫人领着上这位大爷的房间去。他正和他父亲堂西泽在一起。我不拘礼节,自己开了门,恭恭敬敬上前道:"用人见主人不用通报,你们的老用人特为请安来了。"我说着就要下跪。可是他们拉住我,两人都拥抱了我,他们对我的一片真情完全流露出来。堂阿尔方斯道:"好! 亲爱的山悌良那,你到李利亚斯去做主人了吗?"我答道:"去了,大爷,请您让我把那庄子还给您吧。"他道:"为什么呀? 有什么地方不合你的意吗?"我答道:"那庄子是好极了,我喜欢得很。我只有一样不称心,您为我雇了大主教的厨子,用的用人比我要用的多了三倍,害您花费浩大,毫不实际。"

堂西泽道:"我们在马德里请你每年受我们二千杜加;你要是肯受,我们单把这座庄子送你就罢了。可是你没答应,所以我们觉得应该照我们那样办,来个扯直。"我答道:"这就过分了。我得了这座庄子已经心满意足,你们不该额外再加赏赐。我把意思老实说出来吧,那许多用人不但破费你们,也拘得我不自在。干脆一句话,两位大爷,让我在庄上自己做主,不然呢,就让我把那庄子还给你们。"我说得非常恳切,他们父子并不愿意勉强我,总算答应随我处理。

我谢谢他们许我便宜行事,否则我不会心安理得。这时堂阿尔方斯打断我道:"亲爱的吉尔·布拉斯,我要领你去见一位太太,她很想跟你会会。"他说完拉了我的手,领我到赛拉芬房里。她见了我欣喜地叫起来。那位都统道:"太太,咱们的朋友山悌良那到瓦朗斯来,我相信你也跟我一样高兴。"她答道:"这是千真万确的。我从前受他的恩,过了这些时候并没忘记;他又为你出过力,我不但自己感激,还代你感激呢。"我对都统夫人说,我从前拼了命和伙伴一同救她,虽然冒些危险,却不值得他们这样重谢。我们彼此客套了一顿,堂阿尔方斯就陪我出来。堂西泽正在客堂里招待许多来吃饭的贵宾,我们也跑了去。

这些贵客跟我招呼都很客气。堂西泽说起我做过赖玛公爵的机要秘书,他们越发多礼。他们大半也许还知道堂阿尔方斯做到瓦朗斯都统是靠我的力量,因为事情总会泄露出来的。不管究竟如何,反正那天席上大家谈论的无非是那位新任命的红衣大主教。有的人很捧他,不知道是出于真心还是口头上的假话;有的人皮里阳秋,明赞暗骂。我看透他们想激我批评大主教大人,要听我挖苦取笑他。至少我猜想他们是这意思,我也很想把肚里的话说出来,可是我忍住没说。靠这点克己功夫,我在诸君心目中显得很稳重谨慎。

饭后客人各自回家午睡。堂西泽父子也觉得困倦,都回房休息。

我久闻瓦朗斯是个漂亮城市,急要去观光一下,就出了都统府邸,想上街走走。我在大门口碰到个人,恭恭敬敬迎上来道:"我可以向山悌良那先生请安吗?"我问他是谁。他答道:"我是堂西泽的亲随。您做总管的时候,我是个跟班。我天天早上总来向您请安,您很照应我。我常把府里的事来告诉您。譬如有一天,我告诉您李华村的外科医生偷偷儿到萝朗莎·赛馥拉大娘房里去,您不记得吗?"我答道:"我一点儿没忘记呀。说起这位女监护,她现在怎么了?"他答道:"唉!那可怜虫!您走之后,她病恹恹的就死了。赛拉芬还舍不得她,堂阿尔方斯却并不怎么惋惜。"

堂西泽的亲随把赛馥拉病死的消息告诉了我,道歉说,耽搁我了,就让我走路。我想到这个可怜的女监护,不禁叹息。我心中不忍,怪自己害了她,没想想她结果这样苦不关我的操守,却是她那毒瘤作祟。

我把城里名胜一处处都游览到。大主教府邸用大理石造成,庄丽悦目;交易所的门楼也很美观。我又留心到一所大厦,许多人都往里拥。我不懂为什么那里聚了大群男女,近前去一看,看见门额上有块黑色大理石,刻着"大戏院"几个金字,才恍然大悟。戏院的招子上说,今天首次上演堂加布利尔·特利阿盖罗①新作的悲剧。

第 五 章

吉尔·布拉斯上戏院观看新悲剧,那戏
很叫座。瓦朗斯看客的识见。

　　我在戏院门口站了一会儿,看看进去的人。各式各等都有。有些绅士相貌漂亮、服装华丽;有些人形容萎靡、衣衫褴褛。有些是贵妇人乘了马车来看戏,预先定下包厢;有些是女骗子,来勾引男人的。我瞧见这群看客鱼龙混杂,无所不有,也勃然兴动,想去凑个数。我正要买票,都统夫妇到了。他们在人堆里看见我,叫人来请,带我上他们的包厢。我就坐在他们背后,跟两人说话都方便。

　　戏院里上上下下客满,池子里挤得结结实实,戏台旁边挤满了佩武士勋章的爵士;三种武士章这里都能见到。我对堂阿尔方斯道:"到的人真不少。"他答道:"这不足为奇,上演的悲剧作者是堂加布利尔·特利阿盖罗,大家称为时髦诗人的。戏招子上一贴出这位作家的新剧本上演,瓦朗斯就全城轰动。不论男女,无非谈这个戏。包厢全数定掉,第一天上演只有池子里的座

---

① 特利阿盖罗(Triaquero),原意是走江湖卖假药的骗子,勒萨日借这个名字来影射同时代大作家伏尔泰,详见莫利斯·阿兰(Maurice Allem)编注本《圣伯夫(Sainte-Beuve)论法国大作家》第十册第19页又第26页。

位不涨价,因为那部分看客碰不得,惹火了不是玩的;其他各种座价尽管涨了一倍,戏院门口的人还拼着命要进来呢。"我说道:"真是发疯!看客对堂加布利尔新编的戏这样先睹为快,迫不及待,这位诗人想必是个大天才了。"堂阿尔方斯道:"且慢,别心里先横着成见。有的戏卖弄小聪明,使看客一时眼花缭乱,要到剧本印了出来,才断得定好坏。"

讲到这里,戏开场了,我们连忙屏息静听。才道开场白,台下就鼓起掌来,每一句诗都引起哄然彩声,每演完一幕,全场掌声雷动,仿佛戏院都塌下来了。戏演完了人家把这个剧本的作者指给我看,他正跑到一个个包厢里去,低着脑袋虚心领受先生太太们给他戴的一顶顶桂冠。

我们回到都统府第,一会儿来了三四位爵士;另外又来两位老资格的作家,在他们本行里都是有声望的;还有一位马德里来的绅士,人极聪明,也很有眼光。这些人都是刚看了戏。晚饭席上,大家无非讲这个新戏。一位授圣雅各勋章的爵士道:"诸位先生,你们觉得这悲剧怎么样?也像我一样感动吧?真算得十全的作品。命意超妙、情致缠绵、诗笔雄健,样样都到家。总而言之,这个戏曲是用上流有身份人的腔吻写的。"一位授阿尔冈达拉勋章的爵士道:"我想这是谁也没得说的。剧本里好些句子仿佛竟是阿波罗[①]口授的,情节的安排也巧妙无穷。"他又对加斯狄尔来的绅士道:"我请教这位先生吧,我觉得他很有讲究,我可以打赌,他一定跟我所见略同。"那位绅士含讥带讽地笑道:"爵士先生,且不要打赌。我不是本地人。我们在马德里

---

① 希腊神话:阿波罗(Apollon)是诗与音乐之神。

不这样立刻下按语。我们才听过一遍戏文,决不就断定好坏;戏子嘴里念来虽然动听,我们并不作准。我们尽管感动,总要读过剧本再说。一个戏在台上演来好看,其实白纸黑字读起来就未必那么有趣。"

他接着道:"我们先要把一件作品细细看过,才肯称赞,不论作者的名气多大也唬不倒我们。就是洛佩·德·维加和卡尔德隆①的新戏上演,人家尽管佩服他们,批评起来却一点不放松;要真正值得捧,才捧得天高呢。"

授圣雅各勋章的爵士插嘴道:"唷!得了!我们可不像加斯狄尔地方诸位先生那么胆小。我们要断定一个剧本是好是坏,不必等它出版,只要看了头场戏就完全知道了。我们也不用聚精会神地听,知道是堂加布利尔的手笔,就拿准不会有毛病。这位诗人该算是划时代的,从他起才开始有高雅的作品。洛佩和卡尔德隆之流和这位戏剧大师一比,只是学徒罢了。"那位马德里的绅士把洛佩和卡尔德隆看作西班牙的索福克勒斯和欧里庇得斯②,听了这派狂言,大吃一惊。他不服气,愤然道:"这种剧评简直是非圣无法!诸位先生,你们既要我看了头场戏来下断语,我就说吧。你们这位堂加布利尔新编的悲剧,我看并不好;非但算不得杰作,而且毛病百出。他的戏曲装点得华而不实。里面四分之三的句子,不是修辞恶劣,就是押韵牵强。而且

---

① 卡尔德隆(Pedro Calderón de la Barca,1600—1681)是继洛佩·德·维加而起的西班牙大戏剧家。照小说中年代考来,赖玛公爵新任红衣大主教时,他才十八岁,还未成名。勒萨日这里的洛佩和卡尔德隆暗指高乃依(Pierre Corneille,1606—1684)和拉辛(Jean Racine,1639—1699)两位十七世纪法国大戏剧家。
② 索福克勒斯(Sophocles,公元前499或前497—前405)和欧里庇得斯(Euripides,公元前480—前407或前406)是希腊两大戏剧家。

人物写得不自然、不贯串,意思也往往很含糊。"

同席两位作家怕人家怀疑他们嫉妒,始终没开口。这样持重实在难能可贵。但是他们听了那绅士的话,眼睛里不免流露出赞许之意。我因此知道他们一声不响是世故,并非那个剧本无懈可击。几位爵士又把堂加布利尔没口称赞,直把他捧得天上有、地下无。这种滥赞瞎捧惹得那位加斯狄尔绅士不耐烦了。他忽然像鬼神附上了身,举起两手,喊道:"啊,高妙入神的洛佩·德·维加,你是少有的大天才,加布利尔之流想赶上你,真望尘莫及呢!婀娜多姿的卡尔德隆!你诗笔温雅,精洁而不浮夸,谁也学不来。文艺女神新拣的那个野孩子推不翻你们的宝座。后世对你们还会像现代一样欣赏;可是要有人再会提到他的名字,就很便宜他了!"

大家没料到他会开玩笑嚷着古人的名字通诚一番,逗得大笑;他们欣然散席,各自回去。堂阿尔方斯已经叫人为我铺设好卧房,他这时吩咐用人领我去。床被很舒服,我这位大爷就上床睡觉;临睡想到那些无识之徒冤屈了洛佩和卡尔德隆,不免和那加斯狄尔绅士一样的感慨。

第 六 章

吉尔·布拉斯在瓦朗斯街上闲步,
　碰见个脸熟的修士,原来是谁。

前一天我来不及逛遍全城,所以第二天起来又出门去,想再走走。我在街上看见个苦修会的修士,大概正忙着干他会里的事。他走路两眼不抬,一副虔诚的样子,惹得人人注目。他挨着我过去,我看他像堂拉斐尔,就是在这部书头两本里充一个要角的那位骗子。

我这次碰见他大出意外,待了一下,没上去招呼;他已经在这个当儿走远了。我心上想:"天啊!两个脸竟是一模一样的,什么道理呢?果然是堂拉斐尔吗?难道竟会不是他吗?"我觉得这事蹊跷,忍不住要去打听个水落石出。我问明了到苦修院去的路径,马上赶去,指望能在那人回苦修院的时候再碰见,我打定主意要拦住他谈几句话。可是不用等他回来,我就知道真相了。我一到苦修院门口,又看见个熟脸,就此疑团打破。我认得那看门的修士正是我从前的亲随安布华斯·德·拉莫拉。你们可以料想我多么吃惊。

我们在这个地方重逢,彼此一般诧怪。我招呼他道:"我没看错吧?咱们不是老朋友吗?"他一上来不认识我,大概是假装。可是他一看假装不成,就做出恍然记起旧事的样子,说道:"啊,吉尔·布拉斯先生,请别见怪,我竟不认得你了。我进了这圣洁的地方,一心恪守清规,从前在外面所经所历都渐渐忘怀,尘世的形形色色,我心上影子都没有了。"

我说道:"我和你一别十年,现在看你披上了庄严的道袍,真是高兴。"他答道:"你曾经亲眼见我为非作歹,我现在这般装束,见了你很觉得惭愧。我看着身上这件袍儿,时时刻刻悔恨从前的罪过。唉!"他长叹了一声道:"我应该一向清清白白,才配穿这件道袍。"我答道:"我听了你这话很喜欢,亲爱的修士,分明是上帝点化了你了。我再说一遍,我看了你这样非常高兴。

我刚在城里看见堂拉斐尔穿了苦修院修士的服装,我想一定是他。我心痒得要死,真想知道什么个奇迹会把你们两人引上这条正路。我后悔没当路拦住他讲话,所以到这儿等他回来,可以挽救这桩憾事。"

拉莫拉道:"你一点没错,你看见的正是堂拉斐尔。你问的事呢,我来讲给你听。陆珊德的儿子和我跟你们在赛果伯附近分手之后,就取道往瓦朗斯,想去做几注买卖。有一天我们偶然跑进苦修会教堂,恰好那些修士在堂里唱圣歌。我们把他们细细端详,领会到混蛋看见了美德会油然生敬。我们钦佩他们祈祷的虔诚。他们那副清心寡欲、无贪无恋的神情,他们脸上一团静穆之气,见得内心舒泰。

"我们看在眼里,都沉思起来,这对我们身心很有益处。我们把自己的品行和这些好修士的比一下,觉得相去很远,不禁惶恐不安。我们出了教堂,堂拉斐尔说:'拉莫拉,你看了他们,觉得怎么样?不瞒你说,我心里很七上八下。我从来没这样震荡过,这才头一回责备自己为非作歹。'我答道:'我跟你有同感,我的罪过这会子都冒上心头,我从来不知道什么叫懊悔,现在却痛悔前非了。'我的伙伴儿说:'哎,亲爱的安布华斯,咱们是两只迷途的羔羊,天父慈悲,要领咱们回到羊群里去。朋友,是他在叫唤咱们。咱们别堵着耳朵不理会,别再干诈人骗人的勾当了,结束了荒唐生涯吧。由今天起,咱们要为拯救自己的大事努力,应该进这个修道院去志诚忏悔,了咱们的余生。'"

安布华斯修士接下道:"我赞成拉斐尔的意思,我们立下了宏愿,要进苦修会修行。我们就去见苦修院的院长。他听了我们的志愿,要试试我们是否有根基,派我们各住一间斗室,把我们当修士般约束了整整一年。我们谨守清规,始终如一,就蒙他们收留,做了初学的修士。我们很满意,而且一腔热忱,对初学修士的苦行一点也不怕。于是我们宣誓入会。他们觉得堂拉斐尔有干才,就挑他去帮助管庶务的老神父。陆珊德的儿子那时只求养性修行,恨不得整日整夜都花在祈祷上。不过会里既然要用到他,他只好抛弃自己的爱好。他渐渐对修道院的一切生财之道都熟悉了,三年后老庶务去世,人家觉得他可以继任。堂拉斐尔现在就做这个位子。会里的修士很称赞他善于经营,他办的事可说是人人满意的。他虽然掌管银钱出入,看上去一心只想着永生极乐,这一点是最意想不到的事。他事情一空就潜心默祷。总而言之,他算得这修道院里一个优秀人物。"

这时候我看见堂拉斐尔来了,不胜欣喜,打断拉莫拉道:"他来了!这位超凡入圣的庶务叫我等得好心焦啊!"我一面就赶上去把他拥抱了一会儿。他随我拥抱,见了我也不露一点惊奇的神气,柔声道:"该颂赞上帝,山悌良那先生,我又能和你相见,真该颂赞上帝。"我答道:"说真话,亲爱的拉斐尔,我满心为你快活。安布华斯修士已经把你改邪归正的事原原本本告诉了我,我听了很高兴。两位朋友啊,上帝只选中不多几人永生极乐,你们两位居然可以自慰也算在里面,太便宜了!"

陆珊德的儿子满面谦逊,答道:"像我们这样两个混蛋,不该抱那样的奢望。不过犯了罪只要忏悔,慈悲的天父会饶恕的。吉尔·布拉斯先生,你也想到怎么求他饶恕你的罪过吗?

你到瓦朗斯来干什么？别不巧来干什么坏事吧？"我答道："不是的，谢天。我自从离开朝廷，所作所为都不失为正人君子。我有座田庄在城外附近。我有时在庄上住，享田居之乐；有时上瓦朗斯都统家来玩玩，他是我的朋友，你们俩也跟他很熟。"

于是我把堂阿尔方斯·德·李华的故事讲了一遍。他们听得很留神。我说起我们从前抢萨缪尔·西蒙的三千杜加，那位大爷已经派我去送还原主，拉莫拉插嘴对拉斐尔道："伊莱尔神父，照这样说来，那开店的家伙没什么抱怨的了，他抢掉的钱已经加上重利还他。这件事咱们俩可以安心。"那圣人庶务道："安布华斯修士和我在进会以前，悄悄地托一位诚实的教士捎了一千五百杜加给萨缪尔·西蒙。那位教士不辞辛苦，特地到才尔瓦去送还了那笔钱。山悌良那先生已经把抢的钱全都还给萨缪尔，他还拿得进咱们那钱，那是他自作孽了。"我说道："可是你们那一千五百杜加确实送到了他手里吗？"堂拉斐尔道："没错儿的！我能担保那个教士诚实可靠，就像担保我自己一样。"拉莫拉道："我也可以担保。他是一位道高德劲的教士，惯替人家当这种差使。他为了经手的款子打过两三回官司，都是他打赢的，讼费也由对方出账。"我道："既然如此，就不用说了，送还的款子准有牢靠的着落。"

我们又谈了一会儿，他们劝我常要有畏惧上帝之心；我请他们为我祈祷，于是我们分手。我赶忙回去找了堂阿尔方斯道："您可知道我刚才跟谁在长谈，您再也猜不到！我刚和两位苦修会的修士分手，都是您的旧相识，一位叫伊莱尔神父，一位叫安布华斯修士。"堂阿尔方斯道："你弄错了，我不认识什么苦修会的修士。"我答道："对不起，您在才尔瓦见过的宗教法庭检察官就是安布华斯修士,那书记就是伊莱尔神父。"都统吃惊道:"啊呀!天哪!难道拉斐尔和拉莫拉会进苦修会吗?"我答道:"真有其事呀。他们已经进会几年了。拉斐尔是苦修院的庶务,拉莫拉是看门的。一个管钱箱,一个管大门。"

堂西泽的儿子寻思了一番,摇头道:"我看这位宗教法庭的检察官老爷和他那个书记要在这里串一出新把戏呢。"我答道:"也许。不过我跟他们谈了一会儿,说老实话,我想他们不至于如此。当然,知人知面不知心,不过看样子那两个坏蛋改邪归正了。"堂阿尔方斯道:"这种事也有。好些荒唐鬼无法无天,震惊一世,后来却进了修道院去苦修忏悔。我希望咱们这两位修士也是这一类。"

我说:"哎!怎见得他们不是呢?他们是自愿进会的,况且已经循规蹈矩过了好多年了。"那都统答道:"随你怎么说,我总觉得修道院的钱箱在伊莱尔神父手里可不妙,我信不过他。我想到他那篇有趣的经历,就替苦修会的修士担忧。我但愿能像你一样,相信他们进会是出于一片志诚。不过金子放在眼前自会引起贪心;把戒了酒的酒鬼关在酒窖里总不妥当。"

过了不多几天,堂阿尔方斯的怀疑就证实了,管庶务的神父和那个看门的修士拐了钱箱不知去向了。这消息立刻哄传全城。那些爱刻薄的人不免挖苦嘲笑一番。他们看见广有财源的僧侣碰到些不如意事,老是幸灾乐祸的。都统和我很为苦修院的修士惋惜,可是没向人夸说早认得那两个叛教徒。

第 七 章

吉尔·布拉斯回到李利亚斯庄上,西比翁告诉
他一个好消息;他把家里改了个样儿。

我在瓦朗斯富贵场中过了八天,起居饮食就像伯爵侯爵一般。看戏呀,跳舞呀,听音乐呀,宴会呀,和贵妇人谈话呀——都是承都统和他夫人的情想法儿给我的消遣。我对他们奉承得非常好,他们看我要辞别回李利亚斯,很依依不舍。分手之前,他们定要我答应每年一半时候在乡间过,一半时候到他们家去住;约定我在瓦朗斯过冬,在那个庄上过夏。讲定之后,我的几位恩人才放我去领受他们的恩典。于是我取道回李利亚斯,觉得这趟出门很称心。

西比翁急急等着我回家,见了我很快活,又听我讲了出门以后的种种,越发高兴。我说道:"朋友,我不在家,你日子怎么过的呢?过得有趣吗?"他答道:"当然最好是有你主人在家,不过我也尽量寻快乐的。我把咱们这小小的庄子南北东西都走遍了。这树林里有一股清泉;阿尔布妮亚住的树林里不是有个圣泉,满林子都是泉水的声音吗①,咱们的泉水就跟那个泉一样清

---

① 阿尔布妮亚(Albunéa)是古罗马传说里一个女神巫,住在悌勃(Tibur)河上的树林里。勒萨日"满林子都是泉水的声音"这句话是从贺拉斯《颂歌集》第一卷第 7 首生发出来的(见"勒勃古典丛书"本第 22—23 页)。

澈。我有时候坐在泉水旁边,看看水波明丽,欣然有会;有时候躺在树下,听听鸟语莺啼。长话短说,我打过猎,钓过鱼,还读了好些既有益又有趣的书,觉得比什么消遣都好。"

我连忙截断我书记的话,问他书是哪儿来的。他道:"这田庄上有一间很好的藏书室,尤阿兴司务带我去的。我看的都是那儿的书。"我道:"哎!你说的藏书室究竟在哪儿呀?咱们来的那天不是把整所房子都看遍了吗?"他答道:"你自以为看遍,可是我告诉你,咱们只看了三座阁,把第四座漏掉了。从前堂西泽到了李利亚斯,常在那藏书室里看书消遣。里面有很好的书。明儿咱们花园里花谢了,树林里叶子落了,无可消遣的时候,他们留下的书可以供你怡神解闷。两位李华大爷事事周到,不但养你口腹,还养你的性灵呢。"

我听了这话大喜。我叫他领着到第四座阁里,一看很中意。有一间房是从前堂西泽的卧房,我就决定自己住。那位爷的床和其他陈设都还是原来的样子,陈设不过是一幅壁衣,上面织的是罗马人强奸萨冰女人的故事①。外间是书房,四壁都是矮书橱,装着满橱的书,橱上面挂着历代帝王的画像;窗下摆一张乌木书桌,桌子前面放一张黑摩洛哥皮的大沙发椅,窗外一片田野,风光明媚。可是我特别留心的却是那些藏书。里面有哲学著作,有诗集,有历史,还有许多武侠小说。我想堂西泽一定爱看这种小说,所以收藏很富。我老实说,惭愧得很,这种书里的情节虽然荒唐怪诞,我却不讨厌。也许因为我那时看书并不苛

---

① 萨冰(Sabine)是古罗马邻国。古罗马开国之君罗慕路斯(Romulus)设宴诱萨冰人赴席,就叫手下兵士奸掳萨冰女人。

求,也许西班牙人吃这一套。不过我得把话替自己说回来,我顶喜欢的是那种讲道论德而不沉闷的书;我爱读的作者是鲁辛、伊拉斯谟斯①、贺拉斯。

我把藏书约略看了一遍,对西比翁道:"朋友,这些书够咱们消遣的了。不过咱们还有一件别的事要干,比什么都要紧:咱们当家过日子得改个样儿才行。"他道:"这事我不叫你费心了。你走之后,我把你那些用人细细观察,我敢说都认清了。就从尤阿兴司务说起吧。我相信他是个十足的混蛋,从前在大主教府上一定是账目出了毛病砸掉饭碗的。不过咱们还是留他,有两个原因:第一他会做菜;第二他逃不过我的眼睛,一举一动有我看着,除非调皮透顶才哄得过我呢。我昨天对他说,你打算回掉四分之三的用人,我看出他听了这消息有点儿着急。他甚至于对我说,他喜欢伺候你,宁可工钱减半也舍不得别处去。因此我疑心这村上准有什么小姑娘他放不下。"又道:"那厨子的助手是个酒鬼,看门的是个蛮横无理的家伙,都用不着。还有那个打猎找野味的也可以省。这事我能胜任,咱们这儿有的是鸟枪火药子弹,我明天显些本事你瞧好了。那些跟班呢,里面有个阿拉贡人我觉得是个好孩子,咱们留了他。其余都不是东西。就算你要用一百个用人,我也不劝你用他们。"

我们仔细盘算了一番,决计留一个厨子、一个厨下打杂儿的和一个阿拉贡人,其余的都好好儿打发。西比翁从我们钱箱里拿出几个比斯多,代我发给他们,当天就把这事了账。我们这样一整顿,又把家事处理得井井有条,每个用人都有一定的职务,

---

① 鲁辛(Lucien,约生于120年),古希腊讽刺家;伊拉斯谟斯(Erasme,1467—1536),荷兰大学者,亦有讽刺作品。

于是我们就自己当家过起日子来。我是粗茶淡饭也就知足了，不过我的书记却贪口腹，爱尝好烹调，不肯辜负了尤阿兴司务的手段。这厨子大显本事，每天做的中饭和晚饭就像贝那丹会修士的饭食一样讲究。

第 八 章

吉尔·布拉斯爱上了美人安东妮亚。

我从瓦朗斯回李利亚斯两天以后，佃户巴西尔在我起床的时候来参见，说他女儿安东妮亚想拜谒新主人，能否引她进来。我说很欢迎。他出去了一会儿，带着美人安东妮亚进来。我觉得美人的名称她当之无愧。这位姑娘大概有十六到十八岁，相貌端正，颜色鲜妍，一双眼睛真是世间少有。她穿的不过是哔叽，可是体态丰盈，举止庄重，而且风韵优雅，那是年轻姑娘里少有的，看着叫人不觉得她衣服朴素。她没戴帽子，只把头发绾个髻，簪一束花，像古代斯巴达女人的打扮。

她走进来，我一见她的美貌，目迷神眩，仿佛查理曼大帝朝上的武士见了美丽的安日丽克公主一样。① 我接待她的时候原

---

① 安日丽克（Angélique）：意大利文艺复兴时大诗人布阿雅都（Boiardo）有名的叙事诗《痴情颠倒的奥兰都》（*Orlando innamorato*），写中国（Catai）皇帝派他女儿安日丽克到法国查理曼大帝朝上来诱惑基督教武士，害得他们都神魂颠倒。勒萨日所引，见此诗第一卷第一节第21—23行。

该安闲自在,奉承她几句,再恭维她爸爸好福气,有这么个漂亮女儿。可是我仓皇失措,目瞪口呆,一句话也说不上来。西比翁看我窘,就代我应酬,少不得对这可爱的姑娘称赞一番。我那时披着便服,戴着睡帽,在她眼中看来并不显得华贵。她落落大方,对我行了个礼,还说了句应酬话,虽然是句常谈,却风魔了我。我的书记跟巴西尔父女俩互相客套的当儿,我心神渐定,方才呆若木鸡,这会子又矫枉过正,仿佛要想补救的样子。我满口奉承,一盆火热,把巴西尔吓坏,他以为我是那种变尽花样去引诱安东妮亚的人,赶忙带了女儿出去,大概打定主意再也不让我见她的面了。

西比翁看见旁边没人,笑吟吟地说道:"山悌良那先生,又多了个解闷的方法了!我不知道你佃户有这样漂亮的女儿。我虽然到他家去过两回,却从没见过。他一定把女儿藏得严严密密,这也难怪他。吓!好一块肥羊肉!"又道:"我想这话不用我说了吧,你一见她就颠倒了,都落在我眼里。"我答道:"我承认的。哎,朋友,我仿佛看到了天上神仙,一见生情,遭雷劈也没那么快。"

我的书记狂喜道:"你居然爱上了人,我真高兴。你在这儿隐居享福,一应俱全,只欠个情人。谢天!现在可齐全了!"又道:"我知道巴西尔防范很严,瞒过他不容易。不过这事在我身上。我打算不出三天就设法叫你和安东妮亚幽会一次。"我说道:"西比翁先生,尽管你拉纤本事大,恐怕办不到吧。不过我并不想试你的本事,我决不愿意引诱这位姑娘,我觉得不该对她存这种心。我倒不用你帮我去引坏她;假如她心上还没有人,我打算托你做个媒,娶她做太太。"他道:"我没想到你突然打定主意要结婚。别的一乡之主在你这境地,都不会这样以礼相求;他们要没法儿哄得安东妮亚上手,才肯正式娶她呢。不过你别以为我不赞成你这样用情,我倒是非常赞成。你佃户的这位姑娘当得起你抬举,只要她一颗心还没有主儿,对你的殷勤也不是木然无动。我今天去找她爸爸或是和她本人谈谈,就会知道。"

我的心腹是说了话很当真的人。他悄悄地去看了巴西尔,晚上到我书房来找我。我正在那里等他,又焦急,又有点担忧。我看见他笑容满面,觉得是好兆,说道:"你一脸喜色,大概要来告诉我不久可以如愿了。"他答道:"是啊,亲爱的主人,什么都顺手。我见过巴西尔和他女儿,把你的意思对他们讲了。那位爸爸听说你想做他的女婿,高兴得很。我还可以告诉你,安东妮亚也喜欢你。"我喜极欲狂,插嘴道:"天哪!怎么的!我竟有福气能赢得这位可爱的姑娘喜欢吗?"他答道:"你放心,她已经爱上你了。当然她嘴里没那么说,不过我瞧她知道了你的意思喜形于色,就拿稳她是爱你的。可是你有个情敌。"我失色道:"情敌!"他答道:"别着急,这个情敌不会得到你意中人的欢心。他就是你的厨子尤阿兴司务。"我大笑道:"啊!那家伙!所以他满不愿意离开我这儿呢!"西比翁答道:"正是这缘故。前几天他向安东妮亚求婚,她婉言拒绝了。"我道:"你瞧怎么样,我觉得咱们该乘早打发了他,别等他知道我要娶巴西尔的女儿。你知道,厨子是个危险的情敌。"我的心腹答道:"你这话很对,把细起见,咱们家得裁人。我明天一早乘他还没有动手做菜就辞退他。你就不必提防他的烹调,也不必提防他的爱情了。"接着又道:"去了这么个好厨子我倒有点儿舍不得。不过你的性命要紧,我顾不得口腹了。"我说:"你不用这样放他不下,他不是少不了的,我可以从瓦朗斯弄个手段相当的厨子来。"我果然立刻写了封信给堂阿尔方斯,说要个厨子。第二天他就送来一个,西比翁一吃他的菜就很称心。

这个热心的书记虽说看透安东妮亚的心,以为她颠倒了主人家很得意,我却不敢信以为真。我恐怕他是误会。我要问个着实,决计亲自跟安东妮亚美人儿谈谈。我因此到巴西尔家,把我媒人说过的话又申明一遍。那好佃户是个诚朴直爽的人,听了我的话,就说他很愿意把女儿配我,又说:"可是至少请你别以为我看你是一乡之主所以应允。就算你还是堂西泽、堂阿尔方斯的总管,我在许多追求我女儿的人里面还是挑你的。我向来喜欢你,只是安东妮亚没有大注的陪嫁银子带给你,这是我的憾事。"我道:"我不求她什么嫁妆,我只爱慕她这个人。"他嚷道:"你先生在上,区区不是这个打算。我不是穷光蛋,不会这样嫁女儿的。谢天!我巴西尔·德·玻诺悌果陪得起女儿呢。你会供给她午饭,我就会叫她供给你晚饭。干脆一句话,你这庄子一年不过收五百杜加,加上陪嫁,我叫你一年有一千杜加的收入。"

我答道:"亲爱的巴西尔,随你爱怎么样都好,你我不会为了点儿小利吵起架来。咱们俩已经讲妥,只等你女儿答应了。"他道:"我已经答应你,难道还不行吗?"我答道:"还欠着点儿。你的准许当然少不了,她的允可也一样要紧。"他道:"她肯不肯全看我。我倒要瞧瞧,她敢在我面前咕哝一声儿!"我答道:"安东妮亚恪遵父命,一定百依百顺。但是我恐怕她心里不愿意,万一有个委屈,我害了她不快活,一辈子不安心的。总而言之,你尽管把她许给我,还得她本人愿意才行呢。"巴西尔道:"好吧!我不懂这套大道理,你自己跟安东妮亚说去,你回头瞧,除非我糊涂透顶,她嫁你再称心没有了。"他说完叫了女儿来,撇下我跟她两人谈一会儿。

我乘这千金难买的机会,立刻言归正传,说道:"美丽的安东妮亚,我的命运在你手里,请你决定。虽然你爸爸已经把你许给我,你可别以为我会拿他的准许来勉强你。假如你并不愿意,不过是逼于严命,你只要说一声;尽管我娶到你是个天大之喜,我也肯割舍的。"安东妮亚脸上略为红了红,答道:"我没有那意思。你来求婚我很乐意,哪会不愿意呢。我很赞成爸爸的挑选,并不觉得委屈。"接着道:"我这话不知道说得是否得体。不过我要是不喜欢你,我会对你直说;为什么反过来的话就不能照样直说呢?"

我听了不由得喜欢,屈一膝向安东妮亚跪下,乐极欲狂,捧着她一只玉手,亲亲热热吻了一下道:"亲爱的安东妮亚,我喜欢你直说,你再说下去,别拘束。你是跟自己的丈夫说话,不妨把心里的意思都抖出来。照你这话,我可以自慰,你是愿意跟我同甘共苦的了。"这个当儿巴西尔来了,没让我说下去。他急要知道女儿的回答,她要是对我露一点嫌恶的意思,就准备骂她一顿,所以又跑来。他对我说道:"嗨,安东妮亚没有违拗你吗?"我答道:"我心满意足,这会子就要去筹备婚事了。"我说完辞别他们父女,要去找我的书记商量这事情。

第 九 章

吉尔·布拉斯和安东妮亚的婚礼,那排场
　和贺客,以及礼成之后的热闹欢乐。

虽说我结婚不必向两位李华大爷请示,可是西比翁和我都以为该把我打算娶巴西尔女儿的事通知他们,才算合礼,并且还应该给他们面子,请他们准许。

我马上动身到瓦朗斯。他们想不到我会去,也想不到我的去意。堂西泽和堂阿尔方斯见过安东妮亚不止一次,所以认得,都恭喜我挑中了这样一位夫人。堂西泽的贺喜尤其热闹,幸亏我知道他早已不寻欢作乐,否则真会疑心他有时到李利亚斯去不是专为看那庄子,倒是为了那佃户家的姑娘呢。我要是有点吃醋的生性,这来准要着急了。可是我深信未婚妻是规矩人,一点没动这种心。赛拉芬对我说,我的事她总很关切,又说,听得外面对安东妮亚的口碑非常好。于是她带些调皮,仿佛埋怨我对赛馥拉无情,说道:"我即使没听见人家赞她美,我知道你胃口精,赏识的人绝不会错。"

堂西泽和他儿子不但赞成我的婚事,还声明开销全出在他们账上。他们说:"你回李利亚斯去,安心等着我们的消息。我们来替你办这个喜事,你都不用管。"我恭敬不如从命,就回到自己庄上。我把我那几位恩主的意思告诉了巴西尔和他女儿,我们就捺定性子等消息。等了八天,杳无音信。可是我们没白等,到第九天,只见来了一辆车,驾着四头骡子,车上坐着几个裁缝,带了漂亮的绸缎衣料来打扮新娘子。还有好些穿号衣的家人,骑了高头大马,随车同来。一个家人为堂阿尔方斯送了封信给我。这位大爷的信上说,过一天他夫妇俩跟他父亲同到李利亚斯来,再过一天举行婚礼,由瓦朗斯总教区的大神父来主持。堂西泽果然跟他儿子和赛拉芬带着那位教士到我庄上。他们四人乘一辆驾六匹马的车,前面一辆四马车上坐的是赛拉芬的几个女用人,后面跟的是都统的卫队。

都统夫人一到庄上,忙着要看安东妮亚。安东妮亚也是一听得赛拉芬到了就赶来拜见,来吻她的手;她行礼的姿态娴雅,大家都啧啧称羡。堂西泽对他媳妇道:"嗨,太太,你觉得安东妮亚怎么样?山悌良那挑得不能再好了吧?"赛拉芬答道:"再好没有了。他们俩正是好一对儿。我相信他们的婚姻一定美满。"总而言之,人人都称赞我的未婚妻。她起初只穿一身哔叽,人家就十分称叹,等她换上了鲜衣美服,越发叫人喜爱。她气度高贵,举止大方,看来就像绫罗裹大的。

到了行婚礼的时辰,堂阿尔方斯搀了我,领我上教堂的祭台前去。赛拉芬也屈尊搀扶了新娘子。我们依次上本村教堂去,大神父在那里等着为我们成礼。巴西尔请了李利亚斯的老乡和附近有钱的田家来观礼,他们一片欢呼。他们的女孩子也一起来了,都系着缎带,戴上鲜花,手里还拿了小手鼓。行礼完毕,我们就回到庄上。西比翁掌管酒席,着人摆了三个长桌:一桌请贵宾,一桌请他们的家人仆妇,第三桌最长,吃喜酒客人都在这一桌。安东妮亚坐在第一桌上,这是都统夫人的意思;我坐第二桌,巴西尔坐在老乡一桌。西比翁三桌上都没他的座儿,只在几个桌边转着满处张罗。

酒席是都统家几个厨子办的,当然讲究透顶。尤阿兴司务屯的好酒,这时就拿出来请大家痛喝。客人渐有醉意,都兴高采烈。这个当儿出了件事,害我吃了一惊。我正跟堂阿尔方斯家的大管事、赛拉芬的女用人等一起喝酒,我的书记跑到我们这间屋里,忽然倒地晕过去了。我忙去救助,正想法救醒他,席上一个女客也晕了过去。大家觉得两人双双晕倒,其中必有道理,果然不久就见了分晓。西比翁一会儿清醒过来,低声对我说道:"怎么你最好的日子偏是我最倒霉的一天?背运真是逃不掉的。赛拉芬的一个女用人原来是我老婆。"

我道:"什么?竟有这样的事!哎?跟你一起晕倒的女人是你的老婆吗?"他答道:"是啊,先生,我是她丈夫。我跟你说吧,我这时候会碰见她,可算是命运恶作剧透顶了。"我答道:"朋友,我不知道你为什么嫌你的老婆。不过,尽管她咎有应得,请你且耐着点儿;看我面上,别发脾气搅乱了今天的席面。"西比翁答道:"准依你。你回头瞧我多会装面子。"

他说完跑到他老婆跟前,她的伙伴已经把她救醒,西比翁一盆火热地拥抱她,和她重逢仿佛喜不自胜似的,说道:"啊呀,亲爱的贝雅德丽斯,咱们一别十年,天又叫咱们重圆了。我这会子真快活呀!"他老婆答道:"你这回碰见我是否真有点儿快活,我不知道;不过我相信你没有拿到我什么错儿可以把我遗弃。什么呀!堂范尔南·德·李华爱的是我女主人如丽小姐,我不过替他牵线。你看见我跟他在一起,就怀疑我不顾你我体面在勾勾搭搭,立刻醋得昏了头,也不向我问个明白,竟离了托雷都,把我当个凶魔恶煞似的躲开我。请问你,咱们俩谁的冤屈大呀?"西比翁答道:"那是你冤屈大,没什么说的。"她答道:"当然是我冤屈大呀。你离开托雷都不久,堂范尔南跟如丽结了婚,我就一直伺候她。后来她短命死了,我又伺候她姐姐赛拉芬夫人。赛拉芬夫人跟她所有的女用人都可以保证我是清白的。"

我的书记听了,觉得这一席话绝无虚谎,就欣然前嫌尽释,他对老婆说:"我再说一遍,是我不对;我当着在座诸位贵客向你赔罪。"于是我也帮着求情,劝贝雅德丽斯别重提旧事,担保她丈夫从今以后一定不叫她委屈。她听了这话就回心转意了,满座都赞成他们夫妇重圆。大家要好好儿庆祝,叫他们并肩坐在一张桌上,传杯喝酒祝贺。人人都来向他们道喜,仿佛那宴会专为庆贺他们重归于好,我的喜事倒在其次了。

第三桌散得最早,年轻的庄稼人把爱情看得比吃喝重,都离席拉了那些农家姑娘一同跳舞去。别桌上的人听见她们手鼓的声音,立刻也要学样了。人人都跳舞:都统家的管事和都统夫人的女用人一起跳,有些大爷都混在里面,堂阿尔方斯和赛拉芬跳了个慢步西班牙舞,堂西泽和安东妮亚也跳了一个,于是安东妮亚就跟我同跳。她不过在阿尔巴拉参城里亲戚家学过些跳舞初步,要算难为她了;我呢,上文曾经说起我在夏芙侯爵夫人家学过,所以在场诸君看来已经是个行家。贝雅德丽斯和西比翁两人就窃窃私语,互诉别后种种。赛拉芬得知他们俩久别重逢,召去向他们道贺,才打断话头。她道:"孩子,今天是喜庆的日子,我看见你们俩又言归于好,真是喜上加喜。西比翁朋友,我对你声明,你老婆的品行从来没点儿毛病。我现在把她交还你,你们俩和和气气在这儿一起过吧。贝雅德丽斯,你跟定了安东妮亚,也要像你丈夫对山悌良那大爷那样赤胆忠心。"西比翁这回把老婆看成了个珀涅罗珀①,答应要无微不至地体贴她。

村里男男女女跳舞了一天,各自回家;可是庄上还有宴会。晚上大排盛筵,临睡大神父祝福了我们的合欢床,赛拉芬替新娘脱衣,两位李华大爷也屈尊替我脱衣。妙的是堂阿尔方斯的家人和都统夫人的女用人闹着玩,也要来一套这样的仪节,就去替贝雅德丽斯和西比翁脱衣裳。这两人有意凑趣,一本正经地由他们脱了衣裳盖在被里。

第 十 章

吉尔·布拉斯和美人安东妮亚婚后的事。
西比翁自述身世开场。

我这番又承两位李华大爷美意,百般照拂;我结婚第二朝,他们就回瓦朗斯去。于是庄上只剩我和我书记、我们的老婆和几个用人。

我们的内媚功夫都没有白费,不多几时,我老婆爱我不亚于我爱她了;西比翁的老婆也把丈夫从前给她受的气恼忘个一干二净。贝雅德丽斯性情和顺,自然而然的赢得新主妇亲信。长

---

① 尤利西斯十年飘零在外,他妻子珀涅罗珀坚贞不二,许多人向她求婚,她都不理。

话短说,我们四人融融洽洽过起日子来,真叫人家看着羡慕。我们天天都是散心作乐。安东妮亚很端重,可是贝雅德丽斯和我都爱说爱笑;我们即使兴致不好,只要有西比翁在一起,绝不会郁闷。他是独一无二的好伴侣、到哪里总逗大家发笑的那种诙谐人物。

一天饭后,我们忽然想在树林里最惬意的地方睡午觉。我的书记兴高采烈,讲的话有趣得很,我们听着都不要睡了。我说:"朋友,住嘴吧,听了你说话没法儿睡觉。不然呢,你不让我们睡,就讲个值得我们静听的故事。"他答道:"好得很啊,先生,我讲贝拉由国王的生平,好吗?"我说道:"我倒是爱听你自己的生平。你跟了我这些时候,从没想到要讲给我听,看来你永远也不会讲。"他道:"我为什么不讲呢?你一向好像不想听,我也就没讲,你不知道我的旧事怪不得我。你如果要听,我马上讲得了。"安东妮亚、贝雅德丽斯和我当真都洗耳恭听,反正他讲来不是解闷,就是催眠,总有益无害。

西比翁说道:"我要是自己做得下主,准生在头等贵人家里,至少也找个授圣雅各或阿尔冈达拉勋章的爵士家。不过爸爸不是自己挑的。我爸是公安大队里一个老实的警卫,叫托利比欧·西比翁。他吃这行饭,成天得在大道上来回巡逻。一天他无意间在古安加到托雷都的路上碰见个吉卜赛姑娘,觉得是个美人。她独身步行,背着个包,家当都在里面。我爸爸生来嗓子很粗,这会子放软了声音说道:'我的娃娃,你这是上哪儿去呀?'她答道:'绅士大爷,我上托雷都,想去谋生,规规矩矩过日子。'他说道:'你志向不错呀。我瞧你谋生的方法多着吧。'她答道:'是啊,靠天之福,我有好些本事。别的不说,我会做女人

很需要的油膏和香精,我会算命,会转筛子找寻失物,会用镜子或玻璃球来圆光。'

"托利比欧一想,自己虽然做事巴结,靠这个职位还难过日子;像他这么个男人,匹配这样个姑娘大有好处,所以就向她求婚。那吉卜赛姑娘承公安大队的警卫求婚,哪有不屑之理,欣然应允。两人订下婚约,连忙赶到托雷都去结了婚。这个高门对大户的姻缘就产生了我这个宝贝。他们住在郊外,我妈妈起初卖一点油膏和香精,不过这买卖利息不大,就改行算命。这一来,银子金子雨点也似的落到我家来了。成千的男男女女都来上当,吉卜赛女郎果斯果丽娜的大名立刻四处传扬。每天总有人上门请教:有时候是个穷侄儿,来算算叔叔几时寿终归天,好让他承受全部财产;有时候是个大姑娘,要卜卜那位尝过甜头答应迎娶的情郎会不会食言。

"请你们留心,我妈的预言总往好处说。说着了再好没有,要是人家怪她正说了个相反呢,她面不改色,说都是魔鬼不好,虽然给她用禁咒勾来预言,那家伙有时候会撒刁哄她。

"我妈妈要替她那个行业挣面子,有时候觉得应该在她作法的当儿叫魔鬼出现一下,于是托利比欧就充这角色。他装得惟妙惟肖;他嗓子粗,相貌丑,装来恰合身份。心眼儿老实的看见我爸的脸就害怕了。可是有一天偏偏来了个蛮不讲理的军官,要看魔鬼。他一剑把魔鬼戳了个透明窟窿。宗教法庭听说戳死了魔鬼,就派人到果斯果丽娜家,把她连人带家当扣押起来。我那时候才七岁,给他们送在孤儿院里。孤儿院出大价钱请些慈悲的教士来教育可怜的孤儿,费他们的心教孤儿读书写字。他们觉得我这孩子很有出息,所以另眼看待,挑我当差。他们叫我满城里送信,替他们跑腿;他们哪一位做弥撒的时候,唱诵一句,要人答应一句,就也叫我来。他们给我的酬劳就是教我拉丁文,可是教得很严,我白替他们当了许多小差使,他们待我凶极了,我实在受不了。一天我有差事出门,就乘机溜之大吉。我不回孤儿院,竟出了托雷都城,向赛维尔那方向逃走。

"我那时候虽然还不足九岁,已经领会到自由自在、无拘无束的快乐。我没钱没面包也不在乎,我不用念书作文了呀!我走了两个钟头,小腿儿渐渐走不动了。我从来没走过这样长的路,只好停下来歇歇腿。我坐在道旁树脚下,无聊得很,掏出口袋里的拉丁文法来读着玩儿。可是我想起这本书害我吃的棍子鞭子来,就把它撕成一片片,发狠道:'啊,这臭书!你不能再害我掉眼泪了!'我正把名词变化、动词变化一页页撒了满地出气,只见走来一位白胡须的修士,戴着副大眼镜,道貌岸然。他走近来把我细细端详,我也留神看他。他笑眯眯地说道:'小孩儿,我觉得咱们俩你瞧我我瞧你都很有情谊,我的隐居离这儿不过二百步,你不妨跟了我去一起过日子。'我急忙回答道:'您老,我一点儿不想修道。'那老头儿听了哈哈大笑,拥抱了我说道:'我的孩子,别瞧了我这套衣裳害怕,我这衣裳虽然不好看,却有用处。我有个舒服的隐居,我也算得附近几个村子的主人。那些村上的人不但敬爱我,并且尊奉得我像神道一样,这都是亏了这件衣裳。跟我去吧,没什么害怕的。我将来也给你一件像我这样的袍儿穿。你要是称心,就跟我一同享福,要是过不惯,我不但让你走,管保还有些好处给你。'

"我给那老修士说动了,就跟他同走。他一路上问我许多话,我老实回答,我后来就没那样老实了。到了那隐居,他给我吃些水果。我饿了一天,只在孤儿院吃过一块干面包做早点,见了水果就大吃。那修士瞧我嚼得那么有味儿,说道:'吃呀!我的孩子,尽量吃好了。靠天照应,我这里多的是水果。我带了你来不是叫你挨饿的。'这话倒是一点不假。我们回来了一个钟头,他点上火,拿扦子扦上一条羊腿叫我烧烤,自己摆上一只小桌子,铺一块肮脏的桌布,放下两份刀叉,他跟我各一份。

"肉烤熟了,他取下来切几片当晚饭。我们不是单吃肉不喝酒的,有上好的酒喝,他屯得很多。饭后,他说道:'哎,我的小娃子,我这家常便饭你吃着好不好?比你孤儿院里的强吧?你要是跟我,每天就是这样的饭食。并且你在这个世外的幽居里无拘无束。我只要你常陪着我到附近村子里去募化。我有一头小驴儿,背两只筐子,那些行好事的村里人常把鸡蛋呀,面包呀,肉呀鱼呀,装得筐子里满满的。你替我牵着那小驴儿,我只叫你干这一件事。我瞧这不会苦了你。'我道:'啊,你只要不逼我学拉丁文,随你要我干什么都行。'那老者名叫克利索斯东修士,他看我天真烂漫,忍不住笑了,重新又安慰我说决不相强。

"我们第二天就带了小驴儿去募化,我牵着缰绳。我们收成很好,老乡们个个欣然施舍,搁些东西在我们筐里。有的扔下整个面包,有的大块猪油,有的是一只肚里填馅儿的鹅,有的是一只山鸡。我怎么说呢,我们带回去的伙食尽够吃个八九天,可见村上人很敬爱这位修士。他实在很有用处:老乡们有事请教,他会出主意;家里吵嘴,他去调解;他觉得谁家姑娘伤春,就替她找丈夫;两个有钱的农夫起什么争执,他就去拜访,排难解纷;而且不论人家害什么病,他有的是对症的药;女人希望生孩子,他会教她们经咒。

"你们听了以上的话,就知道我在那隐居吃得很好。我睡得也很舒服,躺在软软的干草铺上,枕一个棕色粗呢垫子,盖一条棕色粗呢的被,放倒头一觉直睡到大天光。克利索斯东修士答应给我一件道袍,他亲自把自己的旧袍子改做了一件给我,管我叫西比翁小道童。我穿了这件道袍,跑到村上,村上人觉得我很可爱,小驴儿驮回来的东西就越发多了。人家看了那小道童的脸儿真喜欢,抢着舍东西给他。

"我跟着那位老修士过得又舒服又清闲,在我那年龄的孩子岂有不乐意的。我觉得配口胃极了,真会一辈子住下去。但是天意不然,命里注定我不得长久安闲,就要和克利索斯东修士分离。怎样的情形,且听我讲来。

"那老头儿睡觉枕个垫子,我常看见他向那垫子下功夫,老是拆了又缝,缝了又拆。有一天,我看见他把钱塞在里面。我就此好奇心动;他照例每星期要一人到托雷都去一趟,我打算等他下次出门,了我这重心愿。我急急等着那一天,不过当时只想明白个究竟,并没有其他用心。好容易那老头儿走了。我拆开他的枕头,看见枕头心子的羊毛里藏着各式各种的钱,大概值五十艾古①。

"老乡亏修士治好了病,村上大娘念了他的经咒生了孩子,这些钱大概就是他们的谢仪。不管是怎么来的,反正我一想拿了这笔钱绝无后患,我那吉卜赛人的本性立刻露出来了。我直想偷,想必我的贼骨头是世袭的。我并没有什么天人交战,就随着心干了。我把钱装在我们搁梳子和睡帽的棕色粗呢口袋里,

---

① 货币名。

脱掉道袍，换上孤儿院的制服，逃出隐居，满以为美洲的金银财富①一股脑儿都装在我那只口袋里了。"

西比翁接着道："那是我初试身手；你们一定等着听一串儿相仿的事呢。我不叫你们白等的，还要讲几桩类似的勾当，然后才说到我干的好事。回头我讲到我干的好事，你们就知道坏蛋也会变成君子。

"我虽然是个小孩子，却是够乖觉，并不回头往托雷都走。那就难保不碰见克利索斯东修士，他会硬逼我把钱还给他。我另走一条路，到了加尔夫斯村，上一个客店歇脚。女掌柜的是个四十岁的寡妇，干她那小本经纪十分来得。这女人一瞧我的服装，知道准是孤儿院里逃出来的，就问我是谁，到哪里去。我说爹妈都没了，要找个事做。她道：'孩子，你认得字吗？'我说认得字，而且还写得一笔好字呢。其实我能画画字母，连起来看着有点儿像字，在乡村客店里抄抄写写，这也可以对付了。女掌柜的说道：'我就留你在这儿做事吧，你有点儿用处，可以替我记记人欠欠人的账目。'又道：'我不给你工钱，反正有上等主顾光临，会给底下人一些好处，保管你有好些小账呢。'

"我一口答应，不过你们想得到，我自有主意，几时不高兴待在加尔夫斯，由得我换地方。我得了这客店里的差使，平添了个大心事，越想越觉得不妥当。我不愿意人家知道我有钱，想不出藏在哪里才不给人家拿掉。这座房子我还不熟，有几个地方看来可以藏东西，可是我又拿不稳。有了钱真麻烦呀！我只在

---

① 原文"Les richesses des Indes"，那时候西班牙人称美洲为印度，本书第十一卷第十一章里就说得很明白。

担惊受怕。我们仓房壁角有一堆干草,我决计把我的口袋藏在那里;我以为比别处妥当,勉强放下心。

"这客店里共有三个用人:一个胖马夫,一个加利斯姑娘,还有我。我们都极力在过路客人身上想好处。我把账单子送给客人,常赚到几个小钱。马夫替他们照顾牲口,也有几文进账。那加利斯姑娘是过往骡夫的心上人儿,她挣的艾古比我们挣的小钱还多。我每得一文钱,立刻就拿到仓房里,跟我的宝藏积蓄在一起。我越有钱,小心眼儿里越爱钱。我有时候吻吻我的钱,看着心花怒放,这大概只有守财奴才懂得。

"我爱我的宝藏,忍不住一天要去看个三十回。我常在楼梯上碰见女掌柜的。她生性多疑,有一天好奇心动,不知我为什么时常到仓房里去。她以为我或许偷了她家什么东西,藏在那仓房里,就上去四面搜寻。她挪开那堆干草,发现了我的口袋,打开一看,里面有艾古、有比斯多;不知她是真是假,就怪我偷了她的钱。她很便宜地把那只口袋拿去了。于是她一面骂我小瘪三小混蛋,叫马夫狠狠地打我五十鞭子。马夫对她唯命是听,抽了我好一顿。女掌柜的说她家不收小流氓,把我推出门外。我申明没偷东家的,可是没用,她一口咬定我偷她的,人家相信她,不相信我。克利索斯东修士的钱就从男贼手里到了女贼手里。

"我失了钱哭得仿佛死掉了独养儿子似的。我虽然不能把失掉的东西哭回来,至少哭得几个旁人恻然心动。其中一人是加尔夫斯教区的神父,偶然路过。他看我那么悲切,好像于心不忍,就把我一带带到他家。他要哄我说心上话,其实竟是要盘问我的秘密,就来可怜我。他满脸同情,说道:'这苦孩子真可怜哪!没个人当心!这样小小年纪,无依无靠,干了坏事怎怪得他呀！成年人要一辈子不干坏事还很费克己功夫呢.'于是又对我说道:'我的孩子,你是哪儿人？爹妈是谁？你看来像个好人家子弟。老实告诉我,放心我不会出卖你.'

"教区神父这套又狡猾又慈悲的话,哄得我把自己的事一点一点都说出来,一无遮掩。我全盘招供之后,他说:'我的朋友,做修士的虽然不应该攒钱,你的罪还不会减轻。你偷克利索斯东修士的东西,总是犯了十戒里"勿窃盗"的一戒。不过我一定逼那女掌柜的把钱吐出来,叫人送到那个隐居去还给修士,这点你可以自慰,从此不必挂在心上.'老实说,我并没有挂在心上。那教区神父自有打算,还不罢休。他接着说道:'我的孩子,我想替你出点力,给你找个好事情。我有个侄儿是托雷都大教堂的大司铎,明天我叫个骡夫送你到那儿去。他看我面上,一定收你做一名跟班。他家的跟班靠他那教区的收入过得很舒服,一个个都像吃俸禄的教士。你去了一定称心满意,我可以担保的.'

"我听了这话很安心,竟把那钱袋也忘了,挨的一顿鞭子也忘了。我只想跟吃俸禄的教士一般快乐过活。第二天,我正吃早饭,一个骡夫奉教区神父的命令,牵着两匹鞍辔齐备的骡子来了。人家把我扶上骡子,骡夫骑了另一匹,两人就取道往托雷都去。我的旅伴儿是个嘻嘻哈哈的家伙,尽爱开人玩笑。他对我说:'小弟弟,加尔夫斯教区神父真是你的好朋友！他有真凭实据给你瞧。他把你荐给那位做大司铎的侄儿,可见他爱你是千真万确的。我很荣幸,也认识那位大司铎,他是神职班上的顶儿尖儿,那是没什么说的。有些信徒,一张脸消瘦灰白,一望而知是个教人吃苦禁欲的,他不是那种人。他是圆圆脸儿,红红的颜

色,是满面高兴的享福人,眼前有什么快乐都要享受,尤其好吃好喝。你到了他家真受用不尽呢。'

"那混蛋的骡夫瞧我听了他的话很高兴,就把做了大司铎的用人怎么享福对我吹个不了。他一路没停嘴,直到奥比萨村,我们就停下来歇歇骡子。合是我天大的运气,到了那里发觉自己上当了。我且讲讲是怎么一回事。那骡夫在客店里跑出跑进,偶然口袋里掉出一张纸。我很机灵,拣了起来没让他知道,乘他到马房去的当儿拿出来一看,原来是写给孤儿院神父的信,上面这样说:

诸位先生:你们孤儿院里逃出来一个顽童,我慈悲为本,理应送他回来。我瞧他很鬼,你们要是行方便把他关禁起来,正是他活该。我相信打几顿准能够变化气质。愿上帝赐福给诸位虔诚仁爱的先生。

加尔夫斯教区神父上

"我看完这封信,知道了教区神父的一片好心,马上打定个主意,顷刻之间,我已经跑出客店,逃到一哩路外的塔古河边。我心里害怕,就像插翅似的要逃避孤儿院的那班神父,我怕透了他们教拉丁文的方法,怎么也不肯回孤儿院了。我一团高兴地跑到托雷都,仿佛已经捧稳了饭碗。当然那是个富庶的城市,一个机灵人穷途末路,要从旁人身上沾光过活,在那里是饿不死的。我还太小,不会设法谋生,不过运气还算不错。我刚到大街上,有一位衣服很讲究的大爷打我身边过,他拉着我胳膊道:'小孩儿,你愿意伺候我吗?我很喜欢有你这样个跟班。'我答道:'我也很喜欢有您这样一位主人。'他道:'既然如此,你这会儿就是我的用人了,你只要跟我走就成。'我一声不响,跟了他就走。

"这位大爷大概有三十岁,名叫堂阿贝尔。他住在一个公寓里,住一套很漂亮的房间。他靠赌钱为生。我们是这样过日子的:每天早上,我替他剁碎些烟叶子,够他抽五六个烟斗;我把他的衣服刷干净,出去叫个理发师来替他刮脸修胡子;于是他出门上赌场,直到晚上十一二点钟才回来。他每天早晨出门以前,总从口袋里掏三个瑞阿尔给我作一天的用途,随我自在逍遥到晚上十点回去。他只要我先回公寓等着,就很满意了。他叫人给我做了一身号衣裤,穿上活像妓女家送信的小幺儿。这事情我很做得惯,我实在也找不到更合脾胃的事了。

"这样的快活日子我过了将近一个月,我主人问我跟他相处是否称心。我说称心极了。他道:'好!我有事要到赛维尔去,咱们明天动身吧。你准喜欢看看这座安达路西亚的京城。常言道:"没见过赛维尔,没开过眼。"'我说,到哪儿都愿意跟他。我主人的衣服都装在一只大箱子里,到赛维尔去的车夫当天就到公寓来搬走了这只箱子,再过一天,我们就动身到安达路西亚去。

"堂阿贝尔大爷手气好极了,除非故意要输,总是赢人家的。他怕那些吃亏的人不饶他,只好常常换地方。我们这趟出门就是这个道理。我们到了赛维尔,住在郭都门附近的公寓里,又像在托雷都那样过起日子来。不过我主人发现这两个地方不同:赛维尔赌场里的赌棍,手气跟他一样好,所以他有时候回家来气呼呼的。一天早晨,他因为隔夜输了一百比斯多,气还没消,他问我为什么不把他的脏衣裳交给一个女人去洗了熏上香。我回说没想着。他这来火了,下毒手打了我五六个耳光,打得我眼里金星乱迸,比所罗门教堂①里的蜡烛光还多。他说:'你这小混蛋!给你吃这几下,叫你做事当点儿心。你要我成天跟在背后提醒你做这个做那个吗?你饭倒会吃,为什么事情就不会好好儿做啊?你又不是个笨猪,我要你做的事,你不会先想想吗?'他说完就出去了。我为那点儿小过失吃了一顿耳光,气得不得了,打定主意要等个机会报仇。

"不多时他在赌场里不知出了个什么事,一晚上回来,怒气冲冲地说道:'西比翁,我决计要到意大利去,有只船要开回热那亚,我后天就上船。我这次出行自有道理,想来你也愿意跟我走,乘这个好机会去见识见识世界上最可爱的地方。'我说再好没有,还装模作样,仿佛急要到意大利去见识见识,可是我暗打主意,准备到他动身的时候溜之大吉。我想这来可以对我主人出口气了,觉得这办法很聪明。我得意之至,街上碰到个打手,忍不住就把我的主意告诉他。我到赛维尔之后,结识了几个坏东西,跟这人尤其熟。我先讲如此这般挨了主人一顿耳光,于是说,打算在堂阿贝尔临上船的当儿溜走,问他这主意好不好。

"那个打手一面听,皱着眉头,拈着他那菱角胡子。他一脸正经,把我主人怪了一顿,说道:'小家伙,你打算那样报仇,简直是儿戏了;要是照那么办,你就一辈子没脸做人。你撇堂阿贝尔一人动身,算不得什么,太便宜他了。他欺侮你几分,你就该给他几分厉害。没什么游移不定的,咱们把他的衣裳和钱拐走,等他动身以后,咱们俩亲兄弟似的拿来平分。'我虽然骨头里有些贼性,听他说要这样大来,就胆怯了。

---

① 犹太人最大的教堂,系以色列王所罗门所造。

"可是那个出主意的贼头儿终究说动了我。我且讲讲那桩事情的下场。那打手是个高高大大很有力气的人,他第二天傍晚到公寓来找我。我主人已经把自己的衣裳归着在箱子里。我把那箱子指给他看,问他一个人可掮得动这么沉的东西。他说:'什么沉!你可知道,我偷人家东西的时候,挪亚的方舟①都掮得动呢!'他说完过去,毫不费力地把箱子掮在肩上,就蹑脚下楼。我也蹑脚跟下去。我们快要出大门了,堂阿贝尔真是好运气,无巧不巧地跑回来,和我们撞个劈面。

"他问我道:'你把这箱子搬哪儿去?'我慌得目瞪口呆。那打手一看失了风,怕人追究,扔下箱子拔腿就跑。我主人问了一遍又问两遍:'你究竟把这箱子搬哪儿去呀?'我吓得七死八活,答道:'先生,您明天坐船上意大利,我叫人把这箱子搬上船去。'他说道:'哎,你知道我乘哪一只船啊?'我答道:'先生,我不知道,不过只要不是哑巴,罗马也走得到呢。我到了码头上可以打听,总有人会告诉我。'他一听这话,动了疑心,恶狠狠瞪了我一眼。我以为他又要打我耳光了,只听他喝道:'谁吩咐你把这箱子搬出公寓的?'我说:'是您自己呀。'他诧异道:'谁?我吗?是我吩咐你的?'我道:'当然是您。您可记得前几天骂我的话吗?您不是一面打我,一面说,我得把事情做在头里,不必等您吩咐,该办的事得自己做主吗?现在我就照您这话,叫人把您这箱子搬上船去呀。'那赌棍没想到我这样调皮,这回才领教了,他冷冷地请我滚蛋,说道:'你走吧,西比翁先生,求天保佑

---

① 《旧约全书》记载天降洪水,上帝启示挪亚造个大船,携带全家避灾,又把各种动物搬一对在船上留种。

你吧。你这点子年纪,不应该这样刁钻。有一种人赌起牌来一会儿多一张牌、一会儿少一张牌,我不爱跟那种人赌。'于是他声调一变道:'快滚,不然的话,准收拾得你叫皇天。'

"我不消他说第二遍,转身就跑,生怕他要逼我脱下号衣,急得要死,幸喜他让我穿走了。我身上只有两个瑞阿尔,一路走,一路盘算到哪里去过夜。我跑到大主教府门外。这时候里面厨房里正为大主教大人弄晚饭,香气洋溢,方圆几哩内都闻得到。我心上想:'啊呀!这香喷喷的炖肉拿点来吃吃倒不错!只要能蘸他一手汁子来也可以杀我的馋。可是怎么呢,这样好的肉,我只能闻香,可以想个办法吃它到嘴吗?为什么不能呀?看来不是办不到的。'我聚精会神地想,想出个主意,马上照做,果然有效。我进了大主教府的院子,直往厨房跑,一面大声叫:'救命啊!救命啊!'仿佛有人追着要杀我似的。

"大主教的厨子狄艾果司务听得我一迭连声的叫喊,就和三四个厨下小打杂儿赶出来瞧是什么事,一看只我一个人,就问我干吗狠命的叫。我装出一副惊惶的样儿道:'啊呀!大爷,看圣坡利卡普①分上,求你救救我吧!有个恶棍发疯也似的要杀我呢!'狄艾果问道:'恶棍在哪儿呀?你单身一人,背后连个影子也没有。去吧,孩子,别害怕,大概是人家吓唬着你玩儿的。他幸亏没跟进来,不然的话,我们起码也得割掉他的耳朵。'我对那厨子道:'不!不!他不是追我玩儿,那坏蛋是个大高个子,要剥我的衣裳,我知道他准在街上等着我呢。'厨子道:'那就叫他多等等吧,你今晚住在这儿。你回头跟我的小打杂儿同

---

① 基督教殉难的主教。

吃晚饭同睡觉,他们有好东西请你吃呢。'

"我听了心花怒放。我跟狄艾果司务到厨房里,那里正忙着安排大主教大人的晚饭,我看着真是艳羡不置。我一数动手做菜的有十五个人,各色菜肴数也数不清;大主教府里的吃用,老天爷照顾得多周到啊!我方才老远闻到的肉香,这会子扑鼻都是,我才知道什么叫做口福。人家赏脸让我跟小打杂儿同吃晚饭同睡觉,他们果然款待了我一顿。我跟他们好上了。第二天我去谢狄艾果司务大度收留,他就说:'我几个厨下打杂儿的很喜欢你那脾气,都来跟我说:要是有你做伴儿,他们就乐极了。你本人喜欢跟他们一伙儿吗?'我说,我要有这福气,就称心满意了。他说:'既然如此,朋友,你现在就是大主教府里的用人了。'他说完带我去见总管,总管瞧我机灵,觉得可以留下做个厨房打杂儿的。

"阔人家厨子照例把买的荤腥偷偷儿送些给相好,狄艾果司务也未免如此。我得了那个体面差使,他就挑我替他送东西给街坊上一个女人:有时是牛肋条,有时是鸡鸭或野味。那女的是个寡妇,至多三十岁,人很漂亮,很风骚,看来未必一心一意向那厨子,那厨子却不但把肉呀、面包呀、糖呀、油呀送给她,还供给她酒,这些东西一股脑儿都开在大主教大人的账上。

"我在大主教府上学得千伶百俐。我给他们上过一个当,这事很有趣,赛维尔人到现在还说起呢。大主教大人生日,那些小僮儿和别的家人想演个戏来庆祝。挑的剧本是《贝那维德斯》①,戏里要个我那样年纪的孩子扮演雷翁的小国王,他们就选上了我。那总管自以为会念台词,我就归他来教。他教了几

---

① 洛佩·德·维加所作的喜剧。

回,说我演起来准不错。做生日的花费是东家出的,你们可以料想大家只求体面,决不省钱。府里大厅上搭了座戏台,布置得很好。戏台侧面铺一片草地,我上场该睡熟在那片草地上,摩尔人就掩上来捉我去做俘虏。等到我们演习熟了,大主教就指定日期上演,欣然请了城里最阔气的贵人命妇来看戏。

"到了那天,每个角儿都忙着自己的行头。总管费神教了我念台词,觉得也该他来打扮我;他带个裁缝把我的行头送来。那裁缝给我穿上一件贵重的蓝丝绒袍儿,钉着金边金纽扣;袖子很宽绰,袖口钉着金流苏。总管亲自给我戴上一顶硬纸做的王冠,上面钉满了小珍珠和水钻。他们又给我系上一条玫瑰红的丝腰带,上面有一朵朵银花。我身上每添一样装饰,就觉得他们给我添了翅膀似的,好让我高飞远走。傍晚那个戏好容易开场了。雷翁的小国王最先出场,说一段很长的独白。这角儿是我演,我开场背了一段诗,意思说:我困得很,要睡觉了。我背完就退到戏台侧面,躺在铺好的草地上。可是我不睡觉,却在设法溜出去,想卷了这套国王的行头逃走。戏台下面有一座狭窄的秘密楼梯,通到大门进口的厅上,我觉得走这条路可以如愿。我轻轻爬起来,乘人不备,一溜烟下楼梯到门口厅上,一路喊:'让路啊!让路啊!我要换衣裳了!'大家都闪开让我,一转眼我已经一无遮拦地乘黑夜溜出了大主教府,跑到和我要好的打手家里。

"他看见我打扮成那副模样,诧异极了。我如此这般告诉了他,他哈哈大笑。他一打如意算盘,雷翁国王的衣裳他也有份,所以越发高兴地拥抱我;他恭喜我这一下干得真好,说我要是一直这样下去,靠我的聪明,将来名闻天下呢。我们俩很乐,笑了个畅,于是我说:'咱们把这套贵重的衣裳怎么办?'他答道:'这个不劳你费心。我认识一个诚实不欺的旧衣商人,他只要有利可图,什么货都收,绝不管人家的闲账。明天早上我去找他到这儿来看你。'那打手果然一老早把我撇在他床上就出门去。过了两个钟头,收买旧衣的带着个黄布包儿跟着他来了。打手说道:'朋友,这位是伊巴涅兹·德·赛果维先生,买旧衣的若有一个诚实可靠,那就是他了;尽管同行的榜样坏,他自负一丝不苟。你要卖的衣裳回头让他估一估,他的价钱靠得住。'买旧衣的说道:'哎,这是没错儿的。我要是估低人家的货,就是个大混蛋。谢天,从没谁怪过我这种事,我伊巴涅兹·德·赛果维一辈子也不干这种事的。'又道:'你要卖的衣裳咱们瞧瞧吧。能值多少,我总凭良心说。'打手把我的衣裳摊出来,说道:'这儿呢。讲究极了吧?瞧这热那亚的丝绒多美!这镶边多值钱!'买旧衣的把衣裳细细看了一番,说道:'我看很好,真是美极了。'我的朋友道:'你瞧这皇冠上的小珍珠怎么样?'伊巴涅兹道:'再圆点儿就是了不起的价钱,照这样也很不错了,我觉得跟其他几件东西一样好。'又道:'你的话很对,我也喜欢还人家个公道。滑头的买旧衣的人在我这境地,就要假意嫌好道坏,想压低价钱,老脸无耻地估个二十比斯多;我可是个讲道德的人,我出四十比斯多。'

"伊巴涅兹就是估一百比斯多还不是实价,单那些珠子就值二百比斯多呢。打手跟他串通一气,对我说道:'瞧你运气多好,碰着这个诚实不欺的人。伊巴涅兹先生估的价就仿佛临死断气的时候说的话。'买旧衣的道:'一点儿不错。所以我的价钱是一个子儿不减、一个子儿不加的。'接着道:'好,这事情说定了吗?我付钱之外,还有别的话吗?'打手道:'且慢,我叫你带给我小朋友穿的那套衣裳得先让他试试,我看准合身。'买旧衣的打开包裹,拿出一套半旧的棕色布衣裤,钉着银纽扣。我起来一穿,又长又大,可是那两位先生觉得像量着我身子做的。伊巴涅兹定价要十个比斯多;他既然不打价,只好依他。于是他从钱袋里掏出三十个比斯多,摊在桌上,把我的王袍王冠另打个包拿去;他清早发了个大利市,准在暗暗得意。

"他走之后,打手道:'我觉得这个买旧衣的人很好。'他当然说他好,我拿稳他至少要抽一百比斯多的回扣。可是他还不甘心,老实不客气把桌上的钱拿了一半去,剩一半给我,说道:'西比翁小朋友,我劝你拿了这剩下的十五个比斯多,赶快到别处去吧。你知道,大主教大人准派人出来找你。你干了这桩可以夸傲生平的事儿,大显了一番身手,回头要是傻头傻脑给捉进监狱里去,我就气死了。'我说早打定主意要离开赛维尔的。我买了一顶帽子、几件衬衣,果然出城到了清旷的田野里,那儿一边是葡萄,一边是橄榄树,直达卡蒙那古城。三天后我到了高都。

"我住在市场口一家客店里,只说是托雷都大家子弟出来游历的。我衣裳还整齐,充得过去;我又有意无意地把几个比斯多露在店主人眼里,他就一点不怀疑我了。也许因为我年纪很小,他想我准是个小荒唐鬼,偷了爹妈的钱逛码头玩儿的。不管他怎么想,反正他听了我的话并不寻根究底,大概怕一追究会把我逼走。他那店里生意兴隆,一天出六个瑞阿尔就过得很好。那天吃晚饭一桌就有十二个人。妙的是人人闷声不响地吃,只一人絮絮叨叨话不停嘴;尽管大家默不作声,有他一人说话尽够热闹。他又卖弄风趣,又讲故事,煞费气力地要把俏皮话来逗人。大家偶然也笑两声,其实是因为他那人可笑,倒不是他说话逗乐儿。

"我一点儿没留心听那家伙,要是他话里没牵涉到我,我吃罢一餐饭也回报不出他讲了些什么来。他到快要吃完饭的时候,说道:'诸位先生,我刚才讲的那些,比了我这会儿要讲的事就不足道了。我把这桩最妙的新闻留到末了讲。这是前两天赛维尔大主教府里出的事。我认识的一位学士当时在场,他告诉我的。'我听了这话心里一跳,知道准是我干的事,果然不错。这人一五一十地讲,我还不知道我走以后大厅上的情形,他也都讲了;我来告诉你们听。

"照他们演的那个剧本,摩尔人要来掳我去。我逃走不久,他们就上场,以为我睡熟在草地上,准备掩上来捉我。可是他们要拥上去捉雷翁国王的时候,一看国王无影无踪,都大吃一惊。这出戏当场停演。戏里的角儿都着了忙:有的喊,有的找,这个叫唤我,那个咒骂我。大主教看出后台乱成一团,就问什么缘故。一个扮小丑的小僮儿听见这教会贵人垂问,忙上禀道:'大人,您不必再为雷翁国王担忧,怕他给摩尔人俘虏去,谢天,他已经披着王袍逃走了。'大主教道:'真该感谢上天!跟咱们教会作对的人准备监禁他呢,他逃走好极了。他准是回雷翁京城去的。但愿他一路平安!你们谁也不许去追他,我不愿意侮辱那位王上。'他大人说完,叫人代我念台词,把这出戏演完。"

第 十 一 章

西比翁续述身世。

"我手里有钱,店主人眉开眼笑,十分奉承;一看我钱花光了,就翻面无情,和我寻事吵了一场,一天早上竟撵我到别处去住。我昂然走了出来,跑到圣多明我修道院的教堂里。我正在望弥撒,一个老叫花子问我要钱。我从口袋里掏了两三个小钱给他,说道:'朋友,代我求求上帝,保佑我立刻找到个好事情。要是你的祷告灵验,我不会亏负你,一定要谢你的。'

"那叫花子听了把我仔细打量一番,认真问道:'你想找个什么样的事?'我说:'想找个好人家去做用人。'他问我是否着急得很。我说:'急得很了,要是眼前找不到事,只好饿死,或者做你的同行,没有第三条路。'他道:'你没有过惯我们的日子,要是逼上这条穷途末路,你就苦了。不过你只要过惯了,就宁可像我们讨饭,总比做用人好,这是没什么说的。你既然不喜欢我这种逍遥自在的生涯,要去做底下人,你立刻可以找到个主人家。你别瞧我这副模样,我能帮你的忙。我今天就替你想想法子。你明天这时候到这儿来听我的回音。'

"我不会爽约,第二天又到老地方去;不一会儿,那个叫花子来了,叫我跟他走。我跟他到一个地窖里,那儿离教堂不远,是他的家。我们俩进去坐在一条长凳上,这凳子少说也用了一百年了。他说道:'行了好事总有好报。你昨天舍钱给我,所以我决计替你找个好位置,只要老天爷保佑,马上会成功。我认识一个多明我会的老修士叫阿雷克西斯神父,他是个道高德劭的修士,指迷劝善的大师。承他叫我当差送信;他瞧我做事谨慎忠心,所以也肯为我和我的朋友出力。我已经对他说起你,他听了我的话,愿意帮你忙。你几时高兴,我带你去见那位神父。'

"我对那老花子说:'不能耽搁了,咱们立刻去见那位好神父吧。'花子一口答应,马上领我去找阿雷克西斯神父,看见他正在房里写几封劝人修心向善的信。他放过一边,就来接见我。他说,听了那花子求情,很愿意帮我。又说:'我知道巴尔塔札·维拉斯盖斯要找个跟班,所以今天早上写了封信保荐你。他回信刚来,说我荐的人他不问三七二十一一概收用。你今天就可以去见他,说是我叫你去的。我是听他忏悔的神父,也是他的朋友。'于是那位修士费了三刻钟工夫劝诫我好好儿做事。他尤其谆谆嘱咐我务必赤胆忠心地伺候维拉斯盖斯。于是他说,只要我不叫主人家责备,他一定照应我捧住饭碗。

"我谢了修士的好意,就跟花子同出修道院。花子告诉我说,巴尔塔札·维拉斯盖斯是个有年纪的呢绒商人,很有钱,人又老实又和气。他说:'我想你到他家去一定好极了。换了我也喜欢在他家做事,比贵人家还好。'我答应那花子等事情牢靠一定谢他;于是问明商人的住址,立刻找去。原来那是个铺子,两个年轻店伙计穿得干干净净在里面踱来踱去,装出一副高贵的气派,等主顾上门。我问他们主人在家吗,说我是奉阿雷克西斯神父的命来见他的。他们一听见这个大名,就领我到铺子后屋,有位商人正把一大本账簿摊在书桌上翻看。我恭恭敬敬行了个礼,说道:'大爷,我是阿雷克西斯神父荐来当跟班的。'他道:'啊,我的孩子,欢迎得很。你是那位圣人荐的,就够格儿了。人家有三四个跟班要荐给我,我单挑了你。这事已经说定,你的工钱就从今天算起。'

"我在商人家不多几时,就看出他果然名不虚传。我瞧他老实极了,总觉得我着实要点克己功夫才会忍住不去作弄他。他太太没了已经四年,有两个孩子:儿子二十五岁,女儿才十一二岁。女儿有严紧的女监护带领,又有阿雷克西斯神父管教,很循规蹈矩。她哥哥伽斯巴·维拉斯盖斯尽管家里极力管教,要他成个上等人,却是个十足的浪荡子。他有时候两三天不回家,回来如果爸爸想说他几句,他嗓子比爸爸的还高,叫老头子作声不得。

"有一天,那老头儿对我说:'西比翁,我这个儿子是我的孽障。他花天酒地,无所不为。我真奇怪,他也是好好管教过来的。我请了好先生教他,我的朋友阿雷克西斯神父费尽心思,要引他走正路,可是,咳,他也力不从心,伽斯巴一味是浪子行径。你也许要说,我在他少年时期太纵容,所以害了他。可是没那事儿,我要是觉得他该打,我总打他;我虽然好性子,应该严厉的时候从不放松。我还把他送进监牢里关过,可是他变得越发坏了。总而言之,他是个不成器的东西,凭你给他好榜样也罢、劝也罢、打也罢,都改不好;要改得他好是个奇迹,只有天办得到。'

"我听了那位倒霉爸爸诉的苦,尽管不在心上,至少也装得很关切。我说:'先生,我也可怜你!像你这样的好人,儿子不该这样坏。'他答道:'我的孩子,这有什么办法呢?上帝不让我这样称心呀。'又道:'我把心事告诉你吧,伽斯巴实在招我生气,别的不说,有一桩我很担心,他尽想偷我的钱;我虽然防得紧,他常有法子偷到手。你前任的跟班跟他串通一气,所以我辞退他。你呢,我相信他买不动。你准是帮我的,阿雷克西斯神父一定着实叮嘱过你了。'我说道:'你放心,阿雷克西斯神父训了我一个钟头,叫我一心一意帮你。不过我可以说,这点我不消他劝。我自己愿意死心塌地伺候你,这片忠诚保管怎么也不会变。'

"一面之词是不能作准的。维拉斯盖斯小爷是个十足的纨绔,他一看我的脸,知道我跟前任跟班一样好骗。他引我到僻静的地方,说道:'你听着,朋友,我瞧你是我父亲的耳目,他老监视着我。可是我警告你,你当心,这事会惹出麻烦来的。我要是发现你监视我,准把你一顿棍子打个臭死;不过你要是肯帮我骗父亲,我什么样的酬劳都肯给。这话还不够明白吗?咱们俩捞摸的钱,你总有一份儿。你只要打个主意,这会子就说说明白:帮父亲还是帮儿子,别含糊推诿。'

"我答道:'先生,你逼得我好急呀!我知道,尽管我心里不愿意出卖维拉斯盖斯先生,却不由得我不跟你一伙。'伽斯巴道:'你不必犹豫,那老啬鬼还把我当小娃娃似的管着呢。人到二十五岁,寻欢作乐就是性命,那混蛋不许我作乐就是要我的命。你对我父亲应当这样看法。'我道:'先生,这就没什么说的了。他实在对不起你,没法儿替他分辩。我声明帮你,你干的事儿很好,我愿意从旁出力。不过千万别让人家看出咱们俩串通一气,免得你这个忠心的助手给撵出门去。我想你不妨假装恨我,在人前对我恶声恶气,破口大骂;就是打几下耳光,屁股上踢两脚也不碍事。你越做得嫌我,巴尔塔札先生倒越会相信我。

我也装得话都不跟你说。我伺候你吃饭，好像满不情愿；说到你少爷，别见怪，我要说得你不是个东西。这样一来，家里人就都蒙在鼓里，以为咱们俩是死冤家了。'

"维拉斯盖斯小爷一听这话，说道：'谢天！我真佩服你，朋友。你这点年纪，捣鬼的本领看来很惊人了。有你这样，我将来一切准大吉大利。仗你帮着出主意，我希望能把父亲的比斯多偷得一个不剩。'我说道：'承你过奖，对我的本事这样倚重。我一定尽心竭力，不负你的赏识。要是办不到，不是我的错。'

"我不久就让伽斯巴知道，我实在是他少不了的人。我且讲讲第一次帮他的忙。巴尔塔札的钱箱放在卧房里，夹在床和墙壁中间，那老头儿当祷告台用。我每次看见这个钱箱，就觉得眼睛里舒服，心上常想：'钱箱朋友啊，你老对我深闭固拒吗？我永远没福气看见你怀里的宝藏吗？'这屋里只有伽斯巴不准进去，我可以随意出入。有一天，老维拉斯盖斯以为没人，开了钱箱，然后又锁上，把钥匙藏在壁衣后面；我正好看见。我认清那地方，就把这个发现告诉小东家。他喜得拥抱我道：'啊，亲爱的西比翁，真是个喜讯！咱们发财了，孩子。我回头给你些蜡，你把钥匙的模型印下来交给我。高都和西班牙其他城市一样，有的是坏蛋，肯行方便的锁匠我一找就有。'

"我对伽斯巴道：'咱们可以用原钥匙，何必假造呢？'他答道：'你这话很对，可是我恐怕父亲多心眼儿，或者别有缘故又把钥匙藏在别处；最妥当还是自己弄一个。'我觉得他有深谋远虑，很赞成他，就准备把钥匙的模型印下来。一天早上，我老主人出去拜访阿雷克西斯神父，他们往往谈得很久，我就乘机把那事干了。我一不做二不休，还用那钥匙打开钱箱；一看满箱大袋小袋的钱,喜得心忙意乱。我这也贪,那也爱,不知挑了哪一袋好。可是我怕人撞破,来不及细细研究,随手抓了最大的一袋。我关上钱箱,把钥匙放在壁衣后面,出来把贼赃藏在一间小小的藏衣室里,准备相机交给小维拉斯盖斯。他跟我约定在一处相会,我忙赶去,把刚才干的事告诉他。他觉得我好极了,对我十分亲热,又很慷慨地要把袋里的钱分一半给我。我没要他的。我说:'不不,先生,这头一袋钱是你一人的,你去花吧。我马上可以再到铁箱里去拿。谢天,那一箱子钱够咱们俩花的。'过了三天,我果然又拿出一袋。这一袋和头一袋一样,各有五百艾古。伽斯巴一定要跟我平分,可是我只肯拿四分之一。

"这年轻人爱的是玩女人和赌钱,手里一富裕,可以随心所欲,就昏天黑地地混在这里面。有一种风骚女人,随你家资千万,能叫你不多几时花个精光。他偏偏就迷上了这么个有名的女人。他为她挥金如土,我只好常常去光顾那只钱箱,到后来老维拉斯盖斯看出来了。一天早上,他对我说道:'西比翁,我得把心事跟你讲讲。朋友啊,有人偷我东西,开了我的钱箱拿掉好几袋钱。这是千真万确的事。做贼的是谁呢?换句话说,除了我儿子,谁会干这事呢?准是伽斯巴溜到我房里去了,或者就是你放他进去的。你们俩尽管冤家似的,我怀疑你们串通一气。'又道:'不过阿雷克西斯神父担保你靠得住,我也不愿意把这点疑心当真。'我说:'谢天,人家的东西引诱不动我。'我一面撒谎,还装出一副正人君子的嘴脸,替自己遮饰。

"老头儿果然不跟我再提这件事,不过他还是怀疑我。他防我们不怀好意,钱箱上另装了新锁,把钥匙老带在身上。这样一来,我们跟那些钱袋无缘了。我们一筹莫展,尤其是伽斯巴,他不能像先前那样在他那美人身上撒漫使钱,就怕要见不到她的芳容。他倒是聪明,想出个办法又阔绰了几天。这办法很巧,他只算问我借,把我从钱箱里榨来的膏血都搜刮了去。我一文也没剩。我觉得这可算是老商人的承继人预先替父亲向我讨债。

"这年轻人把这注钱花完,一瞧再没有别的来源,就愁成一团,渐渐的心地糊涂了。他觉得父亲害了他一辈子。那混蛋穷极无赖,不顾骨肉之情,恶向胆边生,竟想毒死爸爸。他不但把这个没天理的打算告诉我,还主使我帮他报仇。我听见这话,吓一大跳,说道:'先生,敢情你要天诛地灭了,你怎么会生这个凶心呢?什么!你竟要害死生身父亲吗?最野蛮的国家,这种事也没人敢起意,倒在基督教首善之国的西班牙犯下这等罪来吗?'我又跪下道:'好主人,你干了这事要动天下人的公愤,还要遭刑受辱,千万来不得。'

"我还说了好些话,劝伽斯巴别干这大逆不道的事。我劝他别走上绝路,那一套嘉言正论也不知是哪儿学来的。我年纪虽小,而且还是果斯果丽娜的儿子,可是讲起话来实在像个萨拉曼卡的博士。我劝他深思熟虑,毅然铲除掉横在心里的恶念,可是说来无用,只是枉费唇舌。他低垂着头,随我干什么说什么,只是死不作声,我瞧他一点儿没有回心转意。

"于是我打定主意,决计向老主人全盘招供。我请求跟他密谈,他答应了,我们俩关上门,我说:'先生,让我跪在你面前,求你发个慈悲。'我说完就跪下,情不自禁,满面泪痕。那商人看我这般行径,又看我神色张皇,诧异起来,问我干下什么事了。我答道:'我做了一件错事,现在很后悔,一辈子也于心有愧。

我主意不牢,依了你儿子,帮他偷你的钱。'我就老老实实一桩桩告诉他,然后又把伽斯巴跟我谈的话和他的打算,一五一十全都讲出来。

"老维拉斯盖斯尽管看得儿子无恶不作,听了这话,竟也不能相信。不过他知道我说的是真话。我还跪在他脚边,他一面拉我起来,说道:'西比翁,你告诉了我这个要紧消息,我也就饶恕你了。'又高声道:'伽斯巴要我的命呢!啊!你这个没天良的儿子!你这畜生!养大了你变成个杀父的逆子,倒不如生下地就把你闷死!你凭什么要谋害我呀?我每年给你一大笔钱,够你寻欢取乐,你心还不足!我就得称你的心,随你把妹妹的钱都花光,把家产都送掉吗?'他提着儿子的名字恨恨地数说了一顿,嘱我别说出去,又说这事很费心思,得让他想个办法。

"我急要知道这可怜的爸爸打算怎么办。当天,他叫了伽斯巴去,脸上若无其事,说道:'孩子,刚有人从梅利达来信说:你要是想结婚,有个十五岁的小姐配给你,是个十全的美人,还有一大笔陪嫁。你要是愿意,咱们明天一清早动身到梅利达去看看那位小姐。配你胃口呢,就娶她;不然呢,这头亲事就不提了。'伽斯巴听说一大笔陪嫁,仿佛钱已经到手,毫不犹豫,说立刻可以出门。所以第二天一老早,他们俩不带从人,骑上两匹好骡子就动身上路。

"他们到了斐齐拉山里,有一处是强盗最喜欢而过客最害怕的地方,巴尔塔札在那里下骡,叫儿子也下来。那年轻人依了他的话,还问为什么叫他这里下来。老人满眼悲愤,瞧着他道:'我要告诉你,咱们不到梅利达去,我说的婚事是谎话,我编了哄你到这儿来的。你这个没良心没天理的儿子啊,你要犯的弥天大罪我已经有数了。我知道你要弄毒药给我吃；可是你真糊涂，你如意算盘，以为这样干掉了我就没事儿吗？你完全错了！你想想，你犯的罪马上会败露，你就得挨刽子手一刀。要称你那发疯似的狠心，还是我这办法妥当，免得你身败名裂而死。咱们这儿没人看见，这地方天天有几起谋杀案子，你既然非要我的命不可，就当胸一刀戳死我吧，人家准以为是强盗杀的。'巴尔塔札说完，露出胸膛，指着心道：'伽斯巴，这里一刀可以致命，你戳吧，我生了你这个混蛋，该受这罚！'

"这话仿佛是对小维拉斯盖斯当头棒喝，他并不分辩，眼前一黑，一头跌倒在父亲脚下。这老头儿瞧他那样，好像他有懊悔的意思，毕竟做父亲的心软，忙去救助。伽斯巴一醒过来，觉得父亲怒得理直气壮，他实在无颜相对，忙挣扎起来，骑上骡子，一句话不说就跑掉了。巴尔塔札看他走得无影无踪，让他去自恨自责。他一人回到高都，过了六个月，知道儿子已经进了赛维尔苦修院，准备忏悔终生了。"

第 十 二 章

西比翁述完身世。

"有时候看了坏样儿反会学好。小维拉斯盖斯的行为使我认认真真地反躬自省。我开始用克己功夫来抑制那偷偷摸摸的脾气，要做个诚实孩子。我见了钱能偷就偷原是一次次积久养成的习惯,不容易改掉。可是我希望能改过来,因为常听人说,修身只须志诚。我就去干这件大事,好像也蒙皇天默佑;我瞧着老商人的钱箱再不起贪心,我相信即使打开随我偷,我也不偷了。不过我老实说,我那诚实不欺的心那时刚在萌芽,真要这样试我,未免风险太大,所以维拉斯盖斯很留心,不让我见财起意。

"有位年轻绅士常上我们铺子来。他叫堂曼利克·德·梅德拉那,是授阿尔冈达拉勋章的爵士。他是我们的老主顾,虽然不是最好的主顾,却是个很有身份的主顾。承他喜欢我,每次来了总逗我说话,好像听着很有趣。有一天他跟我说:'西比翁,我要是有个跟班像你这样脾气,我就如获至宝了。我是瞧你东家面上,换了你在旁人家,我一定用尽心机勾你到我手下来。'我答道:'先生,这不用您费劲儿的,我有个毛病,喜欢贵人,羡慕他们那副优游自在的样儿。'堂曼利克道:'既然如此,我就去请巴尔塔札先生把你让给我,我想这点面子他总给。'维拉斯盖斯果然答应,他觉得走了个混蛋用人并不是一辈子的缺憾,所以更没有一点为难。我这样一换很高兴,觉得平头百姓的用人跟阿尔冈达拉爵士的用人一比,只好算瘪三。

"我来描摹一番我的新主人吧。这位大爷相貌很俊俏,大家喜欢他举止温文,人物聪明。他也很勇敢,很正直,只是没钱。他家虽然算名门,却不是富户,他又是小儿子,只好靠着个年老的姨妈过日子。这姨妈住在托雷都,当他亲生儿子一般宝贝,他的花费全归姨妈供给。他衣服总很讲究,到处做上宾。他常拜访城里的贵妇人,其中一位是阿尔梅娜拉侯爵夫人。这位夫人是七十二岁的寡妇,和蔼可亲,聪明可喜,高都有身份的人都爱到她家去,男男女女,全喜欢听她谈话;她家是有名的'高朋雅集'。

"我主人是她门上的熟客。一晚上,他从那里出来,我觉得他神气异常,我说:'大爷,您好像心绪不宁,您忠心的用人可以问问什么缘故吗?您碰到什么意外了吗?'爵士听了笑笑说,他才跟阿尔梅娜拉侯爵夫人谈要事,这会子实在是想起了那番谈话。我笑道:'我但愿那位七十多岁的老美人儿向你求情了。'他答道:'不是开玩笑,我告诉你,朋友,侯爵夫人爱我。她对我说:"爵爷,你出身华贵而家境清贫,我都知道。我喜欢你,打算嫁给你,让你过舒服日子。因为只有如此才能够依法合礼地把家当给你。我明知道这么一嫁,人人都要把我当笑话,把我糟蹋,总而言之,我就成了个守不住空房的老风流了。可是不要紧,我只要你享福,不去管人家说什么短长。只怕我有此心,你却未必愿意。"'

"爵士接着道:'侯爵夫人跟我这么讲的。她是高都城里最循规蹈矩、懂事达理的女人,所以我听了这话越发奇怪。我说她向来矢志守节,想不到肯赏脸下嫁。她说因为富有资财,情愿在生前跟心爱的人共享。'我插嘴道:'您大概打算拼着干一下了。'他答道:'那当然,侯爵夫人是个大财主,再加她有才有德,我要是错过这头便宜亲事,真是失心疯了。'

"我很赞成主人的打算,乘这个好机会挣下个家业。我只怕有变故,还劝他上劲。好在那位夫人比我更心切,一点不放松,把事情安排得有条不紊,不多几时,婚事筹备就绪。高都人一听说年老的阿尔梅娜拉侯爵夫人要嫁给年轻的堂曼利克·德·梅德拉那,一班刻薄鬼就把这寡妇挖苦取笑。可是随他们嚼烂舌根,侯爵夫人绝不回心转意;她不管人家闲话,跟着她那位爵士上教堂圣坛前去了。他们的喜事办得非常热闹,越添了笑骂的资料。人家说,这新娘子至少也该有点廉耻,顾些体统,别这样大锣大鼓地招摇;老寡妇嫁年轻男人,这个样子不对景。

"侯爵夫人这样年纪做了爵士的夫人,一点没有忸怩之态;她欢天喜地,毫不遮遮掩掩。她家大摆酒席,一面还奏乐助兴;席散又有个跳舞会,高都城里的贵族,男男女女都到了。舞会快散的时候,新夫妇带了贴身女用人和我溜到一间房里,关上了门。这又给来客抓住个把柄,怪侯爵夫人情急,其实大家错怪了这位夫人。她一看旁边没有别人,就和我主人说:'堂曼利克,这是你的卧房,我睡在另一处。咱们晚上分开睡,白天一起过,像母子那样。'那爵士一上来误会了,以为这无非是要他逼着求情;他觉得按礼应当装出一盆火的样儿,所以挨上去,急煎煎地要求贴身伺候。可是她不让他来代脱衣裳,正色推开他道:'住手,堂曼利克,你要是把我当作那种老风流女人,没有操守而要再嫁,你就错了。我嫁给你,婚约上给你那些好处,并不是有求于你,那完全出于情分;我不要你什么报答,只要你一点友谊。'她说完撇下我们主仆,一定不许爵士跟随,就带着她的女用人走了。

"她走之后,堂曼利克和我听了方才的话还在发怔。我主人道:'西比翁,侯爵夫人方才那番话,你想得到吗?这样的女人,你觉得怎么样?'我答道:'先生,我觉得世界上找不到第二个。您娶了她真好福气!好比领干薪。'堂曼利克道:'这样品性高贵的老婆,我真佩服。她为我不惜玷污清名,我只有尽心体贴来补报了。'我们把这位夫人又谈论了一番,各自安置。我睡在藏衣室里一个铺上,我主人睡一张特地铺设的漂亮床。我想他对这样慷慨的老婆尽管感激涕零,不嫌老大,骨子里还是宁可独宿的。

"第二天还有庆祝,新娘子满面喜色,惹得轻薄人大开玩笑。她听了人家那些话,打头先笑。她任人挖苦,逗得挖苦的人都乐了。爵士也喜气盎然,跟他老婆不相上下。他对她顾盼、跟她说话时那股亲热劲儿,仿佛越老越配他胃口呢。他们两口子晚上又谈了一番,决计照结婚以前那样过日子,彼此各不牵制。不过堂曼利克有一点可取,别的丈夫就难得像他那样顾念老婆了。他本来跟一个小家女人相好,可是想到老婆对自己体谅入微,不好丢她的脸,所以不肯再跟那女人来往,就和她断了。

"他拿出这样真凭实据来感谢那位老太太,老太太虽然不知道,也在赔了重利报答他。她把钱箱交给他管,那钱箱比维拉斯盖斯的还殷实。她守寡的时候裁减了些开销,这会子又回复她前夫在时的排场,家里添了用人,马房里养满了骡马,长话短说,我主人原是阿尔冈达拉爵士里最穷的一个,靠她慷慨照应,成了最阔的了。你们也许要问,我挨在里面得了些什么好处呢。我女主人给我五十比斯多,我主人给我一百比斯多,用我做了他的书记,一年有四百艾古的薪水;他对我十分信任,还叫我做他的管账。"

我听到这里,哈哈大笑,打断西比翁道:"他的管账啊!"他神气自若,一脸正经道:"是啊,先生,是啊,做他的管账。我敢说,我这事做得很争气。其实我也许还欠下些钱,因为我从钱箱里预支薪水,后来突然离开东家,说不定账还没清。反正那是我末了一次的过错,从此以后,我总是正直不欺了。"

果斯果丽娜的儿子接着道:"我做了堂曼利克的书记兼管

账,彼此很相得。忽然他收到托雷都来信,说他姨母堂娜戴欧朵拉·缪斯果索怕要病得不起了。这位夫人多年来就像他妈妈一般,所以他得到消息非常着急,立刻动身赶去。跟他出门的只有我和一个亲随、一个跟班。一行四众骑了我们马房里的好马,急急赶到托雷都。我们一看堂娜戴欧朵拉的病还有指望,虽然给她瞧病的老医生断定她好不了,我们的诊断毕竟没错。

"我们这位好姨妈眼看着健朗起来,这未必是吃的药灵验,倒是宝贝外甥在身边的功效。这个当儿,我这位管账先生逍遥自在极了,结识的一班年轻人专引我花钱。他们带我去找女人,我少不得破钞供她们寻欢作乐;他们有时还带我上赌场,跟我赌钱。我不是旧主人堂阿贝尔一流的老赌棍,输的遭数远比赢的遭数多。我渐渐赌出滋味来,要是竟任情滥赌起来,势必到钱箱里去预支半年或三个月的工资。可巧我堕入情网,那钱箱和我的品行才算保全了。有一天我走过红衣会修士的教堂,附近人家有一处窗帷没拉上,我隔着百叶帘子望见个年轻女人,在我眼睛里,她不像世间凡人,竟是天上神仙。这话还不够劲儿,描摹不出我心目间的影子,只是我也说不来了。我就去打听,一问出来,知道她叫贝雅德丽斯,是玻朗伯爵的小女儿堂娜如丽的女用人。"

贝雅德丽斯哈哈大笑,插嘴向我老婆道:"安东妮亚美人儿,请您把我仔细认认,瞧我有神仙味儿吗?"西比翁道:"你那时候在我眼睛里的确有啊;我知道了你没对我负心,就越发觉得你美了。"我的书记回敬了这句讨好女人的话,仍然讲他的故事。

"我看见这女人就爱上她了,其实我是居心不正的。我老实说吧,我想只要送的礼物能打动她的心,不难哄上手。可是我看错了这位贞静的贝雅德丽斯了。我由买通的几个女人去向她使钱献好,她总是夷然不屑。我碰了钉子非但不死心,反撩上火来了。我只好下最后一着棋子,正式向她求婚。她打听得我是堂曼利克的书记兼管账,就一口应允。我们觉得这件亲事最好瞒几时再说,所以偷偷儿结婚,在场只有赛拉芬的保姆萝朗莎·赛馥拉大娘和另外几个玻朗伯爵的家人。我跟贝雅德丽斯一结婚,她就大开方便之门,让我白天去看望,又给我个花园小门上的钥匙,约我晚上进花园相会。比我们更相亲相得的夫妇恐怕找不到了。她和我都热锅上蚂蚁似的等着见面,都急急赶去相会;聚的时候尽管长,总觉得一眨眼就过去。总而言之,我们虽然是夫妇,倒像一对情人。但是尖酸忌刻的命运马上就不让我们快活了。

"我每晚很乐,可是有一个晚上却苦恼得很。我进花园去,看见小门没关,吃了一惊。这是从来没有的事,我很不放心,觉得凶多吉少。我面容失色,身子哆嗦,仿佛知道要出事儿。我跟老婆常在一个亭子里会面,这时候暗地里走去,忽然听得一个男人的声音。我忙站住细听,听得说:'亲爱的贝雅德丽斯,别叫我害相思病了,成全了我的好事吧。你该想想,这和你的利害有关。'我没有耐着心听下去,以为不用再听了。我醋得如疯如狂,只想报仇,拔剑冲进亭子,嚷道:'啊!你这不要脸的奸徒,我不管你是谁,你想要装我的幌子,你得要了我的命才行呢。'我一面说,就挥剑去刺那个跟贝雅德丽斯说话的人。他连忙回手,我只在高都学过几回击剑,手段没他了得。不过他剑术虽然高明,给我得空刺中一剑,也许是他一失脚,我瞧他跌倒了。我以为他受了致命伤,就拔腿飞奔,贝雅德丽斯大声叫我,我也不理。"

西比翁的老婆插嘴道:"是啊,确有这事,我要叫他回来跟他解释。亭子里跟我谈话的是堂范尔南·德·李华。那位爷爱上如丽小姐,打算带她私奔,以为只有这个办法才能够如愿。我亲自约他在花园相会,商量怎样私奔,他答应事成一定重谢。可是我拼命叫我丈夫也叫不回来;他气糊涂了,把我当个水性女人撇下不顾了。"

西比翁道:"我那时候什么都干得出来。过来人都知道妒火中烧是怎么回事,连明白人都会胡作乱来,难怪我这个糊涂行子要犯失心疯了。我顷刻之间由爱极转为恨极,先前对我老婆的柔情这会子变成怨毒。我发誓不要她了,从此把她忘个一干二净。而且我以为杀了一位绅士,怕送官法办,惶惶不安,仿佛干了亏心事儿,到处有恶报神追赶着似的。我觉得形势凶险,只想逃命,也没回寓所,即刻溜出托雷都,除了随身衣服,什么行李都没带。我身边实在还有六十来个比斯多;一个小伙子打算还要当用人的,有这些钱也尽够了。

"我走了一夜,该说跑了一夜,我心上老想着那些公差,力气就源源而来。天亮我正在罗狄拉斯到马盖达的路上。我到了马盖达镇,有点累了,教堂刚开门,就进去祷告一番,坐在长凳上歇歇。我想想自己的事真是一团糟,但是没来得及细想,听得外面三四下鞭子响,想必有赶骡子的路过。我连忙起来瞧瞧是不是,门口看见个骡夫,骑一匹骡子,还牵着两匹。我说道:'朋友,你停一停,这几匹骡子上哪儿去?'他答道:'上马德里。我从那儿送两位圣多明我会的修士到这里,现在往回里走。'

"我有这机会上马德里,就心动了。我跟骡夫讲定价钱,就骑上一匹骡子同往伊尔加斯,准备在那儿过夜。那骡夫大概有三十五到四十岁光景,我们刚出马盖达镇,他就拉着嗓子大唱圣诗,从大司铎的早祷词唱起,接着就唱'信条',像大弥撒上唱的一样;于是又唱晚祷词,连圣母马利亚的赞美歌都没漏掉。我给那家伙闹得耳朵都聋了,可是又忍不住好笑;他少不得停会子喘口气,我还叫他唱下去。我说:'唱啊!朋友,再唱啊!你没辜负了天生的好嗓门儿。'他嚷道:'唷,那倒是没有。大半赶车人唱的歌儿,不是有伤风化,就是不敬神明,谢天,我跟他们不同,就连讲咱们跟摩尔人打仗的诗歌都从来不唱。这类事情就算不下流,至少也很无聊,好好一个基督徒,该置之不理。'我道:'你心地一尘不染,真是骡夫里少有的。朋友,你唱的歌儿挑选得一丝不苟,你到了有女用人的客店里也不犯色戒吗?'他答道:'当然!我在那种地方,向来洁身自好,这也是我一桩得意的事。我只想尽我本分,伺候我的骡子。'这人可算骡夫里独一无二的了,我听了他的话非常诧异,觉得他是个有才有德的人,等他唱了个畅,就跟他攀谈。

"我们傍晚时分到伊尔加斯。我们落了客店,我让那旅伴儿去照看骡子,自己到厨房里吩咐店主人做一餐好晚饭。他说一定做得好,准叫我一辈子也忘不了在他店里住过;又说道:'问问你的骡夫,我是什么样人。嗨!找遍马德里和托雷都,我不信哪个厨子炖的肉赛得过我。我今晚照我的法子为你做个炖兔子,你回头瞧是不是我胡吹瞎卖。'他就给我看一锅东西,据说是剁成块儿的兔子。他道:'我想把这个给你当晚饭,另外还有一只烤羊肘子。这锅里回头加些胡椒、盐、酒、一把香草和一

些别的作料，炖出来可以请贵人老爷们吃呢。'

"店主人吹了一通牛，才去动手做晚饭。他在那儿忙，我在一间屋里找到个床铺，就躺下了。我前宵整夜没睡，疲倦得很，一会儿就睡着。过了两个钟头，那骡夫来叫醒我说：'先生，你的晚饭得了，请来吃吧。'屋里桌上摆着两份刀叉，骡夫和我坐下，店家送上炖兔子。我饿虎扑食似的大吃，也许是饿了吃来特别香，也许的确是厨子烹调得好，我觉得味道美极了。接着又送上一块烤羊肉，我瞧那骡夫专吃这一个菜，就问他干吗不吃别的。他笑嘻嘻地说，不爱吃炖肉。我觉得他话里，尤其是笑里有文章。我说：'你不吃炖兔子另有缘故，你瞒着我呢。请你告诉我吧。'他道：'你这样好奇，我就讲给你听吧。有一次我从托雷都到古安加，在一个客店里吃晚饭，店家给我吃个剁成小块儿的公猫，只说是野兔子。从此以后，我怕吃炖肉，看见炖的肉丁儿就恶心。'

"我一听这话，虽然饿得慌，顿时胃口全无。我怀疑吃的兔子不是真的，看着那盘炖肉就皱眉头。我的伙伴儿又讲些话，越叫我放心不下。他说，西班牙的客店主人常常干这套挂羊头卖狗肉的把戏，做馅饼的也捣这种鬼。你们瞧，这话可算得安心丸吗？所以那锅炖肉我再也不想吃了，连烧烤都不碰，恐怕羊肉跟兔子肉一样靠不住。我把那炖肉、那客店主人、那客店一股脑儿地咒骂，站起身不要吃了。我又上床，想不到一夜睡得很安静。第二天大清早，我仿佛受了店家十分款待似的，付掉一大笔账，于是离开伊尔加斯，心心念念还只管想着那公猫，看见什么畜生都以为是猫。

"我到马德里时候还早，跟骡夫算清账，就在太阳门附近租下一间客房。我虽然见过点世面,这会儿瞧着常聚在王宫一带的大爷们,不免眼花缭乱。那马车不知有多少,跟随贵人的那些家人呀,小僮儿呀,跟班呀,数都数不清,我瞧着羡慕得很。王上早起,御榻前后左右围簇着朝里贵人,我见了越发向往。我觉得好看极了,心想:'真是荣华富贵!气象万千!怨不得人家说:马德里朝廷的豪华是想象不到的,非要亲眼看见才知道呢。我来了真高兴,心里仿佛有个预兆,不会虚此一行。'可是我竟一无所获,结识了几个人都毫无实惠。我的钱越花越少了。可巧我认识一位萨拉曼卡的学究,他原是马德里人,这会子有事回故乡。我抱着通身本领,投得这个主儿已经喜出望外。我做了为他打杂差的用人,跟他回萨拉曼卡大学。

"我的新主人叫堂伊尼亚求·德·伊比尼亚。他做过一位公爵的教师,得了'堂'的头衔和一笔年俸;他又是学院退休的教授,另有一笔年俸;他每年要出几本书,用基督教教旨来发挥伦理,一年又有二三百比斯多的收入。他著作的方法大可一谈。这位大名鼎鼎的堂伊尼亚求几乎成天在看希伯来、希腊、拉丁文的著作,看到一句格言或是一点新奇的意思,就摘录在一小方纸片上。等到纸片儿一张张写满,就叫我把这些片子用铁丝穿成个圈儿,每一圈可以做一本书。我们制造了不知多少恶劣的书籍,每个月至少两本,印刷机立刻就忙不迭地印。他收集了这些东西,都算他的新著作,这最奇怪了。如有批评家怪作者剽窃古人,他气盛脸厚,引句拉丁诗道:'做贼也堪豪。'①

---

① 这是节引法国诗人桑德尔(Jean Baptiste Santeuil,1630—1697)一首拉丁诗里的句子,全句是:"诗中做贼也堪豪。"

"他又是个笺注大家,他的注解渊博极了,不必注解的地方往往也注解一通;他那纸片儿上引证的赫西奥德和其他作家,有时候牛头不对马嘴。虽然如此,我在这位饱学之士家里很有进益,要是连这点不承认,我就没良心了。我替他誊写稿子,练习得书法工整。他待我不大像用人,倒像学生;他留心培养我的才能,而且对我的品行也一点不放松。他要是听说谁家用人干了欺心事,就要对我说:'西比翁,我的孩子,当心别学那混蛋的坏样。用人伺候主人,不单是应该巴结,还得拿出一片赤心。一个人要是造化低生性不良,应当发奋自修,学成个好人。'总而言之,堂伊尼亚求随时随地总劝诱我学好。他的话对我很有益处,我在他家十五个月,从没想要欺骗他。

"上文说过伊比尼亚博士是马德里人。他有个亲戚叫加德丽娜,是王太子奶妈的贴身女用人。我后来要救山悌良那先生出塞哥维亚塔,就走了这女用人的门路。她有心帮堂伊尼亚求的忙,撺掇女主人替他向赖玛公爵求个大教堂副监督的职位。这位大臣就派他做了格拉纳达大教堂的副监督;格拉纳达在咱们征服的地界里,那儿的官职归王上任命。伊比尼亚博士要在上任之前面谢两位女恩人,所以我们得了消息立刻赶到马德里。我和加德丽娜会了几次面,她爱我嘻嘻哈哈的脾气,逍遥自在的样儿。我也很赏识她,因此她对我小意儿讨好,我也少不了向她答报。长话短说,我们就要好了。亲爱的贝雅德丽斯,这点请别见怪,当时我满以为你对不起我呢,我这点过失也情有可原。

"这个当儿,堂伊尼亚求博士准备动身上格拉纳达。他那亲戚和我一看别离在即,着急得很,就想出个法子,免了两人拆散。我只说有病,头里不舒服,胸口又不舒服,装得浑身是病。

我主人就去请医生,我以为这位神医准看透我一点没病,所以很心虚。亏得他仿佛是跟我串通的,把我细细诊视一番,认真说:这病可不轻,瞧这光景,得躺好一程子呢。那位博士急要去上任,觉得不便耽搁,宁可另雇用人了。他托个女人照看我,交给她一笔钱,我死了就做丧葬费,我病好了就算是伺候他一场的赏钱。

"我知道堂伊尼亚求已经动身到格拉纳达去,假装的病立刻都好了。我起来回掉那位高明的医生,辞退照看我的女人。她把应该还我的钱干没了一半。我在这边串戏,加德丽娜也在她女主人堂娜安娜·德·格娃拉面前弄手段。她说我是个智多星,撺掇女主人用我跑腿当差。那位奶妈太太贪财,常出花样弄钱,正要用到这种角色,就收我做家人,立刻试用了我的本领。她给我的差使要些手段,不是夸口,我办得不错呢。她觉得我很行,我却对她很不满。那太太真小气,我辛辛苦苦替她弄来的好处,她一点儿也不分给我。她按期给工钱,就以为待我很宽了。这样一钱如命,我很不乐意;我是看加德丽娜待我的情分才留下的,不然早走了。我们俩越打越热,后来她正式提出要嫁我了。

"我说:'且慢,我的宝贝,咱们还不能马上行这个大礼;有个小娘儿抢在你头里了,我自作孽已经跟她结婚,现在得等她死了才行呢。'加德丽娜道:'去你的吧!我没那么傻,会相信你这套话。你想拿结过婚来哄我,为什么呀?因为你不愿意娶我做老婆,不好意思直说。'我极力分辩,说我讲的话千真万确,也没用处;她把我的真心话当作推托之词,觉得我无礼,对我就改了样儿。我们并没有吵架,不过眼看着交情冷淡下来,彼此只是客客气气、不碰破面子罢了。

"这个当儿,我听说西班牙首相的秘书吉尔·布拉斯·德·山悌良那先生要找个跟班,而且据说这个位子好极了,所以越发合我的心。人家告诉我,山悌良那先生很有本事,是赖玛公爵的红人,前途未可限量;而且他心胸豪爽,替他干事,沾光很多。我不错过机会,忙去见吉尔·布拉斯先生。我一见就喜欢他,他也只看看我的相貌就要我了。我毫不踌躇,辞了奶妈太太上他家。但愿天保佑,他是我末了一个主人了。"

西比翁的身世到此讲完。于是对我道:"山悌良那先生,我现在请求你向两位太太证明:我在你手下,一向是个又忠心又巴结的用人。她们得要你做了证人,才会相信果斯果丽娜的儿子已经品行清白,弃邪归正了。"

我就说:"是啊,两位太太,这点我可以担保。西比翁小时候固然是个地道的流氓,后来改过自新,已经算得用人里的模范了。我对他非但没有责备,还该说多亏了他。我押送到塞哥维亚塔里去的那晚,家里抢得七零八乱,他替我救出一点家当,好好保藏起来,其实他尽管自己拿了也没人过问。他不但照管我的东西,他出于一片交情,不稀罕逍遥自在,宁可跟我有难同当,觉得苦中自有乐趣,所以还赶到监里去陪我坐牢呢。"

第十一卷

第 一 章

吉尔·布拉斯乐极灾生。朝局有变动，
　　山悌良那再度入朝。

我说过安东妮亚和贝雅德丽斯十分相得，一个做惯依头顺脑的女用人，一个学着做女主人也很乐意。西比翁和我都是很殷勤、很恩爱的丈夫，所以不多时都有做爸爸之喜，她们俩差不多同时怀孕了。贝雅德丽斯生个女儿；过了不多几天，安东妮亚生个儿子，大家都快活得无以复加。我逢到这样喜事，乐不可支，派我书记到瓦朗斯去向都统报信。都统就带着赛拉芬和一位普利果侯爵夫人到李利亚斯来参与两个孩子的洗礼。我已经承他种种厚爱，他还要恩上加恩。这位大爷做了我儿子的干爹，侯爵夫人做了干妈，孩子取名阿尔方斯。都统夫人赏我脸，要结个双重亲家，就和我做了西比翁女儿的干爹妈，替她取名赛拉芬。

我生了儿子，不但田庄上人高兴，李利亚斯的老乡们也庆贺，可见我这一乡之主有了喜事，全乡都跟着快活呢。可是，唉！好景不长，或者干脆说，祸生不测，欢天喜地一霎时变了呼天抢地。这事我二十多年来总撇不开，只怕一辈子也忘不掉。我儿子死了，他妈妈虽然生产顺利，跟脚也去了。我那亲爱的老婆嫁我才十四个月,发一场高烧,就此不起。我当时的伤心,读者诸君如能想象,就自去揣摩吧。我仿佛一下子打闷了,哀痛过深,变成麻木不灵的样子。我这样过了五六天,一点东西都不肯吃,要没有西比翁,我相信不是饿死,准会发疯。我这书记很乖巧,他陪着伤心,就替我解开些;他哄我喝汤也有个窍门儿,他赔上一副苦脸,仿佛不是来延我的命,倒是来添我的恨似的。

这位有情有义的用人写了封信给堂阿尔方斯,把我所遭的伤心事、所处的苦境界,一一告诉。那位大爷是个软心肠,又是个义气朋友,就马上赶到李利亚斯来。我现在回想那次见面,忍不住还要下泪。他拥抱我道:"亲爱的山悌良那,我不是来安慰你,我是来陪你哭安东妮亚的;假如司命之神抢了我的赛拉芬去,你也会陪着我哭她。"他真的泪流满面,跟我同声叹气。我虽然悲伤,看到这位爷待我的情分,不由得衷心感动。

堂阿尔方斯和西比翁谈了好久,商量怎样来劝慰我。他们觉得我在李利亚斯处处会想起安东妮亚,应该暂时出门散散心。堂西泽的儿子主张我到瓦朗斯去,我书记一力撺掇,我就答应了。我在田庄实在是触景伤情,所以撇下西比翁夫妇跟都统动身。到了瓦朗斯,堂西泽和他的儿媳妇费尽心思替我解闷,想了种种法儿供我消遣,可是都没用,我一味哀伤,鼓不起兴来。西比翁也尽力来安慰我,常从李利亚斯到瓦朗斯来问候,见我宽怀了些,回去就高高兴兴,否则就闷闷不乐。我瞧出他这样,很觉喜欢;我感激他流露的这片真情,自幸有这么个知痛着痒的用人。

一天早上,他到我房里来,神色异常,说道:"先生,城里传开了个消息,干系着全国呢。据说斐利普三世驾崩,王太子即位。还说红衣大主教赖玛公爵已经垮台,连上朝都不准了;现任首相是奥利法瑞斯伯爵堂加斯巴·德·古斯曼。①"我听了不知怎么的心里一动。西比翁瞧出来了,问我是不是关怀朝里的新局面。我道:"哎,你要我关怀什么呀,我的孩子。我已经离开朝廷,当然对朝里的翻覆都漠不关心了。"

果斯果丽娜的儿子道:"你才这点年纪,也太看破世情了。换了我就有个好奇的心愿。"我打断他道:"什么心愿呢?"他道:"嗨!我要跑到马德里去见见小万岁爷,瞧他可记得我。这个愿我是要了的。"我道:"我懂你的意思,你要我再上朝碰碰运气,换句话说,要我再变成个专想发财做官的家伙。"西比翁答道:"怎么见得你上了朝廷又要没品行呢?你对自己的修养还可以拿得稳些呀。我就保得住你。你失意以后已经看破朝里的富贵,再不怕什么危险。这片海上的暗礁你都有数,放胆开船就是了。"我笑道:"你这甜言蜜语的家伙,别多说了,你瞧我过着清闲日子,你不耐烦了吗?我的心身安泰,想不到你竟毫不在意。"

我们讲到这里,堂西泽和他儿子来了。他们说王上驾崩和赖玛公爵失势两项消息都确,还说这位大臣请求退居罗马,没有批准,奉命要回到他的侯爵封邑德尼亚去。于是他们俩仿佛跟我书记串通一气的,以为我认得新王上,而且我替他效的劳是贵人们都愿意犒赏的,所以也劝我到马德里朝上去露露脸。堂阿尔方斯说:"我想他准会谢你。他做王太子的时候欠的债,现在做了斐利普四世当然要偿还的。"堂西泽道:"我也这样心血来潮,觉得山悌良那这番入朝,准有机缘会身居要职。"

---

① 据正史,赖玛公爵垮台后,继任首相的,先是于才德公爵,然后才是奥利法瑞斯伯爵。本卷第八章所说就与正史符合。

我说道:"两位大爷,你们这话真是没仔细想想。听你们说来,仿佛我只要跑到马德里,就会有金钥匙①到手,或者就会做什么封疆大员,你们可错了。我看来不然,即使我挨在王上面前,我拿定他不会留意到我。你们真要我去试试,我不妨去一趟,免得你们痴心妄想。"两位李华大爷捏住了我这句话,我少不得答应他们立刻动身上马德里。我书记瞧我决计出行,顿时快乐得不得了。他以为我只要身到御前,新万岁爷就马上会在人堆里认出我来,把说不尽的高官厚禄叫我承当。他做着好梦,把我抬到了国家元勋的地位,自己也乘势步步高升。

堂西泽和他儿子以为我马上会蒙至尊垂青,我准备再度入朝不过是顺着他们,并非求什么遇合。其实我心底里也有点好奇,想瞧瞧这位青年王上是否记得我这个人。我并没什么指望,也不想在新王朝上谋什么好处,只是给这一点好奇心引动了,就和西比翁取道上马德里。贝雅德丽斯很能干,田庄由她照管。

第 二 章

吉尔·布拉斯到马德里,在朝上露脸,王上记得
他,荐给首相,后事如何。

堂阿尔方斯给我们两匹好马,可以尽快赶路,我们不出八天

---

① 西班牙职位显要的大臣,腰悬金钥匙,可出入皇帝卧室。

就到马德里。我们在旧房东文森·佛瑞罗的客寓里住下,他和我重逢也很高兴。

这人自以为朝野消息无所不知,我就向他打听新闻。他答道:"事情多得很呢。斐利普三世归天以后,红衣大主教赖玛公爵的党羽想保住他大人的地盘,大忙一阵,可是白费心机,都斗不过奥利法瑞斯伯爵。人家以为朝局这番变动对国家不会有害处;新首相雄才大略,全世界都治理得下。但愿靠天保佑吧!"接着道:"有一头是没什么说的,老百姓觉得他本领通天呢。究竟撤换了赖玛公爵是好是坏,咱们往后瞧吧。"佛瑞罗讲动了头,又把奥利法瑞斯伯爵执政以来朝上的变动一一告诉我。

我到马德里两天之后,下午进王宫,守在王上到书房去的过道上。他瞧也没瞧我。第二天我又去守在老地方,还是不凑巧。第三天他走过瞥了我一眼,可是好像一点也没留心到我这个人。于是我打定主意,对身边的西比翁道:"你瞧,王上并不记得我,或许记得,可是不高兴理会我。我想咱们还是回瓦朗斯好。"我的书记道:"别那么急呀,先生!朝廷上的事得捺定性子才行,这还用对你说吗?你总要让王上常常照面;你老挨在他眼前,他少不得把你仔细瞧瞧,就会记起加德丽娜美人的牵线来了。"

免得西比翁后来怪我,我乖乖地照这样守了三星期,居然一天万岁爷觉得我脸熟,召我晋见。我进了他书房,和皇上相对,不免惶悚。他问道:"你是谁?我瞧你脸熟,不知是哪儿见过的。"我战战兢兢答道:"万岁爷,一次晚上您赏脸叫勒莫斯伯爵和我陪着到……"皇上打断我道:"啊!我想起来了,你是赖玛公爵的书记,你好像叫山悌良那吧?我记得那回你为我很卖力,辛苦一场,却吃了大亏。你不是为那事坐了牢吗?"我答道:"是啊,万岁爷,我在塞哥维亚塔里关了六个月,靠您恩典出来的。"他道:"那还不够报答山悌良那,放他出狱不算什么,他为我受罪,我应该补偿。"

话刚说完,奥利法瑞斯伯爵来了。得宠的人总觉得谁都碍着道儿,他看见里面有个陌生人就奇怪,后来听了皇上的话,越发诧异。皇上说:"伯爵,我把这年轻人交给你吧,安插他个位子,托你留心提拔。"那大臣做出奉命惟谨的样儿,一面把我脚上看到头上,满腹狐疑,不知我是谁。万岁爷挥手叫我出去,说道:"去吧,朋友,伯爵准会好好安插你,让你替我出力,你自己也得些好处。"

我连忙出来,找着了果斯果丽娜的儿子,他正像热锅上的蚂蚁,急要知道王上跟我说了些什么话。他见我满面得色,就说:"要是我眼睛没昏花,看来咱们不用回瓦朗斯,要留在朝里了!"我答道:"大概要留下了。"一面就把万岁爷跟我谈的几句话一字不改地告诉他。他听得乐极了,兴头上说道:"亲爱的主人,你下回还不信我的预言吗?我撺掇你到马德里来,你现在可不怨我了吧?我仿佛已经瞧见你做大官了。你准可以在奥利法瑞斯伯爵手下做到加尔德隆的地位。"我打断他道:"我倒一点没有这个想头,那地位仿佛四围都是悬崖绝壁,我不贪图。我要的好差使,该是那种没法营私舞弊、把王恩换臭钱的才行。我从前那样仗势胡为,现在更得小心检点,别再让功名利禄熏了心。"我的书记道:"好,那位大臣准会给你个好位置,不妨碍你做正人君子的。"

我听说,奥利法瑞斯伯爵不分冬夏,每天清早总是在蜡烛光下见客;我原想去瞧瞧,西比翁却比我还急,催得我第二天就上门求见。我悄悄在客厅一边等着,伯爵出来我就把他看了个饱,因为那天在王上书房里没瞧仔细。他是高高的身材,在这个满眼尽是瘦人的国里,可算个胖的了。他扛着肩膀,尽管不是驼背,看着像驼的,脑袋非常大,低垂胸前,头发又黑又直,一张长脸,皮色青黄,嘴往里凹,尖尖的下巴颏儿往上翘。

这副嘴脸不会漂亮,不过我以为他是要照应我的,所以有点偏护,觉得他并不难看。说真话,他对来客都和颜悦色,总客客气气接受呈文,这就抵得过天生好模样了。可是轮到我上去行礼通名,他却对我恶狠狠瞪了一眼,理都不屑理会,就转身回书房去。于是我觉得这位贵人丑极了,其实他生相还不至于那样。我受了这般怠慢,出来时呆瞪瞪的莫名其妙。

西比翁在门口等着,我见了他说道:"你可知道人家怎么样接见我的?"他道:"我不知道,可是一猜就猜出来。那位大臣要紧奉行王上的旨意,准给了你一个重要的职位。"我答道:"才没那事儿。"我就把接见的情形告诉他。他听得很留神,说道:"真奇怪!伯爵一定把你忘了,或者把你当了别人。我劝你再去见见,他一定不会再那样简慢你。"我听了我书记的话,第二回又去求见。他比上次还不客气,瞪着我直皱眉,仿佛见我就讨厌似的;于是他正眼都不瞧我,一句话也没跟我说就进去了。

这种举动惹得我火了,想马上回瓦朗斯去;可是西比翁还不死心,一力反对。我说:"你没瞧出来吗?伯爵不要我待在朝上。万岁爷明说要照应我,这就招了权臣的忌了。朋友啊,这个冤家可了不得,咱们自己识趣,别去跟他拼。"他气不过奥利法瑞斯伯爵,答道:"先生,我可不那么好说话。他那样无礼,我要跟他理论的。我告御状去,说这位大臣把王上的推荐不当一回事儿。"我道:"朋友啊,这主意不妥当,我要是冒冒失失做出来,马上会后悔。说不定我逗留在这城里都有危险。"

我书记听了这话,细细一想,我们的对手真有本事叫我们再进塞哥维亚塔,也就害怕起来。我急要离开马德里,决计过一天动身,他也不再拦阻。

第 三 章

吉尔·布拉斯决计离朝,又因事中止;
　若瑟夫·那华罗帮他个大忙。

我回客寓去,路上碰见老友若瑟夫·那华罗,就是堂巴尔塔札·德·苏尼加的管家。我一时没了主意,不知该假装没看见呢,还是迎上去赔个不是,求他原谅。我决计用第二个办法。我向那华罗行个礼,客客气气开言道:"你记得我吗?还肯理会这忘恩负义的混蛋吗?"他答道:"你原来也知道有点儿对不住我?"我道:"是啊,你可以理直气壮地痛骂我一顿,我是该骂,不过我事后的懊悔也许可以抵罪了。"那华罗拥抱我道:"你既然懊悔,我也不应该再放在心上。"我也抱住若瑟夫,两人又像当初那样要好了。

他知道我进监牢一败涂地,不过还不晓得以后的事。我一一告诉他,把王上跟我谈的话也说了,连方才在大臣家受怠慢、这会子打算下乡隐居等等都老实讲出来。他道:"你千万别走。

万岁爷说了要照应你,绝不会白说。我跟你私底下讲讲,奥利法瑞斯伯爵脾气有点儿特别,这位爷常叫人捉摸不定,有时候,就像你这回吧,他的行径叫人受不了,究竟那样古里古怪算什么意思,只有他自己知道。可是你别管他为什么对你无礼,只死钉在这儿别动,王上要对你施恩,他拦阻不了,这点我能担保的。我主人堂巴尔塔札·德·苏尼加大爷是奥利法瑞斯伯爵的舅舅,两人同掌朝政。我今儿晚上可以把这事跟他谈谈。"那华罗说完,要了我的住址,就和我们分手。

他没叫我多等,第二天就来找我,说道:"山悌良那先生,你有个靠山了,我主人肯帮你的忙;他听了我称扬你先生的话,答应在他外甥奥利法瑞斯伯爵面前替你打打边鼓,我相信伯爵准会觉得你不错,我敢写保票的。"我的朋友那华罗好人做到底,过两天带我去见堂巴尔塔札。这位大爷很客气,对我说:"山悌良那先生,我听了你朋友约瑟夫把你那样称赞,想帮你一把。"我对苏尼加大爷深深一鞠躬,说我久闻他大人是"枢廷之光",真是名不虚传,我能蒙这样一位大臣栽培,一辈子要衷心感激那华罗的。堂巴尔塔札听了我恭维,笑着拍拍我肩膀道:"你明天可以再去见见奥利法瑞斯伯爵,他不会再像从前那样待你。"

我又第三次去见首相。他在人堆里看见我,含笑瞥了我一眼,我觉得是个好兆。我心想,这回好了,舅舅点拨得外甥通情达理了。我想他准殷勤接见,果然。伯爵见完客,召我到书房里,一点不拿身份,说道:"山悌良那朋友!我开个玩笑,害你受窘了,可别见怪。我要试试你是否明哲保身,要瞧你假如生了气会怎么个行径,所以惹着你玩儿的。你准以为我讨厌你,可是并不然,朋友,我老实告诉你,你这人正中我意。真的,山悌良那,我喜欢你,就算王上没叫我提拔,我自己也要提拔的。况且我舅舅堂巴尔塔札·德·苏尼加也有意栽培你,托我照应;我对他言听计从,单凭他这句话,我就一定重用你。"

他开口这段话说得我衷心铭感,不知所对。我跪在那大臣脚下,他扶我起来,说道:"你下午再来找我的总管,他会传我的话。"他大人说完就出去望弥撒,他每天见完客照例如此,然后就到御榻前去伺候王上起床。

第 四 章

吉尔·布拉斯在奥利法瑞斯伯爵手下得宠。

我下午到首相府找总管,这人叫堂瑞蒙·加玻利斯。我通了姓名,他立刻恭恭敬敬行礼道:"大爷,请你跟我来;这里有几间房派给你的,我带你去。"他说完就领我上一座小楼梯,上面一套五六间房,都在二层楼的侧厢里,陈设很简朴。他道:"这是我们大人给你的住房,你可以开六份饭食,归他出账。你有他家用人伺候,此外又专为你备了一辆马车。还有,他大人着着实实叮嘱我把你当古斯曼家的人一般看待,不得怠慢。"

我心上转念:"这是什么道理?这样另眼相看是怎么回事儿?那大臣十分赏脸是作弄我吗?又在开玩笑吗?我怀疑他正是如此,因为他究竟是西班牙一国的首相,何必这般待承我呢?"我正疑疑惑惑,又是害怕,又有希冀,只见个小僮儿来说,伯爵召见。我马上赶去,他大人独在书房里。他说:"好,山悌良那,你瞧见你那套房间了,听见我吩咐堂瑞蒙的话了,你称心吗?"我答道:"您大人的恩典,我真当不起,实在惶恐。"他道:"何必呢?你这人是王上交托给我、吩咐我照应的,我还不该尽力抬举吗?这是理所当然,我抬举你不过是尽本分罢了。往后我对你的照拂不足为奇;你对我要是也像对赖玛公爵那样死心塌地,前途的富贵可以千拿万稳。"

他接下道:"提起这位爷,据说跟你不拘形迹。我很想知道你们怎样认识的,那位大臣叫你干些什么事。你不要遮遮掩掩,得老实告诉我。"我就想起赖玛公爵也给过我这道难题,我取个巧没给难倒,这回又照样应付,很有效验。换句话说,我把不雅的地方说得好听些,不甚体面的事轻描淡写。我要是对赖玛公爵嘴舌不留情,也许说来更中听,但是我也替他遮盖。至于堂罗德利克·德·卡尔德隆,我就一点也不饶他了。我把他卖官鬻爵的一注注好生意,尽我所知,和盘托出。

奥利法瑞斯伯爵打断我道:"有人对我投状子告卡尔德隆,你讲的跟他们告的正合拍,状子上有几条大罪状,情节还要严重呢。这事就要付公诉了,你如果要借这件事搅他个完蛋,准可以如愿。"我说道:"尽管他害我在塞哥维亚塔里关了好一程子,非干掉我不甘心,我倒并不要他的命。"首相大人诧异道:"怎么?害你坐牢的是堂罗德利克吗?我可不知道。堂巴尔塔札从那华罗那儿听了你这桩事来告诉我,明明说先王为你晚上带王太子到下流地方去,所以罚你坐牢。别的我不知道,我倒想不出卡尔德隆在这出戏里串什么角儿。"我答道:"串的是个恩客,给人家剪了边想报仇。"我就把那事一五一十讲给他听,他觉得非常有趣,虽然道貌岸然,也忍不住好笑,竟笑得涕泗交流。他觉得加德丽娜一会儿串外甥女、一会儿串孙女,妙不可言,赖玛公爵在这出戏里插一手也很滑稽。

伯爵等我讲完,说过一天有事烦我,就打发我出来。我要谢谢堂巴尔塔札帮忙,还要把刚才首相跟我谈的话以及他大人对我的赏识告诉我的朋友若瑟夫,所以立刻就赶到苏尼加家去。

第 五 章

吉尔·布拉斯和那华罗密谈;奥利法瑞斯伯爵
委他办的第一桩事。

我一见若瑟夫,忙说有好些事要告诉他。他带我到个背人的地方,我一一讲完,问他以为如何。他道:"我瞧你就要飞黄腾达了。你一切顺手,你已经赢得首相的欢心。当初你进格拉纳达大主教府,我舅舅梅尔希华·德·拉·洪达帮过你点忙,现在我可以照样帮你一下,这也对你不无小补。他把大主教和府里几个大管事的性格儿一一告诉你,免了你费心揣摩;我也想学样,让你明白伯爵和他夫人以及他们独养女儿堂娜玛利亚·德·古斯曼是什么样的人。

"先从那位大臣说起吧。他心思敏锐,能策划大事。他对各种学问都知道些皮毛,自负无所不通,件件内行;又是渊博的法学家,又是大将,又是老谋深算的政治家。而且他非常固执,总不肯听别人的话,惟恐人家以为他认输。咱们偷偷儿说说吧,这毛病会闹出乱子来的,但愿天保佑咱们国家别遭殃!我还告诉你,他口才很好,在内阁出尽风头。他笔下也不弱,不过他极力要文章写得庄严,就弄得晦涩不自然了。他心思很怪,我记得跟你说过,他喜怒无常,很难捉摸。他的才气、性格,我都说了,再讲讲他的心肠吧。他很豪爽,也够朋友。有人说他睚眦必报,可是哪有西班牙人不这样的呢?还有人说,于才德公爵和路易·阿利阿加神父对他大有帮助,他把两人放逐出去,足见忘恩负义。这事更不能怪他了,要做首相,就顾不得恩义。

"奥利法瑞斯伯爵夫人名叫堂娜阿妮丝·德·苏尼加·艾·维拉斯果。我只知道她一个毛病:若要托她求情,一分情就要一分金子。堂娜玛利亚·德·古斯曼是一位多才多艺的小姐、她爸爸的掌上明珠;不用说,她是当今西班牙第一个好配偶。你就按着这个谱儿行事吧。好好儿趋奉夫人小姐;对奥利法瑞斯伯爵呢,要比你进塞哥维亚塔之前对赖玛公爵还显得忠心,这样一来,你准会大富大贵。

"我还劝你常到我主人堂巴尔塔札门上来走走,以后你尽管不靠他提拔,也不要冷了他。他觉得你不错,该保住他始终器重你、喜欢你,说不定还有用到他的地方呢。"我道:"他们舅甥俩同掌朝政,彼此不猜忌吗?"他答道:"不,他们倒是融洽得很。奥利法瑞斯伯爵要没有堂巴尔塔札,恐怕做不到首相的地位。斐利普三世归天以后,山多华尔一族①的党羽大忙一通,有的帮

---

① 就是赖玛公爵的一族。

红衣大主教,有的帮他儿子。可是朝臣里论手段,数我主人第一,伯爵也不相上下。他们俩破了那些人的计策,施展神机妙算,拿稳首相一席,对手都落了下风。奥利法瑞斯伯爵做了首相,就和他舅舅堂巴尔塔札同揽大权,外交归舅舅管,自己专理内政。两位爷原是至亲,这来就越发密切了,两人各当一面,却相安相得,我看来不会有什么变故的。"

我听了若瑟夫这样一席话,决计领教。我又去谢苏尼加大爷出力扶助。他很客气地说,有机缘总会照拂,他外甥称了我的心,他也很高兴;又说,他还要在外甥前面替我吹嘘,这句话至少可见他对我的关切,我的靠山不止一座,竟有两座。堂巴尔塔札看那华罗分上,存心要提拔我呢。

我当晚从旅馆搬进首相府,就和西比翁在我的房里吃晚饭。我们的神情煞是好看。吃饭的时候有府里用人伺候,我们绷着脸,神气活现,那些用人奉命向我们足恭尽礼,大概肚里正在暗笑。他们撤了家伙下去,我那位书记松了口气,一团高兴,无穷希望,说了一大泡傻话。我虽然自知要飞黄腾达,也很欣喜,但是还把持得住,一点没有昏了头,所以上了床并不胡思乱想,睡得很安静。西比翁却野心勃勃,睡都睡不稳,大半夜工夫只在盘算怎样积了钱嫁他的女儿赛拉芬。

第二天早上我还没穿好衣裳,首相大人就派人来叫了。我连忙赶去,他说:"哎,山悌良那,咱们来瞧瞧,你能做些什么事。你不是说从前替赖玛公爵写报告书吗,我有一篇要你试试。我把里面的话讲一讲,你留心听着。我要做篇文章赢得百姓拥戴我执政。我已经暗里散播流言,说国事一团糟;现在我就要让朝野臣民瞧瞧,国事糟到什么田地。你得把那情形描摹得惊心动魄,免得人家对我的前任还有怀念。然后你就把我的措施大吹一顿,那些措施无非要当今这一朝辉煌显赫、国富民欢。"

首相大人说完,就把前任首相祸国殃民的一篇账交在我手里。我记得共有十款,里面最轻的项目也可以吓坏西班牙的好子民。于是他领我到他书房旁边一间小书房里,让我自去做文章。我就尽心竭力做这篇告国人书。我开头儿先说国内情形如何腐败:府库空虚,公款饱了私囊,海军完全垮了。我接着指出前朝大臣种种误事,如何贻害。末了,我又形容国事如何危急,把前任首相痛加责备。照我那篇告国人书,赖玛公爵下台竟是西班牙的大幸。说老实话,我虽然跟那位爷无怨无仇,可是我照应了他这一下,心里并不愧怍。人情原是这样的!

长话短说,我把西班牙当前的忧患形容得骇人听闻,然后又替大家压惊,花言巧语,叫人人心目间有个美满的前途。因此我代替奥利法瑞斯伯爵说的话,那口气仿佛他是天降给西班牙的救星,向百姓把天都许下了半边。总而言之,我完全迎合新首相的意思。他看完那篇东西,满面惊异,说道:"山悌良那,你会写这样的告国人书,我真想不到。你知道,这篇文章就算是内务部长的手笔,也充得过呢。怪不得赖玛公爵要用你这支笔了。你笔下又简又雅,还嫌不够雕琢。"他指出几处不合他脾胃,亲笔修改,我看他改笔,知道那华罗说得不错,他喜欢用晦涩不自然的字眼。他虽然要把文章做得庄严,或者竟可说是爱矫揉做作,也只改掉我三分之一。饭后堂瑞蒙奉命送来三百比斯多,聊表爵爷对那篇告国人书的赏识。

第 六 章

吉尔·布拉斯得了三百比斯多的用途,
他托西比翁的事;那篇告国人书很见效。

那位大臣的恩典少不得又叫西比翁得意,说我幸亏到了朝上来。他说:"瞧,你先生鸿运高照呢。你现在还后悔出山吗?天保佑奥利法瑞斯伯爵长命百岁!这位东家跟他前任完全不同。你对赖玛公爵一片忠心,他随你熬穷挨饿了好几个月,一个比斯多也没给。你伺候伯爵没有多久,还不敢有什么希冀,他倒已经赏了你这一笔外快了。"

他又道:"我真希望两位李华大爷能看见你得意,至少能知道你得意。"我答道:"是该送个信去了,我正要跟你讲这句话。他们准在心焦,等着我的消息。我要等事情有了把握,说得定留不留在朝里,再去告诉他们。现在我事情牢靠了,随你几时到瓦朗斯去一趟,把我现在的情形告诉那两位爷。这都是他们一手造成的,要不是他们撺掇,我绝不会打定主意到马德里来。"果斯果丽娜的儿子说道:"既然如此,我马上就把你现在的情形去报告堂西泽和堂阿尔方斯。他们知道了你的遭遇,不知多乐呢!我恨不得这会子已经到瓦朗斯城门口了!不过我不多几天就会赶到。堂阿尔方斯的两匹马随时可以上路。我想带个首相府的用人同走,一来路上有个伴儿,二来呢,你知道,首相府的号衣可以耀花人家的眼睛。"

我忍不住笑我书记死爱面子,但是我大概比他有过无不及,竟随着他干去。我说:"你去吧,早早回来,我还有件事要你办呢。我要你到阿斯杜利亚去送些钱给我妈妈。上回说定按期送她一百比斯多,你答应亲自送去;我没放在心上,都过了期了。做儿子的得把这种话当天经地义一般小心遵守,不应该这样马虎。"西比翁答道:"先生,你说得不错,我也不好,没来提醒你。可是你别急,不出六星期,我准替你办妥这两个差使;我去见两位李华大爷,还到你庄上瞧瞧,再回奥维多去走一遭。我想起那个地方,就要把奥维多人十停里八停半咒骂个死!"我数了一百比斯多交给果斯果丽娜的儿子,那是我年常孝敬妈妈的钱;另又给他一百比斯多,让他出远门不用自掏腰包。

他走了几天以后,首相大人把我们的告国人书付印,一经流传,立刻变了马德里城里的谈资。百姓喜欢新奇,看了这篇东西很中意;上面描写国穷财尽,有声有色,激得他们对赖玛公爵怨恨起来。文章里对那位大臣放的箭,虽然并未博得齐声喝彩,至少不乏附和的人。至于奥利法瑞斯伯爵许下的那些宏愿,尤其是开源节流、不累及人民那一项,哄得全国人人欢喜。他们本来佩服伯爵识见高明,这番觉得没有看错人,所以满城一片声的赞扬伯爵。

这位大臣做这篇告国人书,无非要得民心,一看心愿已偿,不胜欣喜,就想做一件于王上也有利的善政,不辜负百姓爱戴。因此他效法加尔巴皇帝[①],逼着那些中饱了公款发财的人把钱

[①] 公元前三世纪古罗马暴君,贪吝残酷,即位后把前朝的俸赏完全裁除,军官的薪给一概停发。见史威东《十二大帝传及各人传》第七卷第十二、十五、十六章(见"勒勃古典丛书"本第二册第210—217页)。

吐出来。他把那些吸血虫吸得的膏血挤还国库，填满了亏空；还想常保富裕，就要把恩俸恩赏一概裁掉，连自己的恩俸也在内。这办法要行得通，势必把政府面目更新，所以他又叫我写篇呈文。他讲明里面说些什么，怎样措辞。他还叮嘱说，文字别像我往常那样平易，务必力求高卓，词句该堂皇些。我答道："行，准照您大人的意思，写得高华灿烂。"我关在上回做告国人书的那间书房里，默祷上天把格拉纳达大主教的生花妙笔借我一用，于是动手写起来。

我开头说：国库的钱，应该搁着不动，备国家万一急需，这笔钱仿佛是谨守勿失的法物，要留着为威震敌国之用。这呈文是上给万岁爷的，我指出恩俸恩赏都侵蚀到经常收入，裁掉了依然有办法论功行赏，不必动用府库也可以厚酬重赐。有的人可以赏总督、都统、爵士勋章或一般的武职；有的可赏封邑、封邑上的出息，或是地方官职和爵位；至于那些教士呢，可以把各种教区里的俸禄赏给他们。

这篇呈文比前一篇告国人书长得多，我费了差不多三天工夫，幸喜倒做得合东家脾胃。他一看文章花团锦簇，把我称赞个不了。他指出我铺张夸饰的几处道："这里写得很好，这才是措辞得当。好！我的朋友，看来我准要大大的借重你呢！"他虽然满口称赞，还是笔削了一番，添上许多话，做成一篇绝妙好文章。王上和满朝大臣看了大为钦佩。百姓也很称赏，觉得前途有望，有这样一位大人物执政，本国准会重光再造。首相大人一看这篇文章替他大挣面子，要谢我出力，赏了我一个加斯狄尔的封邑，每年有五百艾古的出息。我觉得这是我规规矩矩赚来的，虽然得之容易，来路却正大光明，所以越发喜欢。

第 七 章

吉尔·布拉斯偶然在一处重逢老友法布利斯；
法布利斯的景况，两人谈的话。

首相最爱打听马德里人对他掌权施政的舆论。他天天问我外面说他什么话，甚至出钱雇人当探子，把城里动静一一上报。他们听了片言只语，都来告诉。百姓的嘴没遮拦，说话不留情面，那些人奉命据实呈报，有时弄得首相大人很难堪。

我看出伯爵爱听外间的议论，所以常在午后到公共场所去，碰到上等人，就跟他们攀谈。他们每谈到政府，我总全神贯注地听，要是有话值得回报首相大人，我一定去回报。我得说明一句：人家骂他的话，我可一字不提。我觉得对他那种性格儿，只可以如此。

一天，我从那类地方出来，路过一个慈惠院，就想进去瞧瞧。我走过两三个躺满病人的房间，一路东张西望。我瞧着这群可怜虫，心里恻然。忽然里面有个脸很惹眼，好像是我同乡老友法布利斯。我到那床前细细一看，分明是诗人尼聂斯。我瞪眼瞧着他不说话。他也认出我来了，也瞪着眼看我。后来我开口道："我眼睛没花吗？真会在这儿碰见法布利斯吗？"他冷冷地说道："正是他呀，你不用大惊小怪。我跟你分手以后，一直充作家。我写过小说、喜剧，各种作品。我青云得路，走进了慈惠院。"

我听了这话,尤其看他说得那么一本正经,忍不住笑了。我说:"嗨,怎么的!文艺女神把你送到这地方来了!真是恶作剧。"他道:"你瞧,这里常常是才子退隐的地方。朋友啊,你很好,没走我这条路。不过你仿佛已经不在朝里,你的光景也跟从前不同了,我记得还听说王上有旨意把你关在牢里呢。"我答道:"的确有这事。咱们分手的时候,我还一帆风顺,不久就走了背运,家当给人家抢光,自己入了监牢。不过,朋友,云开日出,我现在比你见我的时候越加得意了!"尼聂斯道:"不见得吧,你样子谦恭持重,并没有得意场中那副骄矜之气。"我答道:"我失意之后,养得炉火纯青;经了忧患,长了见识,发财也不会昏头了。"

法布利斯一股劲儿地坐起来,打断我道:"告诉我,你到底得了什么差使?现在干些什么?是不是在败落的贵人手下或有钱的寡妇家里当总管?"我答道:"我的事还要好。这会子别多问了,我下回告诉你听。眼下我只有一句话:你要是能够答应我从此不吟诗作文,我可以帮你个忙,或者竟可以叫你下半世衣食无忧。你许得下这么个大愿吗?"他道:"我重病刚好,病中已经对天许下这个愿。有位圣多明我会的修士劝过我,他以为作诗这玩意儿虽然不是犯罪的勾当,至少引人走上迷途,不去修身向善。我听了他的话,已经绝笔不作诗了。"

我答道:"恭喜你,亲爱的尼聂斯,你这来好极了,朋友,不过留心别故态复萌。"他斩钉截铁道:"啊!绝不会!我打定主意把那些文艺女神都抛弃了。你进来的时候,我正在作诗向她们诀别。"我摇头道:"法布利斯先生,你说绝笔不作诗,那圣多明我会的修士和我也许还不该信以为真,我觉得你对那几位有才有学的姑娘痴情得很呢!"他答道:"不,不,我早已跟她们一刀两断。不但如此,我对读者也厌恨,我恨得有理。作家把东西献给他们看,真是冤枉。我要是有东西会投合他们,我才不愿意!"他接着道:"别以为我说这话是赌气,我心平气和着呢。他们赞也罢,骂也罢,我全不当一回事。他们要捧谁,要倒谁,你猜不准;他们一天一个样儿,心里没有主见。戏剧家写了卖座的戏自鸣得意,真是傻透了!新戏上演,尽管轰动一时,等到剧本出版,还想走红就很难,要是二十年以后再上演,大都很不吃香了。这一代批评上一代的眼力,下一代又翻这一代的定案。我一向留心到这点,可见现在的红作家该等着将来挨骂。小说和各种有趣的流行书籍都是如此。尽管一上来你称我赞,渐渐的人家就瞧不起了。所以靠作品风行挣来的名望不过是空花幻影,仿佛稻草烧出来的火,一会儿就烟消焰灭了。"

我明知这位阿斯杜利亚诗人在发牢骚,不过我假装没瞧透,说道:"你才子做得腻了,吟诗作文的疯病断了根,可喜可喜。我保管立刻替你找到事,你不用大展奇才就可以发财。"他道:"再好没有了!说到才情,我就心里作呕。我现在看来,那是天生最害人的东西了。"我道:"亲爱的法布利斯,我但愿你不要变心。我再跟你说一遍:只要你咬紧牙关不作诗,我马上替你弄到个又体面又赚钱的事。"我一面拿出钱袋,里面有六十个比斯多,我送给他道:"你且等我替你找起事来,咱们老朋友,这点小意思你收了吧。"

尼聂斯理发师的儿子感喜交集,说道:"啊,朋友,你好慷慨!我真要感谢上天,叫你跑进这慈惠院来。承你这点情,我今天就可以出院了!"他果然就搬到个客寓里。我和他分手以前,把住址告诉他,请他病好就来看我。他听说我住在奥利法瑞斯伯爵府上,顿时满面惊诧,说道:"啊呀,吉尔·布拉斯!你多福气啊!命里注定你会讨大臣喜欢。你交了好运,携带旁人沾光,所以我也替你高兴呢。"

第 八 章

吉尔·布拉斯日益得主人宠爱。西比翁返回
马德里,把一路上的事回报山悌良那。

奥利法瑞斯伯爵以后该称伯爵兼公爵了,因为这时候蒙王上开恩,又加了他一个爵位。他一味要得人心;我瞧破他这个毛病,很占便宜。他觉得谁真心相向,就引为亲信。我既然看到这点,决不放松。他有什么盼咐,我不但好好儿去办,还做出一副巴结的样子,使他喜欢。我留心他各种嗜好,以便迎合,尽力先意承旨。

这样干来,差不多总对劲儿。我渐渐成了主人的宠信。我也有他那毛病;他对我拿出真心来,我也就死心塌地地向着他。我巴结得他非常喜欢,竟和他的一等秘书加那侯先生一样蒙他信任。

加那侯讨好首相大人的办法和我一模一样;他得宠极了,竟参与内阁的机要。这秘书跟我是首相的两个心腹,都是替他办机要事儿的。不过有一点不同,他跟加那侯只谈公事,跟我只谈私事,因此我们俩是所谓各自为政,各得其所。我们俩共事,彼此无恩无怨。我那位子实在不错,我常有机会追随爵爷,在他左右,看得透他的心。他生来城府很深,但是知道我赤心向他,也就对我没有隐瞒了。

有一天他对我说:"山悌良那,你见过赖玛公爵当权,他竟不像得宠的大臣,倒像个专制皇帝。不过他最得势的时候还不如我称心。他有两个劲敌:一个是自己的儿子于才德公爵,一个是听斐利普三世忏悔的神父①。我现在不然;王上左右没人有资格谗言中伤我,我也不猜疑谁对我心怀不忿。"

他接着道:"我初上台当首相,的确很留心,王上左右安插的都是我的亲戚朋友。我要一身独被皇恩,朝里大臣谁有些本事,会分我的宠,我就派他做总督呀,大使呀,一个个打发出去。所以我可以说,眼下没有一位权贵碍着我的道儿。你瞧,吉尔·布拉斯,我把心都掏出来了。我看准你对我一片赤诚,所以选你做个心腹。你很聪明,我想你也持重懂事,谨慎小心;总而言之,照理一个伶俐人会办的各种差使,我瞧你都很来得。"

我听了这话,把持不住,又动了希冀之心,顿时梦想升官发财,万念攻心,自以为已经克制下去的念头又怦怦大动起来。我对首相说,一定悉心尽力,听他调度,他以为可以委我办的事,我绝不踌躇,一切从命。

我又要祈求时运做美了。这个当儿,西比翁出远门回来。

---

① 指阿利阿加神父。

他说:"我没多少话回报。我把王上记起了你如何接见以及奥利法瑞斯伯爵怎样相待告诉两位李华大爷,他们很高兴。"

我打断西比翁道:"朋友,你要是能把我如今在首相大人身边的地位告诉他们,他们还要喜欢呢!真是奇事,你出门之后,我飞快地蒙他大人日见亲信了。"他答道:"谢天照应,亲爱的主人,我早觉得咱们前途好着呢。"

我道:"这话不说了,且讲讲奥维多吧。你到阿斯杜利亚去过了,我妈妈怎么样?"他立刻换上一副愁容道:"啊,先生,那边的消息可凄惨得很。"我道:"天啊,准是我妈妈没了!"我书记道:"那位老太太是六个月以前去世的,你舅舅吉尔·贝瑞斯先生也不在了。"

小孩子必须妈妈抚爱,大来才会有孝思。我妈妈从没那样待我,不过她死了我也很悲伤。我承大司铎老好人栽培,我为他流泪也是理所当然。说老实话,我的悲痛一会儿就淡下去,变而为忆念之情了;我对我的几位亲人是终生忆念的。

第 九 章

爵爷嫁他的独养女儿,嫁个什么人;
　　这重姻缘的凄凉结局。

果斯果丽娜的儿子回来没有几天,忽然爵爷一连八天只管默默寻思。我以为他策划什么大政变,可是他只在想他的家务。

一天下午,他对我说道:"吉尔·布拉斯,你准看出我心事重重。是的,孩子,我在想件事,这事不了,我一辈子不得安心。我很想讲给你听听。

"我女儿堂娜玛利亚已经成年,许多王孙公子抢着要娶她。其中两人看来资格最好:一个尼艾布雷斯伯爵,是古斯曼族长、梅狄那·西董尼亚公爵的长子;一个堂路易·德·阿罗是加比欧侯爵的长子,他妈妈就是我姐姐。这一位人才出众,朝上都拿定我选中他做女婿了。我且不说为什么我对他和尼艾布雷斯伯爵都不中意,只说我赏识的是多拉尔侯爵堂拉米尔·尼聂斯·德·古斯曼,阿布拉多斯的古斯曼一支以他为长。我全部财产准备传给这位公子和他娶了我女儿生下的子女;奥利法瑞斯伯爵的爵位、将来还有我这个大公的爵位都归他们承袭。这样一来,阿布拉多斯和奥利法瑞斯两支所出的我那些外孙辈以及他们的子孙就可算古斯曼族里的长房了。"

他又道:"哎,山悌良那,你瞧这打算好不好?"我答道:"大人,您别见怪,这打算只有您的大才才想得出来,不过我有个愚见,容我上禀。我恐怕梅狄那·西董尼亚公爵要不愿意的。"首相道:"随他不愿意好了,我满不在乎。古斯曼一族原是阿布拉多斯一支居长,他那一支却侵占了长房的权利,承袭了长房的爵位,我厌恶他们。他怨恨也罢了,我只愁我姐姐加比欧侯爵夫人看见儿子落空不免生气。不过,无论如何,我要称自己的心,要堂拉米尔把他那些情敌压倒;这可算是定局了。"

爵爷主意已定,就去干事,又把他与众不同的政治手腕重新施展一下。他上个奏章,求王上和王后替他女儿择配,列举各位求婚人的资格,请国王王后做主。不过他说到多拉尔侯爵的语气里表示喜欢这个人。王上对这位大臣言听计从,就降旨说:

> 朕意堂拉米尔·尼聂斯堪配堂娜玛利亚,然此事须卿自决。卿所属意,必当朕心。此谕。

首相故意把这道谕旨给人家看,只算是奉万岁爷的命,赶紧把女儿嫁给多拉尔侯爵。加比欧侯爵夫人以及想娶堂娜玛利亚的古斯曼族为这头急就的婚姻都很生气。他们两家没法破人好事,只能装作欢天喜地,都来庆贺。他自己族里也仿佛阖门同庆。但不多时爵爷有了件伤心事,那些憋着一肚子气的人才算出了口气。堂娜玛利亚十个月后生了个女儿,下地就死了;自己不久也产后身亡。

这爸爸可说心眼里只有个女儿,而且还想去夺梅狄那·西董尼亚一支的长房权;女儿没了,打算又落空,真是创巨痛深。他伤心已极,几天关在房里,除了我谁都不见。我迎合他的心情,仿佛哀悼得不亚于他。老实说,我是借机又在哭我的安东妮亚。我看多拉尔侯爵夫人和她死得相仿,触拨了心头旧痛,不禁悲切起来。那大臣虽然哀不自胜,看了也很诧异,不料我会跟他如此分愁。有一天,他见我痛不欲生的样儿,就说:"吉尔·布拉斯,我能有你这么个知痛着痒的亲信,也可以自慰了。"我就把自己的伤心泪一股脑儿送他做了人情,答道:"啊,大人,我不跟您息息相关就是没良心的铁石人了。这么一位才德兼备的小姐,又是您的宝贝,您哭她,我怎么能不陪着掉眼泪呢?大人,我受恩深重,不由我不一辈子跟您同甘共苦。"

第 十 章

吉尔·布拉斯偶又碰到诗人尼聂斯,得知他写了个悲剧,
　　不日在皇家剧院上演。这戏并不叫座,
　　　　可是作者意外交了好运。

首相悲怀渐减,所以我也高兴起来。一天下午我一人坐了马车出去散散心,路上碰到阿斯杜利亚的诗人。他出慈惠院以后,和我还是第一次见面。他衣服穿得很整齐。我叫住他,请他上车,就一同到圣吉隆公园去。

我说道:"尼聂斯先生,幸亏恰巧碰到你,不然我没法儿跟你……"他忙打断我道:"别怪我,山悌良那,说老实话,我是不愿意来找你,我告诉你什么道理。你答应我说,只要我绝笔不作诗,就替我找个好饭碗。我现在只要作诗,就有金饭碗到手。这更合我的脾胃,我就干了。我有个朋友把我荐给堂贝特朗·果梅斯·德·李伯罗,全国船政的经费都归他掌管。这位堂贝特朗要出钱雇个才子当秘书,有五六个作家去应征,他觉得我的诗笔很好,就挑中了我。"

我说:"亲爱的法布利斯,恭喜你。这位堂贝特朗大概很有钱。"他道:"何止有钱呀!据说他的钱多得连自己都没数。不管他钱有多少,我且讲讲我在他家干的事。他自负是风流郎君,又要充才子,跟许多才女信札来往,就叫我代笔写些俏皮有风趣

的信。我写给这一位的是诗,那一位的是文,有时我还亲自出马当信差,显得我多艺多能。"

我说道:"我最要紧打听的事你还没告诉我呢。你写那些隽言妙语的尺牍,润笔丰不丰?"他道:"丰得很!有钱的人未必手松,我还领教过他们中间真正的鄙吝小人;可是堂贝特朗待我很大方。除了一定的薪水二百比斯多,我还常有些零碎外快,因此可以充大爷,或者跟几个像我这种爱寻快乐的文人一同玩乐。"我道:"可是你那位理财大员识得作品好歹吗?"尼聂斯答道:"啊!那可不行了。他尽管讲来滔滔不绝,神气活现,却完全外行。他还自以为是当代的达尔巴①呢!他大着胆子乱下批评;说自己有理的时候,提高了嗓子,一口咬得斩钉截铁;争辩起来,动不动破口乱骂,人家怕挨他一顿,只好让他。"

他又道:"我当然很小心,随他怎么荒谬,从不驳他,否则准会讨一顿臭骂,还很可能砸掉饭碗呢。我总是乖乖巧巧,顺着他说好说坏。我对那些用得着的人,自有本事迎合,又不费我什么,这样一来,就哄得东家又器重又喜欢。他叫我写个悲剧,把意思都告诉我了。他督促我把这个戏写完,要是演来叫座,那就亏他点拨之功,他脸上也有光彩。"

我请教我们这位诗人,那个悲剧什么名称。他答道:"叫《萨尔丹聂伯爵》。不出三天,这个戏就要在皇家剧院上演。"我说:"希望这个戏大红特红,我很佩服你的大才,所以这般希望。"他道:"我也很有这个愿望呢。不过这还是痴心妄想;剧本叫座不叫座,作家毫

---

① 达尔巴(Tarpa),古罗马奥古斯都大帝朝"国立诗人院"(Collegium poetarum)的头一号批评家。

无把握,他们总是料错的。"

居然那个戏第一次上演了。那天我得替首相当差,不能去看戏。我又很关切,只好叫西比翁去,还可以当晚就知道演来如何。我等得很心焦,看见他回来那副神气,就知道不妙。我说:"哎,《萨尔丹聂伯爵》叫座不叫座?"他答道:"大挨骂,没那么惨的,池子里的看客无礼之至,我一路出来还直生气呢。"我说:"我气的是尼聂斯又发疯,要写什么剧本。真是丧心病狂!我可以给他个好好的前程他偏不要,宁可给看客辱骂,这不是失心疯吗?"我这样怨骂阿斯杜利亚的诗人,无非因为他是我的朋友;他的戏不叫座,弄得我代他气恼。可是这个当儿,他正自得其乐呢。

两天以后他来看我,欢天喜地,说道:"山悌良那,我有桩喜事特来告诉你。朋友,我写了个很糟的剧本,就此发财了。你知道,看客对待《萨尔丹聂伯爵》的态度是少有的。大家抢着痛骂,这满场痛骂就造化了我一辈子。"

我听了诗人尼聂斯这番话很诧异,说道:"怎么的?法布利斯,难道你因为悲剧失败,就快活得不得了吗?"他答道:"一点不错。我不是跟你说过,剧本里有堂贝特朗的一手吗,所以他觉得那个戏好极了。他一看大家跟他高见不同,就非常气愤。今儿早上他对我说:'尼聂斯,"上天助强,加东扶弱。"①你的剧本虽然不中看客的意,有我喜欢尽可以相抵,你这就够了。如今的人没眼力,亏负了你,我要给你些补偿,我把家产上的出息每年

---

① 这是引一世纪罗马诗人鲁岗(Lucain)《咏罗马内战的史诗》(*De bello civili*)第一卷第 128 行(见"勒勃古典丛书"本第 12 页)。加东(Caton)是公元前一世纪罗马政治家及雄辩家,以忠直严正著名。

给你二千艾古。咱们这会子就去找我的公证人,立下个文契。'我们马上去找了公证人,那位理财大员在赠与文契上签了名,就把第一年的钱先付给我了。"

我对法布利斯说:"《萨尔丹聂伯爵》倒了霉,真是可喜可贺,因为作者因祸得福了。"他道:"这事你真该贺我!你知道,池子里的看客不喜欢我那个戏恰是我天大的好运。我挨他们狠狠地骂一顿,多便宜呀!要是他们心肠好些,赏我脸捧捧场,我有什么好处呢?一点好处都没有。我只好赚数得清的几个小钱罢了,可是承他们一骂,倒一下子照应了我下半世的丰衣足食。"

第 十 一 章

西比翁靠山悌良那的面子得了个差使,动身上美洲。

我的书记看了尼聂斯诗人天外飞来的好运,不免眼红,七八天来跟我讲个不休。他说:"运气这东西实在古怪,好的作家挨穷受饿,糟的作家倒往往大发其财。我真愿意时运忽然高照,一宵醒来已经变了富翁。"我说:"会有这种事,也许还突兀得出于你意外呢。我觉得首相府可算是运气的宝殿,那里常常颁发宠命,一下就叫人发财;你恰好在这个殿里行走。"他答道:"先生,你这话千真万确,不过得捺定了心去等呢。"我答道:"西比翁,我再说一遍,别着急,也许你马上就会有什么好差使到手的。"过了不多几天,果然有个机会,可以用他在爵爷手下当个好差使,我没有错过。

一天早上,我跟首相的总管堂瑞蒙·加玻利斯聊天儿,谈到首相大人的收入。他说:"全国的武爵封邑都在咱们大人手里,一年有四万艾古的收入;他拿了这些钱,只消身上挂个阿尔冈达拉的武士勋章。此外他又兼内廷大臣、侍从大臣、美洲大臣,靠这三个职位,一年又有二十万艾古的进账。可是比起他在美洲发的财,这真算不得什么。你可知道那财是怎么发的?王上的船从赛维尔或里斯本开往美洲,爵爷就把奥利法瑞斯封地出产的酒呀、油呀、谷类呀装上船,运费分文不出。这些货色在美洲出卖,比在本国利市四倍。于是他就收买些香料、颜料等等。这些东西在新大陆不值钱,到了欧洲就是好价钱了。他丝毫没有亏负万岁爷,单靠这种交易就赚了好几百万了。"

他又道:"当然替他经手买卖的人回来也都赚饱了。首相大人愿意让他们有利同享的。"

果斯果丽娜的儿子在旁边听了这话,忍不住插嘴道:"啊呀!加玻利斯先生,我要是做了那个事情,我真乐死了。而且我早就想到墨西哥去瞧瞧。"总管道:"只要山悌良那大爷不为难,你马上可以如愿。到美洲去做这买卖的人是归我挑选的,选得非常审慎。可是只要你东家有意,我就不管三七二十一把你的名字开上去。"我对堂瑞蒙道:"承情得很,请你给我这点面子吧。西比翁这孩子我很喜欢,他人也聪明,也会检点自己,绝不出毛病。总而言之,我可以替他担保,就仿佛担保我自己一样。"

加玻利斯道:"这就行,他只要马上赶到赛维尔去,那些海船一个月里就得挂帆开往美洲了。他应该记着,首相大人的利益千万碰不得。他要自己发财,不能害首相吃亏。这里面有些诀窍一定得知道,我等他临走给他封信去见一个人,那人都会教他。"

西比翁得了这项差使喜不自胜。我给他一千艾古,让他到安达路西亚去买些酒和油,到美洲交易赚钱。他就赶紧动身到赛维尔去。他希望这趟出门一本万利,乐得不得了,可是和我分手却又掉下泪来,我也很依依不舍。

第 十 二 章

堂阿尔方斯·德·李华到马德里有何事故;
吉尔·布拉斯先忧后喜。

西比翁走了不久,相府一个僮儿送来个条子,上面说:"山悌良那先生倘欲一晤好友,烦到托雷都街一行,认明招牌上画圣加布利尔像之客店即是。"

我心里嘀咕:"这个朋友不说名字,不知是谁。干吗藏头露尾呢?大概要叫我喜出望外吧。"我马上出门往托雷都街去,到了地头一看,原来是堂阿尔方斯·德·李华,大为惊诧。我说:"是您吗?大爷,您会到这儿来呀!"他紧紧拥抱了我,答道:"是啊,亲爱的吉尔·布拉斯。这可不是堂阿尔方斯吗!"我说:"哎!您到马德里有何贵干呢?"他答道:"我说出来准叫你又吃惊,又着急。我已经革掉瓦朗斯都统的职位,首相传我入朝来审问的。"我呆了好半晌才挣出话来。我说:"什么罪状呢?准是您有了什么不小心的地方。"他答道:"红衣大主教赖玛公爵软禁在他德尼亚的田庄上有一个多月了;我三星期以前曾经去拜访他一次,想来这是倒霉的原因。"

我打断他道:"啊,那就对了。不用追究旁的原因,您去胡乱拜访,就种了祸根。您别见怪,您平时很谨慎,这次上那位失势大佬的门,未免冒失了。"他道:"大错已经铸成,只好死心塌地。我预备全家退回李华的田庄上去,安安静静地了我余生。只是我还得去见一位气焰万丈的首相,也许要受他怠慢,有点儿发愁。一个西班牙人怎么丢得下这个脸!这是无法可想的了。不过我要先和你见见面,再去挨他的。"我答道:"大爷,这事让我来。等我先打听明白您究竟有何罪状,再去见首相,说不定还可以转圜。无论如何,我对您感恩知己,理该替您出力奔走一番,请您领我这点情。"我说完答应立刻给他回音,就告辞出来。

我自从写了那两篇铺张扬厉的报告,对国家大事就没问询过。我去看加那侯,问问堂阿尔方斯·德·李华是否真把瓦朗斯的都统坏了。他说确有其事,只是不知原委。我当下毫不犹豫,决计亲自向首相大人请示,究竟堂西泽的儿子有什么罪名。

我为这件不如意的事烦恼得很,不必装什么愁容,爵爷就看出我在发愁。他一见面就说:"山梯良那,你怎么了?我瞧你一脸气恼,眼泪都要掉出来了。这是什么道理?别瞒我。谁得罪了你吗?你说出来,我马上替你出气。"我流泪道:"大人,我的烦恼,要瞒您也瞒不过来,我伤心透了。我刚听说堂阿尔方斯·德·李华把个瓦朗斯的都统丢了,这消息气得我要死,真是我最伤心的事。"首相失惊道:"怎么说的?吉尔·布拉斯,这个堂阿尔方斯和他那都统跟你什么相干?"我就把两位李华大爷对我的恩义一五一十告诉他听;又讲怎样为堂西泽的儿子向赖玛公爵求得了都统的职位。

首相大人一团好意,静听到底,说道:"朋友,把眼泪擦掉吧。你讲的那些事我一点不知道;而且我老实告诉你,我以为堂阿尔方斯是赖玛红衣大主教的私人呢。你设身处地想想,他去拜访那位红衣大主教,不叫人怀疑吗?我现在看来,他的官职是那位大臣给的,大概他知恩感恩,才有这番举动,我也不怪他了。人家靠你得的官,给我坏了,我很抱歉。我虽然拆了你的台,也会挽救。我对你的照拂,还要比赖玛公爵的胜几分呢。你的朋友堂阿尔方斯不过是瓦朗斯一城的都统,我现在叫他做阿拉贡一郡的总督。你可以去通知他,叫他来宣誓就职。"

我当初愁得要命,听了这话,顿时喜得不可开交,心忙意乱,向首相道谢都道谢不来。爵爷听我语无伦次,倒并不嗔怪,他听我说起堂阿尔方斯已经到了马德里,许我当天就引去晋见。我连忙赶到圣加布利尔客店,向堂西泽的儿子报告他得的新官职,他欣喜不置。他简直不能相信我的话,觉得首相尽管宠我,可是看我面子就把总督那类的官职赏人,实在有点不可思议。我引他去见爵爷,爵爷很客气,对他说:"堂阿尔方斯,你在瓦朗斯都统任上政绩斐然,王上觉得你更可重用,特地委任你做阿拉贡的总督。这点荣宠,在你的出身说来不算逾分,阿拉贡的高门大族也不会怪朝廷任用非人。"

首相一字没提到我,外间并不知道这事有我一手。这就保全了堂阿尔方斯和那位大臣的令名,否则人家对我一手造成的总督要说闲话的。

堂西泽的儿子看见事情已经牢靠,忙派急足到瓦朗斯去通知他父亲和赛拉芬。他们立刻都上马德里来,一到先来看我,向我道谢了一大泡。他们三个是我最亲密的人,看他们抢着拥抱我,真叫我且感且傲。他们既感激我热肠关切,又觉得总督一职真是光耀门庭,所以不住口地千恩万谢。他们竟当我平交看待,仿佛忘掉我做过他们底下人似的,亲热得无以复加。闲言少叙,且说堂阿尔方斯领得委任状,向王上和首相谢过恩,照例宣了誓,就带着一家老小,离马德里往萨拉戈萨去立门户了。他上任说不尽的阔绰荣华;阿拉贡人一片欢呼,可见对我替他们弄来的这位总督很中意呢。

第 十 三 章

吉尔·布拉斯在王宫碰到堂加斯东·德·高果罗斯和堂安德瑞·德·陶狄西拉斯,三人同到个地方去。堂加斯东和堂娜海丽娜·德·加利斯悌欧的事有了结局。山悌良那替陶狄西拉斯出力。

我顺顺当当地把个革职的都统变为总督,乐不可支,便是两位李华大爷也没我快活。不多时我又有机会替一个朋友出了些力。我想应该把这事讲讲,让读者知道我吉尔·布拉斯今非昔比,不是那个在前任首相手下卖官鬻爵的人了。

有一天,我在王宫待见室和一些等候晋见的贵人闲谈。他们知道我是首相的红人,也屈尊跟我说话。我忽在人堆里看见堂加斯东·德·高果罗斯,就是我撇在塞哥维亚塔狱里的国事犯。典狱官堂安德瑞·德·陶狄西拉斯跟他在一起。我连忙撇了那伙人,过去拥抱这两个朋友。三人竟会在此地重逢,他们固然想不到,我更出意外。彼此亲亲热热拥抱了一番,堂加斯东说:"山悌良那先生,咱们有许多话要讲,这里不大方便。请你跟我到一个地方去,陶狄西拉斯大爷和我很想跟你长谈呢。"我一口应允,我们挤透人堆,走出王宫。堂加斯东的马车等在街上,三人上车,到了斗牛广场所在的那个闹市,有座极漂亮的房子,那就是高果罗斯的寓所。

我们到了一间陈设富丽的客堂里,堂安德瑞说:"吉尔·布拉斯大爷,我记得你离开塞哥维亚的时候很厌恶官场,发愿绝迹不再入朝了。"我道:"我确有这个意思,先王在位的时候,这个心始终没变。后来我听说王太子即位,就想瞧瞧新万岁爷是否记得我。他倒贵人没有忘事,还承他接见,颇加恩礼,亲自把我荐给首相。首相引我做了个亲信,我在赖玛公爵手下从没有这样得宠的。堂安德瑞,我的事讲完了。你说吧,你还在塞哥维亚塔里当典狱官吗?"他道:"哪里呀!爵爷另选能人了。他准以为我是向前任首相尽忠的。"堂加斯东道:"我释放的原因恰好相反。首相一知道我下塞哥维亚狱是赖玛公爵的命令,马上就放我了。吉尔·布拉斯先生,我现在要把我出狱以后的经历讲给你听听。"

他接着道:"我谢了堂安德瑞在狱里种种照拂,先赶到马德里去见奥利法瑞斯爵爷,他说:'你遭这场横祸不会有玷名誉,你可以放心。你的罪名已经完全昭雪。人家说你是维拉瑞尔侯爵的同犯,侯爵既然无罪,你当然更没有罪了。他虽然是葡萄牙人,而且还是布拉冈斯公爵的亲戚,却心向着我们万岁爷。所以你跟这位侯爵的交情不能罗织成罪,王上瞧你屈受了叛国的罪名,要给你些补偿,赏你做了羽林军中尉。'我接了这个差使,求首相许我到职之前回果利亚去省视我姨妈堂娜艾蕾欧娜·德·拉克萨利拉。首相给了一月假,让我回去一趟。我就带了一个跟班动身。

"我们过了高莫那城,在两座山间的洼地上,忽然看见三个人围着一个人厮打,那人奋勇招架。我毫不犹豫地要帮他一臂,忙赶去助战。我交手的时候留心到我们对手都戴面具,而且都剑法高强。可是他们力气虽大,武艺也高,还是输了。一人中了我一剑,颠下马来;那两人立刻溜了。其实我们虽然得胜,跟那死者也相去无几。我和我的同伙这时候都发觉身受重伤。我一看同伙的正是堂娜海丽娜的丈夫贡巴多斯,我的惊异可想而知。他看见帮手原来是我,吃惊也不相上下。他道:'啊呀,堂加斯东,怎么,救我的是你吗?你挺身相助,不知道恰恰帮了个夺你所欢的人。'我答道:'我的确不知道。不过就算知道,你想我会犹豫吗?你这样不知心,竟当我卑鄙小人吗?'他道:'不,不,我知道你绝不是那样的。我受的伤如果致命,但愿你没事,我死了还可以便宜你。'我说道:'贡巴多斯,我对堂娜海丽娜并未忘情,可是请你记着,我绝不要你送掉性命,好让我趁愿。我帮你打退了那三个凶手还很得意,想必你夫人会对我很见情呢。'

"我们说话的当儿,我用人下了马,跑到躺在尘埃里的死人身边,揭开面具,露出本来面目。贡巴多斯一看就认得,嚷道:'这是加普拉呀!这个亲戚真混蛋,硬要夺我一大笔遗产,没有到手,心怀不忿,早就蓄意要害我,他挑了今天来了他的心愿,谁知道天罚他害人反自害了。'

"这时节我们血流如注,眼看着委顿下去。可是我们负伤挣扎,居然到了维拉瑞候镇,离我们打架那儿只有两箭之地。我们到了第一家客店,立刻就去请外科医生。来的一个据说很有本事。他瞧了我们的伤口,说凶险得很。他替我们包扎好,过一天又来,拆开看了,就说堂布拉斯受的伤要致命,我受的伤不大碍事。他说的都准。

"贡巴多斯瞧自己大限临头,就一心准备死了。他把遭遇的事故和他当前的惨境派急足通知他老婆。堂娜海丽娜连忙赶到维拉瑞候。她来了又愁丈夫性命难保,又怕和我重逢了旧情复炽,这两事心头夹攻,搅得仓皇无主。堂布拉斯见了她道:'太太,你来得正好,还赶得及跟我永诀。我就要死了,我想这是天罚,因为我使诡计拆散了你和堂加斯东的姻缘。我一点儿不怨天,你的心本来向他,我硬夺过来,现在我亲口劝你把那颗心依旧归他吧。'堂娜海丽娜答不出话来,只有哭泣的份儿。她对我余情未断,忘不了那条使她负心的恶计,所以实在也无话可说,惟有报以眼泪。

"外科医生的诊断完全应验,不到三天贡巴多斯伤重毙命,我却日有起色。那年轻寡妇一心忙着把丈夫的遗骸运回果利亚去,按照礼节料理丧葬。她离开维拉瑞候回家之前,来问候了我一下,仿佛不过是礼到罢了。我一起床跟脚也到果利亚,在那儿身体渐渐复元。我姨妈堂娜艾蕾欧娜和堂乔治·德·加利斯悌欧决计叫堂娜海丽娜和我赶快结婚,免得好事多磨。堂布拉斯还是新丧,这次婚礼没有铺张。过了几天,我就带着堂娜海丽娜回马德里来了。爵爷准我的假早已满期,我恐怕他把许给我的中尉的职位另给了别人。那缺倒还留着,我说明愆期的缘故,承他宽洪大量,并没见怪。"

高果罗斯接着道:"我现在是羽林军中尉,这位子很舒服。我结交了些性情相投的朋友,彼此很相得。"堂安德瑞道:"但愿我也能如此,不过我实在要怨命,我那官儿很有出息,这会子丢了,又没个大力的朋友替我弄个肥缺。"我笑眯眯地插嘴道:"对不起,堂安德瑞大爷,我这朋友也许能有点儿用处的。我刚才说在爵爷手下比跟赖玛公爵的时候还要得宠,你倒好意思当着我面说没人能替你弄肥缺吗?我从前不就帮过你这么个忙吗?你可记得我求格拉纳达大主教出力替你在墨西哥弄了个事吗?要不是爱情使你在阿利冈城勾留下来,你准在那边发财了。现在首相对我言听计从,我更可以帮你的忙。"陶狄西拉斯道:"那么我多承你了。"接着又含笑道:"不过请你别把我送到美洲去,即使叫我做墨西哥的大理院院长,我也不想去。"

这时堂娜海丽娜跑来,打断了我们的话。她风姿很美,恰合我的想象。高果罗斯说:"太太,这位就是山梯良那大爷,我跟你谈起过,我在监牢里有了这个好伴儿,常靠他消愁解闷。"我对堂娜海丽娜道:"是啊,太太,堂加斯东这话不假,他爱听我谈话,因为总把您做谈资。"堂乔治的女儿听我客套,也谦逊了几句;我又恭喜他们有情人终成眷属,于是起身告别。我请陶狄西拉斯把地址告诉我,说道:"堂安德瑞,咱们还要见面呢,我希望不出八天,叫你瞧瞧我有此心也有此力。"

我这话说到做到。就在第二天,爵爷给了我个机会,正可以照顾那位典狱官。首相大人说:"山悌良那,瓦拉多利掌管大牢的职司出缺了,这位子每年出息在三百比斯多以上呢,我想把你补上。"我答道:"大人,即使这个位子每年有一万杜加的出息,我也不要。不追随您左右的差使我一概不就。"那大臣道:"可是你不必离开马德里,尽可以遥领,只要常到瓦拉多利监狱去看看就行了。你瞧,这是可以两全的呀。"我答道:"随您怎么说,我还是不要,除非许我转让给一个好人,他叫堂安德瑞·德·陶狄西拉斯,是塞哥维亚塔的前任典狱官。我在狱里承他种种照拂,愿意把这位子送他作为报答。"

首相听了大笑道:"换句话说,吉尔·布拉斯,你做成了一个总督,又照样要做成个掌管大牢的官。好吧,朋友,就依你,那个缺随你去给陶狄西拉斯好了。不过你老实告诉我,你这来可以捞摸点儿什么呢?你又不傻,不会平白替人效劳。"我答道:"大人,欠了债不该还吗?堂安德瑞从前极力周全我,并没有什么贪图;我不应该照样待他吗?"首相大人笑道:"你变得廉洁得很,山悌良那先生,我记得你在前任首相手下远不是这么回事儿。"我答道:"我承认的。我看了坏榜样也学坏了。那时候一切非钱不行,我也就同流合污;现在一切不用出钱,我又重新诚实不欺了。"

我替堂安德瑞·德·陶狄西拉斯弄到了掌管瓦拉多利大牢的职位,不日就打发他到那边去。他得了新官,我报了旧恩,彼此都很惬意。

第 十 四 章

山悌良那到诗人尼聂斯下处；
碰见的人物，听到的议论。

一天下午，我忽然想去看看阿斯杜利亚的诗人，不知他下处是什么个样儿。我跑到堂贝特朗·果梅斯·德·李伯罗府上去找尼聂斯。门口一个用人说："他不住在这儿了，"一面指指隔壁道："他住在那后面一排房子里。"我就跑去，穿过个小小院落，到一间房里，陈饰全无，只见我的朋友法布利斯和五六个客人酒席还没散呢。

他们吃喝得已经差不多，所以辩论得正热闹；一看见我，顿时鸦雀无声。尼聂斯连忙起来迎接，说道："在座诸公，这就是山悌良那先生，承他大驾光临，咱们一起向这位首相的红人致敬吧。"满座都站起来行礼。他们看我那头衔分上，对我礼貌甚恭。我虽然不想吃喝，却不过情，只好坐下。他们还举杯祝我健康，叫我干了一杯酒。

我觉得他们有我在旁，说话不自在了，就说："诸位请别拘束，大概我打断了你们的高论。请谈下去吧，不然我就走了。"法布利斯道："他们几位正在谈论欧里庇得斯的悲剧《伊斐革涅亚》[①]。梅尔

[①] 希腊联军围攻特洛亚事，联军船队在奥利斯阻风不进，神示要联军统帅阿伽门农（Agamemnon）杀爱女伊斐革涅亚（Iphigénie）为祭，方赐顺风。古希腊悲剧作家索福克勒斯、欧里庇得斯等都以此为题材。

希华·德·维雷加斯学士是个渊博透顶的人,他在问堂侠生德·德·罗玛拉特:这剧本里哪一桩最叫人全神贯注。"堂侠生德道:"是啊,我说是伊斐革涅亚遭遇的危险。"那位学士道:"我对他说,剧本里最叫人全神贯注的不是她遭遇的危险,我说得出道理。"一位老学士加布利尔·德·雷翁嚷道:"请问是什么呢?"梅尔希华学士答道:"是风。"

这妙对逗得哄堂大笑;我想梅尔希华这话不是当真,说说笑话罢了。我真不识人,这位学究一点不会说笑。他面不改色,说道:"诸位,随你们笑个畅,我一口咬定,使看客全神贯注、惊心动魄的是风,不是伊斐革涅亚的危险。你们想想,希腊要出师攻特洛亚城,已经大军云集,将帅士卒撇下了心爱的家堂神呀,老婆呀,孩子呀,急急地要干完大事,好早早回家;偏生他妈的逆风仿佛把他们使钉子钉住,不得出港,只好耽搁在奥利斯,如果风头不转,他们就不能去围打普里阿摩斯王的城。所以这个悲剧叫人全神贯注的是风。我帮希腊人,赞成他们举兵,只求船队出发;伊斐革涅亚的死不过是向神道求顺风的方法,所以她尽管在生死关头,我看着漠然无动于衷。"

维雷加斯说完,又是哄堂大笑。尼聂斯促狭,故意附和这位学士,好让大家越发取笑。大家都就风字上生发,抢着开了一大通玩笑。学士冷然傲然瞧着大家,在他眼里,那些人都是不学无知的伧夫俗子。我时时刻刻只怕几位先生动了真火,揪着头发厮打起来,他们的辩论往往是打架完事的。我却料错了,他们只吵骂了一场,酒醉饭饱就都散了。

客人走了,我问法布利斯为什么不住在那位理财大员家里,是否吵翻了。他道:"吵翻吗!天保佑别有这事!我跟堂贝特朗越发相得了。他许我另开门户,所以我租了这排房子,可以款待朋友,一起寻欢作乐,无拘无束。你看透我的性格儿,我绝不肯留着好大一份家私给我的承继人享受,所以常常请客;好在我有的是钱,尽可以天天高朋满座。"我答道:"亲爱的尼聂斯,恭喜恭喜,你写了那个悲剧会这样得意,不由我不再向你道贺。大戏剧家洛佩写了八百个剧本①,赚的钱还不如你《萨尔丹聂伯爵》一个剧本弄来的四分之一呢。"

---

① 据称他生平戏剧作品有一两千种。

第十二巻

第 一 章

首相派吉尔·布拉斯到托雷都；
这趟出差所为何来，有何成绩。

近一个月来，首相大人天天说："山悌良那，我不日要叫你一显身手呢。"可是那日子还没到。后来有一天他对我说："听说托雷都戏班子里有个年轻女戏子，才艺很负盛名。大家说她跳舞唱歌都神乎其技，念的台词把看客全风魔了，而且相貌很美。这样的人才大可上朝来露露脸。万岁爷对演戏、唱歌、跳舞，件件都喜欢，难得有这样一个人物，怎么可以不让他一饱眼福耳福呢。所以我决计派你到托雷都去瞧瞧那个女戏子，是否真个了不起。我全凭你的见闻作准，我相信你的鉴别一定没错儿。"

我对首相大人说，准把这事据实回报。我只带一个用人出门，不许他穿相府的号衣，干事可以机密，这很合首相大人的意思。我取道往托雷都，到了就下在堡垒附近的客店里。店主人准以为我是乡下来的绅士，看我一下马，就说："大爷，明天这里有宗教裁判①，仪式隆重，你想必是上城瞧热闹来了。"我嘴里答

---

① 宗教裁判（Auto da fé）是宗教法庭（Inquisition）极严肃的大典，当众裁判宗教罪犯，罪重的常活活烧死。

应是的,心里想,随他这样猜测最妙,免得他问我到托雷都的来意。他道:"明天游街的队伍真是盛况空前。据说有一百多囚犯,里面十多个是要烧死的。"

第二天太阳还没出,我果然听得城里一片钟声,这就是宗教裁判快要开始,向大家报讯的。我没见识过这个可怕的大典,好奇心切,忙穿上衣服赶出去。凡是队伍必经之路,挨墙傍壁都搭着看台,我花些钱也上了台。一会儿,看见先来了一队多明我会的修士,前面打着宗教法庭的旗子。跟着就是当天要处决的可怜虫。他们一个跟着一个,光头赤脚,手里拿支蜡烛,每人旁边有个人陪护①。有的犯人身披"锡福衣",是一种黄布法衣,上面满是斜交的红十字;有的头戴圆锥形高帽,硬纸做成,上面画满了火焰和鬼物。②

我目不转睛地看着这群可怜家伙,心里恻然,只是不敢露在脸上,免得人家瞧见了加我罪名。忽见戴圆锥高帽的那队罪人里,一个是伊莱尔神父,一个是他的伙伴安布华斯修士。他们打我身边走过,相去咫尺,我绝不会看错。我想:"啊呀!这两个混蛋一辈子为非作歹,老天爷不能容忍,把他们交给宗教法庭去裁处了!"我这样一想,凛然畏惧,浑身直打哆嗦,惶恐得差点儿晕过去。我从前跟他们合伙,还同在才尔瓦行骗,总之,跟他们同干的事这时候齐上心来。我蒙上帝保佑,没有落在披法衣、戴圆锥高帽的那一伙里,真是感恩不尽。

大典完毕,我回到客店,看了那些骇人的形形色色,还在心

---

① 勒萨日自注:每个犯人由宗教法庭指定个保人,陪护着游街。
② 悔过得赦的犯人身穿"锡福衣"(Sambenito),戴的圆锥形高帽上画有十字;要受刑的罪犯,帽上衣上都画火焰和鬼物。

惊肉跳。不过我心里那一片悲惨的迹象渐渐消失，我又只盘算怎样不辱主人的使命了。我想先应该去看戏，急急等着戏院开门，一到时候，就上戏院，坐在一个授阿尔冈达拉武士章的爵士旁边。我立刻跟他攀谈，说道："大爷，恕我素昧平生，却想斗胆问句话。"他很客气，答道："大爷，承你下问，不胜荣幸。"我道："人家很夸赞托雷都的戏子，果然好吗？"那爵士答道："好！他们的班子不错，里面还有几个很了不起的呢；尤其是那个十四岁的女戏子璐凯思美人儿，你看了准会吃惊。她上了场，你不用指点，一瞧就知道哪个是她。"我问爵士今天有没有她的戏。他说有，而且扮的是戏里很出风头的角儿。

戏上场了。出来两个女戏子都已经用尽功夫替自己添娇增媚，可是尽管她们珠光宝气，都不是我心目中的人。我听了那个爵士先入之言，对璐凯思期望很高，要不是亲眼看见，简直想象不出她的模样。后来这美人儿出台了，大家好一阵鼓掌，仿佛报讯说她上场了。我暗道："呀！这是她了！真是气度高华，丰姿优雅！她一双眼睛真美！好个动人的姑娘！"我看了她实在很惬意，竟可以说，我见到那样的人才大为震惊。我听她背了头两行诗就觉得又自然又有劲道，而且难得她小小年纪，已经很能领悟。她的戏赢得满场彩声，我也欣然和着鼓掌。那爵士道："哎，你瞧见璐凯思多么吃香了吧？"我道："我一点儿不奇怪。"他道："你要是听了她唱歌，就更不奇怪了。她是个'仙籁娜'，谁要是没像尤利西斯那样先有个防备①，听了她唱歌就完蛋了！她跳舞的魅力也不相上下，她的舞态叫你眼迷心醉，跟她那歌喉

---

① 尤利西斯在海上遇"仙籁娜"，用蜡塞耳，得免于难。

一样的媚惑人。"我道:"这样说来,准是个奇才了!这么个爱煞人的姑娘,不知哪一位有艳福为她倾家荡产呢。"他答道:"她还没有明公正道的相好,人家背后也没说她有什么私情。她归姨妈艾斯戴尔带领;不用说,女戏子里数这位艾斯戴尔最有手段了,所以璐凯思大概就会有相好的。"

我一听得艾斯戴尔的名字,忙打断爵士,问他这个艾斯戴尔是不是托雷都班子里的女戏子。他道:"这是班子里的头等好戏子,今天咱们不巧,没她的戏。她常扮女用人,扮来惟妙惟肖。她演戏演得真俏皮啊!也许俏皮得过火了,可是这毛病也不讨厌,不必责备她。"爵士把艾斯戴尔夸赞了一通,我听他的描摹,知道这个艾斯戴尔准是萝合,就是这部书里见过好几回、我后来把她撇在格拉纳达的。

我等戏散场,到里面去打听个着实。我找艾斯戴尔,东张西望,只见她在后台和几位大爷说话呢,大概在他们眼里,她不过是璐凯思的姨妈罢了。我上前去招呼萝合,可是她不知是一时任性呢,还是怪我在格拉纳达仓皇逃走,存心给我碰个钉子,她仿佛不认识我似的,对我非常冷淡,我简直有点下不来台。我应该含笑怪她对我冷若冰霜,可是我傻得很,竟动了真气,怫然而出,火头上决计过一天就回马德里去。我想,我也要给萝合吃点儿苦头,不让她的外甥女儿有体面见到万岁爷。我只消向首相把璐凯思描摹一番,由得我怎样说;我只要说她舞态很俗,歌喉太尖,总之,只是卖她年轻。我相信首相大人就不会想弄她到朝上去了。

萝合那样相待,我打算这样报复。可是我生气并没有多久。第二天,我正预备动身,一个小僮儿跑来道:"有封信送给山悌良那大爷。"我答道:"孩子,我就是。"一面接了信拆来看,上面写道:"别把昨夜戏院后台受的怠慢放在心上,请跟着送信人同来。"我马上跟了那小僮儿出门。我跟他到戏院附近一座很漂亮的房子里,进了一套极讲究的房间,看见萝合正在梳妆。

她起来拥抱我,说道:"吉尔·布拉斯大爷,昨夜你到我们后台来招呼我,我一定得罪你了;对你这么个老朋友,不应该那样冷淡的。不过我有个缘故,请你原谅:我那时候正在大生气。我把外甥女儿的体面看得比自己的还重;有位大爷说了她闲话,你进来的时候,我正一心想着那些话呢。你回身就走,我才发觉自己心不在焉,忙叫我的小僮儿跟着你,瞧你住在哪里,打算今天来赎罪。"我说:"我一点不怪你了,亲爱的萝合,这话不用再提。我自从那天事不凑巧,恐怕活该要挨顿好打,急急逃出了格拉纳达,和你一别到今;咱们这会子还是谈谈别后的景况吧。我撇下你的时候,你不是有个大难关吗?你怎么过去的?你尽管聪明,只怕也不容易吧?你要稳住那个葡萄牙相好,大概得把通身本领都使出来。"萝合答道:"没那事儿!你可知道男人在这种场合好打发极了,简直不用女人费心辩白一番的。"

她接着道:"我对马利阿尔华侯爵一口咬定你是我哥哥。对不起,山悌良那先生,我说话还像从前那样随便,这是我的老脾气,改不过来了。我告诉你,我厚着脸皮挺到底。我对那个葡萄牙贵人说:'你瞧不透吗?这都是人家忌我恨我捏造出来的。我同伙的冤家娜茜莎瞧我安安稳稳得了你的欢心,她自己偏没得到,气得疯了,就想出这个花样来害我。我并不怪她,争风吃醋要想出口气,也是女人的常情。那剪蜡烛的助手给她买通,帮她报仇,竟老着脸说他看见过我在马德里做阿珊妮的女用人,真是荒谬绝伦!堂安东尼欧·西罗的寡妇向来心高气傲,决不肯去伺候做戏的姑娘。还有一层,可以证明他们都是胡说,设了计害我;你只要看,我哥哥忽然不见了。他要是在这儿,准会驳倒那些浑话。娜茜莎一定另又使了什么手段,把他哄得影踪不见了。'"

萝合接下道:"我虽然强词夺理,承侯爵厚道,不再追究。这位好性儿的大爷直到离格拉纳达回葡萄牙,始终没变心。其实你走了不多时他就回国的。萨巴塔的老婆很称心,眼看着我从她那儿夺了个相好来,这会子也丢了。我以后在格拉纳达又待了几年。戏班子里往往要闹意见,我们那班子就是闹翻了,各人走各人的路,有的到赛维尔,有的到高都,我就到了托雷都来,跟我外甥女儿璐凯思在这里一住十年。你昨天来看过戏,已经瞧见她上台了。"

我听到这里,忍不住笑了。萝合问我笑什么。我道:"你猜不着吗?你又没个兄弟姐妹,不会是璐凯思的姨妈。我又算算跟你分别了多少时候,把那年份跟你外甥女儿的相貌对证一下,觉得你们俩还不止那点儿亲呢。"

堂安东尼欧的寡妇脸上红了一红,答道:"我懂你的意思,吉尔·布拉斯先生。你真会考订年代!没法儿哄你。好吧,朋友,你说得不错,璐凯思是我跟马利阿尔华侯爵生的女儿,这事瞒不过你。"我道:"我的公主娘娘,你从前跟萨莫拉悔省院总管私奔的事都告诉我了,这点秘密要费你那么大劲才说出来呀!我还有句话,璐凯思是个奇才,你把这样的成绩公之于世,大家都感谢无穷,但愿你那些伙伴儿的成绩都不输于你才好。"

也许促狭的读者看到这里,想起我在格拉纳达当过马利阿尔华侯爵的书记,那时候跟萝合私下来往,因此疑心荣任璐凯思爸爸的就是我,未必是那位爷。我却要老实说,我惭愧得很,这点疑心是没有根据的。

　　我也把自己经历的大事和目下的景况告诉萝合。她全神贯注地听着,可见很关切。她听我讲完,说道:"山悌良那朋友,照我看来,你混了一辈子,混得地位不低了。你真不知道我多么高兴呢!将来我带璐凯思上马德里弄她进皇家戏班,我斗胆希望山悌良那大爷能做她撑腰的大老板。"我答道:"还用说吗,全在我身上。你和你女儿几时想进皇家戏班,我可以弄你们进去,这点我办得到,答应得下。"萝合道:"我就把你的话当真了呢!要不是这里戏班子的合同绊住身子,我明天就上马德里去。"我道:"只要朝廷下一纸公文,就还你自由了;这事归我去办,不出八天,准把那个公文交给你。我真愿意把璐凯思弄出托雷都;天生了这样好相貌的女戏子,非朝廷贵人不配消受,论理她应该是朝廷上的人物。"

　　我刚说完,璐凯思来了。她又妩媚,又苗条,仿佛女神赫柏临凡。她这时才起来,天生丽质,不用装饰就明艳夺目。她姨妈道:"过来,外甥女儿,来谢谢这位大爷对咱们的一番美意。他是我的老朋友,在朝里很有权势,要出大力把咱们俩都弄进皇家戏班里去呢。"那姑娘听了似乎很快活,深深行个礼,软眯眯地笑道:"我多多谢您厚爱照拂。可是,大爷,我不知道这会不会反而害了我呢。我在这里吃香,到了马德里,保得定那边的看客不嫌我吗?也许我换了地方要吃亏的。我记得姨妈说,有些戏子在一处出风头,换了一处就吃不开。所以我有点儿担忧,恐怕不入朝里贵人的眼,带累您也担不是。"我答道:"璐凯思美人儿,你我都不用担这个心,我倒是怕你风魔了满朝大臣,弄得彼此争风反目起来。"萝合道:"还是我外甥女儿愁得有理,不过我希望你们都只是瞎担心,璐凯思的风貌不会弄得满朝轰动,可是她演戏也不至于糟人白眼。"

我们谈了一会儿,我听璐凯思的谈吐,知道她是个绝顶聪明的女孩子。我起身告辞的时候,答应她们朝里马上会有公文召她们到马德里去。

第 二 章

山悌良那向首相交差,又奉命把璐凯思弄到
马德里。这女戏子到京都首次登台。

我回马德里见爵爷,他急要知道我这趟出门,事情办得怎么样。他说:"吉尔·布拉斯,你看见那女戏子了吗?值得弄上朝来吗?"我答道:"大人,美人儿往往是见面不如闻名,不过这年轻的璐凯思实在是闻名不如见面,她是个色艺双绝的人才。"

首相道:"真有那么可爱吗?"他满心喜欢,眼睛里流露出来,我看了暗想,他派我上托雷都原来是为自己打算。我答道:"你瞧见了她,就知道她的姿容不是夸赞得尽的。"首相大人道:"山悌良那,把你出门以后的事仔细讲讲,我很想听呢。"我就遵命,连萝合的故事都一起讲了。我说有个葡萄牙贵人马利阿尔华侯爵路过格拉纳达,勾留几时,爱上了这个女戏子,璐凯思就是他们俩的孩子。我又把自己跟萝合的交情原原本本地告诉了首相大人,他道:"可喜得很,璐凯思原来是贵人的女儿,我越发对她关心了,一定得弄她来。不过,朋友,有一句话我要嘱咐你,这件事还照你开头那样去办,别把我牵扯进去,一股脑儿全归你吉尔·布拉斯·德·山悌良那承当。"

我去找加那侯说:首相大人要他下一纸公文,把托雷都戏班里的艾斯戴尔和璐凯思调到皇家戏班来。加那侯皮里阳秋地微笑道:"行啊,山悌良那大爷,看来你对这娘儿俩很关切,这事我马上照办。我还希望不但你称了心愿,看客也可以沾光呢。"这位秘书一面说,就亲自写了个公文给我,我叫跟我到托雷都的用人立刻送给艾斯戴尔。八天之后,母女俩到了马德里。她们住在皇家戏班附近的客寓里,一到就送信通知我。我立刻赶去答应千方百计效劳,她们也千恩万谢;于是我辞别出来,让她们去准备登台亮相,我只愿她们能够大大地叫座。

戏招子上说,这两人是朝廷为皇家戏班新聘的女戏子。她们演的是在托雷都很吃香的一个戏。

普天之下,谁看戏不爱个新鲜?这天戏院里拥挤异常。我当然也去了。开场之前,我有点儿慌;尽管深信她们母女俩本领不弱,可是关心者乱,很为她们捏着把汗。她们一开口,就满场彩声,我也一颗心落了地。大家公认艾斯戴尔演喜剧真是拿手,璐凯思扮多情女子不愧奇才。这位姑娘风魔了全场看客,有的爱她眼睛美,有的爱她声音软,大家都觉得她风姿绰约,而且恰当妙龄,容光焕发;散场的时候,没一个不颠倒。

我没想到爵爷对这个女戏子的头场戏那么关心,那晚上也去看了。我瞧他看完戏出来,仿佛对这两个女戏子很满意。我急要知道他究竟喜欢不喜欢,就追随回家,跟他到书房里,说道:"哎,大人,您觉得那马利阿尔华小姑娘不错吧?"他笑眯眯地道:"本大人要是不跟大家同声赞叹,就太难说话了。孩子,你这趟上托雷都真是不虚此行。我觉得你那璐凯思很好,万岁爷看了一定喜欢。"

第 三 章

璐凯思轰动朝廷;王上看她演戏,
　　爱上了她,下文如何。

新来两个女戏子首次登台,立刻哄传朝上。第二天王上早起,御榻前后的大臣也在谈这事。有几位贵人把那年轻的璐凯思格外称赞,描摹得她千娇百媚,把万岁爷都打动了,只是他不露声色,也没开口,仿佛没留心听似的。

王上等大家散了,只剩奥利法瑞斯爵爷在左右,就问人家大捧特捧的女戏子是谁。首相说,是个托雷都来的年轻女戏子,昨晚初次登台,非常叫座。他接着道:"这女戏子叫璐凯思,吃那行饭的女人叫这个名字很相宜。①山悌良那认得她,对我极力夸赞,所以我想她到您万岁爷的戏班里来正合适。"王上听见我的名字,面露笑容,大概马上记起从前替他和加德

---

① 古罗马烈妇名,这名字也引申为假正经女人的别称。

丽娜拉纤的就是我,预料我这番又会照样效劳。他对首相道:"爵爷,我明天要去看这个璐凯思的戏,烦你去关照她。"

爵爷把这席话和王上的意思告诉了我,叫我去通知那两个女戏子。我连忙赶去,先碰见萝合,我道:"我来报个要紧消息,明天一国的至尊要来看你们的戏呢,首相派我来通知一声。我知道你们母女一定极卖力,不会辜负万岁爷赏脸的;可是我劝你们选个有歌有舞的剧本,好让璐凯思把通身本领都拿出来。"萝合道:"我们准听你的话,决不误事,万岁爷要是看了不惬意,不会是我们的错儿。"这时候璐凯思跑了来,家常便服,比台上华装艳饰愈见得体态风流,我说:"万岁爷看了一定惬意,他顶喜欢歌舞,你这位标致外甥女儿就更可以投其所好,也许竟会动他爱慕的心呢。"萝合答道:"我绝不希望他动这个心,任凭他是一国之君,有权有势,要偿这个愿,还有些障碍呢。璐凯思确是在戏院后台长大的,可是她很有品行,尽管上台爱人家捧,却宁愿人家当她大家闺秀,不要当作名伶看待。"

马利阿尔华姑娘这时候插嘴道:"姨妈,何苦凭空造出些魔障来,回头又费手脚去降魔消障。王上不劳我给钉子碰,他眼界很高,不至于垂青到我,自讨没趣。"我道:"可是璐凯思美人儿啊,假如万岁爷爱上你,要挑你做个外宠,你竟狠得下心,也把他当寻常人看待,随他去害相思吗?"她答道:"当然啊!为什么不呀!就把品行撇开不讲,我觉得不领他这段情,比领了更可以自豪。"我听萝合的徒弟说出这等话来,暗暗吃惊,就称赞萝合管教有方,一壁起身告辞。

王上急要看看璐凯思,第二天就上戏院去。那天演的戏里有歌有舞,我们这位年轻女戏子大显身手。我从开场到散场,一双眼睛直盯着万岁爷,极力想从他眼睛里看出他的心思来。可是他自始至终装得道貌岸然,我实在瞧他不透。我直到第二天才释得心头之痒。首相说:"山悌良那,我刚从王上那里来,他谈到璐凯思真有劲儿,准是着了这年轻女戏子的迷了。我讲过她是你从托雷都弄来的,所以他说很想召你一人去谈谈这件事。你赶紧到他寝宫去,已经有旨放你通行。快走吧!早早回来把谈的话告诉我。"

我立刻飞也似的赶去,看见王上独自一人等着,大踏步踱来踱去,仿佛有心事似的。他叫我讲讲璐凯思的身世,问了许多话,又打听这小娘儿有过风流事儿没有。这种事情很难保,可是我大着胆子一口咬定她没有,王上听了似乎很高兴。他道:"既然如此,我就挑你去向璐凯思送信,我要你去告诉她,我向她拜倒了。"他又把一只首饰匣儿交在我手里,那匣钻石价值五万艾古以上;他说:"你替我去告诉她,这点礼物,请她先收了,往后我这片热情还有更值钱的表记呢。"

我暂且搁下这差使,先去找爵爷,把王上的话一五一十讲了一遍。我以为首相对璐凯思有意思,要是知道自己的主子成了情敌,准要着急,断不会快活;谁知我料错了。他听了大喜,毫无懊恼之色,忍不住说出几句话来,落在我耳朵里。他道:"哼哼!斐利普!你由得我摆布了!这回你就怕问政事了。"爵爷这几句提着名字说的话,把他的机谋都透露出来。我才知道这位爷唯恐王上管国家大事,要设法迎合他的嗜好,引他寻欢作乐。他说:"山悌良那,别耽搁了,朋友。上头的命令要紧,快去干事吧,朝里好些贵人巴不得有这么个体统差使呢。"又道:"你想想,这儿没什么勒莫斯伯爵来分你一大半功劳,你独居其功,而且独享其利。"

首相大人这样就把一丸苦药涂上糖面,我滑溜溜地吞下肚去。我多少还是尝到些苦味,因为我自从监禁了一番,看事总以道德为重,不管人家对我怎么说,总觉得做个天字第一号的拉纤并不那么体面。我虽然不是个拉了纤恬不知耻的坏坯子,但是也没有谢绝不干的骨气。我只求讨好首相,这一回既是王上的旨意,恰又合首相的心思,我越发奉命惟谨了。

我想最好是先找萝合,私下跟她谈谈。我婉转其辞,把来意说明,末了拿出那首饰匣儿来。这女人见了钻石,快活得心花怒放,按捺不住,嚷道:"吉尔·布拉斯大爷,你是我最要好的老朋友,我不必拘束,我要是假充道学、拿腔作势,就不对了。哎,不用说,有这样的人向我女儿拜倒,真是稀罕名贵,我高兴极了,料想有种种好处呢。不过我偷偷儿跟你说说吧,只怕璐凯思别有见地。我跟你讲过,她虽然是个女戏子,却非常正经。有两位又漂亮又阔绰的青年公子向她求过情,都碰了钉子。你当然要说,那两位比不得万岁爷。这话也对,璐凯思承一国之君眷爱,大概她那贞节之心也就把握不住。可是我得告诉你,这件事拿不稳;还有句话,我决不勉强我女儿。万一她不识抬举,王上对她的露水恩情,她不以为荣,反以为辱,务请巍巍一国之君不要见怪。"又道:"她或是答应,或是退回那匣钻石,你明天再来听消息吧。"

我拿定萝合不会劝璐凯思守正经,准引她走邪道儿,料想她这番劝导一定大有功效。真想不到,第二天萝合告诉我,她劝女儿走邪道,就仿佛旁的妈妈教女儿学好样一般费劲。更想不到璐凯思和万岁爷几度幽会以后,深悔给他随心取乐,忽然斩绝尘缘,进了降生修道院,忧忧悒悒,不多时得病死了。萝合失了爱女,伤心不已,觉得都害在自己手里,也就进了悔修院,去忏悔少年时的欢乐生涯。王上瞧璐凯思突然出家,也很伤心,不过这位年轻国王不是那种忧郁的性格儿,渐渐他也就淡忘了。至于爵爷,面子上尽管装得漠不关心,读者可以想见他心里非常懊丧。

第 四 章

首相派山悌良那的新差使。

璐凯思薄命,我也很感伤,想到自己也插一手害了她,内疚于心,不管我替什么样儿身份的人说风情,总自惭下流无耻,决计再也不当拉纤了。我甚至向首相申明再不干这等勾当,请他派我另一路的事吧。他瞧我有品,仿佛很惊奇,说道:"山悌良那,你不肯苟且,我很喜欢。你既是这样的正人君子,我想给你个事,你这个规矩人干来,比较相宜。是这样一件事,你留心听着,我有心腹话跟你讲呢。

"在我上台前几年,偶然一天我看见个模样儿很端正很漂亮的女人,就叫人去跟她。我打听得她是热那亚人,名叫堂娜玛格丽达·斯比诺拉,在马德里出卖色相为生。还听说有个名叫堂方西斯果·德·华雷萨的法官,他有钱、上了年纪,也有太太,在这风骚女人身上花钱不少。我听了这话,应该对她不屑过问了,可是我却勃然心动,想跟华雷萨平分春色。我既然这样动了心,就找了个拉皮条的女人帮忙,靠她的手段,不久就和那热那亚女人幽会一次,以后又常常相聚,居然和我那情敌一样,都出钱买到了优待。说不定她还有别的相好也跟我们一样称心。

"这且不去管它,玛格丽达有许多男人温存供养,无分彼此,渐渐地有了身孕,生下个儿子。她暗地向一个个相好都说孩子是他的,可是各人抚心自问,都不敢以爸爸自居,谁也不愿意认这儿子,那热那亚女人只好用自己的风流进账来抚养。孩子抚养到十八岁她死了,没留下一个钱,更糟的是没给她儿子一点教育。

"这就是我要告诉你的心事,现在再把我想定的大计说给你听听。我想提拔这个卑微不足道的苦命孩子,承认他是我儿子,加他爵位,叫他从极贱变为极贵。"

我听了这个荒唐打算,忍耐不住,嚷道:"大人,您怎会想出这个怪主意来?我这话您别生气,我一片热心,说溜了嘴。"他忙道:"你听我说了缘故,就觉得这个打算有道理了。我不愿意让我的旁系亲属做承继人。你也许说,我这年纪还有指望跟奥利法瑞斯夫人生个把孩子。可是一个人自己有数,我只消告诉你,我求子心切,什么秘方妙药都试过,全没效验。既然造化肯补救天生的缺陷,给了我这个孩子,我就认作儿子了,说不定正是我的亲骨血呢。这事我已经打定主意。"

我知道首相打定了主意,宁可做傻瓜也不肯放松的。他既然横着念头要认这儿子,我就不再打破句。他道:"我想这孩子没有封爵以前就取名堂亨利·斐利普·德·古斯曼。现在无非是要教育他。亲爱的山悌良那,我挑你做他的导师。你人又聪明,又对我忠心耿耿,我就托付你替他当家,替他请各种先生,总之,把他栽培成个十全的大家公子。"我想推辞,就对爵爷说,我才疏德薄,又从没教导过青年子弟,不胜此职。可是他打断我说,将来要叫这个儿子担当国家重任,无论如何要我教导。他说到这话,我也不便再开口了。我谨遵大人之命,准备干这件事。他瞧我依头顺脑,要给些报酬,就为我营谋了个曼布拉的封邑,其实竟是他给的;我每年的薄俸又添了一千艾古。

第 五 章

> 爵爷立案承认热那亚女人的儿子,为他取名
> 堂亨利·斐利普·德·古斯曼。山悌良那替
> 这年轻公子当家,请了各种先生教他。

不多几时,爵爷果然把堂娜玛格丽达·斯比诺拉的儿子认做亲生子,蒙王恩准许立案。他替那个杂种羔子取名堂亨利·斐利普·德·古斯曼,立案时宣称:他是奥利法瑞斯伯爵封地以及圣路加公爵封地的唯一承继人。首相要这事无人不知,就叫加那侯通知各国使节和国内权贵,害得他们大吃一惊。马德里的刻薄鬼取笑了好一程,一班讽刺诗人乘机会也挥毫弄笔,一显辛辣尖酸的本领。

我问爵爷,他委托我管教的主儿现在哪里。他道:"在这城里,跟他姨妈在一起。等你为他弄好房子,立刻接过来。"这事不久就办

好。我租下一座房子,陈设得富丽堂皇,雇了几个小僮儿、一个门房、几个跟班,又请加玻利斯帮忙,用了各色管事人员。我等到家丁一应俱全,就禀告首相大人。他马上把那位出身不分明的古斯曼家新嗣子接来。我看见个身材高大的孩子,相貌很讨人喜欢。首相大人指着我道:"堂亨利,这位爷是我挑来指点你立身处世的导师,我完全信托他,你得一切服他管教。"接着对我道:"真的,山悌良那,我把他交给你了,我相信你决不会辜负我的托付。"首相又叮嘱那孩子几句,叫他听我的话,我就带了堂亨利到他自己寓所。

我们一到家,我把所有的家丁叫来,让他过目,一壁告诉他各人的职务。他处境一新,举止却并不失措;随人家足恭尽礼的伺候,他泰然自若,仿佛从小在这种天地里长大,并不是侥幸交了好运。他生性不笨,只是一窍不通,读书写字都不会。我替他请了个先生,教他初入门的拉丁文;另又请了地理教师、历史教师、击剑教师。当然我不会漏掉跳舞教师,只是人选为难。这时候马德里有名的跳舞师很多,我不知请了哪个好。

我正为难,只见我们寓所院子里来了个衣服华丽的人,说要找我。我以为他至少是个授圣雅各或阿尔冈达拉武士勋章的爵士,就迎上去接见。我问他有何贵干。他连连行礼,一看他那副神气,就知道是吃哪行饭的了。他道:"山悌良那大爷,听说堂亨利大爷的教师都归您大人挑选,所以我特来自荐。我叫马丁·李式侯,谢上天照应,颇有微名。我向来不自己找学生,那是蹩脚跳舞师的勾当;我是等人家上门来请的。我教过梅狄那·西董尼亚公爵、堂路易·德·阿罗和古斯曼族里另外几位贵公子,可算是天造地设为公子们效劳的,所以我理应关照你一声。"我道:"听来你正是我们要的人,你一月多少学费?"他道:"四个双比斯多,这是行市,并且我每礼拜只上两次课。"我道:"一月要四个双比斯多,太贵了!"他诧异道:"怎么贵呀! 你请个哲学教师一月就要一个比斯多呢!"

这妙语真叫人无言可对。我哈哈大笑,我问李式侯先生:是否真以为干他那一行的人,身份比哲学教师来得贵。他道:"确实如此。我们比那起先生有用得多。一个人没经我们点拨,算什么东西呢? 直撅撅的身子,还是未经琢磨的粗坯;可是跟我们学了几回跳舞,那身段体态就渐渐地出来了。总之,我们能教得他们举止文雅,气度尊严。"

我觉得这位跳舞师说得不错,这种艺术大师既要四个双比斯多一月,我就出这样的学费请他教堂亨利。

第 六 章

西比翁从美洲回来,吉尔·布拉斯派他伺候堂亨利。
这位公子的学业,他封了爵位,爵爷又为他娶了老婆。
吉尔·布拉斯不由自主地升为贵人。

西比翁从墨西哥回来了,那时候我正替堂亨利物色家丁,大半名额还没有着落。我问他这趟出门是否称心。他道:"总该称心了。我拿出去三千杜加现款,带回来六千杜加的货色,都是在本国很有销路的东西。"我道:"恭喜你,孩子,你这番财星高照,只消明年再到美洲去跑一趟,就可以做富翁了。你要是不愿意为几个钱吃辛吃苦,跑那么大老远去,宁愿在马德里吃口舒服饭,你只要开句口,我现成可以照顾你。"果斯果丽娜的儿子答道:"唉,我是毫不踌躇的,如果再要我漂洋过海,担惊受怕,怎么大的财我也不贪了;我宁可在您大人左右当个好差使。不知道您想给小的做个什么事儿,请您讲讲。"

我要讲个明白,就告诉他爵爷弄进古斯曼家的那位小爷是什么出身。我原原本本叙完这桩奇事,又说首相派我做了堂亨利的导师,然后说想叫他做这位嗣子的贴身用人。西比翁求之不得,欣然应允。他做得非常好,不到三四天就很蒙新主人宠任。

我以为热那亚女人的儿子到那年龄,学不进东西了,请那许多先生教他都是白费心力;谁知我没料着。他无论学什么,一来就懂,也不忘记,老师们都很满意。我忙把这消息禀告爵爷,他听了喜得不可开交,乐极欲狂似的嚷道:"山悌良那,我听你说堂亨利记性又好,悟性又好,高兴极了,可见是我的骨血;而且我把他疼得仿佛是我跟奥利法瑞斯夫人亲生的似的,这就证明他的确是我的儿子了。朋友,你由此可以知道,天性自然会流露的。"我对这事自有见解,绝不去告诉爵爷;我可怜他这点痴心,随他去自得其乐、满以为是堂亨利的亲爸爸吧。

古斯曼族人把这位新簇簇临时制造的贵公子彻骨痛恨,但是他们老于世故,隐忍不露,有的还假意跟他结交。当时在马德里的国外使节和国内权贵,都登门拜访,足恭尽礼,就仿佛他是爵爷正配嫡生的儿子。这位大臣看人家捧他的宝贝疙瘩,大为得意,忙要替他弄几个官衔来风光一下。他为堂亨利先向王上求了个阿尔冈达拉的武士勋章,附带的封邑每年有一万艾古进账。过了不多几时,又代他谋到个内廷侍奉官的职位。于是他决计替儿子完婚,娶个西班牙高门大族的小姐,就选中了加斯狄尔公爵的女儿堂娜如安娜·德·维拉斯果。虽然公爵和他的族人不大愿意,爵爷仗着权势,强迫成亲。

首相大人举办这桩婚事的前几天,召了我去,把几张纸交在我手里道:"听着,吉尔·布拉斯,我又要送你一份礼,你想必喜欢的。这是我替你弄的勋位授予状。"我听了很诧异,答道:"大人,您知道我是女监护和侍从的儿子;我觉得勋位到我头上就不值价了。王上赏我这恩典,我完全不配,也毫无用处。"首相道:"你的出身没多大关系,你在赖玛公爵任内,又在我手下干过国家大事。"又微微一笑道:"况且你替万岁爷出的力不是就应该补报吗?总而言之,山悌良那,我给你这点尊荣,你尽可当之无愧。还有一层,更叫你没什么可说的:照你在我儿子身边的地位,非贵勋不可。老实告诉你吧,我给你这份勋位授予状,也就为这个缘故。"我道:"既然您大人坚要我受,我就从命了。"我说完把那份勋位授予状塞在衣袋里,告辞出来。

我走在街上暗想:"我现在是绅士大爷了!不靠爹娘,也成了勋贵!我尽管可用堂吉尔·布拉斯的称呼。若有相识的人听了当面嘲笑,我可以把我这份勋位授予状拿给他们瞧。"我一面掏出来,自己道:"且让我看看,一个人是怎样把贱坯子熏沐得变成贵人的。"我读了一遍,大意说:皇上因我为君为国,屡著勤劳,特赐勋位,聊酬忠爱。我敢自己称赞一句,我看了并不得意。这点尊荣愈显得我出身微贱,并不增光,只有丢脸。所以我决计把这份授予状搁在抽屉里,不拿出来卖弄。

第 七 章

吉尔·布拉斯偶然又碰见法布利斯。两人最后一次谈心,尼聂斯劝山悌良那一句要紧话。

那位阿斯杜利亚的诗人很不愿意跟我来往,这是显而易见的。我呢,也有我的事情,没工夫去找他。自从那天听大家讨论欧里庇得斯的《伊斐革涅亚》以后,我和他一直没见面。可巧我在太阳门附近又碰到他。他从一个印刷所出来。我迎上去道:"哈哈!尼聂斯先生,你刚从印刷所出来,看来又要有新作问世了。"

他道:"你们等着瞧吧!我忽然动念,写了个小册子,正在排印,出来了准会轰动文坛。"我道:"你的东西一定好。只是不料你有兴写小册子,我以为这是无聊弄笔,不会长你的文名。"法布利斯道:"小册子里偶然也有好文章。就说我的吧,虽然草草写成,就算是好的了。老实告诉你,这是我救急之作。你知道,狼饿得慌,就出山来了。"

我嚷道:"怎么饿啊?这位不是《萨尔丹聂伯爵》的作者吗?一年进账两千艾古的人,怎么说出这等话来?"尼聂斯打断我道:"且慢,朋友,我现在不是坐领厚俸的福气诗人了。那位理财大员堂贝特朗突然出了事:他有侵吞公款的罪,财产全部入官,我的年金也吹了。"我道:"可惜可惜。还有挽回的余地吗?"

他道:"没想头了!果梅斯·德·李伯罗大爷已经完蛋,跟他手下的才子一样穷了,据说他再没有出头的日子。"

我道:"这样看来,我得替你找个事情,好贴补你那笔年金的损失。"他道:"不劳你费心。即使你替我在首相手下找的事一年有三千艾古的薪水,我也不要。才子不是当书记的,我非以文章自娱不可。怎么说呢,老天生我,以诗人始,以诗人终,我不愿意违拗我的命。"

他接着说:"你也别以为我们很可怜,我们不但无拘无束,而且无忧无虑。人家以为我们常常挨饿,其实并不然。我的同行都是阔人家的座上客,就连那种编日历的人也是。我有两处饭碗儿是拿稳的。我献过一部小说给一个经管农场的胖子,他家里稳有我吃的饭。另一处是马德里一个财主家里,他席上非有个把才子不欢,好在他眼界不高,他要多少才子,这城里就有多少。"

我对阿斯杜利亚的诗人道:"你既然觉得境遇不恶,我也不来怜惜你。无论如何,有一句话我要再跟你说一遍:我吉尔·布拉斯不怕你冷淡,一辈子是你的朋友,你要是没钱使,只管来找我,千万别爱面子断绝了一注稳当的接济,叫我无从尽心。"

尼聂斯嚷道:"山悌良那,你这样热心大度,我就看出你的人来了。我对你这番好意真是感激不尽。我也该向你进个忠告,聊表寸心。现在奥利法瑞斯爵爷还大权在手,你又很得宠,乘此机会赶紧多弄些钱。我听说这位大臣站不稳了。"我问法布利斯消息确不确。他道:"一位授加拉特拉华勋章的老爵士这么说的,他有个特长,什么秘密机要都瞒不过他,人家都推他料事如神。昨天他在讲:'爵爷有许多冤家,结了帮要拆他的台。他拿得太稳,还以为王上由他摆布呢。人家冤枉之辞已经上达天听,万岁爷并不觉得逆耳。'"我谢了尼聂斯的忠告,却并不放在心上,就回寓所去,深信我东家的权位推拔不倒,好比根深柢固的老橡树,一任风狂雨暴,依然矗立不动。

第 八 章

吉尔·布拉斯得知法布利斯所言不虚。
王上巡幸萨拉戈萨。

阿斯杜利亚的诗人对我说的话并非无稽之谈。王宫里确有些人暗地结成党羽,跟爵爷作对,据说魁首就是王后。他们划策定谋,要倒这位大臣,外面却一点没走风。此后一年多,我看王上对他的宠眷丝毫未减。

这时候加泰罗尼亚人靠法国扶持,造起反来,大军征剿失利,弄得人心骚动,对政府有怨言。因此开了个御前会议,王上叫圣罗马帝国①驻西班牙大使格拉那侯爵也来出席。当下大家商议:王上应该留在加斯狄尔呢,还是到阿拉贡去让军队瞻仰天颜。爵爷不愿意王上到军队里去,就第一个开口,说御驾不宜离开京师,讲来入情入理,振振有词。他一讲完,除了

---

① 圣罗马帝国(Saint-Empire Romain,800—1806,今通译为神圣罗马帝国)包括后来日耳曼、奥地利等国。

格拉那侯爵之外，大家都立刻起来附和。那位侯爵一心只向着奥地利王室①，不赞成首相的意思，而且他们那国的人生来心直口快②，他竟振振有词地出来反对。王上觉得他理足，不管大家异议，竟听从他的主张，指定日子，准备动身到军队里去。

万岁爷公然不听那位幸臣的话还是生平第一遭。这桩空前之举，首相看作自撅己的奇耻大辱，羞恼无比。他正要独自到书房去生气，一眼瞧见我，就招我进去，把会上的事气呼呼地告诉了我。他仿佛失惊之后心神未定似的又对我道："是啊，山梯良那，这二十多年来，王上附和着我，两人是一张嘴一条心；这番他却听信了格拉那的话，还加那副神气叫人难堪。他把这位大使赞了又赞，尤其称扬他对奥地利王室披肝沥胆，好像我倒不如这个日耳曼人忠心呢。"

首相又说："分明有人合帮拆我的台，我瞧透这是王后领头的。"我道："哎！大人，您何必挂心？王后怕她什么呢？这十二三年来，国事全归您做主，向例不叫王上请教她，这位娘娘早冷搁在一边惯了。至于王上听从格拉那侯爵的主张，也无非急要检阅一下军队，想去打个仗罢了。"爵爷打断我道："不是的，实在是这么回事：我的冤家希望王上到了军队里，给随驾的权贵包围起来；那里面不少怨我的人，就敢对王上毁谤我的相业了。可是他们没算准，王上尽管出巡，我自会叫那些权贵一个也靠不拢身。"他这话果然没空说，那办法很值得细讲。

---

① 西班牙王室是奥地利王室的分支。
② 自从一世纪罗马史家塔西佗（Tacitus）和史威东表扬以来，"日耳曼人的忠实"就成为欧洲成语。

万岁爷出巡那天,嘱王后暂摄朝政,就起驾上萨拉戈萨;他路过阿朗瑞斯,觉得真是个好地方,逗留了近三个星期。首相随又把他弄到古安加,引他寻欢取乐,勾留得更加长久。王上又在莫利那·德·阿拉贡打打猎,玩了一程才到萨拉戈萨。大军驻扎离此不远,王上准备上大营去。可是爵爷打消了他的去意,只哄他说:法国兵已经占据蒙松,王上去了难保不落在他们手里。王上其实大可放心,但是一听这话,吓得慌了,决计深居不出,仿佛给人禁锢了一般。首相看他害怕,乘机以保卫为名,简直就把他看管起来,不让人见面。那些权贵花了好多钱随驾出征,想私下一见至尊,也不能如愿。斐利普在萨拉戈萨起居饮食既不舒服,尤其无法消遣,说穿了,竟是坐监牢。他住得气闷,就回马德里去,只由大军统帅维雷斯侯爵想法替西班牙去立威。万岁爷御驾亲征,落得这样个下场。

第 九 章

葡萄牙革命,爵爷失宠。

御驾回朝不久,马德里听到的风声很不好,据说葡萄牙人瞧加泰罗尼亚人作乱,以为天赐其便,想乘机摆脱西班牙的桎梏,已经起兵,并且拥戴布拉贡斯公爵做国王。他们一心要他坐稳宝位,算准不会有失着,因为西班牙正四面受敌,日耳曼、意大利、荷兰、加泰罗尼亚都在起衅。他们受了西班牙的压制深恶痛绝,要重获自由,这个时机实在是再好没有了。

消息传来,朝野大震,不料爵爷偏在这时候对王上去取笑布拉贡斯公爵。嘲笑不当景,往往要落在自己头上。斐利普觉得他那笑话不入耳,板着个脸儿;首相很惶恐,自知不妙。王后又公然作对,痛骂他失职误事,造成葡萄牙之变;他听到这句话,知道站不住了。朝里许多权贵,尤其是随驾到萨拉戈萨的那些人,一看爵爷祸临头上,立刻附在王后一起。偏生火上加油,曼都公爵的母亲,就是前葡萄牙总督夫人恰从里斯本回马德里,她老实对王上说,葡萄牙起事都是首相之过;这来把王上对他的宠眷完全断送。

王上听了这位贵妇人一席话,深深有动于衷,就此看破他的幸臣,把恩宠一笔勾销。首相知道王上专听他冤家的话,心生一计,上了个奏章,说人家把他执政期间出的乱子都归罪于他,实在冤枉,所以请求准他辞职下野。他以为王上旧恩未尽,不会放他走,这个奏章上去,一定大有效验。可是万岁爷批了照准,随他到哪里去退休。

首相没想到这样的御笔亲批,仿佛顶门上着了个焦雷。他虽然惊慌得不知所措,却故作镇静,问我设身处地该怎样办。我道:"我就毫不犹豫,丢下官儿,还山安度余年去。"我东家道:"这话很有识见。我打算到娄式斯去退老,不过先还要见见万岁爷,表白一番:我担当了国家大任,凡是人力所及,没有一点疏忽;大家归罪于我的种种灾祸是无法防备的,好比有本事的领港人,费尽心力,船还是给风浪卷了去,那不是他的错。"这位大臣还希望向王上陈述了一番,事情会有转圜,可以卷土重来。可是他求见没准,连他进内廷用的钥匙也追缴去了。

他一看再没什么想头,就认真预备退休。他把自己的文件细看一过,谨慎起见,烧掉了许多;于是派定要带走的家丁和用人,叫他们料理起身,决定第二天上路。他恐怕出了官邸遭百姓辱骂,所以大清早从后门悄悄溜走,带着个听他忏悔的神父和我,三人乘一辆破马车,安然无事地取道上娄式斯。他是那一乡之主,他夫人曾经在那里造过一所壮丽的圣多明我会修女院。我们不上四小时就到了地头,所有随从人等一会儿也都跟来了。

第 十 章

爵爷起初烦恼不安;后来就心平气和。
他的隐居生涯。

奥利法瑞斯夫人让丈夫先到娄式斯去,自己还在朝里逗留几天,打算痛哭哀求,或许朝廷会把爵爷召回来。她白费功夫想好了一篇求情的话,向王上王后匍匐陈请,王上满不理会,王后本来恨她入骨,看她眼泪直流,心中大快。首相夫人还不甘休,竟卑躬屈节地求王后侍女帮忙。这样不顾羞耻,只落得大家白眼,并没人可怜。她抛尽颜面也无能为力,只好死了心跟到丈夫那里去。做斐利普四世那种国王的首相,可算得赫赫当朝第一人,一朝失位,他们夫妇俩惟有同声叹恨了。

夫人来讲了马德里的情形,越添爵爷的烦闷。她哭着说:"你那些冤家,像梅狄那·赛利公爵和其他恨你的权贵,不住口地颂扬王上圣明,把你革职。百姓也气人得很,欢欣庆贺你下台,仿佛你不执政,国家的灾祸也都没有了。"我主人道:"太太,你学我的样忍忍气吧;祸患难逃,只有逆来顺受。说老实话,从前我还自以为能一辈子保住君恩呢。在位得宠的人常会有这种梦想,不知道造命之权全在主子手里;赖玛公爵自以为有那件紫红袍儿护身,就天长地久,有权有势,不也和我一般糊涂吗?"

爵爷这样劝老婆耐心,自己呢,每天得了堂亨利的信,只顾气上加气。堂亨利还在朝里望风,把所见所闻一一回报。自从这位小爷和堂娜如安娜结婚,我就另住了,西比翁还在那边伺候,送信的就是他。那位养子信上都讲些不如意的事,偏生总没个好消息。一次说,当朝权贵公然以爵爷退职相贺,而且还结帮要把他安插的私人一概去掉,用他的冤家去补缺。又一次说,堂路易·德·阿罗渐渐得宠,看来要做首相了。这时,爵爷喜欢的梅狄那·德·多瑞斯公爵撤掉了拿普尔斯总督之职,由爵爷素来厌恨的加斯狄尔海军上将继任。朝廷此举无非是扫爵爷的面子,这似乎是我主人最气愤的消息了。

爵爷退职三个月以来,简直老在气恼。听他忏悔的神父是圣多明我会修士,人很虔诚,极有口才,能够给他些慰藉。他点化爵爷说,今后应该一心归向天界;靠上苍默佑,居然说得他大彻大悟,不再念念不忘朝廷了。他不去打听马德里的消息,只求修身养性,能视死如归。奥利法瑞斯夫人退隐以后也很得益,她建立的修女院恰是天赐给她解忧消闷的。里面有些道行高的修女,谈起话来虔诚感人,把她满腔怨恨不知不觉中化为一团和气。我东家世情愈淡,心境转静。他每天整上午在修女院教堂望弥撒,然后回家午饭,饭后跟我和几个亲信一起玩玩,消遣两个钟头,于是往往一人进书房去,到天黑才出来,有时候就在花园里走走,有时候带了听他忏悔的神父或者带了我,坐着马车在附近乡间绕个弯儿散散心。

  有一天我独和爵爷在一起,瞧他一脸静穆之气,心上很佩服,我大胆说道:"大人,我快活得很,忍不住要说句话:我看您大人心安理得的样儿,想来渐渐过惯退隐生涯了。"他答道:"我已经安之若素;我多年来做惯忙人,可是老实告诉你,孩子,这里的悠闲日子,我一天天越觉得配胃口了。"

第 十 一 章

  爵爷忽然不乐,若有所思。
  这事起因可怪,结局很惨。

  爵爷要找些旁的事做,有时种花消遣。一天他正在园里干活儿,看见我在旁边,就开玩笑道:"山悌良那,你瞧这下野的首相变了娄式斯的园丁了。"我也取笑道:"大人,这就仿佛西拉古斯的德尼斯做了科林斯的私塾先生。"①我东家听了一笑,并不怪我这样比拟。
  爵爷下了台满不在乎,过的日子尽管今非昔比,他却怡然自

---

① 公元前四世纪西拉古斯暴君德尼斯,被迫退位后,在科林斯(Corinthe)授徒为生。

得;庄子上的人看主人这样,都很高兴。可是这个当儿,我们眼看着他换了样子,又不免担心起来。他变得很阴郁,仿佛心事沉沉,愁深似海。他不跟我们一起玩了,我们挖空心思替他解闷,他好像一点没有兴致。他饭后就一人关在书房里,直到天黑才出来。我们以为他想起往日的荣华富贵,所以闷闷不乐,就请那圣多明我会的神父去开导。可是他的辩才无能为力,爵爷的忧闷看来只有增无减。

我想爵爷烦闷或许另有道理,不肯告人,就打算套出他这个秘密来。我候得他左右没人,做出又恭敬又亲热的样儿,说道:"大人,吉尔·布拉斯有句话胆敢动问主人,不知可以吗?"他道:"可以啊,你问好了。"我说:"大人脸上那副怡然自得的神气哪里去了呢?您对荣辱得失早已无动于衷,现在又未能免俗了吗?难道您又想起失宠的旧事,引起了新恨吗?您好容易修养得从烦恼海超度出来,怎么这会子又掉在里面了?"那位大臣道:"谢天,没那事儿,我不再恋恋不忘从前在朝上的身份,那时候的显赫早撇开再也不想了。"我道:"哎,您既然有本事不留恋旧事,干吗又不争气只管发愁,叫我们都着急呢?"我又跪下道:"亲爱的主人,您怎么了?准有什么心事把您磨折得苦。您知道山悌良那素来缜密忠诚,还用瞒着他吗?我倒了什么霉,弄得您不相信了吗?"

爵爷道:"我总是相信你的。老实告诉你,你瞧我忧忧郁郁,的确有个原因,我不愿意跟你说。不过像你这样的手下人、这样的朋友,既然坚要我说,我也不能拂你的意。我把苦衷说给你听吧,这种秘密我只肯对你山悌良那一个人说。"接着道:"是啊,有桩事磨得我好苦,一点一点在催我的命。我眼前总有个鬼,形状很可怕。我尽管说这是我眼花,是个不真不实的幻影,也都枉然,这个鬼仍然出现,刺目惊心。我心里很清楚,知道其实什么也没有,可是看见这种景象,不由得我迷惑起来,心就慌了。你一定要我讲,我现在都讲了。你瞧,我不愿意告诉人家为什么发愁,不是有道理吗?"

大概是他精神失常了,会有这样奇事,我听着又悲伤又诧异。我说:"大人,是不是因为您吃得太少,您饮食太菲薄了。"他答道:"我起初也那么想,我要瞧瞧是不是吃得太少的缘故,这几天吃得比往日多,可是眼前依然有那个鬼影。"我安慰他道:"慢慢儿自然会灭迹。您大人还是跟您忠心的家人们真情诉说,那些愁云惨雾就会消散的。"

爵爷和我谈了这番话,不久就病了。他自觉不妙,叫人到马德里去请了两个公证人来立遗嘱;又请了三位名医,盛传他们偶尔也医得好个把病人。庄上一听说医生来了,人人唉声叫苦,因为对这起先生成见很深,以为主人就此去死不远了。同来还有药剂师一名、外科医生一名,医生处了方,总要用到这种人。公证人干完事,医生就来。他们跟桑格拉都大夫同道,从第一次瞧了病就连连叫病人放血;六天以后,把个爵爷弄得奄奄一息,到第七天他眼前清净,再也不见鬼了。

这位大臣死后,娄式斯的庄上一片哀悼,都出于真心。用人个个痛哭,尽管拿定遗嘱上有自己的一份,也不能释哀,都宁可不承受爵爷的遗物,只求他回生。我得宠最深,对他一心依恋,这回伤心得更比别人厉害。我哭安东妮亚的眼泪,也许不如我哭爵爷的眼泪多。

第 十 二 章

爵爷身故后娄式斯庄上的事,
山悌良那的行止。

爵爷有遗命,要葬在修女墓园里,丧事不得铺张。我们遵命办理,一片哭声,送他入土。葬事完毕,奥利法瑞斯夫人叫人宣读遗嘱,家人听了个个称心。爵爷按他们的职位,每人给一笔钱,最少的有二千艾古;我一份最多,有一万比斯多,这是他另眼相看。他也没忘掉那些慈惠院,又在许多修道院里捐下些钱,专为每年做追思弥撒用的。

奥利法瑞斯夫人吩咐总管堂瑞蒙·加玻利斯把钱发给各个家人,叫他们都到马德里去领。我哀思成疾,大发寒热,在庄上耽搁了七八天,没有跟大伙儿同去。我病的时候承那位圣多明我会的修士常来看望。这位好修士跟我相厚,要超救我的灵魂,他瞧我渐渐硬朗,就问我准备作何行止。我道:"师父,我说不上来,还没打定主意;有时候真想坐关忏悔。"圣多明我会的修士道:"那种时刻真是千金难买,山悌良那先生,你不要错过。我给你个忠告:你也不必出家,像我们马德里的修道院,你可以去安身;你把财产一股脑儿施舍在里面,披上圣多明我会的道袍,在那儿直住到老死。好些人在尘世混了一辈子,这样清修了局的。"

照我当时的心情,修士的话并不逆耳,我说,让我仔细想想。

一会儿我见了西比翁,就跟他商量。他一口阻挡,说这是病人的胡想。他道:"得了,山悌良那先生,这种退隐的地方会投合你的脾气吗?你住到李利亚斯庄上去不更舒服吗?你从前就喜欢那个地方,现在到这年龄,越发对天然风物心领神会,坐享那里的清福就更有滋味了。"

果斯果丽娜的儿子三言两语,就说得我心回意转。我道:"朋友,你这话比那圣多明我会的神父说得有斤两。我的确回到庄上去好,决计这么办了。等我出得门,咱们马上回李利亚斯吧。"不多时,我寒热退尽,一两天就有力气动身了。西比翁和我同到马德里。我见了这个都会,不像从前那样心醉。我知道这里的人对我怅念的那位大臣几乎个个憎恨,所以这个地方也不顺我的眼。我只耽搁了五六天;西比翁乘这个时候料理动身往李利亚斯去。他忙着置车鞴马,我就去找加玻利斯,把爵爷传给我的钱领来,都是双比斯多。我又去看了我名下几处封邑的经管人,跟他们讲定交款的办法。总而言之,我把一切事情办得有条有理。

我们动身前一晚,我问果斯果丽娜的儿子有没有向堂亨利告辞。他说:"告辞过了,我今天早上跟他分手的,彼此都很客气,他还说舍不得我走呢。他对我也许满意,我对他可并不满意,主子喜欢用人不算什么,也得用人喜欢那位主子才行,不然的话,总是相处不来的。"又道:"况且堂亨利在朝上只是个可怜东西,人家瞧得他一文不值,街上人指指点点,只管他叫热那亚婆娘的儿子。你想,有体面的小子,谁愿意去伺候这种没体面的家伙呀。"

居然一个大清早,我们离开马德里,取道上古安加。我和我亲信坐一辆车,驾两匹骡子,车夫骑着驾车的骡子领路;后面就是三匹驮骡,装着行李、现钱,有两个骡夫跟着;随后是西比翁找来的两个彪形大汉,披挂器械一应俱全,骑着骡子压队;骡夫各佩刺刀,车夫在坐鞍下面藏着两支好手枪,一行人就这样上路。我们七人里六个都是很勇猛的;我一路欢欢喜喜,不必为承袭的那笔钱担心。走过村落,骡驮子昂然摇动项下的铜铃,村里人忙赶出门来,看我们一队人过去,以为这样排场至少是个大贵人上任做总督去呢。

第 十 三 章

吉尔·布拉斯回到庄上,看见干女儿赛拉芬已经成年,甚为欣喜。他看中了一位小姐。

我不用赶路,所以走了十五天到李利亚斯。我只求一路平安,居然如愿。我一见自己的庄子,想起安东妮亚,有点伤感。可是我不愿意自寻烦恼,忙把念头推开;况且她已经去世二十二年,我的悲怀也淡了。

我一到庄上,贝雅德丽斯和她女儿忙来请安,十分亲热。于是他们爸爸妈妈和女儿互相拥抱,快活得发疯也似,我看着也很高兴。等他们拥抱了好一顿,我留心看看我的干女儿,觉得她很可爱,就说:"我离开李利亚斯的时候,赛拉芬还在摇篮里呢,难道这就是她吗?我瞧她长得这么高,又这么漂亮,真是快活,咱们得留心替她找一门亲了!"我的干儿女听了这话,脸上微微一红,嚷道:"怎么的呀,亲爱的干爸爸,你才见了我一眼,就想推我出门了吗?"我道:"孩子啊,不是这话,我们不想把你嫁出门去,我们要你有了丈夫,不离开爹妈,多少还是跟我们住在一起。"

贝雅德丽斯道:"现在就有这样一门亲。本地有位绅士,一天在村教堂望弥撒,看见赛拉芬,就爱上她了。他来看过我,陈说他的爱慕,求我允准。你们想得出我怎么回答的。我说:'我答应了你也没用,赛拉芬全凭她爸爸和她干爸爸做主,得看他们怎么说呢。承你不弃小女,要想求亲,我顶多把这个事写信去告诉他们。'我的确就要来通知你们两位,可是这会子你们人都回来了;你们瞧瞧该怎么办吧。"

西比翁道:"旁的不说,那个绅士是怎么样的人呢?有没有他们那种人的习气?是不是自以为出身高贵,把平头百姓不放在眼里的?"贝雅德丽斯道:"唷,他倒并不是那样的,这人温文有礼,而且一表好相貌,年纪还不到三十岁。"我对贝雅德丽斯道:"听你说来,这位绅士很不错。他叫什么名字呢?"西比翁的老婆道:"叫堂如安·德·如泰拉,新近承袭了父亲的遗产,离这儿一哩路有个庄子,就带着他照管的一个妹妹住在那里。"我道:"我从前听人讲起过这个人家,是瓦朗斯的名门大族。"西比翁道:"我第一要心肠好、头脑好,名门大族倒在其次,这位堂如安只要是正人君子就行了。"赛拉芬插嘴道:"他有这名气的,李利亚斯知道他的人都把他夸得不得了。"我听了干女儿的话,对她爸爸看一眼,微微一笑,她爸爸也领会这句话的意思,知道女儿并不讨厌这位郎君。

过了两天,这位爷就到李利亚斯庄上来拜访,原来早听得消息,知道我们到了。他殷殷勤勤跟我们招呼,看他的相貌举止,分明是好一位人才,贝雅德丽斯所说的并非虚话。他说:他是我们的邻居,特来贺我们安稳还家。我们也竭诚招待,不过这番拜访,只是照例应酬,谈的无非客套,堂如安一字没提到爱慕赛拉芬的话,临走只说:预料跟我们结邻是件乐事,请许他再来拜望,好好结个相识。他走以后,贝雅德丽斯问我们瞧这人怎么样。我们说:看来一定好,赛拉芬能有这样个丈夫,真是再好没有的运气了。

我们得回拜堂如安,第二天饭后,我就跟果斯果丽娜的儿子一同出门,叫个人领着到他庄上去。四停路走了三停,领路人说:"这儿就是堂如安·德·如泰拉的庄子了。"我们睁大眼睛四面找了半天,也没找着,一直走到跟前,才瞧见那座庄子,原来隐在山脚下的林子里,树木高大,遮得看不见了。那房子已经破旧,看来主人确是名门,只未必是富室。不过进去一瞧,陈设非常精致,房子虽然塌败,也将就得过了。

堂如安接见的客室布置很漂亮,他又叫我们见了一位小姐,她大概有十九到二十岁,他在我们面前管她叫多若泰妹妹。她盛装艳服,仿佛知道我们要去,特意打扮的。我看见她这般艳丽,心里一动,就像从前见了安东妮亚一样,换句话说,我神魂摇荡起来。不过我一点没露在脸上,连西比翁都没瞧出来。我们还像前一天那样,谈谈邻居和睦、你来我往的快乐。他仍旧绝口不提赛拉芬,我们也不去逗他求婚,要他自己说出来才好。我们谈话的当儿,我瞥了多若泰好几眼,可是我极力假装不看她。每和她四目相对,我就愈觉得心醉。平心说来,我倾倒的人儿并不十全十美。她皮肤的确白得耀目,红嘴唇赛得过玫瑰,只是鼻子嫌长,眼睛稍小;虽然如此,整个脸儿还很迷人。

总之,我到如泰拉庄上走了一遭,换了个人,我回到李利亚斯,心心念念、眼里嘴里只有个多若泰了。西比翁满面惊异,看着我道:"主人啊,你怎么了,只顾想着堂如安的妹妹,你爱上她了吗?"我答道:"是啊,朋友,我真要烧盘儿,天啊,安东妮亚去世以来,我见过的漂亮女人不知多少,从没有动过心,怎么偏叫我碰到这个主儿,弄得我年纪一把,还不由自主地害起相思病来。"果斯果丽娜的儿子道:"好啊,先生,这事你不必怨恨,正该得意啊。你不过这点年纪,害相思一点没什么可笑;你又没老,还有指望赢得女人欢心呢。听我的话,下回见了堂如安,大着胆子向他求亲得了。像你这样的人,他不会不答应。假如多若泰非上等人不嫁,你不就是上等人吗?你有那贵勋授予状,够你子子孙孙沾光的了。年深月久,你那份授予状的来头就无从查考,像一切人家的根柢一样;四五代以后,山悌良那家就是头等的名门望族了。"

第 十 四 章

李利亚斯庄上两重喜事,吉尔·布拉
斯·德·山悌良那的经历就此述完。

西比翁用这套话勉励我去向多若泰求亲,以为我不会碰钉子。我决计照办,可是不免战战兢兢。我尽管看来年轻,瞒得掉整整十岁年纪,可是总觉得一位妙龄美人不会垂青的了。我打定主意,下回见到她哥哥冒昧求一求。他呢,也正在着急,不知道能不能求到我的干女儿。

第二天早上,我刚穿好衣裳,他又来了,说道:"山悌良那先生,我有件要事,今天特为来跟你谈谈。"我请他到书房里,他单刀直入,说道:"我的来意,你大概知道。我爱赛拉芬,她爸爸什么都听你的,请你替我美言几句,成全了我的心愿,我终身的幸福就多亏你了。"我答道:"堂如安先生,你既然直截痛快,绝不会怪我学你的样。我一定在我干女儿的爸爸面前替你出力;现在我也要请你在令妹前说说好话。"

堂如安听了这话,脸上又惊又喜,我觉得兆头不坏,他道:"难道你昨天给多若泰颠倒了吗?"我道:"我爱上她了,如果承你们兄妹两位不弃,答应我的请求,我就是天下最福气的人了。"他答道:"这件事你尽管放心。我们虽然是贵族,很愿意跟你结亲。"我道:"承你不嫌我平民出身,肯要我做妹夫,我很高兴,也对你越加钦佩,这就见得你高明。不过,即使你要挣面子,想把妹妹嫁个贵人,好叫你得知,我也够格儿。我在相府先后做了二十年的事,王上瞧我为国家出过力,赏了一份贵勋授予状,我可以给你瞧瞧。"我一向不爱夸张,把这份授予状藏在抽屉里,这时候就拿给那位绅士看。他仔细从头看到底,十分惬意。他还给我道:"好得很。多若泰许给你了。"我嚷道:"赛拉芬也稳是你的了。"

两桩婚事就此讲定。这事只消再问问两位小姐是否愿意,因为堂如安和我都很体贴,不肯委屈了她们强聘硬娶。他回如泰拉庄上去跟妹妹谈我的亲事。我就召了西比翁、贝雅德丽斯和我干女儿,把方才谈的话告诉他们。贝雅德丽斯主张一口答应,赛拉芬一声不响,就见得她跟妈妈同意。那爸爸其实并没有旁的主张,不过有点为难,说这人家的庄子亟待修理,不知道该多少陪赠呢。我说,这是我的事,我给干女儿四千比斯多陪嫁。西比翁一听这话,也就没得说的了。

我和堂如安当晚又见面,我说:"你的事顺利极了,但愿我的也不坏。"他答道:"你的事顶不错,多若泰不用我做哥哥的命令,自己就情愿。她中意你一表人才,也喜欢你这种风度。你只怕不中她的意,她却发愁得更合情理,她嫁你只有个光人儿——"我喜极欲狂,打断他道:"我此外还有什么要求呢?承蒙可爱的多若泰不弃,肯跟我同甘共苦,别的都不用说了。我有的是钱,不要她什么陪嫁,能娶到她就心满意足。"

我们俩谈得有了这些眉目,都很高兴,决计省掉繁文缛礼,赶快结婚。我叫这位先生跟赛拉芬的父母会了面,讲定婚约的条款,他就辞去,答应过一天带多若泰同来。我一心要讨这位小姐喜欢,拼命修饰打扮,足足花了三个多钟头,自己瞧着还不称心。少年打扮了见情人,是件乐事;人快老了,这事干来就很吃力。总算便宜我,堂如安的妹妹第二次见面对我十分青眼,我自觉还没有人老珠黄。我跟她谈了好一会儿,觉得她性情很可爱,只要我会哄、会媚,加上千依百顺,想来还可以赢得老婆欢心。我一肚子如意算盘,就叫人到瓦朗斯请来两个公证人,立下婚约;于是我们把巴戴那的教区神父请到李利亚斯,替堂如安那一对和我们一对行了结婚礼。

我第二番结婚一点也不懊悔。多若泰很贤惠,安分尽责,她瞧我先意承旨,心里很领情,就跟我亲热得仿佛我是个年轻丈夫一般。堂如安和我干女儿一盆火也似的热,更妙的是姑嫂俩非常要好,全出志诚。我看出那位内兄的许多长处,真心喜欢他,他也没亏负我。长话短说,我们一起非常融洽,每晚分手要明早再会面就依依不舍。我们决计两家并作一家,有时候住在李利亚斯庄上,有时候住在如泰拉庄上,因此就花了本大人的比斯多,把这个庄子大大地修理了一下。

敬爱的读者,我和这些亲爱的人同过快乐日子,已经有三年。上天要我没一点儿美中不足,赏了我两个孩子。我一心相信孩子是我的亲骨血,我的暮年岁月可以教子消遣了。

小　癞　子

译 本 序

  我翻译的西班牙名著《小癞子》经过修改和重译，先后出过五六版。我偶尔也曾听到读者说："《小癞子》，我读过，顶好玩儿的。"这正合作者《前言》里的话："就算他（读者）不求甚解，也可以消闲解闷。"至于怎样深入求解，我国读者似乎不大在意。我作为译者，始终没把这本体积不大的经典郑重向读者介绍，显然是没有尽责。

  《小癞子》的读者假如忽略了作者《前言》，很可能"不求甚解"，只读来消遣。如果细读《前言》，准会发现里面有许多文章值得深入求解。

  《前言》和小说本文都算是癞子的话，不过笔墨略有不同。小说本文质朴而简洁。《前言》虽然也没有辞藻，语言却更为文雅。短短的第一节里就两次引用经典上的名句。小说本文是癞子向一位贵人叙述自己的身世，从他自小挨饿受苦的种种经历，直到长大成人，娶了大神父的姘妇而交上好运。《前言》里却隐藏着一位作者。《前言》其实是作者的议论，面对广大的读众，不仅仅面对一位贵人。直到末一节才转为癞子本人的语气。

  作者开宗明义，指出这部作品是写非常的事，而且是向来没人注意的。他认为这种事该有人写，不让它埋没。读者嗜好不同，识见不同，说不定有人会对这类事情很欣赏，也很重视。他以作者的身份说，如果写了书只给一个人看，就没几人肯动笔了。写书不容易；下了一番功夫，总希望心力不白费，读者会看到书里的妙处而加以赞赏——也就是说，看到他的创新，了解其中的意义和价值。

《小癞子》是西班牙十六世纪中期出版的。当时文坛盛行英雄美人的传奇，渲染无敌的勇士，无双的佳人，崇高的品德，深挚的爱情等等，而神奇怪诞的魔法师、巨人、怪兽、毒龙之类多方作祟，造成故事的悲欢离合。到六十年代末期，继骑士小说而盛行的是田园小说，写超尘绝俗的牧童牧女谈情说爱。《小癞子》不写传奇式的英雄美人，不写"田园"中的牧童牧女，而写一个至卑极贱的穷苦孩子。他伺候一个又一个主人，切身领略到人世间种种艰苦，在不容他生存的社会上一处处流浪，挣扎着活命。这里没有高超的理想，只有平凡的现实；而卑贱的癞子替代高贵的伟大人物，成为故事主角。

卑贱的人物进入文学领域充当主角，不从癞子开始。就以西班牙本国来说，近五个世纪以前，一四九九年出版的《赛莱斯蒂娜》虽然以富家公子和名门闺秀的恋爱为主题，主要角色却是为男女双方撮合拉纤的赛莱斯蒂娜。这个狡猾的虔婆尽管卑贱，却是社会上的重要人物。人人都知道她，很多人——不论贵贱都有求于她。她行业虽贱，却很吃得开。有钱有势的"风流人物"，老老少少都是她的主顾；而她所利用的女人又都甘心受她剥削。堂吉诃德说过：在治理得当的国家，拉皮条是最少不了的行业。癞子和赛莱斯蒂娜可大不相同了。他只是一个吃不饱、饿不死的叫花子，他的故事无非偷嘴撒刁、挨打挨骂。他主人把他的作为讲给旁人听,他们听了就哄然大笑,为打骂他的主人助势帮腔。癞子在社会上只像蚂蚁一般,谁都没把他放在眼里。正如他自己说的:癞子如果饿死了,谁也不会再想到他。他的死活都没人在意,他的心情当然更没人顾念了。他一生的经历不值得史籍记载,他切身的感受只有自己本人知觉。作者别有见地,让癞子自己叙述身世,并讲出他的感受。这就是作者所谓"也许一向没人知道"的"非常的事"。因为癞子的身世只在他本人才有意义;他的感受也只有本人才体会亲切。《小癞子》是自述体。由一个社会上无立足地的小人物讲自己一处处的流浪生活,确是作者创新。他首创了"流浪汉小说"。各国文学史上一致把《小癞子》称为"流浪汉小说"的鼻祖。

究竟什么是"流浪汉小说",解释并不一致。一般说来,"流浪汉小说"都以"流浪汉"为主角。"流浪汉"指无业游民。他们出身微贱,没有家产,没有行业,往往当佣仆谋生,却又没有固定的主人,因为经常更换。他们或是游手好闲,不务正业;或是无业可就,到处流浪,苟安偷生。有的是玩世不恭,有的是无可奈何。他们与国家的法纪和社会秩序都格格不入。可是他们并不公然造反,只在法网的边缘上图些便宜,如欺诈讹骗、小偷小摸之类。流浪汉从来不是英雄,他们是"非英雄"或小人物——不过"非英雄"或小人物不专指流浪汉。

流浪汉小说可以借主角的遭遇,揭露社会上各个角落的龌龊,讽刺世人的卑鄙;也可以借主角的为非作歹,一面写良民愚蠢可欺来逗笑取乐,一面写歹徒不得好下场来警顽劝善。反正这种小说的内容都写这个很不完美的现实世界——徐文长《歌代啸》楔子开场所谓"世界原系缺陷,人情自古刁钻"。而流浪汉都看破这个世界而安于这个世界。

按照一般文评的说法,流浪汉小说都是流浪汉自述的故事。流浪汉故事如果由第三人叙说,就不是流浪汉小说。自述的故事如果主角不是流浪汉,当然也不是流浪汉小说。

西班牙十七世纪出版的著名流浪汉小说如马德欧·阿莱曼的《古斯曼·德·阿尔法拉切的生平》,又如克维多的《骗子堂巴勃罗斯的生平》(即中译本《骗子外传》),都用为非作歹的流浪汉充主角。前者侧重于警顽劝善,后者侧重于逗笑取乐,两书都是自述体。法国勒萨日的流浪汉小说《吉尔·布拉斯》借西班牙为背景,暴露和讽刺当时的法国社会,充主角的流浪汉是个玩世不恭的奴才,小说也是自述体。英国奈希写了英国最早的流浪汉小说《不幸的旅行者,或杰克·维尔登的生平》(一五九四年),也把为非作歹的流浪汉做主角,侧重于讽刺和滑稽。笛福的《摩尔·弗兰德斯》也是流浪汉小说,尽管主角是女人,称不上"汉";小说旨在暴露社会的阴暗,也有惩戒的意味。这两部英国小说也都是自述体。以上所举,都是人所熟知的流浪汉小说,都和《小癞子》一脉相承,作者都受《小癞子》的影响。

这类小说不仅都用自述的体裁,结构上也有相同处——都由一个主角来贯穿全书的情节。流浪汉到处流浪,遭遇的事情往往不相关联。他一生的经历并没有亚里士多德《诗学》上所讲究的"统一性"或"一致性",而是杂凑的情节。主角像一条绳束,把散漫的情节像铜钱般穿成一串。这种情节杂凑的结构是流浪汉小说所共有的。

因为流浪汉小说都由一个主角来贯穿杂凑的情节,所以同样结构的小说渐渐就和流浪汉小说相混了。历险性或奇遇性的小说尽管主角不是流浪汉,体裁也不是自述体,只因为杂凑的情节由主角来统一,这类小说也泛称为流浪汉小说。例如英国菲尔丁的《弃婴汤姆·琼斯的故事》,主角既非流浪汉,小说又非自述体,作者还自称遵照《诗学》所讲的结构,可是这部小说因为由主角贯穿全书情节,也泛称为流浪汉小说。甚至班扬的《天路历程》、塞万提斯的《堂吉诃德》,都泛称为流浪汉小说。一种文体在流传推广的过程中,免不了各式各样的演变。弗洛霍克在《流浪汉体小说的观念》一文里指出,"流浪汉体"离开了西班牙也就改变了性质。例如法国的吉尔·布拉斯,英国的摩尔·弗兰德斯等,他们和饥饿线上挣扎求生的流浪汉处境不同,心理也不同,偏离了"流浪汉"原始的定义。其实,小癞子和他本国的后裔在心理上也并不相同。例如小癞子对侍从的温情,显然是一般流浪汉所没有的。反正一种文体愈推广,愈繁衍,就离原始命名的意义愈泛愈远了。

《小癞子》在流浪汉小说里是特殊的,不仅因为是首创,还另有独到。它篇幅比任何别的流浪汉小说都短,可是意味深长,经得起反复品尝。作者不仅设身处地,道出癞子的心声,也客观写出癞子的为人;不仅揭露并讽刺癞子所处的社会和他伺候的一个个主人,也揭露并讽刺癞子本人,而且作者也嘲笑了自己。

《前言》的末一节,以癞子的口吻为"苦命的穷人"吐一口气。出身高贵的公子何德何能,占尽便宜?出身穷苦的就没有活命的权利吗?他"历尽风波,安抵港口",全靠自己奋斗,不是坐享现成,这不是可以自诩吗?

法国十八世纪作家博马舍的名剧《费加罗的婚礼》第五幕

第三场里,费加罗说:"你是一位大贵人,就自以为也是大天才了!靠你的爵位,好不神气!你凭什么这样享福呢?不过是托赖爹妈生了你!如此而已!"勒萨日《吉尔·布拉斯》第十卷第十章里,西比翁说:"我要是自己做得了主,准生在头等贵人家里……不过爸爸不是自己挑的。"《小癞子》是十六世纪中期的作品。假如博马舍剧里的话敲响了革命的警钟,那么,出版较早的《吉尔·布拉斯》里也有同样的话,而十六世纪的《小癞子》里早有这种议论了。有趣的是,发议论的费加罗和西比翁,和癞子同是流浪汉一型的人物。

如果细读《前言》,就不会忽略小说本文里那些俏皮而微妙的讯诮。例如小癞子讲他父亲——一个磨房工人偷麦子吃官司的事:"他据实招供……为正义吃了苦头。他是《福音》所谓有福的人。我希望上帝保佑他上了天堂。"小癞子这么说,可算是天真未凿,但作者却借来挖苦了《圣经》上的话:"为正义受逼迫的人有福了,因为天堂是他们的。"小癞子的父亲从军身亡,他的寡母无家可归,"决心要依傍着有钱的人,自己也就会有钱。"这话原是西班牙谚语:"你和好人为伍,也就成为好人。""好人"和"有钱人"是同一个字。癞子和他妈妈把谚语这么理解,很自然也很合理,正是他们从生活里体验出来的。癞子依傍了大神父,不就有钱了吗?有钱人不就是好人吗?作者弦外之音很清楚。小癞子又伺候了一位教士。他说这位教士的吝啬:"不知这是天生的,还是穿上道袍养成的。"这话可以是混沌的孩子不由自主的猜想,但也是作者老实不客气唾骂教士。小癞子的第三个主人穷得经常挨饿。他死要面子,却不要脸,让小癞子讨饭养活他。这也表示作者对"上等人"所谓"体面"作何评价。第四章篇幅极短,却皮里阳秋,全是讽刺之笔。几个女人把小癞子介绍给一个墨西德会的修士,说是她们的亲戚。什么亲戚呢?当时文献里常讲到修士的"侄女"或"外甥女"等"亲戚",实际上是姘妇。这个修士不喜欢唱圣诗的男孩子。"喜欢"是什么意思?"不喜欢"又是什么意思?末句"还有些这里不提的细事",只为"不提",更令人猜疑他怎样欺负了小癞子。至于那个兜销免罪符的主人,他只让小癞子亲眼看到他伪造圣迹,愚弄善男信女。小癞子跟着这个主人吃了什么苦头,后来跟着画手鼓的主人又受了什么折磨,书上只一笔带过。小癞子渐渐长大成人,为驻堂神父卖水四年,吃饱穿暖,攒钱买几件估衣,穿得很像样,就扔掉饭碗,当了公差的用人。吃这碗饭也许油水不少,只是风险太大,经常提心吊胆。"一个人要发迹,得为皇家效力";癞子"为皇家效力",虽然职司是最低最贱的,也证实这句话毕竟不错,他从此日子好过了。恰好萨尔瓦多的大神父要为自己的女用人找丈夫,癞子当选,就此丰衣足食。我们读了癞子的遭遇,能体会他的感受,并看到他那些卑鄙的主人在当时社会上混得很活跃。

作者了解并同情癞子,可是他和癞子之间显然是有距离的。这部小说是一串逗笑的趣事。小癞子偷嘴撒刁尽管情有可悯,终究不是什么光彩的事。他是可怜虫,却也未免可笑——连他自己听到主人形容他的行径,一面啼哭也忍不住失笑。小癞子小时迫于饥饿,身不由己。他吃饱以后走什么道路就由自己选择了。他把卖水用的骡子交还驻堂神父是他自决的第一步。癞子未必因为驻堂神父剥削了他而不干那买卖。他只是人大心大,一看自己穿得很像样,觉得有了本钱,可以找更好的买卖了。

但是担惊受怕的事他也不干。他知道最好的买卖是"为皇家效力"。他钻营到最低贱的一个职司，那得意劲儿从话里洋溢出来："我至今还当这差使，为上帝并为您效忠尽力。"他娶大神父的女用人并不是受了蒙骗，而是因为计较到这一来对他只会有好处。他明白自己是做开眼的乌龟，遮羞的丈夫，可是笑骂由人笑骂，吃饱穿暖、攒钱养老是活命的根本。他早打定主意要依傍有钱的人，所谓"与好人为伍"；这是他的处世箴言。所以他干脆对大神父打开天窗说亮话，让大神父明白该怎样相待。据他自己说，他们三口子相处得很融洽，因为他拿稳自己的老婆多么正经——也就是说，不正经。谁风言风语，他会用一个指头遮脸，说他老婆和全城的女人一样正经——底子里就是说，反正女人没一个正经。作者对癞子的善于妥协，苟活偷安，并不著一辞，只由癞子自己叙说，而讥诮尽在不言中。

作者在《前言》里说，著作不容易，下了一番功夫，总希望心力没有白费。他不是为钱，却是希望有知音欣赏，至少能有人阅读。他引用"荣誉培育了艺术"这句名言，举出追求荣誉的几个实例，笑自己未能免俗。他不顾触犯当权得势的教会和宗教法庭，或许也略似兵士冲锋陷阵，只为博得赞赏。宣教师原该不图荣誉，可是仍然醉心荣誉。枪法并不高明的武士听了油嘴光棍的恭维，乐得忘其所以。这本小说是否真有价值，能博得行家赞赏呢？作者似乎并不敢自信。好在他不是谋利，只求作品有知音欣赏；作品公之于世，自己就隐藏起来。《小癞子》出版至今已四百多年，作者究竟是谁，经许多学者钻研，还是考证不出。

有的说，《小癞子》是胡安·德·奥泰加神父学生时代的作品，因为思想上似有共鸣，而且据说神父的斗室里藏有他亲笔写的《小癞子》草稿。可是这部"草稿"谁也没有亲眼看见。究竟有没有这部"草稿"？是草稿还是手抄的现成书稿？没人可以证实。

长期以来，很多学者认为《小癞子》的作者是曾任西爱纳总督、西班牙驻教廷大使狄艾果·乌尔达多·曼多萨，因为他喜欢用通俗文字写些逗趣的诗文。可是在他晚年，有人把他的游戏笔墨编纂成集，并没有收入《小癞子》。

又有学者以为作者是诗人塞巴斯田·德·奥若斯果，因为他有依拉斯摩思想。还有其他文人由于同一原因也被人当作这部小说的作者。依拉斯摩提倡人类的理性，颂扬基督精神，反对宗教的教条和仪式。《小癞子》里虽然偶尔也挖苦《圣经》上的话，并取笑教廷的免罪符，却只像中世纪小说那样讽刺教士不守清规，贪图享受，没有慈悲心肠等等，并没有宣扬依拉斯摩主义。各种推测还很多，不一一列举。

现代西班牙文论家阿美利科·卡斯特罗又提出新见，认为作者是西班牙十六世纪的"新基督徒"，这种人是犹太人后裔，曾饱受当时社会的歧视压迫而心怀怨愤。但小癞子虽然饱受压迫，《小癞子》的作者并不像饱受压迫的人。他笔下也没有怨苦愤怒，只有宽容的幽默。从许多推测里只能猜想作者是敢于发表新见的开明人士。

也有人考证小说写成的年代，用作旁证来考订作者。可是小说第一章里提到的亥尔维司之役有两个，一是一五一〇年，一是一五二〇年。末一章"神武皇帝陛下"进驻托雷都也有两次，一是一五二五年，一是一五三九年。一五四〇年托雷都因年成不好,下令驱逐流氓乞丐。小说里写小癞子看到街上的叫花子受鞭打,不敢再讨饭,可见小说写在这个法令实行之后。但所有这些考证只能说明作者不是某人,而不能证实作者究竟是谁。最近《海岛》杂志(文学及人文评论)上有论及《小癞子》的文章,称这部"珍贵"的作品为"寻觅爸爸的孤儿"。

只有一点可以证实。《小癞子》虽是自述体,作者却不是癞子本人,因为癞子是传说里的人物。早在欧洲十三世纪的趣剧里就有个瞎眼花子的领路孩子;十四世纪的欧洲文献里,那个领路孩子有了名字,叫小拉撒路(我译作小癞子)。我们这本小说里,小癞子偷吃了主人的香肠,英国传说里他偷吃了主人的鹅,德国传说里他偷吃了主人的鸡,另一个西班牙故事里他偷吃了一块腌肉。伦敦不列颠博物馆藏有一部十四世纪早期的手抄稿 *Descretales de Gregorio IX*,上有七幅速写,画的是瞎子和小癞子的故事。我最近有机缘到那里去阅览,看到了那部羊皮纸上用红紫蓝黄赭等颜色染写的大本子,字句的第一个字母还涂金。书页下部边缘上有速写的彩色画,每页一幅,约一寸多高,九寸来宽。全本书页下缘一组组的画里好像都是当时流行的故事,抄写者画来作为装饰的。从那七幅速写里,可以知道故事的梗概。第一幅瞎子坐在石凳上,旁边有树,瞎子一手拿杖,一手端碗。小癞子拿一根长麦秆儿伸入碗里,大约是要吸碗里的酒,眼睛偷看着主人。画面不大,却很传神。第二幅在教堂前,瞎子一手拄杖,一手揪住孩子的后领,孩子好像在转念头,衣袋里装的不知是大香肠还是面包,看不清。第三幅也在教堂前,一个女人拿着个圆面包,大概打算施舍给瞎子。孩子站在中间,伸一手去接面包,另一手做出道谢的姿势。第四幅里瞎子坐在教堂前,旁边倚杖,杖旁有个酒壶,壶旁有一盘东西,好像是鸡。瞎子正把东西往嘴里送,孩子在旁一手拿着不知什么东西,像剪子,一手伸向那盘鸡,两眼机灵,表情刁猾。第五幅是瞎子揪住孩子毒打,孩子苦着脸好像在忍痛,有两人在旁看热闹,一个在拍手,一个摊开两手好像在议论。第六幅大概是第五幅的继续。孩子一手捉住瞎子的手,一手做出解释的姿态。左边一个女人双手叉腰旁观,右边两个男人都伸出一手好像向瞎子求情或劝解。第七幅也在教堂前,瞎子拄杖,孩子在前领路,背后有人伸手做出召唤的样儿,大约是找瞎子干甚事。

莎士比亚《无事生非》第二幕第一景里引用了小癞子的故事。英国学者曾提出疑问,认为莎士比亚未必引用了《小癞子》这本小说,因为一五三五年英国出版的《趣事妙语集》里已有这个故事。

不仅小癞子是民间传说里的人物,就连靠他讨饭养活的侍从和兜销免罪符的混蛋都是传说里的人物。连第三章里寡妇送葬号哭那一节也有蓝本。小癞子头撞石牛,和瞎子同吃葡萄,哄瞎子撞石柱等情节都早有传说了。

小说家从传说故事取材是常有的事。例如我国明代小说《水浒传》里的三十六天罡,据周密《癸亥杂识》续集,宋末元初龚圣予《宋江三十六人赞》和三十六天罡的姓名绰号基本相同。宋江等人的故事,街谈巷语也早有传说。元代《大宋宣和遗事》已讲到劫取生辰纲、杨志卖刀、宋江杀阎婆惜等故事,元代杂剧里也有李逵、燕青、武松等为主角的杂剧。又如我国明代小说《西游记》里的孙行者,也早在前代文献里出现过。南宋刊行的话本《大唐三藏取经诗话》里有个猴行者,使一条金环杖,帮唐僧上西域取经。杨景贤撰《西游记》杂剧里唐三藏一行人经历的魔难较多,出现的角色和《西游记》小说里的更近似而并不相同。这都说明小说家采用现成的资料——不论历史性或神话性的。

这并不是说,写小说只需把传说里的人物故事贯穿起来,便成小说。小说家还需从材料中精选提炼,重加充实,重新抟造,才能给人物生成骨肉,赋予生命。《小癞子》的作者叫小癞子生于某城某镇某一地点,父亲某某、母亲某某都有名有姓。他父亲干什么行业,他八岁父亲吃了官司从军阵亡又是哪一年、哪个战役的事。这样,小癞子就固定在这个世界的某一个时期、某一个地点、某一个社会阶层内,借得了历史的背景、地理的真实、社会环境的气氛。他怎样找到一个个主人,又怎样离去,都有来由。那些主人都是他亲身伺候过来的。所有的事情都在一定的环境里自然发生。因此,他伺候的瞎子和一般瞎子不同,不是传说里的瞎子而是一个特殊的瞎子。他历次偷吃挨打由他讲得头头是道,千真万确,一桩桩都成了特殊的事。比如他和瞎子同吃葡萄是在盛产葡萄的地区,正当收葡萄的季节,施舍给瞎子的葡萄已经过熟,主仆俩同吃的情景历历如真。又如小癞子遇到送葬号哭的寡妇正当他伺候第三个主人的时期,恰好他们住的房子是阴惨惨的,他们主仆挨饿过日子,这一段现成的故事穿插在这个环境里就觉天衣无缝。

戏剧性结构的故事"从半中间叙起",这是古罗马诗人贺拉斯的名言。我们这位熟悉经典的作者在《前言》里所说"不从半中间起",想必是针对这一句话。他要写出癞子的全貌,主张从头讲来。作者在这点上自有道理。癞子是他处境的产儿,他的为人由他从小的经历造成,也是他一个个主人熏陶出来的,他经历的道路影响他抉择的道路。癞子是饿怕了的,会利用一切机会填满肚子。他懂得"体面"不能当饭吃,穷苦人活命要紧。他没有余力讲究什么"体面"。他要安居乐业,攒钱养老,得依靠有钱的人。癞子的经历从头讲起,能使读者亲眼看到他逐渐长大,从小叫花子到他成为大神父姘妇的丈夫。这又是由他自己叙述的。前后种种遭遇在他的意识里当然融和在一起,是一个整体。他的全貌不但全面,还很具体。

小说家往往在小说里出头露面发议论。《小癞子》的作者却不亲自出场,他有议论可以推给癞子。例如第一章小癞子听他的异父弟称他爸爸"黑鬼",暗想:"他瞧不见自己,倒躲人家。"这是小孩子能见到的。下一句"像他这种人世界上不知该有多少呢"就超出了小癞子的识见。可是叙述者不是作者,所以该算是癞子的议论吧。下文说,穷苦的奴才为爱情偷东西养婆娘,何怪教士修士……那一节显然不是小癞子的话,那是他长大以后的识见。作者在故事里不露脸也不出声,只让癞子叙说。读者只听到癞子在面前讲述——都是老实的招供,话里本相毕露,叫人识破了他而暗暗失笑,竟忘掉那全是作者的刻画和讽刺。这都表现了作者炉火纯青的艺术。

作者在《前言》里说自己笔墨粗陋。这无非指他用修辞学所谓通俗的话,而不用高雅的"诗"的语言辞藻。他并没有用下层社会流氓乞丐的口语来叙述。瞎子教小癞子的黑话,书里一句都没有出现。作者只凭语言简洁生动而取得真实感。

小说结尾"我那阵子很富裕,正是运道最好的时候",其实是极不光彩、极为可笑的处境。《前言》里癞子要向那位贵人讲的,就是他怎样走到了这个地步。所以故事到此,正该结束;这样的结束也含蓄不尽。可是受人喜爱的作品往往会有人续写。

早在一五五五年,有无名氏续写了第二部,在比利时出版。第二部的开头接在第一部末尾,写癞子酗酒成习。在第二部里,癞子为了谋利,从军远征阿尔及尔,航海遇风船沉,他喝足了酒,入水不死,变成一条鱼。他变了鱼在海底的遭遇,或许影射真人真事。他遇到人间无处存身而潜入海底的"真理"女神,后来又回到人间。第二部也有讽刺意味,但荒诞不经,成了浪漫式的冒险故事。

一六二○年巴黎出版了《小癞子》的另一个第二部。作者卢那是居住巴黎任翻译和教师的西班牙人。他写癞子酗酒,入海不死,由渔人网出,当作海怪展览敛钱。癞子后来又当叫花子,经历许多艰苦。两个续本都写出时运变化无定,癞子保不住还得随着他的运道而升沉;在这一点上,续本倒是贯彻了流浪汉小说的精神。

《小癞子》的第一部大约一出版就大受欢迎。一五五四年的一年里,三处——布尔果斯、阿尔加拉和比利时都出了书。三个版本互有异同。据考证,原版(一五五三年或早于一五五三年)已遗失。遗失的版本可能不止一个,因为上述三个版本都不是从同一个版本传下来的。

一五五九年宗教法庭取缔有害书籍,《小癞子》列为禁书。一五七一年,有些开明的神学家主张放宽禁令,出些删节本。一五七三年出版了人文主义者美洲事务大臣维拉斯果删节的《小癞子》。维拉斯果在引文里说:《小癞子》这样一本生动有趣的小说,有它的价值,也深受读者喜爱。国内禁止发行,国外仍在翻印,不加删节地仍予再版。删节本把讥刺墨西德会修士和兜销免罪符的第四章和第五章全部删去。其他许多干犯教会的章节,例如第六章写驻堂神父剥削谋利,第七章写大神父不守清规,也许当时见惯不怪,都轻轻放过了,只删掉攻击教士的个别词句六处,例如第一章何怪教士修士为情妇和私生子谋利一句,第二章不知吝啬是否穿上道袍养成一句。两个续写的"第二部"也全删掉。

删节本只在国内重版,国外翻印的还是未经删节的本子,如一五八七年米兰的翻印本、一五九五年和一六〇二年比利时的翻印本。意大利、法国、英国、荷兰、德国先后都出了译本,译文都根据未经删节的版本。西班牙国内直到一八四四年,《小癞子》才恢复原貌。近来有许多关于《小癞子》版本的考证,这里不一一叙述了。

《小癞子》原名《托美思河的小拉撒路》。《新约全书》的《路加福音》里有个癞皮花子名叫拉撒路,后来这个名字泛指一切癞皮花子,又泛指一切贫儿乞丐。我们所谓癞子,并不指皮肤上生癞疮的人,也泛指一切流氓光棍。我国残唐五代时的口语就有"癞子"这个名称,指无赖而说;还有古典小说像《儒林外史》和《红楼梦》里的泼皮无赖,每叫作"喇子"或"辣子",跟"癞子"是一音之转,和拉撒路这个名字意义相同,所以我译做《小癞子》。

这个译本所根据的原著是何塞·米盖尔·加索·贡萨雷斯的校注本,布鲁盖拉经典丛书版(一九八二年)。一九七八年出版的拙译《小癞子》根据富尔歇·台尔博司克的校订本(一九五八年)。承西班牙友人玛丽亚·里维斯女士和胡安·布迪艾尔先生赠送原著另两种版本。我把几种版本对照比较,选择了现在根据的本子。英国伦敦不列颠博物馆的康韦先生曾不惮其烦,为我找到上述英国十四世纪手稿上七幅有关小癞子的速写。人民文学出版社王央乐同志赞成我把这部翻译加上序言出版,并审阅全文。这里一并致谢。

一九八五年四月

前　言

　　有些非常的事,也许是一向没人知道的,我认为该广为宣扬,不让它埋没。有人读了这种记载也许会找到些欣喜的东西,就算他不求甚解,也可以消闲解闷。所以普里尼欧说:"一本书不论多糟,总有些好处。"① 况且各人口味不同:你不吃的,他却贪得要命;某些人瞧不起的东西,另有些人却很重视。这无非是说:作品除了恶劣透顶的,都不该销毁摧残,而该公之于世;至于无害而多少有益的作品,那更不在话下。如果写了书只是给自己看,就没几人肯动笔了。著作很不容易;下了一番功夫,总希望心力没有白费——倒不是要弄几个钱,却是指望有人阅读,而且书中若有妙处,还能赢得赞赏。图琉说得对:"荣誉培育了艺术。"②

　　冲锋陷阵的战士难道是活得不耐烦吗?当然不是;他要博得人家称赞,就不惜拼死当先。从事文艺的也是如此。譬如宣教士一心要超度众生,讲道娓娓动听,如果对他说:"啊呀,您大师讲得真叫顽石点头!"瞧,他会不乐意吗?有一位武士比武出

---

① 普里尼欧(23—79),古罗马博物家,他侄儿小普里尼欧给朋友的信上追述他这句话。见普里尼欧《书信集》第三卷第五函。
② 图琉即西塞罗(公元前 106—前 43),古罗马政治家、散文家。引语见《德斯肯伦别墅哲学谈》第一卷第二章第四节。

了丑,但听到油嘴光棍恭维他的枪法,就把自己的战袍送了那人;如果他枪法真是好,得到行家赏识,还不知要怎样高兴呢!

  这是人之常情;老实说,我也未能免俗。我笔墨粗陋,写了这个小故事。如果读者觉得有趣,一致称赞,并且从此知道,一个人多么困苦艰辛也能活命,那么,我也绝不会不高兴的。

  我请求您大人接受我这点小意思;只恨力不从心,不能写得再好。您叫我把自己的事仔细向您叙述,所以我认为不从半中间起,最好从头讲来,让您能看到我的全貌,也让贵公子们想想,自己何德何能,无非靠运气占了便宜;苦命的穷人全凭自己挣扎,居然历尽风波,安抵港口,成就比起来要大得多呢。

第 一 章

癞子自述身世,他父母是何许人。

我先奉告您大人,我名叫托美思河的癞子。我爹多梅·贡萨雷斯、我妈安东娜·贝瑞斯,都是萨拉曼加的泰哈瑞斯镇上人。我生在托美思河上,所以取了这个名字。我且讲讲这是怎么回事吧。我爹——愿上帝慈悲,宽宥他的亡灵——他在那条河边的一个磨房里做了十五六年工,经管磨粉的麦子。有一晚,我妈偶然在磨房里,她肚里正怀着我,忽然阵痛,当下就生产了,所以我说自己生在那条河上是千真万确的。

我八岁那年,送来磨粉的麦子口袋上出现裂口,有人控诉我爹从中打偏手,我爹就此吃官司了。他据实招供,直认不讳,为正义吃了苦头。他是《福音》所谓有福的人①,我希望上帝保佑他上了天堂。当时国家正招兵打摩尔人。我爹遭了刚才讲的祸事,已经驱逐出境。他跟了一位从军的绅士当骡夫,忠心为主,和主子一起打仗死了。

我的寡妇妈妈没了丈夫,无家可归,决心要依傍着有钱的

---

① 语带双关地引用《新约全书·马太福音》第五章第十节:"为正义受逼迫的人有福了,因为天堂是他们的。"

人,自己也就会有钱①。她进城租下一间小房子,给学生做饭,又给玛达丽娜教区护教军官家的马夫洗衣裳,常在马房里厮混,就此结识了一个照管牲口的黑人。这人有时在我们家过夜,有时白天上门,只说要买鸡蛋,就进屋来。他初来我瞧他又黑又丑,对他又嫌又怕。可是他来总带些面包,带几片肉,冬天还带木柴给我们取暖;我发现他来了我们吃得好,就很喜欢他。

他经常和我妈来往,在我家过夜,我妈就给我生了一个很俊的小黑人。我摇他睡觉,让他焐着我取暖。记得有一天我那黑后爹逗他的娃娃玩儿,那小娃子瞧我和妈妈皮肤白,他爹另是一样,有点害怕,躲在妈妈身边,指着他说:

"妈妈,黑鬼!"

我后爹笑着说:

"这婊子养的!"

我虽然还是个小孩子,听了我小弟弟的话暗想:"他瞧不见自己,倒躲人家,像他这种人世界上不知该有多少呢!"

那黑人名叫萨以德。该是我们晦气,他和我妈来往给总管知道了。一查究,发现喂马的大麦大约一半给他偷了;麸皮呀,木柴呀,梳马毛的梳子呀,围单呀,盖马的毯子和单子呀,都有走失。他要是没有东西可偷,连马蹄上的铁都撬下来。他把这些东西都送给我妈,帮她养大我那小弟。一个穷苦的奴才,也为了爱情偷东西养婆娘,何怪一个教士或修士为了资助他的信女,抚养他的私生孩子,或在穷人身上刮皮,或从寺院揩油呢!刚才讲

---

① 西班牙谚语:你和好人为伍,也就成为好人;但癞子始终只把好人作为"有钱人"的同义词。

的种种罪状都有真凭实据,而且还不止那几桩。因为他们吓唬着盘问我,我小孩子家不经吓,知道什么,全说出来,连我妈叫我卖给铁匠的几块马蹄铁都和盘托出。

我那个倒霉的后爹吃了鞭子,又挨了烧炙①。法院判令我妈再不准进那个护教军官的住宅,也不准庇留可怜的萨以德,否则按律打一百鞭子。

可怜我妈妈生怕"失落了吊桶,又把绳子陪送"②,只好咬着牙服从命令。她免得担惊受怕,又防人闲话,就在索拉纳一家客店里当用人,伺候旅客。她在那里千辛万苦,把我小弟弟带大,渐渐地会走路了。我也成了大孩子,会打酒买蜡烛,给旅客打杂儿。

当时有个住店的瞎子看中我可以领他走路,向我妈要我。她就把我交托给瞎子说:我爹是好人,为了推广正教,在亥尔维司战役③里阵亡的;她相信上帝会保佑我长大了和爹一样好。她求瞎子顾念我是孤儿,好好看待我。瞎子一口应承,说他是要我当儿子,不是当用人。我就此伺候了这个年老的新主人,领他走路。

我们在萨拉曼加耽了几天,我主人觉得进账不多,决计到别处走走。动身前我去看妈妈,两人对哭一场,她祝福了我说:

"儿啊,我知道咱们这辈子不会再见了。你要巴巴结结做个好人,愿上帝指引你。我养大了你,把你交托了好主人,你自己当心吧。"

---

① 十六世纪西班牙的奴隶受罚挨了鞭打,伤处往往用猪油涂抹,再用火烧炙。
② 西班牙谚语。
③ 一五二〇年,摩尔人大败西班牙人于亥尔维司。

我就回到主人那里,他正在等我。

我们出了萨拉曼加,前面桥堍上有一只石兽,形状像公牛。瞎子叫我到石牛旁边去;我就跑去了。他说:

"癞子,这石牛肚里轰轰地响,你贴上耳朵听听。"

我死心眼儿,当真把耳朵凑上去。他摸到我脑袋正挨近石头,就使劲一推,害我一头猛撞在他妈的石牛上,磕得痛了至少三四天。他说:

"傻子,学个乖吧!瞎子的领路孩子得比魔鬼还机灵。"

他来了这番恶作剧,乐得直笑。

我还是个混混沌沌的孩子,这会儿才如梦初醒,暗想:"这话不错。我无依无靠,得头尖眼快,留心照顾自己。"

我们一路行去,没几天他把江湖上的黑话传授了我。他瞧我伶俐很高兴,说道:

"我不能给你金子银子①,可是能教你许多活命的窍门儿。"

这倒不是空话。我的生命是上帝给的,我能活命却全亏那瞎子的教导。他自己虽然瞎眼,却开了我的眼,指示了谋生之道。

我津津叙说这些琐碎,无非要您瞧瞧:出身卑贱而能上进,多了不起;出身高贵而甘心下流,多没出息。

言归正传,还讲那瞎子和他的故事吧。我告诉您,自从上帝创造了世界,没出过一个比他再聪明乖觉的人;吃他那行饭的,数他是个尖儿。他能背诵一百多种祈祷词,在教堂祈祷,声音又

---

① 引用《新约全书·使徒行传》第三章第六节:"金银我都没有,只把我所有的给你。"

沉着,又响亮,满堂都听得见;而且神气也很像样,一脸恭敬虔诚,不像别的瞎子老攒眉挤眼。

此外,他还有许多弄钱的窍门。据说他会念各种经咒:女人如果不生育,或者怀孕快要生产,或者夫妇不和,要得丈夫欢心,他都有合用的经咒。孕妇生男生女,他也能预言。他又懂医道,能治牙痛、昏厥、妇科百病,据说,咖雷诺①的学问还没他一半儿。反正谁有病痛向他诉苦,他马上就说:

"如此这般,煮什么草,服什么根。"

他有这套本事,大家都请教他;女人对他的话百句百听,尤其找得他勤。他靠我刚才讲的种种窍门儿,在她们身上很赚钱,一个月赚的,比一百个瞎子一年赚的还多。可是我也告诉您吧,他尽管弄到那么多钱,我却没见过比他还啬刻的人。他简直把我饿得要死,给的东西还不够我吃个半饱。这是实话。我要不靠心灵手快,自己找补,早饿死多少回了。随他多么老奸巨猾,我总有办法揩他的油;他的东西,上上份儿多半是我得的。我为此着实捉弄过他,只是并不次次得手。我不妨讲它几桩。

他把面包和随身东西都装在一只麻袋里,袋口箍着个铁圈,圈上配着锁钥。他东西拿出拿进,防备得非常严密,还细细点数,连面包屑也没法偷他一星。他给我吃的那份苦粮,不到两口就光了。可是他上了锁,就放松了戒备,满以为我有别的事分心呢。我就把麻袋上的一条缝拆开几针,从那只吝啬的口袋里大揩其油。我拿的面包不是小片,是好大块儿,还拿咸肉和香肠。我常把那条缝拆开又缝上。这不过是偷吃些东西当点心;可恶

---

① 咖雷诺,二世纪希腊名医。

的瞎子饿得我要死,我这样才有机会自己解救饥荒。

我把偷摸的钱都兑成半文的小钱。好在他看不见,人家出一文钱请他念经,钱刚掏出来,我就噙在嘴里,换上了半文钱;随他伸手多快,钱一过我的手就减值一半。那恶瞎子一摸知道是个半文,就抱怨我说:

"他妈的怎么回事儿啊?从前人家总给一文钱,时常还给当二的大钱①呢。自从你跟了我,只给半文钱了,该是你害我倒了霉。"

他吩咐我等请他念经的人走了,就扯他的衣角。我如言照办;他没念完半遍经就把其余的都赖了,立刻又喊着说:

"什么什么经有谁要我念吗?"

吃饭的时候,他身边常放一小壶酒。我快手抢来和壶嘴悄悄儿接两个吻,再放回原处。不过这办法没行多久。他喝酒发现少了几口,怕有走失,从此抓住壶把,一下也不放手。我就特地截了一长段麦秆儿,插进壶嘴,使劲一吸,把酒引到归宿处,磁石也没我那股吸力。可是那混蛋精明得很,想必知觉了。他从此又改变办法,把酒壶夹在两腿中间,再用手按住;这样一来,壶里的酒就稳归他受用。我喝酒上了瘾,馋得要命,眼看麦秆帮不了我的忙,就另出主意,在壶底钻个小小的窟窿或泉眼,轻轻巧巧封上一层很薄的蜡。吃饭的时候我假装怕冷,挤在那小气瞎子的两腿中间,向火取暖。那层蜡很薄,暖气一烘就化,酒就源源而出;我张嘴凑着,酒全流到我嘴里,一滴不糟蹋。等到那倒

---

① 十六世纪,西班牙一个瑞尔兑三十四个当二的大钱,一个当二大钱兑二文小钱。

霉家伙把壶送到嘴边,壶里已经空了。他很惊讶,不知是怎么回事,只顾自咒自骂,又咒骂那酒壶和酒。我说:

"大伯,你总不能说是我喝了你的酒吧,酒壶你自己拿着呢,没有放一放手。"

他把酒壶翻来翻去,细细摸索,竟找出那个泉眼,识破了我捣的鬼。可是他假装不知道。第二天,我照旧让酒壶漏酒;当时没想到祸事临头,也不知道恶瞎子已经心中有数,还去坐在他两腿中间,仰脸凑着喝那流下的美酒,半闭着眼细细领略滋味。狠心的瞎子觉得时机已到,可以对我报复了。他双手举起酒壶,向我嘴上狠命砸来。那把酒壶给我吃了甜头,又给我大吃苦头。可怜癞子还像往常那样放心享福呢,一点没防到这一着,简直以为天塌了,天上所有的东西都塌在自己头上了。

瞎子下手很猛,砸得我不省人事,酒壶都破了,碎片嵌进脸皮,割破好几处,还磕掉几颗牙,我从此缺了那几颗牙。打那时起,我就恨那恶瞎子。尽管他疼我,哄我,给我治疗,我看出他下了毒手洋洋得意。他用酒洗了碎片割破的伤口,笑嘻嘻说:

"癞子啊,害你受伤的东西也可以医好你,你说不是吗?"

他还讲了些笑话,只是我没那心情当笑话听。

我脸上结了疤还没平复,心上暗想,恶瞎子再那么砸我几回,准断送了我。我决计乘早先甩脱了他;不过事情要做得妥当,不能急在一时。我也想捺下心,不计较他用酒壶砸我的事。可是他从那天起,老无缘无故折磨我,不是挝脑袋,就是捋头发,这样虐待,不由我不记恨。如有人问他为什么对我那么狠,他立即叙述酒壶的故事,说道:

"您以为这小子是个实心孩子吧?您听听,魔鬼都想不出这套把戏呀!"

人家听了画着十字说:

"瞧,谁料小小孩子能这么坏!"

他们想到我捣的鬼,笑个不了,一面对瞎子说:

"好好儿收拾他,上帝会补报你。"

他有人捧场,成天尽收拾我。

我就存心害他,故意领他走最坏的路。哪里有乱石头,就领他从石头上过;哪里泥泞,就领他走泥泞最深的地方。当然我自己也不能走干路;可是我只要那两眼漆黑的人不能借光,自己瞎掉一眼也心甘情愿。他就老把拐棍的把儿杵我后脑,杵得我脑后都是肿包儿,头发也揪秃了。我发咒说不是故意,实在找不到更好的路了。可是没用,他不相信,那混蛋精明得很。

我和那瞎子打过许多交道,有一桩我觉得很可见他的精细,您听我讲了就知道他多么聪明。我们从萨拉曼加出来,他打算进托雷都境。他说那边的人尽管不爱布施,总比别处的人富裕些。他深信老话说的"不怕施主硬心肠,只怕他是光脊梁"。我们挑富庶的地方一路走去,哪里人缘好,进账多,就多耽些日子,否则第三天就走。

我们到了一个地方叫阿尔莫若斯。当时正是收葡萄季节。一个收葡萄的舍给他一串葡萄。盛葡萄的筐子向来不是轻抬轻放的,而且葡萄已经熟透,那串葡萄提在手里,一颗颗都脱落下来;要是装进口袋,就挤成浆,把旁边的东西都沾湿了。他决计大吃一顿吧,一来是不能带走,二来是要哄我开心,因为他那天已经用膝盖顶我好几下,又揍我好几拳了。我们坐在一个围栏上,他说:

"这回我让你放量吃。这串葡萄咱们俩各吃一半。你摘一颗,我摘一颗,这样平分。不过你得答应我,每次只摘一颗,不许多摘;我也一样,咱们就这么直吃到完,谁也不能作弊。"

我们讲定就吃。可是那奸贼第二次摘的时候改变了主意,两颗一摘,料想我也那样。我瞧他说了话不当话,不甘落后,还要胜他一着;我只要吃得及,每次摘两颗、三颗,或者还不止。那串葡萄吃完,他还拿着光杆儿不放手,摇头说:

"癞子,你作弊了。我可以对天发誓,你是三颗三颗吃的。"

我说:"没的事啊,干吗怀疑我三颗一吃呀?"

那乖觉透顶的瞎子答道:

"你知道我怎么瞧透你是三颗三颗吃的?我两颗两颗吃,你始终没嘀咕一声呀。"

我心里暗笑,尽管只是个孩子,也看到那瞎子的精明。

我在这第一个主人手下有许多稀奇可笑的事,免得啰唆,这里都不说,只讲讲怎么和他分手就完了。

我们那时候在埃司咖罗纳公爵属下的埃司咖罗纳城,住在客店里。他交给我一段香肠叫我烧炙。香肠炙好,他把抹香肠油的面包吃下,就从钱包里掏出一文当二大钱,叫我上酒店买酒。常言道:"机会造偷儿。"魔鬼指示了我可乘之机——我看见火边有个细长的烂萝卜,大概是不中吃了,扔在那里的。当时我闻着香喷喷的香肠,明知自己只有闻香的份儿,可是馋得要命,一心只想吃它到嘴。恰巧屋里又没有旁人,我就大着胆子,不管三七二十一,乘瞎子掏钱的当儿,把炙叉上的香肠取下,随手换上那个萝卜。我主人把买酒的钱给了我,自己接过铁叉,在火上转来转去,烧炙那个不配下锅的烂萝卜。我一路去买酒,急急把香肠吞下;回来看见那倒霉的瞎子正把萝卜夹在两片面包中间。他没有摸,不知是萝卜。他把面包送到嘴边,一口咬下,满以为里面有香肠,不道咬到了生冷的萝卜,就变脸说:

"小癞子!这是怎么回事?"

我叫屈道:"我真倒霉了,怎么又赖上我呀!我不是买酒刚回吗?也不知是谁跑来,开了这场玩笑。"

他说:"没的事!这把铁叉我压根儿没放手,决没有别人。"

我满口赌咒,说没干那偷天换日的事。可是没用,那该死的瞎子精明得很,什么都瞒他不过。他跳起来,按住我脑袋,凑上来闻我。他一定像好猎狗那样闻到了气味。他要寻根究底,而且在火头上,就双手抓住我,狠命掰开我的嘴,把鼻子直伸进去。那鼻子本来又长又尖,发了火好像更长了一拃多,鼻尖直戳到我喉咙里。当时我害怕得紧。那段倒霉的香肠刚刚下肚,还没安顿。再加他那长鼻子简直要堵死我了,撩触得我喉头痒不可当,竟使我把干的坏事、吃的美味全抖搂出来,赃物归还了原主。原来恶瞎子没来得及抽出他的长鼻子,我早恶心得把赃物连那鼻子一并奉还了;他的鼻子和那段囫囵吞下的倒霉香肠是从我嘴里一起冲出来的。

天啊!我但愿当时已经埋了吧!因为我已经吓死了。那歹毒的瞎子怒气冲天,要不是旁人闻声赶来,他准要了我的命。他们把我从他手里拉出来,我稀稀几根头毛,给他揪了满满两把,脸皮和脖项都抓破了。我脖子抓破是活该;我历次受罪都是为了口腹的过失,脖子是口腹之间的通道。

那可恶的瞎子当众把我的许多倒霉事一遍遍地讲:又是酒壶的事,又是吃葡萄的事,又是当前的事。大家哄然大笑,招得过路人都进来瞧热闹了。可是他把我的作为讲得又俏皮,又滑稽,我虽然吃足苦头,还在哭哭啼啼,也觉得不笑辜负了他的口才。当时我忽一转念,深怪自己太窝囊,没咬掉他的鼻子。多好的机会呀!事情简直是现成的,我只消上下牙齿一合,他那鼻子就是我的了。也许我的肠胃瞧是坏人的鼻子,就严加拘管,不像对香肠那样放松。鼻子既不出现,问到我就可以一口抵赖。我但愿干了这件事;这是怎么也应该干的呀!

店主妇和在场的许多人给我们劝和,又用我买来的酒洗我脸上和脖子上的伤。可恶的瞎子乘此又大说俏皮话:

"真是的,我为这小子一年来洗伤费掉的酒,比我两年来喝下的还多。反正癞子啊,你这条命不是爹给的,是酒给的;你爹只生你一次,酒却叫你起死回生一千次了。"

他随就讲怎么一次次砸破了我的脑袋,抓破了我的脸皮,然后又用酒为我治疗。

他说:"我告诉你吧,世上如有走酒运的人,那就是你。"

我尽管暗暗咒骂,为我洗伤的人听了都哈哈大笑。不过瞎子这句预言并非瞎说,他准有未卜先知的本领;我从此好几次记起他。我对他种种捣鬼,虽然自己也吃亏不小,可是我每想到他那天说我的预言竟那么准,就觉得捉弄了他很抱歉。您看了下文会知道,他真是个铁口。

我吃了瞎子这次亏,还挨他挖苦取笑,决计怎么也不跟他了。我曾经打过这个算盘,拿过这个主意,自从受了他这番捉弄,越发斩钉截铁。且说我是怎么离开他的。我们第二天在城里求人布施。前一夜下大雨,到天亮没停。城里有几处门楼下可以避雨,他就在那里念经。天黑雨还不停,瞎子对我说:

"癞子,这场雨劲头还足得很,天愈黑,雨愈大了。咱们乘早投客店过夜吧。"

到客店去得过一道河,大雨水涨,河面很宽。我对他说:

"大伯,那条河涨得宽了,可是我知道有个地方很窄,咱们打那儿过河方便,不用拖泥带水,一跳就过去,脚都不湿。你瞧怎么样?"

他觉得主意不错,说道:

"你真机灵,怪不得我喜欢你。带我到河窄的那里去吧。现在冬天,着了水不是滋味,脚上湿了更糟糕。"

我瞧他着了我的道儿,就把他从门楼下直带到广场上。沿广场的房子有凸出的部分是建筑在石柱上的。我带他到一个石柱旁,说道:"大伯,这儿河面最窄。"

雨下得正大,那倒霉家伙身上已经湿了,急要躲开淋头的雨水。主要是老天爷要帮我吐气,迷了他的心窍。他竟把我的话信以为真,说道:

"把我拨对了方向,你先跳过河去。"

我拨得他正好面对石柱,自己仿佛躲避撞来的公牛那样,一跳闪在石柱后面。我对他说:

"来吧!拼着命使劲儿跳,你就过来了。"

那可怜的瞎子要跳得远,先倒退一步,像公羊似的挺起身子,使足了劲向前冲去。我话犹未了,他早一头撞在石柱上,响得像个大葫芦。他往后便倒,已经撞得半死,头开脑裂了。我说:

"怎么的?你闻得出香肠,却闻不出这是个石柱吗?你闻闻呀!"

许多人围上来救他,我把他撇在那些人手里,一口气逃出城,不到天黑,就逃到托里霍斯。我不知道他后来怎样了,也顾不及打听。

第 二 章

癞子做教士的用人,经历了种种事。

我觉得耽在托里霍斯不妥,第二天又逃到一个地方叫马奎达。我不幸在那里碰到个教士。我问他要钱,他问我会不会助理弥撒。那倒霉的瞎子虽然虐待我,却教我许多有用的本领,助理弥撒就是他教的。我据实说会,那教士就让我跟他做用人。

我躲了雷打,遭了电击。刚才讲那瞎子小气,可是和这人一比,就像亚历山大一样慷慨了①。我不用多说,反正他一身汇集了世上一切悭吝鄙啬。不知这是天生的,还是穿上道袍养成的。

他有一只旧箱子,箱上有锁,钥匙拴在他系外衣的皮带上。他每从教堂领了供献的面包,立即亲手锁在箱子里。别人家靠烟囱总挂些咸肉,桌上总搁些奶饼,柜里总有一篮吃剩的面包头。我觉得东西尽管吃不到嘴,眼前看看也可以安心。可是他家整宅房子里没一点吃的东西。他家只有一串葱头,锁在楼顶一间屋里。我的口粮是四天一个葱头。有时他有客,我问他要

---

① 亚历山大,古希腊马其顿王,以慷慨著称。

钥匙自己去取,他探手从衣兜里掏出来,郑重地解下给我说:

"拿去,赶紧还来,别只顾贪嘴。"

好像巴伦西亚全城的蜜饯①都锁在那屋里呢!其实我早说过,里面除了钉子上挂的一串葱头,他妈的什么都没有。那几个葱头,他肚里清清楚楚都记着数呢,我要是自作孽吃过了头,他决不轻饶。干脆说吧,我饿得简直要死了。

他待我苛刻,自奉却不薄,每天午饭、晚饭要吃五文钱肉。肉汤是我们俩同喝,可是肉呢,我休想有一星半点到嘴。他只给我吃一点面包,天可怜,哪里能够得个半饱呢!

那地方的人星期六吃羊头②,三文当二大钱一个。他总叫我去买一个,煮熟了,把眼睛、舌头、脖子、脑子和嘴圈的肉自己吃掉,啃光的骨头给我,还盛在盘子里说:

"拿去,吃吧!乐吧!这世界是你的!你比教皇还过得好。"

我暗想:"但愿上帝也叫你过过我这种日子!"

我跟了他三个星期,饿得瘦弱不堪,连站都站不直。我要不靠上天保佑或自己设法补救,分明只有死路一条了。我没法揩他的油,因为无从下手;即使有那机会,也不能像蒙骗以前的主人那样蒙骗他。那瞎子要是撞死在石柱上,上帝宽恕他的罪过吧;他虽然机灵,究竟瞎了眼睛,看不住我。这位教士可眼睛尖极了,谁都比不上。

教堂里捐献的时候,落在盘里的钱没有一文不记在他心上。

---

① 巴伦西亚,西班牙港市,中世纪时,巴伦西亚出产的蜜饯糖食倾销全国。
② 一二一二年七月十四日,西班牙基督教军队打败了摩尔人的伊斯兰军队,西班牙全国设誓纪念,星期六不吃肉。照有些地方的变通办法,那天吃羊头。

他一眼看着捐献的人,一眼看着我的一双手。两只眼睛像水银似的骨碌碌在眼眶里转,盘里多少钱他都有数。捐献完毕,他就收过盘儿放在祭台上。

我自从跟着他过活——或者该说忍死,始终没偷到他一文钱。我从没有为他上酒店打过一文钱的酒。他有祭献过的一点酒锁在箱里①,省着喝,够他受用整一个礼拜。他要遮掩自己吝啬,对我说:

"孩子,你听着,教士应该吃喝得很清苦,所以我不像别人那样大吃大喝。"

可是那小气鬼是睁着眼睛说瞎话。每逢教士会餐或在请我们念经的丧事人家,他不用自己花钱,就吃得狼吞虎咽,喝起酒来比江湖医生还凶②。说起丧事,老天爷饶恕我吧,我对人类从无恶意,但是只盼望有人死。因为我们在丧事人家吃得好,而且我能吃个饱。我但愿每天死一个人,甚至还这样祷告上帝。我们给病人领圣体的时候,尤其是行临终涂油礼的时候,教士总叫在场众人为病人祈祷。祷辞照例说:这病人听凭天意处置吧。我也祷告得很起劲,而且一片至诚,不过我与众不同,只求上帝叫病人赶快死。

如有病人死里逃生,我真罪过,总千遍万遍诅咒他;他死了呢,我就千遍万遍祝福他。我在教士身边大约六个月,只死掉二十个人,想必是我杀死的——该说是应了我的祷告而丧命的。上帝瞧我经常在死里煎熬,大概有意断送了他们延我一命。但是我无法解脱身受的苦难。有丧事的日子我算活了命,没丧事

---

① 下文一字未提箱内的酒,想是作者漏笔。
② 江湖医生用自己的唾液或嘘气为人治病,这种医生以大酒量著称。

的日子又照常挨饿,而且肚子饱惯了,饿来越发难受。我除非死了才得安顿。所以我希望别人死,有时也但愿自己死。可是死神虽然老跟在我背后,总没有和我照面。

我屡次想甩了这小气主人逃走,只是有两点顾虑。一是我饿得发软,怕自己这两条腿靠不住。二是我心里有个计较:"我跟过两个主人。第一个主人饿得我要死,我撇下他投上了这一个,更饿得我土埋半截了。如果离开他再找到一个不如他的,那我除了送命还有什么办法呢?"这样一想,就不敢轻举妄动。我深信阶梯一步步只往下走,再下一步,癞子就完蛋了,谁也不会说到他了。

我忍饥挨饿,眼看自己一天天瘦弱下去,无法可想。但愿上帝保佑一切虔诚的基督徒别受这般苦楚!有一天,我那精刻的主人出城了。门口偶然来了一个铜匠。我相信他是天使化身,上帝派来找我的。他问我有什么东西要修补。

"如要为我修补,活儿可不轻,我肚里需要大修大补呢。"我喃喃自语,他没听见。

可是我当时受了圣灵启示,没闲工夫耍贫嘴,只说:

"大叔,这箱子上的钥匙给我丢了,怕挨主人的鞭子,麻烦你瞧瞧,你那些钥匙里有没有可配的,我决不亏你。"

那天使化身的铜匠带着一大串钥匙,就一个个挑来配。我出不了力,只好用祈祷来帮忙。万想不到忽然箱子打开,我见了里面一个个面包,所谓"上帝的脸"[①]。

我说:"我没钱买你这把钥匙,随你箱子里拿些什么折价

[①] 西班牙人称面包为上帝的脸,所以从不把面包侧放或颠倒放,如果不留心掉在地下,捡起来一定要恭恭敬敬亲吻一下。

吧。"他挑了一个最好的面包,把钥匙给我,欢欢喜喜地走了;我更是满心欢喜。

我当时什么都没碰,怕走失太多了显眼,而且觉得一箱东西都由我做主,从此不愁饥饿了。天照应,我那个小气主人回家,没发觉丧事人家上供的面包已经给那位天使拿走。

第二天我等他一出门,马上开了我的面包乐园,捧起一个面包就咬,不到两遍信经的工夫,早把它消灭得无影无踪,也没忘了重把箱子锁上。我就打扫屋子,欣欣喜喜,以为靠这点补救,从此消灾解难了。那一天和第二天我肚里有了贴补,过得很快活。可是注定我安顿不了几天;我仿佛害了三日疟,第三天旧病如期复发。我看见那害我挨饿的家伙,正弯着腰把箱子里的面包搬来搬去、来回地数呢。我假装不在意,心里暗暗祷告:

"圣约翰①啊,瞎了他的眼睛吧!"

他屈指计算着日子,点数了好半天,说道:

"这箱子要不是好好儿锁着,就该说面包有人偷了。以后我得记个数,免得不清不楚。这里还有九个面包和一块零头。"

我暗说:"但愿上帝罚你倒霉九次!"我听到他刚才的话,心上好像中了猎人的箭。我的肠胃预料又得照旧守斋,立刻又感到饥饿的抽搐。他出门了,我打开箱子过过瘾,对着面包瞻仰爱慕,不敢领受②。我希望那小气鬼或许数错,把面包点数一遍,偏偏一点不错。我只好把一个个面包吻了又吻,又拿起那块零头,顺着掰碎的边沿,小心翼翼地掰下一些;我吃下过了一天,不

---

① 圣约翰是佣仆的保护神,主人家常在圣约翰节雇新用人。
② 指基督教徒领圣体时的情感。

能再像前一日那么乐了。

我的饥饿有增无减,而且前两天养粗了胃口,饿来越发难熬,一人在家什么也不想干,只把那箱子开了又关,瞻仰小孩子所谓"上帝的脸"。上帝保佑苦人,瞧我这样困苦,就启示我一个不无小补的办法。我想:"这只箱子旧了,又很大,还有些小小的窟窿,说不定老鼠钻进去吃残了面包。要拿掉整个儿的难办,瞒不过那个害我挨饿的人,可是我这办法也能救救急。"

我就拿起面包来搓揉,把碎屑攒在手边一块破桌布上;一连搓揉了三四个,然后像人家吃糖杏仁似的把碎屑吃下,稍为点了点饥。我主人回来吃饭,开箱看见面包破破残残,准以为老鼠咬了,因为我把面包搓揉得恰像老鼠咬过的。他把箱子周身细看,找到些窟窿,怀疑钻进了老鼠去。他喊我说:

"癞子,你瞧瞧!咱们的面包昨晚遭殃了!"

我满面惊诧,问是怎么回事。

他说:"还有什么说的,准是老鼠,什么都不放过。"

我们一起吃饭,我靠天照应,借此又沾了光。我得的面包不止往常的那份苦粮了;我主人以为是老鼠碰过的面包,都用刀切下,对我说:

"这些你吃了吧,老鼠是干净的。"

所以那天我凭双手或十爪所得之外,又添了额外的口粮。不过我还没吃动头,一餐饭已经吃完了。

我立刻又吃了一惊。我看见主人忙忙碌碌从墙上拔些钉子,又找些小木片儿,把旧箱子上的窟窿一一修补。

我当时心想:"唉,我的上帝!活一辈子得经受多少忧患啊!艰苦的人世上,欢乐能有几时!我刚以为靠那可怜的办法可以消灾解难,正在私自庆幸,可是我的苦命总不饶我。吝啬鬼多半不偷懒,我那吝啬的主人向来勤快;他心上开了窍,手下越发勤快了。这会儿他封闭了箱上的窟窿,就断了我的生路,把我送上死路。"

我还只顾自悲自叹,那位心思周密的木匠已经用许多钉子木片把箱子补好。他说:

"捣蛋的老鼠先生啊,你们现在得另打主意了!在我这屋里,你们日子不好过!"

我等他一出门,忙去看他的手工,发现那只破旧的箱子上,窟窿全都补好,连蚊子都飞不进一个。我那钥匙简直没用了。我开了箱子,没希望揩油,可是看见主人以为老鼠咬过的那两三个破面包,我就像击剑老手那样轻轻巧巧,在上面剥落一点碎屑。穷困是最好的老师;我经常受穷困的锻炼,日夜在思索活命的方法。据说一个人肚里空虚,心思灵敏,肚里饱满,心思呆钝。我想出这些可怜的办法苟延性命,大概是饥饿增长了智慧。

有一夜我正躺着盘算,怎样靠那只箱子解救饥荒,听见主人打鼾,还夹着几声深长的呼吸,知道他睡着了。我那天胸中早有成算,已把家里撂着的一把旧刀子藏在顺手的地方,我当时就悄悄起来,直奔那只破箱子,找最不坚固的地方,把刀子当锥子那样钻下去。那箱子是陈年老古董,木头很酥,而且蛀了,毫不结实,一刀子下去,就在边上钻出个救灾救难的好窟窿。我随即打开箱子,摸索到破残的面包,照老样儿吃了一点碎屑。我稍为平平饥火,又锁上箱子,再去躺在草铺上,眯了一会儿。我睡不稳,想必是空心饿肚的缘故,因为我那时候绝不会为了法兰西国王的忧虑而失眠啊①。

第二天,我主人看见面包遭劫,也发现了我钻出来的窟窿,就咒骂老鼠,又说:

"怎么回事啊?我这屋里以前从来不闹耗子。"

这一定是真话。全国如有老鼠不到的人家,该是他那里,因为没东西吃的地方,老鼠不去做窝。他又在屋子里、墙壁上找些钉子木片,把窟窿补上。晚上我等他一睡着,立即下地用我的刀子把他白天补上的窟窿一个个都钻开。

我们俩干得真欢,恰是应了老话说的"这扇门关了,那扇门会开"②。反正我们俩干的活,就仿佛珀涅罗珀织的布③:他白天织上,我夜里拆掉。我们几日夜之间,把那只倒霉的伙食箱弄得不成模样,上面密密层层的钉子,简直像古代战士的铠甲,不像个箱子了。

他瞧自己修补了毫无用处,说道:

"这只箱子已经糟蹋得不像个样儿,木头也糟了,酥了,挡不住耗子。现在已经这样不中用,再锤打几下就完全垮了。可是这箱子尽管没多大用处,没有又不行,就这点麻烦;买一只新的要花我三四个瑞尔呢。我以前的办法不济事,最好还是在箱子里设下机关,把该死的耗子逮住。"

---

① 法兰西国王弗朗苏华一世自从巴维之败,常和西班牙国王争斗,不得安宁。
② 西班牙谚语。
③ 据荷马史诗,尤利西斯出征十年不归,许多人向他妻子珀涅罗珀求婚。珀涅罗珀说:等她织完她公公的裹尸布,就择人再嫁。她日间织布,晚上拆掉,这样迁延时日,直至丈夫回家。

他马上去借了一个捕鼠笼子,问街坊要了些乳酪的边皮安在钩上,支起闸门,放在箱里。这倒是额外照应了我。我虽然不用沙司提胃口,有鼠笼里的乳酪边皮下饭总是喜欢的,我也并不放过他的面包。

他一看面包咬坏,乳酪吃掉,偷食的老鼠却没拿住,觉得真是见鬼了。他去请教街坊,怎么乳酪吃了或叼走了,闸门也关下了,笼里却没有老鼠。

街坊认为那不是老鼠,老鼠早晚会捉住。一个说:"我记得你屋里有一条蛇,准是那条蛇捣乱。我这话有个道理。蛇身子长,叼了钩子上的东西,尽管给闸门压住,它没有全身进去,还可以出来。"

大家都说有理。我主人很不放心,从此不像往常睡得熟了。他拿一根粗棍子放在床头上,晚上略有虫蛀木头的声息,他以为是蛇咬箱子,就赶紧起来,拿棍子使劲打那倒霉的箱子,想把蛇吓走。他把街坊闹醒,我也不得睡觉。他听说这种动物晚上常钻进婴儿的摇篮取暖,还会把他们咬伤。他以为蛇在我身边,钻在我的草铺或衣服里了,就跑来把我连人带草都翻过来。

我往往装睡,天亮他就问我:

"孩子,你晚上什么也没有听见吗?我起来赶蛇了,还以为钻在你铺下呢。蛇是冷血,爱往暖处钻。"

我说:"天保佑别来咬我,我最怕蛇了。"

他那么惊醒,我可以保证,那条蛇——该说那蛇小子——晚上决不敢咬那箱子,也不敢跑近去;可是白天他在教堂或上街了,我就去攻打。他一看东西又遭殃,下了功夫都白费,就像刚才讲的游魂冤鬼那样夜里出来搅扰。

我向来把我那个钥匙藏在草铺底下,瞧他戒备得无休无歇,怕他搜出来,觉得晚上还是放在嘴里最妥当。我自从跟了那瞎子,我的嘴巴就成了口袋,有时一口含二三十个小钱还照样能吃东西。那该死的瞎子把我衣服上每一条缝、每一个补丁都仔细摸索,我的钱要不是含在嘴里,就一文不剩,全搜去了。

所以我每晚把钥匙含在嘴里,放心睡觉,不怕给鬼灵精的主人找到。可是注定的坏运提防不了。合是我倒霉,也许该说是我自作孽,一晚我含着钥匙睡熟,大概没闭上嘴。钥匙的柄是个管子,当时恰好迎着我呼吸的气息。也是我灾星临头,我吹哨似的啸得很响。我主人提心吊胆,听见声音,以为是蛇啸——大概也真像蛇啸。

他拿着棍子悄悄下床,怕惊动了蛇,蹑手蹑脚摸索着寻声而来;到了我身边,以为蛇图暖和钻在我身下的草里了。他打算对准那条蛇一下子打死它,就高高举起棍子,用尽力气,向我头上狠命打来,打得我人事不知,头开脑裂。

我挨了毒打,一定痛得直叫。据他自己说,他这才知道打着我了,就在我身边大喊,想喊醒我。可是他摸到我血流如注,知道把我打伤了,忙取火来照;只见我含着个钥匙直哼哼,那钥匙还像我吹哨的时候那样半露在嘴外,始终没吐出来。

打蛇的人不懂钥匙是怎么回事,很吃惊,从我嘴里掏出一看,和自己的钥匙棱角一模一样,心里就有数了。他随即配比一下,证实了我的罪行。那狠毒的猎人准说:"耗子呀!蛇呀!你尽和我捣乱,吃我东西,这回可给我捉出来了!"

一连三天我仿佛闷在鲸鱼肚里①,什么也不知道。以上都是我清醒后听我主人讲的;谁跑来,他就把这事仔细地讲。

三天后我才苏醒,瞧自己躺在草铺上,满头贴着膏药,敷着油膏,吓得喊道:

"这是怎么回事儿啊?"

那狠心的教士答道:

"告诉你,搅得我家翻宅乱的耗子呀,蛇呀,给我一网打尽了。"

我检点自己,发现身受重伤,马上料到自己遭祸了。这时来了一个念咒的老太婆和几个街坊。他们解开我裹头的纱布,给我治伤;瞧我回复了知觉很高兴,说道:

"他清醒过来了,天保佑可以没事了。"

他们又谈起我遭的祸,且说且笑。我这个可怜虫,听了只有哭的份儿。他们看我饿得发晕,倒也给我些东西吃,只是填不饱我。我那样过了半个月,逐渐能够起床,总算脱险了;只是经常挨饿,伤也没有全好。

我起床后第二天,我的主人抓着我的手把我撵出大门,推到街上,说道:

"癞子,从今天起,你走你的,我不用你了。随你另找主人,上帝保佑你吧。我身边不要你这样勤快的用人。没什么说的,你从前的主人准是个瞎子。"

他好像我身上附了魔鬼似的,当着我连画十字,一面转身进

---

① 《旧约全书·约拿书》第一章第十七节记约拿航海,大鱼把他吞下肚,三日三夜后又吐出来。

屋,把门关上。

第 三 章

癞子伺候一位侍从,在他那里的遭遇。

我当时只好硬着头皮挺去,靠好心人照应,走一程,歇一程,到了有名的托雷都省城。蒙上帝垂慈,我在那里不到半个月,创伤完全平复。我带伤的时候常有人周济,可是身体好了,人家都说:

"你是个流氓花子。快找个好主人干点活儿呀!"

我暗想:"好主人哪里去找呢?得上帝这会儿再像创造世界那样给我创造一个呀。"

我挨户求乞,没得到什么救济,因为"慈悲"早已到天上去了①。可巧有个侍从路过。他穿得很整齐,头发梳得光光的,走路从容自在。我们彼此看了一眼,他说:

"孩子,你是要找个主人吧?"

我说:"是啊,先生。"

他说:"那就跟我来吧。你是上帝保佑,碰到了我。你今天一定祷告得很虔诚。"

---

① 传说黄金时代执掌"正义"的女神阿斯特雷亚本居住人间,后来看到罪恶流行,愤而上天。

我凭他的服装和气度,觉得正需要这么一个主人,听了他的话,满心感激上帝,就跟了他。

我这第三个主人是早晨碰到的。他带我在城里走了不少路。我们经过几处卖面包等伙食的菜场。当时正是采办伙食的时候,我以为他要买了东西叫我扛回去——这也正是我的心愿。可是他迈着大步走过了。

我暗想:"大概这里的东西他看不上眼,要上别处买呢。"

我们直走到钟打十一点。他就进大教堂去,我也跟进去,看他一片志诚地望弥撒,并奉行其他教仪,直到弥撒完毕,众人散走。我们出教堂就大踏步从一条街上穿出去。我瞧他不忙着置办伙食,说不尽的快活,料想新主人家的伙食是整批买进的,我想吃而且急急要吃的午饭,准已经做好了。

钟上打过午后一点,我们到了一家门口,我主人停步,我也站住。他把大氅往左一掀,袖里扯出个钥匙开了门,我们就进去。那门口黑暗阴森,不由得叫人打寒噤。里面有个小小的院子,房子还整齐。

我们进了院子,我主人脱下大氅,问我手可干净,他和我把大氅抖了叠好。那里有一条石凳;他吹净凳上的尘土,把大氅放在上面,自己挨着坐下,就仔细问我原先在哪里,怎么到了这个城里来。我觉得该摆桌开饭了,问这些话不是时候,不耐烦多说。不过我还是尽力编造自己的身世,一一回答,讲的都是自己的好话,其他说来不登大雅,就略过不提了。他问完话还那么坐着。快两点了,我瞧他像死人似的没一点要吃饭的意思,立刻觉得征象不妙。我随后又注意到大门已经上锁,全宅上上下下听不见人的脚步声。宅子里只见墙壁,没一只小椅子,没一块案

板,没一条长凳,没一只桌子,连我旧主人的那种箱子也没一只。这宅房子就像是着了魔道的。他坐了一会儿问我说:

"孩子,你吃饭了吗?"

我说:"没有呢,先生,我碰到您的时候,还没打八点。"

"那时候还早,可是我已经吃过早点。我告诉你,我早上吃了点儿东西就整天不吃了。你自己玩去吧,晚饭还有会儿呢。"

您大人可以料想,我听了这话差点儿晕倒,不仅因为肚里空虚,实在是看到自己运气坏尽坏绝了。我重温从前经历的苦难,叹恨自己没造化。我打算离开那教士的时候曾想:这个主人虽然抠门刮皮,保不定还会碰到一个不如他的。我这时又记起那点顾虑来了。总之,我为自己过去的苦命和当前的厄运,心里悲酸。可是我尽力克制,脸上不露,只说:

"先生,我谢天照应,不是个贪嘴孩子。我不是吹牛,我在年岁相仿的孩子里胃口最秀气,从前几个主人至今还为这个夸我呢。"

他说:"你有这美德,我就更喜欢你了。敞着肚子吃的是猪,上等人吃东西都有节制。"

我暗想:"我还看不透你吗?我投奔的主子都把挨饿当作良药或美德,真是活见鬼!"

我怀里还有几块讨来的面包,就去坐在门廊的一边,把面包掏出来。他看见了说:

"孩子,过来,你吃的什么呀?"

我过去把面包给他看看。我有三块,他挑了一块最大最好的说:

"啊呀,我瞧这面包顶不错!"

我说:"哎,先生,这时候可真是好呢!"

他说:"是啊,实在是好,你哪儿来的?是干净手揉的面吗?"

我说:"那可不知道了,不过我闻着不恶心。"

我那可怜的主人说:"但愿如此。"

他和我一样拿起面包大口吞嚼。

他说:"天啊!这块面包香极了!"

我知道他的苦处,料定他如果先吃完,准要帮我来消缴那剩下的一块,就忙不迭地吃;所以我们俩差不多是一起吃完的。于是我主人掸掉了沾在胸口的一点点面包屑,跑到旁边一间卧房里,拿出一把缺口的旧壶,自己喝了些,又请我喝。我表示有节制,忙说:"先生,我不喝酒。"

他答道:"这是水,尽管喝得了。"

我接过壶来只喝了几口,因为我苦的不是口渴。

他问我许多话,我尽自己知道的一一回答;两人就这么闲聊到天黑。于是他带我到他放水壶的卧房里,说道:

"孩子,你站在那边,瞧这张床是怎么铺的,以后你就会铺了。"

我们各站在床一头,同铺这张简陋的床。其实没什么铺的。一块苇箔搁在支架上就是床,上面有一条黑黢黢的褥子,铺着个单子。那褥子里羊毛太少,勉强充褥子用,经久不洗,看来也不像褥子。我们拉平了褥单,竭力想把褥子拍软;可是不行,硬的怎么也变不软。这可怜的褥子里简直没絮什么东西,摊在苇箔上,一棱棱芦苇都露出来,活像皮包骨头的猪背脊。我们在单薄的褥子上还铺一条相仿的毯子,我简直说不上那是什么颜色的。

床铺好,天也黑了。他对我说:

"癞子,时候不早了,这儿离市场还远着呢。而且城里坏人很多,夜里抢过路人的大氅。咱们凑合着过一夜,明儿天亮,上帝会照应咱们。我是单身,向来在外面吃,家里不办伙食;不过现在咱们得另作安排了。"

我说:"先生,您别为我操心,我要是没吃的,别说饿一夜,饿几夜都成。"

他说:"那你就越加长寿,越加强健了。咱们不是刚在说吗,少吃是延年益寿的无上妙法。"

我暗想:"假如这是妙法,我就长生不死了。因为我向来只好遵守这条戒律,看来我这苦命人一辈子得遵守呢。"

他脱下袄裤叠作枕头,上床睡了,叫我躺在他脚头。我如言躺下,可是哪里睡得着呢。我经常辛苦劳累,半饥不饱,浑身的肉大概不满一磅;身上一根根瘦骨和身下一棱棱芦苇,整夜不停地摩擦争执。而且我那天简直没吃东西,饿得发慌,也不容我好睡。上帝饶恕我吧,我大半夜只在怨恨自己运寒命苦,尤其糟的是连翻身都不敢,怕惊醒主人,只好反复求上帝让我别活了。

天亮我们起床,我主人把自己的裤、袄、外衣、大氅一一抖干净,我在旁小心伺候。他从容自在地穿上衣服。我给他倒水洗手;他梳了头,把剑挂在腰带上,一面说:

"孩子,你还不知道我这把剑是什么货色呢!随你出多少金子,我也不卖的,安东尼欧①铸了一辈子宝剑,没炼出这等好钢。"

---

① 西班牙十五世纪末的铸剑名手。

他拔出剑来抚摸着说:

"瞧这剑,我可以打保,一撮羊毛碰上就断成两截。"①

我暗想:"我这牙齿虽然不是钢打的,四磅重的面包也能一咬两段呢!"

他把剑又插在鞘里,束好腰带,上面还挂着一串大粒儿的念珠。他身子笔挺,右手叉腰,把大氅的一角有时搭在肩上,有时夹在臂下,一摇一摆,缓步从容地走出大门,一面吩咐说:

"癞子,我去望弥撒,你看着家。你铺好床,拿水壶到那河边去打壶水来。大门得锁上,别让人偷了咱们的东西;钥匙塞在门臼里,我要是先回来,可以自己开门。"

我主人走在街上,气派高贵极了,不认识的,准以为是阿果斯伯爵②的近亲,起码也是贴身伺候他的侍从。

我站着看他,心想:"奇妙的上帝啊!你给世人什么缺憾,就给他相应的补救。我主人这么洋洋自得,谁见了不以为他昨晚吃了一顿好晚饭,温软的床上睡了一夜,这会儿早虽早,已经吃下一顿好早饭了呢!上帝啊,天道深奥得很,世人见不到。他那安详的气度,整齐的衣服,把谁都蒙过了。他昨天整日挨饿,只吃了他用人癞子讨来的一块剩面包,而且是癞子怀里藏了一昼夜的,那怀里不会怎么干净。他今天洗脸洗手没一块毛巾,只好用衣襟来擦。谁料这位漂亮人物是这样的呢?真是谁也想不到呀!上帝啊,这类人物,世上各地该有多少啊!他们不肯为你吃的苦,为了倒霉的所谓体面都能忍受。"

---

① 西洋传说中的宝剑,浸在河流里,一撮羊毛漂过就割断了,正像《水浒》第十一回杨志卖刀时所说"吹毛得过"。
② 当时的一个时髦贵人。

我在门口一面看我的主人,一面感叹,直到他走出这条又长又窄的胡同。我目送他拐了弯,马上回屋,转眼就在整宅上下巡视了一周。我没捞摸他什么东西,也没东西可以捞摸。我铺好那张又破又硬的床,拿了水壶到河边。只见我主人正在河边菜园里,和两个戴面纱的女人谈得很热情。当地风俗,夏天清早,不少女人经常到那清凉的河边去乘凉猎食,拿定有公子少爷请她们吃早点。两个戴面纱的看来就是那种女人。

我主人在她们面前充风流才子,嘴里的甜言蜜语,比奥维德①诗里的还多。她们瞧他够多情,就老着脸要他请吃早点,她们当然不会白吃他的。

我主人虽然满腔温柔,钱包却空虚寒窘。他一阵热,一阵冷,脸上变了颜色,只顾吞吞吐吐,支吾推托。两个女人想必是老手,知道他的苦处,就撇下他走了。

当时我吃了些白菜帮子当早点,没让主人看见,急忙赶回家,因为自己还是新用人呢。屋里很脏,我想打扫一番,可是没家伙。我不知干什么好,觉得还是等着主人,到中午再说;他要是回来,说不定会带些吃的东西。可是我白等了半天。

我瞧他两点还不回来,肚里又饿得慌,就锁上大门,把钥匙塞在他指定的地方,重去干我的老本行。我找高门大宅的人家去讨饭:声音有气无力,两手捧着胸,两眼望着天,嘴里喊着上帝。尽管城里人无心施舍,年成又不好,可是我一出娘胎就学这一行,换句话说,我从小跟那瞎眼大师学,成了他的高徒,很有一手,不到四点,已有四磅面包落肚,怀里袖里还藏了两磅多。我

---

① 奥维德,古罗马诗人,著有《恋爱的艺术》等诗篇。

回家路过熟食铺,问店里一个女人讨吃。她给了我一块熟牛蹄和一些煮熟的肠子肚子。我回去那位好主人已经在家;他早把大氅叠好放在石凳上,正在院子里踱来踱去。我进门他就迎上来。我以为他要骂我回来晚了;谢天,他并不责怪,只问我从哪里来。我说:

"先生,我在这儿等到两点钟,瞧您不回来,就上街去求好心人照应;他们给了我这些东西。"

我拿出裹在衣角里的面包和熟食。他见了满面放光,说道:"我等你吃饭,瞧你不回来,我就吃了。你讨饭倒是老实人的行径,宁可靠上帝慈悲向人求乞,不要偷窃。我认为你这来不错,但愿上帝也垂慈保佑我。我只劝你别让人知道你和我住在一起,那就丢我的脸了。不过本城没什么人认识我,看来人家不会知道。我千不该,万不该,不该到这个城里来!"

我说:"先生,这事您尽管放心。谁来问我呀?我去告诉谁呀?"

"哎,可怜的孩子,你吃吧。也许咱们靠天保佑,就会有好日子过。我告诉你,我进了这所房子就倒尽了霉,大概是风水不好,住了就倒运。咱们这里分明是这么回事。你瞧着吧,我住到月底,房子白送给我,我也不住了。"

我怕他怪我贪嘴,没说自己吃过午饭,只把熟肠子肚子和面包兜在衣襟里,坐在石凳的一头嚼着吃。我偷眼看见我那倒霉的主人两眼直盯着我的衣兜。我知道他心里的滋味,那是我饱经惯尝、每日难免的。我真是可怜他,但愿上帝照样也可怜我吧!我拿不定是否该讲点儿礼貌请他同吃,他既说已经吃过,只怕不肯赏光了。这天粮食充足,东西好吃,我肚里又不大饿,我实在希望那倒霉人靠我的力,救救自己的苦,还像昨天那样吃点东西。

上帝成全了我的心愿——也许正是他的心愿。我刚吃,他就踱过来说:

"我告诉你呀,癞子,我从没见过谁有你这样好的吃相;看了你吃东西,没胃口也想吃。"

我暗想:"只为你胃口太好,才觉得我吃相好。"

我瞧他自己下了台阶,觉得该帮他一把。我说:

"先生,活儿干得好,全亏工具好。这面包香极了,这牛蹄子烹调得很鲜,闻了味道谁都想吃。"

"这是牛蹄子吗?"

"是啊,先生。"

"我告诉你,这是最好吃的东西,我觉得山鸡都比不上。"

"那么您尝尝吧,先生,瞧味道多好!"

我把牛蹄子和两三块最白的面包塞在他手里。他挨我坐下,吃得津津有味,把每一块小骨头都啃得精光,比狗啃得还光。

他说:"这要调上葱油沙司,就是呱呱叫的美味。"

我悄悄儿说:

"你自有更好的沙司①。"

"老天爷,我吃得真香! 好像饿了一整天了!"

我暗想:"这是我千拿万稳的;但愿我来日的好运,也能这样拿稳。"

---

① 欧洲各国流行的俗语:"饥饿是最好的沙司。"

他问我要水壶;我把打回来的一满壶水递给他。水没有喝掉一口,可见我主人刚才并没有吃饱饭。我们喝了水很满足,就像昨天那样睡了。

长话短说,我们这样过了八天或十天。我那倒霉的主人每天悠闲自在地上街呼吸空气,反正有可怜的癞子供养他呢。

我常在想自己的厄运。我撇下一个又一个刻薄的主子,想找个好的,却碰到了这个人,非但不养活我,反要我去养活他。可是我很喜欢他,知道他是一无所有,没力量帮我。我毫无怨意,只可怜他。我要带些吃的给他充饥,往往只好自己挨饿。有一天早上,这倒霉人穿着衬衣起床,上楼去干他的紧急事儿。我要摸清他的底细,乘机把他放在床头的衣裤搜检一番。我找着一只皱成一团的丝绒钱袋,里面见鬼的一文钱都没有,看来已经干瘪好久了。我肚里寻思:"这人确是穷。自己没有,拿什么给人呢?不比那小气的瞎子和那卑鄙刻薄的教士,一个凭吻手作礼,一个凭滔滔讲道,都靠上帝吃饭,却把我饿得要死。那两人实在可恶,这人只是可怜。"

我看到了他的苦楚,至今每见和他同样打扮同样神气的人,想到这人或许也同样受罪呢,天知道,我总觉得心上恻然。我为了刚才说的缘故,尽管这个主人穷,我伺候他比伺候那两个主人心甘情愿。我只有一件不赞成他。我希望他别尽摆架子;处境愈来愈窘,虚骄的气焰该一点点消减。可是我觉得他们那种人有个颠扑不破的规律:尽管身上没一个锄子,还死要挣面子;这毛病一辈子也改不了,但愿上帝挽救他们吧。

我当时就那样过日子。可是厄运还不饶我,连那么困苦卑贱的生活也不能长久。那年小麦歉收,市政府决议,并由叫喊消息的报子宣布:外来的花子一概驱逐出城①,以后再进来,抓到就罚吃鞭子。法令公布四天后执行,我看见四条大街上成队的花子吃鞭子受罚,吓得再不敢大胆讨饭。

我们在家喝风过日子,愁苦沉默,甚至两三天一点东西不吃,一句话不说。那种光景实在不堪设想。我们隔壁有几个制帽子的纺纱女人②,我串门儿混熟了,亏她们养活着我。她们穷困度日,却还省下些东西给我吃;我饿得半死,靠那点吃的延得一命。我自己倒也罢了,可怜的是我那倒霉的主人,八天没吃一口东西——至少在家里没吃。他究竟怎么过的,到了哪里去,吃了些什么,我都不知道。我只见他每天中午从街上回来,身子笔挺,比纯种的猎狗还细溜。他为了见鬼的所谓体面,还拿着一根麦秸到门口去剔牙,其实牙缝里压根儿没可剔的东西,家里麦秸也并不多。他直抱怨住宅风水不利,说:

"真糟糕!住了这倒霉的房子尽倒霉!瞧多么阴暗凄凉啊。咱们在这里住一天就受罪一天。我但愿月底快到,可以搬走。"

我们正吃苦挨饿呢,忽有一天,我那穷主人不知沾到什么财气,得了一个瑞尔。他仿佛得了威尼斯全城的财富,得意扬扬拿回家来,喜滋滋交给我说:

"癞子,上帝对咱们撒开手了!你拿这钱上市场去买些面包呀,酒呀,肉呀,叫魔鬼看得眼珠子都迸出来!我还告诉你个

---

① 一五四〇年托雷都市政府有此决议。
② 托雷都出产一种红色的帽子,倾销北非洲。

事儿,好叫你高兴。我已经另外租下房子,咱们出月就不用再住这里了。倒霉的房子!谁盖上第一片瓦的也叫他倒霉!我该是倒足了霉才进这门的!天晓得,我在这里没喝过一滴酒,没吃过一口肉,没享过一时半刻的安宁。这也不稀奇,瞧这里是什么景象,多阴沉、多凄凉啊!你快去快回,咱们今天要像王爷那样好好吃一顿。"

我满心欢喜,拿了钱,带着壶,大踏步上市场去。可是我空欢喜什么呢?大概我注定苦命,没一番快乐不带忧惧。真是这么回事。当时我想到上帝照应我主人有钱了,心上无限感激,一路走,一路盘算那个瑞尔怎么花最合算。恰又晦气,忽见许多教士,带着一伙人用担架抬着个死人迎面而来。我贴墙站住,让他们过去。尸床后面紧跟着一个穿孝的女人,大概是死者的寡妇,还有许多女人陪着。她号哭着说:

"啊呀我的丈夫啊!我的当家人啊!你让他们抬到哪里去呀?那个屋里是凄凄惨惨的呀!那个屋里是阴阴沉沉的呀!那个屋里是没得吃没得喝的呀!"

我一听到这话,觉得天都塌了。我说:

"糟糕!他们要把这死人抬到我家里去了!"

我转身挤透这队人,拼着命赶紧往家跑;到家急忙关上大门,求主人保护,抱着他要他帮我顶住大门。

我主人以为出了什么事,也有点儿慌,问道:

"孩子,怎么回事儿啊?干吗叫叫嚷嚷的?你怎么了?干吗拼死命的要关上大门呀?"

我说:"啊呀!先生!快来帮忙!他们要把个死人抬到这儿来了!"

他问道:"抬个死人来干吗呀?"

我说:"我在街上碰到那个死人,他老婆也跟来了,正在数说:'我的丈夫啊!我的当家人啊!你让他们抬到哪里去呀?那个屋里是阴阴沉沉的呀!那个屋里是凄凄惨惨的呀!那个屋里是没有吃没得喝的呀!'先生,他们是把死人往咱们这儿抬呢。"

我主人哪有什么事值得他大笑大乐的呢,可是听了这话,笑得真有好半天说不出话来。当时我已经把大门闩上,还加紧防备,用肩膀顶住。抬死人的那队人都过去了,我还直怕他们把死人抬进来。我那好主人虽然没吃个畅,却笑了个畅。他对我说:

"癞子啊,照那寡妇的话,你想的确也合情合理。可是上帝更有妥善的安排,他们已经走过去了。你开门吧;开了门出去买点吃的回来。"

我说:"先生,且等他们走出了这条街。"

后来我主人跑过来,瞧我吓得面无人色,少不得叫我别怕,一面开了大门,重又打发我上街。我们那天吃得虽好,可怜我却没一点胃口;我的脸色过了三天才回复正常。我主人每想到我那天的猜想,就笑得不可开交。

我跟着第三个主人——这穷侍从——这样过了些日子。我伺候他的头一天,瞧他本地没什么人来往,料想他是外路人,不知他为什么搬到这里来。有一天,我想不明白的事居然明白了。那天我们吃得不错,他很高兴,对我讲起自己的景况。据说他是旧加斯底里亚人,只因为不愿向邻居的贵人脱帽致敬,就离开了家乡。

我说:"先生,你不是说,他是个贵人,又比你有钱吗?不是还说,他也向你脱帽吗?那么你先脱帽,有什么不对的呢?"

"他的确是贵人,也比我有钱,也向我脱帽,可是每次都是我先脱,他就不能客气点儿,不等我先脱吗?"

我说:"先生,我对这种事是满不在乎的;如果人家比我富贵,那就更不用说。"

他答道:"现在这年头儿,上等人所有的资本无非他们那点体面;你小孩子家,不懂什么叫体面。我告诉你——你也看得出,我是个侍从。可是我如果在街上碰到个伯爵不对我脱帽,不把帽子全脱下,我对天发誓,下回再碰见就趁早躲开,决不再向他脱帽。我可以假装找人跑进路旁人家去;如有别的路,就绕道走。'一个绅士对谁也不买账,除非上帝和国王。'①上等人该拿定身份,一点不能马虎。记得有一天我把家乡一个干手艺的骂了还要打,因为他每碰到我就说:'上帝养活您。'我说:'你这乡下佬怎么不讲礼貌呀?尽说什么"上帝养活您"。你把我看作阿猫阿狗吗?'从此他见我就脱帽,说话也有礼貌了。"

我说:"对人家祝愿上帝养活他,不是很有礼貌吗?"

他说:"我告诉你吧,你这傻小子!粗人才这么说呢。对我这样有点地位的,起码得说'我吻您的手';就算自己是贵人,也该说:'先生,我吻你的手。'我怎么也不能让我家乡那个只管养活我的家伙对我说什么'上帝养活您';国王以下,谁都不准那样招呼我,什么时候都不准。"

我心想:"嘻,你不让人家求上帝养活你,那就难怪上帝满不想养活你了。"

---

① 西班牙谚语。

他接着说:"况且我也不是穷光蛋。我家乡还有一块地基,如果盖上房子,盖得又好,那就是很漂亮的大厦;地段如果从我家乡挪过十六哩瓦①,坐落在瓦里亚多立城的果斯达尼利亚区②,那么一座房子值二十万当二大钱呢。我还有一座鸽子棚,如果没倒塌,每年能出产二百多头小鸽子。还有些别的东西我都不提了。我为自己的体面,扔下这些家产,到这城里来,满以为找得到好饭碗;来了却大失所望。有职事的教士和教会里的大佬这里多的是,不过都闭塞极了,死板得一成不变。有些家道小康的绅士也找过我,可是伺候这种人劳累得很,别指望他们把你当人;你得事事肯干,件件都能,不然他们就叫你'另找饭碗吧'。而且工钱总遥遥无期,顶多吃稳一口饭罢了。几时他们心上过不去,想给些酬劳,就拿旧衣服抵账,给件汗渍的袄儿呀,或破旧的大氅、外衣之类。如果能跟上一位贵人,苦日子还会有出头。凭我这本领,难道不能伺候得他满意吗?真的,我要有这机缘,准可以做他的亲信,殷殷勤勤伺候他。我会像别人那样花言巧语,哄得他非常喜欢。他的俏皮话尽管没什么风趣,他的风格尽管不怎么高,我总是非常欣赏。他听来不顺耳的话,尽管是很该说的,我也决不说。当他的面,我说的、干的,都非常殷勤;他看不到的,就乐得省力。我要在他听得见的场合责备他的用人,显得我对他的事多么关心。逢到他骂用人,我就撩拨几句,听来好像替挨骂的开脱,其实是煽他的火。凡是他称许的,我就满口叫好;他不以为然的,我就贫嘴恶舌地糟蹋。我会在他家里

---

① 哩瓦,西班牙的里。
② 当时瓦里亚多立城里最繁华的一区。

和亲友之间搬弄是非,钻头觅缝刺探旁人的私事去讲给他听。这类讨好取巧的勾当还多着呢,王公贵人的府第里行得这样,做主人的也都喜欢。规规矩矩的人他们都讨厌,也瞧不起,说是笨蛋,没有才干,不能靠托,家里都不爱雇用。所以现在机灵人就走我说的这一径了。可惜我时运不好,找不到这种主子。"

我主人对我卖弄自己何等英雄,一面发了这通牢骚,叹恨自己命运不济。

我们正说着话呢,门外来了一个男人和一个老婆子:男人要讨房租,老婆子要讨租床钱。他们开出账来,我主人两个月欠的,超过了他全年的进账,大概有十二三个瑞尔。他回答得很棒,说要到市上去兑一个双金元,叫他们下午再来。可是他出门就一去不返。

他们下午再来,已经迟了一步。我告诉他们主人还没回家。天黑他还不见影踪,我一人在家害怕,就去找隔壁的女人,告诉她们情况,在她们家宿了一宵。天亮讨债的又来了,先打听街坊,然后到我借宿的那家来打门。那几个女人说:

"他的用人和大门的钥匙都在这儿呢。"

他们问我主人在哪里。我说不知道,出去兑钱没回来,可能就此甩掉我们走了。

他们一听这话,忙找了一个公差和一个公证人一起回来,拿着钥匙,喊了我,又喊了几名见证,一同开门进屋,去抄我主人的财产,扣押些东西抵债。他们走遍全宅,只见到处空荡荡一无所有,就像我上文讲的那样。他们问我:

"你主人的东西呢?箱子呀,帷幕呀,家具呀,都哪儿去了?"

我回答说："这可不知道。"

他们说："一定是他们昨夜搬走了。公差先生，把这孩子扣下，他知道东西的下落。"

公差过来一把抓住我衣领说："孩子，你要是隐瞒主人的财产，就把你抓起来。"

从前那瞎子虽然经常抓着我的衣领，他不过是要跟我走路，手下很轻。给公差这么抓住，我还是头一回呢，所以吓坏了，哭着保证有问必答。

他们说："好，你知道什么，全说出来，别害怕。"

公证人坐在石凳上，盘问我主人家的财产，准备开一个清单。

我说："各位先生，据我这位主人说，他有一块很好的地基，还有一座倒塌的鸽子棚。"

他们说："好啊，尽管不值钱，还债总也够了。地基和鸽子棚在城里什么地方呢？"

我说："在他家乡。"

他们说："啊呀，这事可妙了！他家乡又在哪儿呀？"

我说："我听他说是在旧加斯底里亚。"

公差和公证人都哈哈大笑道：

"这套口供真顶用！你们的债再多，也有着落了。"

隔壁几个女人当时在场，说道："各位先生，这孩子是不知情的。他才来不久，东家的事他知道的和您几位差不多。这小可怜白天常到我们家来，我们看上帝面上，有什么就给他点儿吃；天晚了他回去跟着主人睡觉。"

我证明无罪，他们就释放我了。公差和公证人问那男人和老婆子要公费,双方大争大吵。一方要求免费,因为扑了个空,没扣押什么东西。一方说,他们是耽搁了紧要公事来的。嚷嚷了好一番,公差的帮手把老婆子的旧毯子拿走。尽管他一人拿着并不累赘,他们却五人吵吵闹闹地一起拿着走了。我不知道事情是怎么了局的,想必由那条倒霉的毯子抵了各方的账。那条毯子多年供人租用,已经到了应该安息的时候,现在这样处置就合适得很了。

我第三个主人可怜就这样离开了我。照例是主人家辞退用人,我却给主人留在家里,他自己跑了。我的事颠倒别扭,没一件顺当,可见我是走定了背运。①

第 四 章

癞子跟了一位墨西德会的修士,有何遭遇。

我只好另找主人。第四个主人是墨西德会的修士②;他是上文提到的那几个女人介绍的,据说是她们的亲戚。这位修士不喜欢教堂里唱圣诗的男孩子,也不喜欢在修院吃饭。他一心

---

① 这一篇描写穷极无聊、硬挣"体面"的"上等人",为后来的小说创造了一个典型。十七世纪西班牙作家克维多有名的流浪汉小说《骗子堂巴勃罗斯的生平》第一卷第十三章就是从这一章脱胎的;第二卷第十三章甚至把拿麦秸剔牙装体面的一节都模仿了。
② 墨西德会,创自十三世纪,专为被异教军队俘虏的基督教徒捐募赎金。

只爱在外跑,最喜欢经营俗务,奔走拜访。他走破的鞋,大概比全院修士穿破的还多。我生平第一次穿的鞋是他给的,不过穿了八天就不能再穿;我跟他跑了八天也无力再跑。为这缘故,还有些这里不提的小事,我就和他分手了。

第 五 章

癞子伺候一个兜售免罪符①的人,
跟随他的种种经历。

我偶然碰到了第五个主人——一个兜销免罪符的。他同行里,像他那样狡诈无耻、会做买卖的,我还没见过第二个,只怕一辈子不会见到,谁也见不到。因为他会想方设法,巧出心裁。

他要到哪里去推销免罪符,一到先送些小意思给当地的教士。东西并不贵重,譬如一支墨西亚出产的莴苣,或一两只时鲜果子,像柠檬、橘子、桃、梨之类。他这样巴结了教士,他们为了报答他的人情,就得帮帮忙,号召居民去买免罪符。他探听他们的资格。如果听说他们懂拉丁文,他怕露马脚,绝口不说一个拉丁字,只说一口斯文漂亮的加斯底里亚语,讲得滔滔不绝。如果

---

① 基督徒犯了罪过,忏悔之外,还须苦行赎罪,但也可以凭功德赎罪;出钱买免罪符就是一种功德。免罪符是基督教十字军创出来的,借以敛钱作为攻打异教徒的军费。十三世纪后,有谋利之徒,专替教会推销免罪符,说买免罪符的人可蒙教皇赦免一切罪行。

知道那教士学问有限,是出钱弄到主教特准状进会的,他就装得像个圣托玛斯①,连着两个钟头讲拉丁文——尽管不是真的拉丁文,至少听来活像。

如果人家不愿意买他的免罪符,他就出花样强迫,欺压当地居民,有时还弄虚作假。如果把我亲见他使的诡计——叙说,不免啰唆,这里单讲一桩妙事,就可见他多么足智多谋。

他在托雷都的萨格拉镇上照例活动了一番,宣讲了两三天。没一人买他的免罪符;我看谁也不想买。他自咒自骂,暗打主意,决计第二天召集镇上居民向他们推销。那天晚饭后,他和公差②斗牌,讲定输家付饭后的酒账。两人赌得吵起来,互相谩骂。他骂公差是贼,公差骂他仿造假货。我那位推销免罪符的主人一听这话,立即把大门口旅客们耍弄的一支长枪绰在手里。公差腰带上挂着剑,也准备拔剑。住店的旅客和街坊听见吵闹,赶来劝架。他们俩怒气冲天,推开拦着的人,要拼个你死我活。可是瞧热闹的挤了一屋子,他们眼看不能动武,只好破口大骂。公差骂我主人造假东西骗人,说他宣扬的免罪符不是真货。

看热闹的瞧这场争吵和解不了,就把公差拉出客店去。我主人气呼呼地留在店里。旅客和街坊劝他别生气,睡觉吧,我们俩就睡了。

第二天早上,我主人上教堂去,安排打钟做弥撒,并为劝买免罪符宣讲。居民都来了。他们对免罪符嘀嘀咕咕,说靠不住,公差在吵架的时候露了馅。他们本来不想买,听说是假的越发

---

① 圣托玛斯,指中世纪最渊博的神学家托玛斯·阿奎那斯。
② 经销免罪符的人常和公差合伙;谁买了符付不出账,由公差去索取抵押品。

瞧不起。

兜销员登台宣讲,说这种圣符能赐福免罪,劝大家万勿错过机会。

他正讲得有声有色,那公差忽然进教堂来,先祷告一通,然后起身,提高嗓子,声调很沉着,朗朗地说:

"乡亲们,请听我一句话;以后你们爱听谁的,都由你们。我是和这个宣讲的骗子同来的。他骗了我,叫我帮他干这买卖,赚了钱分摊。我现在觉悟到这来自己丧尽天良,又掏空了你们的腰包,心上懊悔了,所以向你们声明:他兜销的免罪符是假的,别信他的话,也别买他的符。我自己不干这买卖,也不帮人家干,这事没我的份。我从现在起,放下我公差的杖①,把它扔在地下了。如有一天这家伙行骗受罚,我请各位替我作个见证:我不是他同伙,也没帮他忙,却向你们说破真情,揭出了他的鬼。"

他把话说完,在场一些有体面的人怕闹笑话,打算起身把公差撵出教堂去。可是我主人阻挡了他们,吩咐大家别干涉,随那公差说个畅,谁不听吩咐,驱逐出教会。公差发话的时候,他也一声不响。公差讲完,他问还有什么话,不妨都说出来。公差道:

"关于你这个人和你捣的鬼,说也说不完,目前我不用多说了。"

那位兜销员就在说教台上双膝跪下,合掌望天说:

"上帝啊,你无所不知,什么都瞒不过你;你无所不能,没有办不到的事。你知道真情,知道我平白无故受了诬蔑。上帝啊,

---

① 公差拿着一支短杖行使职权。

他得罪我,我为了求你原谅我的罪过,我也原谅他。他说话行事全不知轻重,求你别理会他。可是他对你犯的罪呢,我为了正义,求你不要饶恕。因为这里也许有人本来想买圣符,听了他那一派胡言就不买了。上帝啊,他害人不浅,求你不要宽容,却照我说的办法,这会儿当场显个奇迹。如果他讲的是真话,我是欺心骗人,那么,叫我连这个说教台一起陷到七七四十九尺深的地底下去,从此不见踪迹。如果我说的不假,却是魔鬼要夺去在场各位的好福气,引诱他造谣害人,那么,叫他受些惩罚,让大家知道他的坏心。"

我那虔诚的主人祷告刚完,倒霉的公差好端端站着呢,立即咕咚一声,倒下地去,整座教堂都震动了。他发声怪叫,口吐白沫,抽搐着嘴唇,做出种种怪相,一面拳打脚踢,满地打滚。

大家叫嚷成一片,谁的话也听不见。有人吓得战战兢兢。有人喊:"上帝救救他吧!"又有人说:"活该!谁叫他当着上帝撒谎骗人呀!"

后来有几个人——我看也吓得战战兢兢的,跑上去捉住他双手;他正四向挥拳乱打呢。另有几人捉住他两腿紧紧按住,因为最刁的骡子也没他踢得凶。他们这样按住他好一会儿,少说也有十五个人管着他,一个个都忙乱得应付不过来,稍不留神,就挨他的嘴巴子。

我主人始终还跪在说教台上,向天伸着双手,翻着两眼,已经入定了。教堂里的叫喊吵嚷并不打搅他通诚。

有几个好心人跑到他身边,大声叫醒了他,说那可怜家伙快要死了,求他去救命。他们说:那人贫嘴恶舌,已经得了恶报,求他撇开旧事,别再计较;上帝应了他的祈祷为他申冤,立即降罚,可见那坏蛋有罪,而他是诚实不欺的,他们都瞧得很明白了;现在那人性命难保,受罪得厉害,如有办法救苦解难,看上帝面上出点力吧。

兜销员仿佛好梦初醒,看看那几个人,又看看那个受罪的家伙和他周围的人,慢条斯理地说:

"各位乡亲,上帝借他这家伙来显示天威,你们千万别为他求情。他摧毁众人的信心,是上帝的罪人。可是上帝既然教训我们勿念旧恶,勿冤冤相报,我们也可以大胆恳求上帝如他金口,饶赦这个人。咱们一起来祷告吧。"

他走下说教台,叫大家竭诚祈祷上帝垂慈,饶恕这个罪人,叫他仍旧身体健康,神志清醒;如果上帝为他罪孽深重,让魔鬼附在他身上了,那么求上帝把魔鬼赶走。

大家都跪在祭台前,和教士们一起低声唱诵祷词。我主人拿着十字架和圣水到公差身边,先对他唱诵一番,就为他祈祷。他高举两手,两眼往上翻得只剩了一星儿白,祷词又长又虔诚,感动得人人下泪。在耶稣受难日,虔诚的宣教师对虔诚的听众讲道,常有这种情景。他说公差受了魔鬼引诱,走上死亡和罪恶的邪路,求上帝赦罪免死,还他健康,让他认罪悔过吧,因为上帝并不要罪人死亡,而是要他悔过自新。

于是他吩咐把免罪符拿来,放在公差头上。那倒霉的公差立即见好,渐渐苏醒。公差神志既清,忙去跪在兜销员脚边求饶,承认自己是受了魔鬼的指使,替魔鬼说话。这是因为他要陷害兜销员,出一口恶气,而更重要的原因是魔鬼急坏了,怕人买了免罪符得福。

我主人原谅了他,两人又言归于好。城里男女老少,都争先恐后地买免罪符，几乎没一人不买的。

这件事遍传邻近城市，我们到了那些地方，不用宣讲，也不用到教堂去，大家都赶到客店来买免罪符，仿佛那是不要钱白送人的梨。我主人在附近十一二个城市里一次没有宣讲，就销掉一万一二千份免罪符。

我老实说吧，他们串演那套把戏的时候，我也像许多别人那样吃惊，以为是真的。可是后来看见公差和我主人把这件事当笑谈，才知道是我那诡计多端的主人捣鬼。

我虽然只是个孩子，也觉得很妙，暗想："那些兜销免罪符的家伙呀，准把这种把戏对实心眼儿的老百姓玩弄过多少回了！"

长话短说，我跟这第五个主人大约四个月，也吃足苦头。

第 六 章

癞子投靠一位驻堂神父，有何经历。

我以后又伺候一个画手鼓的，替他研颜料，也受了不少折磨。

那时我已经不是孩子了。有一天我上大教堂，一位驻堂神父雇我做了用人。他交给我一头好骡子、四个瓦罐儿和一条鞭子，叫我在城里卖水。这是我获得温饱的第一步，从此不挨饿了。我的进账，除了星期六赚的全归自己，平日每天上缴主人三十文大钱,多余的也归我。

我这个买卖很顺当,干了四年,攒的钱居然可以买几件旧衣,穿得整整齐齐。我买一件旧的平绒袄儿;一件旧外衣,袖口有镶边;一件斗篷,新的时候大概是丝绒的;还有一把剑,是奎列亚城①最早的产品。我一看自己穿得很像样,就对主人说:骡子奉还,这买卖我不干了。

第 七 章

癞子跟了一个公差,所遭遇的事。

我辞了驻堂神父,跟一个公差做帮手。我没跟他多久,因为觉得吃这碗饭提心吊胆;有一次尤其危险,几个逃犯拿了石子、棍子追我们主仆俩,我主人站定了等他们,给他们狠狠收拾了一顿,我总算没落在他们手里。从此我洗手不干这行了。

我正不知干哪一行可以安居乐业,攒钱养老,承上帝启发,指引了一条康庄大道。我看到一个人要发迹,得为皇家效力;②我靠朋友和大人先生照应,弄到这么个职司,从此苦尽甘来。我至今还当这差使,为上帝并为您效忠尽力。城里卖酒,或拍卖东

---

① 奎列亚是赛果比的一个城市,铸剑名手安东尼欧曾在此铸剑。
② 谚语:人要发迹,入教会、出海经商或为皇家效力。癞子当了叫喊消息的报子,那是为皇家效力的职司里最卑贱的一种。

西,或招寻失物,由我叫喊消息;法院判罪的人,也由我押着高声公布他的罪状——这就是我的职务。换句话说,我是叫喊消息的报子。

我工作很顺利,办事又熟练,凡是牵连我这一行的事,差不多全由我经管了。谁家卖酒或出脱什么东西,托美思河的癞子没插手,干脆休想赚钱。

这时候,您的朋友、我的主人圣萨尔瓦铎的大神父注意到我这人了,因为我叫卖过他的酒。他瞧我能干,日子也过得不错,就要把他的一个女用人嫁给我。我知道这样一位人物对我只会有好处,所以一口答应。我娶了那女人,至今没有懊悔。她不但勤快柔顺,我靠她还得到大神父种种照应。他每年一次次给她的麦子有一担左右,过节给肉,有时给两个上白面包或一条扔掉的旧裤子。他叫我们租了他家隔壁一所小房子。每个礼拜天和一般节日我们总在他家吃饭。

可是贫嘴恶舌向来难免。人家瞧我老婆到大神父家去铺床做饭,就不容我们安顿过日子,说些不知什么浑话,其实我也心里有数。那些话并非无稽之谈,但愿上帝多多保佑他们吧,因为我老婆不是肯让人浑说的,而大神父又曾对我许过愿,我想不是空口许愿。他有一天当着我老婆的面和我谈了好久,他说:

"托美思河的癞子呀,谁要听信流言蜚语,一辈子不得发迹。我这话有个道理;保不定有人瞧你老婆在我家出出进进,就……我向你保证,她到我家来,你是很体面的,她自己也很体面。所以你随人家怎么讲,都别理会,只管你自己的事,就是说,只管你自己的好处。"

我说:"神父大人,我早打定主意,要依傍有钱的人。我有些朋友确也对我说过这类闲话,还再三再四向我证明,她嫁我之前已经生过三胎。我因为她正在这里,就直说了,您可别见怪。"

我老婆立即赌咒发誓。我只怕上天降罚,把那房子都塌在我们头上呢。她又哭哭啼啼,咒骂把她嫁给我的人,弄得我懊悔无及,觉得宁死也不该说出这等话来。当时一边有我,一边有我主人,一起劝说了一番,又说了一堆好话。我发誓刚才那些话再不提起,随她无日无夜在大神父家出进,我都乐意,都赞成,因为我拿稳她多么正经。她这才不哭了。我们三人相处得很和洽。

从此我们中间再也不提这回事。而且我一听出谁想谈这些话,就截住他说:

"嗨,你要是够朋友,请别讲惹我生气的话。谁惹我生气的,尤其离间我们夫妻的,就不是我的朋友。全世界我最宝贝的是我老婆,自己还在其次。我靠了她,才蒙上帝赏赐许多恩典,都是我受之有愧的。我可以凭圣体发誓,她和托雷都全城的女人一样正经。谁说不是,我就跟他拼命。"

这样一来,我耳根清净,家里就很安静。

正是那一年,咱们神武的皇帝陛下进驻这座著名的托雷都城,在这里设立朝廷。那时还有几番盛大的庆祝,您想必听说过。

我那阵子很富裕,正是运道最好的时候。